니레 슈헤이 지음 ㅣ 김준균 옮김

일러두기

1. 이 책의 일본어 표기는 국립국어원 외래어 표기법을 따르되, 최대한 본래 발음에 가깝게 표기하였다.

2. 인명, 지명, 상호명은 일본어로 읽어주는 것을 원칙으로 하되, 극중에 처음 등장할 시에만 한자를 병기하였으며, 필요한 경우 옆에 주석을 달았다. 다만 지명의 경우, 소속 지명들과 같이 언급되었을 시에는 또다시 한자를 병기하였다.

   **인명*
     예) 야마사키 데쓰로山崎 鉄郎, 구마가와 겐지熊沢 健二

   **지명*
     예) 도쿄東京, 나가노 현長野県, 시부야渋谷

   **상호명*
     예) 요쓰이건설四井建設

3. 본문의 이해를 돕기 위해 필요한 경우 용어 옆에 주석을 달았다.

   **용어*
     예) 부셸bushel, 곡물의 중량 단위. 소맥, 대두의 경우 27.2kg(60파운드), 옥수수의 경우 25.4kg(58파운드)—편집자 주

4. 서적 제목은 겹낫표(『』)로 표시하였으며, 나머지 인용, 강조, 생각 등은 작은따옴표('')를 사용했다.

   **서적 제목*
     예)『서유기』

   **영화 제목*
     예) '나이아가라'

목　차

등장인물 소개

야마사키 데쓰로山崎 鉄郎

종합 상사인 요쓰이 상사 식료사업본부 곡물거래부 부장.

한치 앞을 내다볼 수 없는 국제 거래 시장에서 잔뼈가 굵은 유능한 국제파 비즈니스맨이었으나, 본의 아닌 실수로 출세가도에서 완전히 밀려나게 된다. 그러던 중 고향인 미도리하라 초 초장 입후보 제의를 받게 되는데….

야시로八代

데쓰로의 직속 상사이자 이사로 식료사업본부장을 맡고 있다.

실수였다고는 하나 자신의 직속 '라인'이라고 생각했던 데쓰로가 자기 쪽 인사 청탁을 거절한 것에 배신감을 느끼고 데쓰로를 요쓰이 상사의 자회사 사장이라는 허울좋은 자리로 좌천시키려 한다.

구마가와 겐지 熊沢 健二

데쓰로의 옛 친구. 미도리하라 초에서 공무원으로 일하고 있다. 수십 년 동안 수요와 채산성을 도외시한 공공사업 투자의 결과 파산 직전의 상태에 빠진 초의 재정을 재건할 유일한 사람을 데쓰로라 보고 초장 선거에 입후보 할 것을 제안하는 한편 자진하여 데쓰로의 오른팔이 되어주겠다고 나선다. 통칭 '구마켄'이라 불리고 있다.

가마타 다케조 鎌田武造

83세의 나이로 초 의회 의원 생활 50년을 자랑하는 베테랑. 초의 공공 건설과 관련된 각종 이권 사업에 발을 담그고, 초의 재정에 빌붙어 각종 잇속을 챙겨왔다. 손녀딸이 미야가와의 건설 회사에 시집을 간 상태이기에, 데쓰로의 미도리하라 초 재건 계획을 좋은 돈 벌이 기회로 여기고 있다.

제 1 장

제 1 장

   '라면부터 미사일까지'라는 말은 종합상사의 업무를 이야기할 때 흔히 사용하는 표현이다. 이것은 꽤나 오래전부터 사용된 말로, 실제 종합상사에서는 팔 수 있는 물건이라면 인체, 장기 이외에는 뭐든지 팔고 있다.

   그리고 이러한 종합상사의 수많은 부문 가운데 가장 신경을 많이 써야 하고 가혹한 업무를 강요받는 곳이 시세 차익으로 이익을 얻는 부문이다. 간단히 시세 상품이라고도 하지만 종합상사가 관계하는 이들 상품의 종류는 무수히 많다. 기름, 가스, 석탄을 비롯한 에너지. 귀금속, 철, 비철금속, 그리고 곡물 등등… 열거하면 끝이 없다. 게다가 하루 24시간 전 세계 상품거래소 중 어딘가는 시장이 열리는 까닭에 업무는 끊길 줄을 모른다. 휴대전화, 로이터의 휴대단말기는 어디에 있더라도 손에서 놓을 수가 없다. 심야라 하더라도 담당하는 상품의 거래 가격에 움직임이 있다면 시차 같은 건 상관하지 않고 휴대전화가 울리는 것이다.

   새해가 되자마자 사무실에 나와 근무시간이 되기 전부터 전화기를 움켜쥐고 긴장한 표정으로 통화하는 부하들의 모습을 보며 나는 어젯밤의 일을 떠올렸다.

   신바시新橋 역 앞에서 야근을 마친 몇 명의 부하들과 한잔 한 뒤 세타가야世田谷에 있는 집에 귀가했을 때가 12시. 그 후 목욕을 하고 잠자리에 들려던 찰나 머리맡에 놓아둔 휴대전화가 군함행진곡을 연주했다. 착신 벨소리를 그런 장난스러운 음악으로 설정해둔 것에는 이유가 있었다. 하나는 모교인 모리오카盛岡 제1학교의 교가라는 것, 그리고 비즈니스는 먹느냐 먹히느냐 하는 전쟁이기에. 휴식을 취하던 뇌에 기합을 넣고 바로 전투태세로 바꾸는 데 이만큼 잘 어울리는 멜로디는 없기 때문이다.

"시카고의 후지시마藤島입니다."

머리맡의 시계를 보자 시각은 정확하게 오전 1시를 가리키고 있었다. 시카고 시장이 열린 지 아직 한 시간밖에 지나지 않았다. 자기 전에 로이터의 단말기로 담당하는 상품의 시초가始初價는 확인했지만 이렇다 할 움직임은 없었다.

"부장님, 대두가 크게 움직이고 있습니다. 드디어 8달러 벽을 넘었습니다. 지금 8달러 2센트까지 올랐으니 어제 마감 가격보다 6센트 인상된 겁니다."

후지시마가 연이어 쏟아내는 말에 눈 깜짝할 사이에 취기와 졸음이 달아나면서 뇌가 각성되었다.

"또 오른 건가? 이번에는 이유가 뭐야?"

"강이 얼어서 바지barge선이 운항을 할 수 없게 되었습니다. 현시점에서는 재개 전망이 불투명한 상태로, 어쩌면 겨울이 끝날 때까지 몇 달간 이 상태가 계속되는 게 아니냐는 추측도 나오고 있어 대형 곡물업자들 중에서는 트럭이나 철도 수송으로 전환을 검토하기 시작한 곳도 나오는 듯합니다."

심각한 사태였다. 머리를 감싸 쥐고 싶어졌다. 후지시마가 말하는 강은 미시시피 강을 말하는 것으로 재작년 여름에도 큰 홍수가 일어나 지금처럼 바지선의 운항이 중단된 적이 있었다. 평범한 사람은 강 하나의 교통이 마비된 일 정도로 무슨 큰 소동을 피우는 거냐고 생각할 것이다. 그러나 이 일은 일본인의 생활에 커다란 영향을 미칠 사태였다.

왜냐하면 강의 상류에는 대두, 밀, 옥수수를 생산하는 대곡창지대가 있기 때문이다. 그중에서도 대두는 이 지역이 세계 최대의 공급지였으며 일본은 세계 최대의 대두 수입국으로 국내 소비량의 95퍼센트를 수입을 통해 조달하고 있다. 최근에는 중국에서 수입하는 양이 증가하고 있지만 아직까지는 80퍼센트가 미국산이었으며 대곡창지대에서 수송을 담당하고 있는 것이 바로 바지선이다. 즉 강이 곡물 수입의 대동맥을 담당하는 셈이었다.

보통 대곡창지대에서 수확된 대두는 미시시피 강 유역 곳곳에 있는 집적지에 모이게 되고 한 번에 수백 톤의 양이 바지선을 이용해 하구에 있는 뉴올리언스로 운반된다. 그리고 물량이 더 많이 모이면 다시 대형 화물선으로 옮겨져 약 30일이라는 시간 뒤에 일본에 도착한다. 하지만 집적지에서 선적지까지 바지선 대신에 트럭을 사용해야 한다면 한 대의 트럭이 운반할 수 있는 양은 고작 15톤 정도. 철도를 이용한다고 해도 가장 가까운 터미널까지는 트럭을 이용해야 하기 때문에 수송 효율은 현격하게 떨어지게 되며 비용이 뛰는 일 또한 자명한 이치다. 그 때문에 그 비용이 대두 가격에 전가될 것이 예상되는 상황인 만큼 수수방관하고 있다가는 큰일인 것이다.

내 머릿속에는 입사한 지 얼마 되지 않았을 무렵 경험했던 악몽 같은 대두 시세 폭등이 떠올랐다.

그때도 미시시피 강이 한파로 얼어붙어 바지선의 운항이 불가능했다. 게다가 안 좋은 일은 연이어 일어나는 법. 그 전년도에 엘니뇨가 발생한 탓에 페루의 정어리 잡이가 부진했다. 원래 정어리 부산물을 이용해 생산되던 사료 원료가 한꺼번에 대두로 바뀌면서 6달러대였던 시세가 최종적으로는 11달러 직전까지 폭등했던 것이다.

다행스럽게도 작년에는 페루의 정어리 잡이가 호조였던 덕분에 그때의 사태가 재현될 것이라고는 생각할 수 없었지만, 그럼에도 다양한 투기적 매입이 들어와 시세가 계속 오르리란 점은 틀림없을 것이었다. 4월이 되면 브라질 대두가 수확기에 들어간다. 물론 흉작인 경우라면 시세가 계속 오를 가능성도 있겠지만 지금까지는 흉작을 암시하는 정보는 들어오지 않았다. 5월까지 버틴다면 어떻게든 될 것이다.

나는 나의 소견과 방침을 후지시마에게 말하고 전화를 끊었다가 마음을 바꾸어 휴대전화의 버튼을 눌렀다. 조금 전까지 술자리에 함께 있던 아카쓰카 요시히로赤塚義弘라는 이름이 액정화면에 떠올랐다. 발신버튼을 눌렀다. 세 번째 호출음이 채 울리기도 전에 자다 깨어난 어눌한 목소리가 들려왔다.

"아카쓰카입니다."

"야마사키山崎일세. 방금 시카고의 후지시마에게서 전화가 왔는데 대두 시세가 움직이는 모양이야. 지금 8달러 2센트라고 하더군. 미시시피 강이 얼어붙어 바지선이 움직일 수 없게 된 것 같아."

"그거 큰일이잖습니까?"

아카쓰카가 침대에서 벌떡 일어나는 기척이 느껴졌다.

"뉴올리언스 2월 선적의 성약成約 상황은 분명 50퍼센트였었지?"

"네, 그랬습니다."

"상황이 상황이니 자칫하다가는 겨울이 끝날 때까지 바지선을 이용하지 못하게 될 가능성이 높아. 최소한 5월에 브라질산이 들어올 때까지 3개월분은 확보해두는 게 현명할 것 같아."

"하지만 뉴올리언스까지 가는 길이 막혔으면 2개월분은 어떻게 해야 하나요? 3월, 4월 선적 준비는 아직 안 했는데 말입니다."

"이건 내 감인데……."

나는 서론을 꺼낸 뒤 말을 이었다.

"앞으로 시세가 급격하게 오를 거야. 대형 곡물상은 벌써 트럭이나 철도를 이용하는 육상수송으로 바꿀 것을 검토하기 시작했을 정도니까 어쩌면 10달러까지 오를지도 모르지. 미안하지만 자네가 지금 바로 시카고와 연락을 취해서 와이오밍의 집결지에 재고가 얼마나 있는지 확인해주겠나? 비축량에 달렸겠지만 3월, 4월분이라면 거기에서 화물열차를 사용해 서해안까지 운반할 수 있을지도 몰라."

"그러면 수송비용이……."

"시세가 만약 10달러를 넘어가게 되면 잠정적으로 1부셸bushel, 곡물의 중량 단위. 소맥, 대두의 경우 27.2kg(60파운드), 옥수수의 경우 25.4kg(58파운드)—편집자 주을 8달러 50센트로 조달한다고 해도 지금이라면 1달러 50센트는 싸게 확보할 수 있어. 그게 선박 두 대 분량이면 6만 톤. 330만 달러가 절약되는 거지.

화물열차 수송비용 같은 건 커버하고도 남을 거야."

"알겠습니다."

"그 준비가 끝나면 상파울루에 있는 히카와氷川에게 브라질산 대두의 작황을 다시 한 번 조사해달라고 의뢰해줘. 지난번 보고서에서는 풍작이라고 했지만 조심해서 나쁠 건 없으니까 말이야. 이러다 브라질산을 사용하지 못하게되기라도 하면 눈 뜨고 볼 수 없는 참상을 보게 될 테니까."

"바로 착수하겠습니다."

전화를 끊고 시계로 눈을 돌리자 시각은 이제 곧 2시가 되려 하고 있었다. 비즈니스 상태로 전환된 탓에 잠은 완전히 깨어 있었다. 이럴 때는 자기 전에 술을 마시지 않으면 다시 한 번 잠이 들기 힘들다. 나는 침대를 빠져나와 거실의 불을 켰다.

요쓰이四# 상사 식료사업본부 곡물거래부 부장, 야마사키 데쓰로. 그것이 내 직함이다.

세간에서 본다면 꽤나 부러운 직책으로 보일지 모른다.

요쓰이 상사는 일본에서도 1, 2위를 다투는 거대 종합상사. 종합상사가 불필요하다는 말은 옛날부터 있었지만 입사한 이래 33년 동안 학생들이 선호하는 직장 랭킹에서 한 번도 상위권에서 밀려난 적이 없었다. 입사 동기는 200명 정도 있었지만 애초에 상사라는 곳이 어느 일정 나이가 되면 스스로 비즈니스를 찾아내 관련 회사를 세워 옮겨가거나, 혹은 관련 회사로 떠나 그곳에서 샐러리맨으로서 생애를 마친다. 본사의 부장이라는 위치에 도달하는 사람은 상당한 행운과 실력을 타고 난 사람뿐이다. 그런 의미에서는 현재의 나는 성공한 사람, 승자 그룹에 들어갔다고 해도 좋을 것이다.

연봉은 2,500만 엔. 지금까지 시카고와 런던으로 두 차례 주재원으로 갔었고 그 사이 모은 급여로 세타가야에서도 가장 명당이라 불리는 곳의 맨션을 구입할 수 있었다. 자식은 사내녀석이 둘 있지만 결혼이 빨랐기 때문에 둘 다 독립해, 현재 장남은 은행, 차남은 광고 대리점에서 일하고 있다.

이 정도면 누구나 그림책에서나 보는 행복한 가정을 떠올릴 것이다. 하지만 뭔가를 얻으려면 뭔가를 희생해야만 하는 것이 세상사다.

사실 나도 희생한 것이 있었다. 그중 한 가지가 가정이었다.

시세 상품을 담당하는 자의 숙명이라고 하면 딱히 할 말이 없지만 24시간 내내 일이 밀려드는 직업이다. 귀가는 언제나 늦은 밤이었고 가족끼리 함께 저녁 식사를 하는 건 일요일 정도뿐이었다. 더구나 늦은 밤 전화 소리에 잠에서 깨어나는 일은 일상다반사로 한참 휴가를 즐기던 중이건 아내와 잠자리를 갖는 중이건 전화는 받아야 했다. 그 때문에 부부 관계는 최근 10년간 끊어진 상태로 한밤중에 전화 소리에 깨는 일을 견디지 못하게 된 아내와는 훨씬 더 예전부터 침실을 따로 쓰게 되었다.

두 명의 아이가 어긋나는 일 없이 무사히 자란 것 또한 내가 무엇인가 아버지다운 처신을 했기 때문도 아니고 아이들이 특별히 훌륭한 성품을 가지고 있었기 때문도 아니었다. 가정을 돌보지 않고 일에 매진하는 내게 정이 떨어진 아내의 정열이 육아 교육으로 이어졌을 뿐이었다.

아이가 두 살이 되자 바로 유아 교실에 다닌 것도, 누구나가 부러워할 만한 도내 유수의 초등학교부터 대학교까지 연계된 학교에 들어갈 수 있었던 것도, 두 사람이 훌륭한 기업에 들어갈 수 있었던 것도 전부 아내가 설계한 길을 따라 걸은 결과에 지나지 않았다. 실제로 처음 시카고에서 근무했을 때는 두 아이가 아직 어렸던 탓도 있어 가족 동반 부임이 되었지만, 두 번째로 런던에 가게 되었을 때는 첫째가 고등학생, 둘째가 중학생이라는 이유로 단신 부임을 해야 했다. 아이들이 독립한 뒤로는 둘 사이의 거리가 점점 멀어질 뿐 내가 귀가할 시간에 이미 아내는 침실에 들어가 있었고 아침에 출근할 때에 깨워주는 일도 없었다. 얼굴을 마주하는 시간은 주말 이틀뿐이었지만 그것도 아내가 사교댄스를 시작한 탓에 토요일은 혼자서 지내고 있었다.

보통 이런 생활이 계속될 경우 훨씬 옛날에 이혼신청서를 받았을 것이다. 그러나 애정이야 오래 전에 사라졌겠지만 아내는 충분한 소득과 사회적 지위가 뒷받침된다면 결혼을 유지할 수 있는 듯했다.

물론 나 또한 그런 사실은 알았지만 이제 와서 이혼하자는 말을 꺼낼 용기 같은 것은 없었다. 단순한 동거인이 된 아내와 이혼한다고 하더라도 생활이 바뀔 리는 없었고 막상 헤어지게 되면 나름의 위자료를 지불해야만 한다는 사실은 명백했기 때문이었다. 하물며 나는 30년이나 함께 사는 동안 돈을 벌어다주는 일 이외에는 가장으로서의 역할을 만족스럽게 못 했다는 죄책감도 있었다. 아마 재산의 절반은 줘야만 할 것이다.

게다가 어리석게도 나는 아직도 집에 대체 어느 정도의 저축이 있는

지 정확히 모른다. 급여는 은행으로 들어가고 있지만 계좌를 관리하는 사람은 아내였다. 두 아이가 독립한 뒤부터는 매달 30만 엔씩 용돈을 받고 있을 뿐으로 집의 대출은 다 갚았지만 그 외의 돈이 어디에 있는가는 전혀 모르고 있었다. 은행 계좌에 모든 돈이 다 들어 있다면 모르겠지만 환금성이 있는 금이나 장롱 예금으로 가지고 있다면 알아낼 방법이 없었다. 만약 퇴직금을 받은 후에 요즘 유행하는 황혼이혼이라도 하게 된다면 노후 생활이 곤란해질지도 모른다.

다만 정년퇴직을 할 때까지는 아직 5년 정도의 시간이 남아 있었다. 순조롭게 중역이 된다면 은퇴는 더 연기되고 지금과 같은 격무에서도 해방될 것이다. 그렇게만 되면 아내도 태도를 바꾸어 관계를 회복할 수도 있을지 모른다.

앞날의 일은 앞날의 일. 어떻게든 될 것이다.

나는 그렇게 생각을 정리하고 찬장에서 스카치를 꺼내 아내가 깨지 않게끔 조용히 유리잔에 기울였다.

"그런데 있잖아. 묵었던 민박의 화장실을 보고 깜짝 놀랐다니까. 세상에 요즘 시대에 재래식이었다니까 재래식. 믿을 수 있겠어? 게다가 밑을 봤더니 안이 훤히 보이더라니까. 정말 너무 놀라서 나올 것도 나오지 않지 뭐야. 방에 있는 화장실이 남녀공용이었거든. 내가 용무를 마친 뒤에 남자친구가 들어가면 내 변이 보일 거잖아. 아무리 그래도 그건 좀……."

아침 일찍 출근하자마자 수면부족으로 벌겋게 된 눈을 깜박거리며 식용유 회사와의 교섭에 필사적인 표정으로 임하는 부하들의 목소리에 뒤섞여 소리를 죽인 여사원들의 대화 소리가 들려왔다.

본인들은 다른 사람에게 안 들릴 거라 생각하겠지만 소곤거리는 이야기는 오히려 주변 사람들의 주의를 끄는 법이다. 슬쩍 그쪽으로 눈길을 돌려보니 대두 부문에서 어시스턴트로 일하는 이이다 가나飯田香奈가 쪼그리고 앉아 의자에 앉은 동료 가와구치 마스미川口真澄와 이야기를 나누고 있었다. 업무 시작 시간까지는 아직 30분 정도 시간이 남아 있었다. 근무 중에 사담을 삼가야하는 건 말할 필요도 없었지만 업무 시간 전이라면 주의를 줄 수도 없는 일이었다.

"뭐어? 그게 정말이야? 재래식 화장실이 아직까지도 일본에 있는 거야?"

가와구치가 깜짝 놀라며 대꾸했다.

있고말고! 나는 마음속으로 소리쳤다.

"사실 이번 여행, 엄청 기대했었거든. 남자친구가 추울 때 따뜻한 곳에 가는 건 바보나 하는 짓이라며 정초라 숙박비도 비싸게 받을 거고 서비스도 나쁠 게 분명하다고. 또 무엇보다 추울 때 추운 장소에서 먹을 수 있는 먹거리 중에 맛있는 음식이 있으니 이번에는 인적이 없는 곳에서 느긋하게 맛있는 음식을 잔뜩 먹는 먹거리 여행을 하자고 해서 말이야."

그건 그쪽 남자친구가 맞는 말을 했네. 나는 내심 격렬하게 동의했다.

"그래서 음식은 어땠는데?"

"분명 가격에 비해 엄청 호화로웠다는 사실은 인정해. 저녁 식사도 굉장했어. 전복, 성게, 연어 알, 가자미에 참치회가 다 먹을 수 없을 정도로 나왔고, 센다이仙台산 소고기 스테이크랑 들새 통구이까지. 도쿄에서라면 가격이 얼마일지 짐작이 가지 않을 정도의 요리가 테이블 가득 나왔으니까. 게다가 하룻밤에 고작 만 엔."

"정말 싸다."

"게다가 정월이라고 해서 민박집 주인아저씨가 지역 특산 술을 됫병으로 내놓으며 서비스라고 그러더라니까……."

"정말 좋았겠다."

"그런데 먹을 수가 있어야지 원."

"그건 무슨 소린데?"

"무슨 소리긴? 조금만 생각해봐. 먹으면 먹을수록 내보내야 하잖아. 처음 재래식 화장실을 본 순간부터 트라우마가 생기지 뭐야. 결국 요리에는 거의 젓가락도 못 댔어. 나흘 동안 여행하는 중에 술만 잔뜩 마신 탓에 매일 숙취 때문에 힘들었고 도쿄로 돌아와서는 변비로 엄청 고생했다니까."

거참 고소하군. 나는 마음속으로 흐뭇해했다.

"나 다시는 산리쿠三陸는 안 갈 거야. 미야기宮城 같은 시골은 이제 두 번은 사양하겠어."

그거 참 미안하게 됐수! 나는 그만 버럭 소리를 지를 뻔했다.

미야기는 내 고향이다. 그것도 내륙에 위치한 인구가 몇 명 되지 않는 마을로 화장실 또한 아직까지 재래식이었다. 대학 졸업과 동시에 요쓰이에 입사해 시카고, 런던에서 두 번 근무를 한 뒤 곡물거래부의 부장 자리에 올라간 나 정도면 마을 사람들 눈에는 세계를 두루 돌아다니는 국제적인 인물로 비춰질 것이다.

실제로 요쓰이 상사의 동향은 곡물 시장에서도 시세를 좌우할 정도인 만큼 전 세계 라이벌 회사로부터 늘 주목을 받고 있다. 요쓰이의 움직임은 곧 나의 움직임이기도 했다. 그렇기 때문에 나는 복장에도 신경을 쓴다. 몸에 걸치는 양복은 브룩스 브라더스에서 나온 옷을 고집했으며, 구두는 존스톤앤머피로 정해져 있다. 그런 멋쟁이인 나의 본가가 아직까지 재래식 화장실이라는 말은 입이 찢어져도 할 수 없는 것이다.

물론 내가 내 출신지를 부끄러워하는 것은 아니다. 재래식 화장실도 일본 전역을 둘러보면 지금도 결코 드물지 않다. 정령지정도시政令指定都市, 일본 지방자치법 제12장 제1절 제252조의 19 제1항에 따라 내각의 정령(政令)으로 지정된 시-역자주는 하수도의 보급률이 거의 100퍼센트에 가깝지만 인구가 10만 명 정도인 도시는 60퍼센트 안팎, 50만이 미치지 못하면 끽해야 40퍼센트 정도밖에 되지 않는다. 이 수치를 일본 전국으로 확대해 평균화를 시켜보면 70퍼센트 정도라 할 수 있다.

선진국인 일본에서 어째서 이 정도로 하수도 완비가 미치지 못한 걸까? 이유는 간단하다. 대도시처럼 집들이 밀집해 있는 장소라면 하수도 설비도 효율적으로 할 수 있지만, 넓은 지역에 집이 산재되어 있는 지방 도시에서는 한 채에 들어가는 설치비가 막대해진다. 하물며 배설물 처리장이 없다면 하수도를 완비했다고 해도 배설물을 흘려보낼 수밖에 없다. 즉, 과소화過疎化가 진행 중인 지방에서는 그 비용을 변통하려고 해도 할 수 없는 것이 현실인 것이다.

　그런데 도시에서 자란 사람은 이 재래식 화장실을 보면 모두들 예외 없이 깜짝 놀란다.

　사실 내 아내도 그랬다. 약혼과 동시에 미야기의 본가를 방문한 아내가 화장실에 들어간 순간, "윽!" 하는 비명 비슷한 소리가 화장실 안에서 들려왔다.

　사실 그럴 만도 했다. 때는 여름. 거기다 30년 전의 일이었다. 환기는 변기통 안에 있는 구멍에 붙인 파이프 끝에 있는 구식 환풍기뿐. 바람이 불면 또 아니었지만 바람이 불지 않는 상태에서는 좁은 실내에 심한 악취가 가득 찼다. 그때는 막 약혼을 한 때였기에 아내도 아무 말을 하지 않았지만 결혼하고 해를 거듭할수록 내 본가를 방문하는 일을 싫어하게 되었다. 아이가 태어난 뒤부터는 "아이가 화장실에 빠지기라도 하면 어쩌려고 그래?"라고 노골적으로 싫어했다.

　하지만 손자의 얼굴을 보고 싶어 하는 부모님을 생각하면 적어도 1년에 한 번은 고향에 들려야 하는 것이 아들의 의무다. 전기 환기팬을 설치해 악취가 사라졌다는 사실을 방패삼아 어떻게든 짧은 기간 동안이나마 백중 때의 귀성만은 동의를 얻었지만 아이가 화장실에 들어갈 때는 반드시 아내가 동행했다. 하지만 그것도 시카고 주재로 인해 출국했을 때 이후 어느 사이엔가 매년 가던 것이 2년에 한 번이 되었으며, 런던 주재를 마친 뒤부터는 반대로 부모님이 도쿄를 방문해 2~3일 정도 여름 한때를 함께 보내게 되었다.

　물론 그런 시골이라도 최근에는 수세식 화장실을 완비하고 있는 곳이 없는 것은 아니다. 하지만 하수도와 배설물 처리장이 완비되어 있지 않은 곳에서는 자가용 정화조를 설치해야만 하는데 그 비용이 한 채에 150만 엔이나 되었다. 부모님께 그 정도의 돈이라면 자신이 낼 테니 차라리 화장실을 수세식으로 바꾸면 어떻겠냐는 말을 꺼낸 적도 있었지만, "그 돈을 써서 화장실을 바꾼다고 한들 네가 이 집으로 돌아올 것도 아니잖니. 그렇다면 이대로 지내도 괜찮다."라는 말을 듣자 대꾸할 말이 없었다.

도쿄에서의 생활이 길어지고 선진국에서의 쾌적한 생활에 익숙해지자 쇠퇴해가기만 하는 시골 생활 같은 건 노후의 선택지에 들어가지 않게 되었다. 말이 통하지 않는 것도 아니니 차라리 오스트리아나 뉴질랜드 쪽 나라에서 노후를 느긋하게 보내는 건 어떨까? 그렇게 된다면 아내와의 사이도 예전처럼 잘 풀릴지도 모르는데……. 그런 식으로도 생각했다.

이이다 가나의 재래식 화장실 이야기에 나도 모르게 과잉된 반응을 나타낸 것은 그런 경위가 있었던 것과 더불어 또 하나의 다른 이유가 있었다. 그녀와 가와구치가 나누는 대화가 귀에 들어오면 신기하게도 그 화제가 되었던 이야기가 구체적인 형태로 나의 신상에 좋지 못한 일이 일어나는 것이다. 그건 부하끼리의 불륜이기도 했고 인사에 관한 이야기이기도 하는 등 때에 따라서 다양한 형태를 띠긴 했지만 반드시 귀찮은 일이 일어났었다.

이번에는 대체 무슨 일이 일어나려는 걸까……?

"부장님, 2월 선적량을 3만 톤으로 겨우 주문을 맞췄습니다."

나는 아카쓰카의 목소리에 제정신으로 돌아왔다.

"닛토 오일이 1만 톤 선적량을 늘렸고 아사히아부라도 5천 톤을 늘렸습니다. 미시시피 강이 얼어붙었다는 이야기를 듣고 그쪽 업체들도 당황하는 듯했습니다. 3월분에 관해서는 즉각 검토에 들어가 오후 1시에 결과가 알려준다고 했고요. 아마 3월 출하도 괜찮을 것 같습니다."

"좋았어! 아카쓰카, 바로 운수부에 연락을 해. 뉴올리언스 부근에 비어 있는 배를 찾는 거야. 아마 모든 선사가 뉴올리언스에서 올 화물은 없다고 보고 다른 쪽으로 배를 돌리고 있을 거야. 그 뒤 시카고의 후지시마에게 와이오밍에서 3만을 3월 출하량으로써 확보하게 하고."

나는 연이어 지시를 내렸다. 뉴올리언스에 대두가 들어올 수 없으면 화물 선적을 할 수 없을 거라 판단하고 선박회사는 화물선을 다른 곳으로 돌릴 것이다. 안벽岸壁, quay wall을 사용하려면 매일 몇십만엔이라는 정박료를 내야만 하고, 먼 바다에 정박시켜둔다고 해도 언제 선적을 할 수 있을지 모르는 상황에서 배를 그저 놀릴 리는 없기 때문이다. 타이밍을 놓치면 자칫하다가는 기껏 대두를 확보하고도 운반수단이 없는 사태에 빠질지도 모른다.

바쁜 하루가 될 듯했다. 업무 시간의 시작을 알리는 종이 울렸다. 그것을 가늠하기라도 한 듯 책상 위의 전화가 울렸다.

"요쓰이 상사의 야마사키입니다."

회사의 전화는 모두 직통 전화다. 어젯밤 자기 전에 마셨던 스카치 냄새가 희미하게 코에 스치는 것을 느끼며 힘차게 대답했다.

"텟짱? 나야, 구마켄."

"구마켄이라면 구마자와?"

"그래."

"오, 구마켄. 오랜만이네."

구마켄- 그러니까 구마자와 겐지熊沢健二는 중학교 동창이다. 42살 때 나오라는 성화에 못 이겨 참석했던 중학교 동창회 이후로 만나지 못했으니 이야기를 나누는 건 13년 만의 일이었다. 녀석은 여전히 미야기 억양이 섞인 말투를 쓰고 있었다.

"텟짱, 지금 잠깐 이야기 나눌 시간 있어?"

나는 주르륵 늘어선 모니터 앞에 앉아 일을 시작하고 있는 부하들의 모습을 보았다. 아카쓰카는 운수부에 선박 의뢰를 하고 있었다. 다른 부원들도 평소처럼 바쁘게 일하고 있다. 현재로서는 내가 나설 필요는 없을 듯했다.

"응, 잠깐이라면 괜찮아."

"갑자기 연락해서 미안한데 오늘 시간 좀 내줄 수 있을까?"

"오늘? 이런, 꽤나 갑작스럽네."

"갑작스럽다는 건 알아. 하지만 말이지 꼭 들어줬으면 하는 말, 아니 부탁이 있어."

"부탁? 무슨 부탁인데?"

"이것저것 복잡한 이야기라 말이야. 전화로는 좀……."

"그건 상관없는데……. 하지만 낮에는 무리야. 저녁이라면 어떻게든……."

"그러면 오후에 신칸센을 타고 그쪽으로 갈 테니 식사라도 하면서 들어주지 않겠어?"

"뭐?! 너 아직 미도리하라 초錄原町에 있는 거야?"

"그래."

"그럼 나를 만나러 일부러 오려고? 그렇게 중요한 용건이라니 대체 뭔데?"

"그건 만나서 말해줄게."

구마켄은 그 용건에 대해서는 말해주지 않을 듯했다. 그와는 중학교에서 3년을 함께 보냈을 뿐이다. 설마 돈을 꿔달라는 이야기는 아니겠지만 도쿄까지 발걸음을 옮긴 뒤에 이야기를 해야만 하는 용건이라는 게 대체 뭘까? 생각을 해보았지만 도무지 떠오르는 것이 없었다.

"시간은 얼마나 필요한데?"

"세 시간 정도 내줄 수 있으면 좋겠는데."

"좋아, 알겠어. 신칸센 막차가 몇 시야?"

"9시 반이야."

상대가 3시간 정도 시간이 필요하다고 하더라도 그 시간에 딱 맞춰 이야기가 끝나는 일은 절대 없다. 넉넉하게 1시간 정도는 여유가 있어야 할 것이다.

"그럼 5시 반에 만나자. 도쿄 역의 야에스八重洲 출구에 '히나'라는 식당이 있어. 거기 개인실을 예약해둘 테니까 거기에서 보자고. 거기까지 가는 지도는 가게에 전화를 하면 팩스로 보내줄 거야. 점심 장사도 하고 있는 가게이니까 10시에는 전화 연결이 될 거야. 번호는——."

나는 '히나'의 번호를 알려준 뒤 전화를 끊었다.

눈길을 돌리자 이이다 가나의 모습이 보였다.

구마켄 녀석이 재래식 화장실인 건가——?

나는 그녀의 모습을 바라보며 속으로 중얼거렸다.

＊

'히나'에는 약속시간보다 15분 정도 빨리 도착했다.

"야마사키 씨, 손님이 아까 전부터 기다리고 계세요."

입구의 미닫이를 열자 일본식 복장을 입은 여주인이 정중하게 인사를 하며 말했다.

"좀 오랫동안 이야기를 나눌 것 같은데 괜찮을까?"

"무슨 그런 서먹서먹한 말씀을. 폐점 시간까지는 괜찮으니 부디 마음껏 이야기를 나누세요."

"요리는 평소에 먹던 거면 돼. 그리고 처음에 맥주를 두 병 정도 내줘. 나머지는 그때그때 부탁할게."

"알겠습니다."

여주인은 먼저 앞장서 안쪽의 개인실로 나를 안내했다. 그녀는 개인실 앞에 도착하자 절도 있는 목소리로 말한 뒤 미닫이를 열었다.

"실례하겠습니다. 야마사키 부장님이 오셨습니다."

13년 만에 만나는 구마켄의 모습이 있었다. 한눈에 봐도 기성품, 그것도 싸구려라는 것을 알 수 있는 어두운 남색 양복 밑에 거무스름한 적색 조끼를 입고 짙은 갈색 넥타이를 맨 그의 복장은 조화라는 말을 초월해 엉망진창이었다. 전에 만났을 때보다도 그는 훨씬 살이 쪄 있었고, 흰머리는 없었지만 앞머리가 꽤나 뒤로 밀려나 이마가 정수리 부근까지 넓어져 있었다. 그 탓에 실제 나이보다도 10년 정도는 위, 아무리 봐도 60대 중반의 아저씨로 보였다.

이 녀석이 그 구마켄이라니……. 나는 세월보다도 환경이 사람을 바꾸는 법이라는 사실을 통감하며 이 남자와 처음 만났던 때의 일을 떠올렸다.

구마켄과 실제로 대화를 나눈 건 중학교에 들어가 같은 반이 된 뒤였지만 그의 이름을 들은 것은 그보다도 2년 정도 빠른 초등학교 5학년 때였다. 당시 미도리하라 초에는 다섯 개의 초등학교가 있었고 가을이 되면 각 초등학교에서 선발된 학생들을 모아 육상대회를 여는 것이 매년 연례행사 중 하나였다.

"시라하白羽 초등학교에 구마켄이라는 엄청나게 멋있는 남학생이 있대."

어디서 누가 그런 정보를 듣고 왔는지는 모르겠지만 육상대회를 앞에 두고 그런 소문이 마을 중심부에 있는 내 모교, 미도리하라 초등학교의 여학생들 사이에 퍼지기 시작한 것이다.

연예인 중 누가 멋있다는 식의 이야기를 나누는 일은 있었지만 요즘 시대라면 몰라도 가까운 초등학교의 남학생을 지명해 멋있다는 이야기를 공공연하게 나누는 일은 있을 수 없는 시대의 일이었다.

"시라하 초등학교의 구마켄이라는 녀석 알아?"

초등학생이라고 하지만 5학년 정도 되면 여학생 사이의 소문은 신경이 쓰이는 법이다. 남학생들 사이에서도 그 이름이 나오기 때까지는 그렇게 시간이 걸리지 않았다. 하지만 남학생 중 누구도 당사자인 구마켄의 실물을 본 사람은 없었다.

그리고 맞이하게 된 육상대회 당일, 시라하 초등학교의 선수가 모습을 드러낸 순간 대회장인 미도리하라 중학교의 계단형 관객석을 가득 채운 여학생들 사이에서 새된 환호성이 일었다.

"구마켄~! 구마켄~!"

흥분한 목소리로 있는 힘껏 외치는 여학생들의 시선이 향한 쪽을 보자, 딱 한 사람 다른 선수들과는 다른 모습을 하고 있는 남학생의 모습이 있었다. 물론 유니폼은 똑같았기 때문에 다르다고 해봐야 신고 있던 양말과 신발이 다른 것이었다. 무릎 밑까지 오는 얇고 하얀 야구용 긴 양말에 하얀 아식스 상표가 들어간 파란색 나일론 신발. 그렇게 약간은 건방진 차림새를 하고 있던 녀석이 구마켄이었다.

솔직히 말해서 맥이 빠졌다. 어쨌든 당시는 포리브스FOUR LEAVES, 일본의 인기 가수 그룹의 전성기였다. 여학생들은 타카시가 좋니 코짱이 좋니 하며 학교에 브로마이드를 가지고 와 쉬는 시간이 되면 소란을 피우던 시절이었다. 그런데 구마켄은 센 마사오千昌夫를 몇 배는 촌스럽게 한 듯한 시골 촌놈 그대로의 얼굴을 하고 있었다. 분명 키가 크다는 사실은 인정할 수밖에 없었지만 이렇게나 여학생들이 소란을 피우는 이유를 알 수 없었다.

출전 종목은 나와 같은 100미터 달리기. 출발하는 곳은 내 옆이었다. 옆에서 살펴보자 구마켄은 당시치고는 길게 기른 머리에 단단히 빗질을 해서 헤어스타일을 정돈하고 있었고 머리에서는 은은하게 MG5 포마드의 향기가 감돌고 있었다.

뭐야, 그냥 아니꼬운 녀석이잖아. 이 녀석에게만은 지고 싶지 않아.

내 투지에 불이 붙었다.

그런데 막상 달리기 시작하자 구마켄의 다리가 내는 속도란…….

나는 눈 깜짝할 사이에 뒤처졌고 구마켄은 멋지게 우승했다.

중학생이 되자 인근 다섯 개의 초등학교 중 네 개 학교의 학생이 같은 중학교로 가게 되었다. 구마켄과 나는 같은 반이 되었지만 여학생들 사이의 인기는 변함없었다. 쉬는 시간이 되면 다른 반 여학생들이 교실 문 앞에서 그의 모습을 한 번이라도 보러 찾아왔다. 음악실로 이동할 때면 여학생이 그를 둘러싸고 시끄럽게 소리를 질러댔다. 마치 인기 연예인이 방문한 듯한 광경이 전개되었다. 그러나 반년이 지나자 그런 소동도 없었던 일처럼 자연스럽게 소멸되고 말았다. 이유는 알 수 없었지만 모든 여학생들이 갑자기 구마켄에게는 아무런 관심도 가지지 않게 되었고 구마켄은 극히 평범한 남학생이 된 것이다.

그러나 한 가지, 내가 구마켄에 관해서 인상 깊었던 부분은 그는 달리기만 잘한 것이 아니라 공부도 꽤나 잘했다는 사실이다. 중학교 3년 동안, 나는 한 번도 1등을 양보한 적이 없었지만 구마켄 또한 학년에서 10등 밖을 벗어난 적은 없었다. 학생회에서도 회장은 나, 부회장은 구마켄이 맡았다.

중학교를 졸업함과 동시에 나는 미도리하라 초에서 벗어나 멀리 이와테岩手 현의 명문 모리오카 제1고등학교로 진학했지만 구마켄은 가정

사정도 있어서 미도리하라 고등학교로 진학했다. 그 후 그와는 휴일에 귀향했을 때 몇 번 정도 만났을 뿐이지만 당시 인기 신설 학과였던 정보처리학과가 있는 도쿄의 대학에 진학해 컴퓨터 프로그래머가 되고 싶다고 자주 말했던 사실은 기억하고 있었다. 그래서 지망 학교에 무사히 입학했다고 들었을 때는 틀림없이 그 길로 나아갈 거라고 생각했었다. 하지만 42살 때 20년 만에 재회한 뒤 미도리하라 초의 관공서에서 근무하고 있다는 말을 듣자 용모의 변화와 더불어 진심으로 깜짝 놀랐다.

"텟쨩, 바쁠 텐데 미안해."

구마켄은 뚱뚱하게 밀려 나온 배를 넣으며 머리를 숙였다.

"뭘 새삼스럽게……. 뭐 딱딱한 인사는 생략하자고."

나는 손을 흔들며 그렇게 말한 뒤 앉자마자 여주인을 향해 눈짓을 했다.

"텟쨩, 이 가게 자주 오는 거야?"

"응, 이따금씩 오곤 해."

"비싸 보이는데?"

아무래도 자신이 만나자고 했으니 자신이 계산을 해야 할 것을 걱정하는 듯했다.

"계산이라면 걱정하지 마. 너는 미야기에서 일부러 찾아온 손님이잖아. 오늘은 내가 낼게."

"아니, 그래서야 미안하잖아. 오늘은 내가 부른 건데……."

"이 가게는 현금은 받지 않아. 계산은 한 달 치를 묶어서 회사로 보내는 형식으로 되어 있어. 그러니까 괜찮아."

나는 거짓말을 했다. 한 달 치를 모아 계산서를 회사로 보내고 있다는 말은 사실이었지만, 그렇게 하면 처음 오는 손님은 받을 수가 없다. 교토京都의 기온祇園 부근이면 몰라도 도쿄에서 그런 가게는 찾기 어렵다.

"실례하겠습니다."

미닫이가 열리더니 여주인이 중간 크기의 맥주병 두 개와 간단한 음식을 가지고 등장했다.

"뭐, 한 잔 하자고."

나는 맥주를 구마켄의 잔에 따라주었다. 이어서 구마켄이 내 유리잔에 맥주를 따랐다.

"이제부터는 알아서 마시는 거야. 일단 건배."

유리잔이 맑은 소리를 내며 울렸다. 서로의 유리잔이 비자 나는 천천히 이야기를 꺼냈다.

"그래서 내게 할 이야기라는 게 뭔데?"

그 순간 이이다 가나의 얼굴이 뇌리에 떠올랐지만 아무리 생각해봐도 이번만은 내게 해가 되는 이야기는 아닐 것이다. 고작해야 아들이나 딸 혹은 친척의 취직을 부탁하는 정도일 것이다. 그런 일이라면 합격 여부까지는 보장할 수 없지만 유능한 인물이라면 인사부에 소개해주면 되는 일이고, 경력을 들은 것만으로도 안 되겠다는 판단이 서면 연고자 채용은 안 받는다고 말하면 될 뿐이다.

"실은 말이지, 텟짱. 지금 미도리하라에 큰일이 일어난 건 알아?"

구마켄은 예상도 하지 못했던 이야기를 꺼냈다.

"큰일?"

"시정촌市町村 합병 말이야."

"아니, 나는 전혀 그쪽에는 관심이 없어서 말이야. 미도리하라 초에 무슨 일이 일어나고 있는지 전혀 몰라. 아버지나 어머니께 가끔씩 전화를 걸어도 그쪽 이야기는 전혀 하시지 않고……."

"그러면 처음부터 이야기를 해야겠네……." 구마켄은 한숨을 한 번 내쉬고는 "이번 시정촌 합병으로 히가시 마쓰오카東松岡와 니시 마쓰오카西松岡, 두 개의 군이 미야가와宮川 시에 합병되게 되었어. 뭐, 거기까지 이르는 과정에는 이런저런 혼잡이 일기는 했지만 일단 그렇게 되었어."

"흐음, 그럼 미도리가와도 미야가와 시로 합병이 되는 건가?"

"우리들도 틀림없이 그럴 거라고 생각했었어. 그런데 동서 양쪽의 마쓰오카 군도 미야가와 시도 한결 같이 우리 미도리하라하고는 합병할 수 없다고 반대를 하는 거야."

"왜 그러는 건데?"

"빚 때문이야."

"빚?"

"지금 초장町長이 취임한 지 올해로 36년이나 됐어. 아홉 번째 하고 있는 거니까."

"뭐? 초장이라면 그 다다노只野 씨 말이야? 그 사람 아직도 그 자리에 있어? 분명 초장이 된 건 40살 때였으니까 지금은-."

"76살이지."

"그거 정말 놀랍군. 하긴 그런 동네에서는 대항마를 내는 건 공산당

정도밖에 없을 테지. 그것도 밑져야 본전으로 나오는 거고. 현직자가 은퇴하지 않는 한 새로운 후보가 나오지 않을 거라는 건 이해가 가지만 그렇다고 하더라도 아홉 번에 36년이라는 건 너무 긴걸. 그래서?"

나는 뒷말을 재촉했다.

"일단 다다노 씨의 재직 중에 막대한 빚을 안게 된 거야."

"빚이 얼마나 있는데."

"약 150억-."

"흐음, 정말 엄청난 빚을 지고 있군 그래."

"그 빚이 합병의 장애가 되고 만 거야. 일단 다른 지자체에 비해 미도리하라의 빚은 극단적으로 많거든. 만약 지금 상태로 미도리하라와 합병한다면 다른 시정촌이 그 빚을 안게 되겠지. 그래서 미도리하라만은 절대로 신생 미야가와로는 들일 수 없다는 거지. 함께 하고 싶다면 깨끗하게 빚을 청산하고 와라. 그렇게 말하며 아주 냉담하게 내친 거야."

"갚을 방법은 있고?"

"갚을 방법이 있었다면 누구도 합병을 반대하지 않았겠지."

"그건 그러네."

"그렇지만 미도리하라 초의 재원은 계속 줄고만 있어. 텟짱도 알 거라 생각하지만 네가 그곳을 떠났을 때 무렵에는 2만 3천 명은 되었던 인구도 지금은 1만 5천으로 줄어들었어. 그것도 그중 절반 이상은 60세가 넘지. 제대로 된 일자리에서 일해서 꼬박꼬박 주민세를 지불하고 있는 사람은 나머지 중 3분의 2, 즉 5천 명 안팎 정도야. 지역 내에 몇 개 정도 중앙 자본으로 설립된 공장도 있긴 하지만 규모가 작아. 거기서 들어오는 세금은 뻔한 수준인데다 나이 든 사람들이 늘어가기만 할 뿐 유입되는 사람은 없거든."

"그런데 그 정도나 되는 돈을 어디에 쓴 거야?"

"그야 이런저런-."

"이런저런 일에 썼다고 하면 알 수가 없잖아. 짐작이 가는 부분만이라도 말해봐."

"가장 많이 쓴 데는 역시 공공사업이겠지. 어쨌든 요 36년 동안 농로 정비에 힘을 썼으니까. 게다가 하천 정비를 하고 병원도 세웠어. 주민회관에 도서관, 고용 촉진 주택에 대규모 공장 유치 용지 정비사업도 했어. 농원 같은 공공사업도 몇 개 했고. 그리고……."

"이제 됐어."

어깨에서 힘이 빠져나갔다.

"간단히 말하자면 돈이 나가기만 할 뿐 수익은 나지 않는 공공사업에 물 쓰듯이 돈을 썼다. 그 결과 남은 건 150억이나 되는 빚이라는 거네."

그렇게 말을 꺼내자 어쩌다 한 번씩밖에 본가에 가지 않는 나에게도 짐작이 가는 부분이 있었다. 예전에는 포장도로가 주변의 각 시정촌을 잇는 간선도로뿐이었지만, 지금은 논밭 한가운데에 멋진 도로가 그물 망처럼 뻗어 있었다. 내가 중학교 3학년이 될 때까지 마을 안에 수영장이 없었기에 수영이라고 하면 강에서 하는 게 당연했지만 지금은 각 초 등학교, 중학교에 수영장이 생겼고 사계절 언제라도 수영할 수 있는 수 영 센터도 있다. 강은 여기저기 파헤쳐져서 예전에 놀았던 곳은 전부 콘크리트 수도로 바뀌었다. 주민회관 또한 이런 멋들어진 건물을 세워

서 어쩔 생각인 거야? 하고 무심코 고개를 갸웃할 정도로 훌륭한 건물
이 지역 중앙에 자리를 잡고 있었다.

"그렇게 된 거야."

구마켄은 추욱 어깨를 늘어뜨렸다.

"하지만 별수 없는 부분도 있어. 인구는 줄기만 하는데 젊은 사람들
을 지역에 붙들어 놓으려면 결국은 일자리를 확보해야만 되잖아. 그걸
위해서는 인프라와 공장용지가 없어서는 이야기가 되질 않거든."

"TV에 나오는 시골 국회의원 같은 말은 하지 마. 일본 전국에 고속도
로와 신칸센이 달리게 되면 중앙과의 거리가 줄어든다. 그렇게 되면 산
업은 지방에 분산되고, 지방이 활기를 되찾을 거다. 그런 표어에 장단
을 맞춰 신칸센이나 고속도로를 정비해서 어떻게 됐어? 결과는 완전히
반대로 나왔잖아. 분명 고속도로나 신칸센이 생겨 중앙과의 시간적 거
리는 줄었어. 내가 도쿄로 처음 왔을 때는 재래선의 특급전차를 사용해
도 센다이에서 도쿄까지 4시간 반이 걸렸는데 그게 지금은 1시간 반으
로 줄어들었지. 미도리하라에서 30킬로미터 떨어진 미야가와까지 차
로 가더라도 3시간은 걸렸던 게 버스로도 40분 정도면 갈 수 있게 되었
고. 하지만 그 덕분에 지금까지 지역에 머물러 있을 수밖에 없던 사람
들이 일자리를 얻을 기회가 더 많은 대도시로 나오게 되었잖아. 인프
라 정비는 사람을 늘리기는커녕 유실시키는데 박차를 가하는 방법이라
고. 그야말로 연쇄 현상이라는 거지. 번영하는 곳은 더욱 번영하고 쇠
퇴해가는 곳은 더욱 쇠퇴해가는 법이야."

"텟짱의 말대로야. 실제로 내가 다녔던 미도리하라 고등학교도 내년

에 폐교가 결정되었어. 내가 졸업했을 때만 해도 한 학년 네 개 반에 각 반에 42명씩 있었는데 요 7년 동안은 한 학년에 한 반에 고작 25명 정 도였으니까. 예전에는 미야가와 고등학교로 진학하려면 성적도 좋아야했지만 통학이 힘들어 하숙을 해야 했잖아? 하지만 지금은 버스로도 편하게 통학할 수 있거든. 게다가 미야가와 고등학교도 옛날처럼 성적이 좋아야 갈 수 있는 것도 아냐. 미야가와 시의 중학교에서 성적이 좋은 녀석은 다들 센다이 고등학교로 가버리니 지금은 미도리하라 중학교에서 보통 정도의 성적을 가지고 있으면 간단히 들어갈 수 있지. 그러니 미도리하라 고등학교에 들어가는 녀석은 솔직히 싹수가 노란 녀석들뿐인 거야. 학교에서도 텟짱이 말하는 연쇄 현상이 일어나고 있는 거지."

"그리고 남은 건 노인과 어울리지 않게 멋있지만 쓸모는 없는 설비들뿐이라는 건가."

"뭐, 그런 거지."

"큰일이겠네 너도……. 지역 재정이 그렇게 좋지 않으면 공무원 수도 줄어드는 거 아니야?"

구마켄이 실제 나이보다 10년이나 늙어 보이는 이유를 알 것 같은 기분이 들었다. 미도리하라 초가 지고 있는 막대한 빚을 줄이기 위해 가장 먼저 할 수 있는 것은 고정비의 삭감일 것이고 그 부분은 공공 기관이라 할지라도 피할 수 없을 것이다. 아마도 지금 미도리하라의 지자체에서는 정리해고 바람이 불고 있을 것이다. 도쿄에서도 50을 넘은 사람이 새로운 직업을 갖는 일은 꽤나 괜찮은 경력이 없는 한 곤란하다.

하물며 제대로 된 산업이 없는 미도리하라 같은 시골에서 재취직 자리를 찾는 건 절망적인 일일 것이다. 가령 운 좋게 새로운 일자리를 찾았다고 하더라도 애초에 그런 시골에 공장을 세우는 건 인건비가 극단적으로 싸게 먹히기 때문인 만큼 운이 좋은들 지금 수입의 절반, 자칫 잘못하면 그 이하가 될지도 모른다.

"지자체에서도 최근 5년 동안 신규 채용은 삼가하고 있지만 자연스럽게 수가 줄어드는 걸 기다리는 것만으로는 따라잡을 수가 없어서 말이지. 사실상 권고사직이 시작되고 있어. 직원 수를 3분의 2로 줄이는 게 당면 목표지만 아마 그 정도로는 끝나지 않을 거야."

구마켄은 내 추측을 뒷받침하는 듯이 어깨를 늘어뜨렸다.

"정리해고 대상에 초장은 들어가지 않는 거야? 그렇게 많은 빚을 남기고 지역을 위기에 빠뜨렸으니 책임을 져야 하는 게 당연하잖아. 설마 재임한 36년 동안의 퇴직금을 챙겨 우아한 노후를 보낼 심산인 건 아니겠지?"

무심코 한 말이었지만 구마켄은 갑자기 유리잔을 테이블 위에 올려두더니 자세를 바로 하고 말했다.

"텟짱, 실은 오늘 이렇게 도쿄까지 온 건 바로 그 때문이야."

불길한 예감이 들었다. 초장의 퇴직금 이야기에 내가 어떤 관련이 있는지는 알 수 없지만, 일단 뭔가 터무니없이 귀찮은 이야기를 꺼낼 듯했다. 그런 느낌이 들어 견딜 수 없었다.

"뭐, 뭐야. 구마켄? 그렇게 정색을 하고."

"부탁이야. 텟짱, 너 초장이 되어주지 않을래?"

"초, 초장?! 내가 말이야?"

예감 적중. 내 목소리가 한심할 정도로 갈라져 나왔다.

"다다노 씨는 이렇게 된 것도 자신의 책임이라면서 요 몇 년 동안은 급료도 자진해서 50퍼센트를 삭감했어. 뿐만 아니라 퇴직금도 반환하겠다고 하고."

"자신이 뿌린 씨니 당연한 이야기지. 그리고 책임을 지겠다면 끝까지 책임을 지우면 되잖아."

"다다노 씨는 벌써 76살이야. 한 번 더 임기를 채우게 되면 80살이 돼. 체력적으로도 정신적으로도 한계야."

"그렇다고 해서 어째서 내가 초장 같은 걸 해야 하는 건데? 하고 싶어 하는 녀석이라면 널려 있을 거 아냐?"

"그게 아무도 되려고 하는 사람이 없으니까 이렇게 내가 온 거잖아."

"선거를 하게 되면 입을 다물고 있더라도 밀져야 본전이라는 셈으로 공산당이 후보를 세울 테지. 뭐, 시골이잖아. 주민들에게 공산당 알레르기가 있다는 사실은 알고 있지만 달리 후보가 없다면 그 녀석에게 시키면 되잖아."

"아무래도 공산당도 이번에는 후보를 내지 않을 생각인 듯해. 내보내지 않는다고 할까, 역시 하려는 사람이 없는 거지."

"고생할 게 눈에 보이기 때문이겠지만 그런 건 나도 마찬가지라고. 어째서 갚을 길도 없는 빚을 껴안아 어쩌지 못하게 된 지자체의 장 같은 걸 내가 해야만 하는 건데. 그런 바보, 전 세계를 찾아봐도 없을 거다."

"텟짱, 모리오카 제1고등학교를 나왔지?"

"응."

"대학은 마을이 생긴 이래 처음으로 게이오慶應에 들어갔지. 그것도 간판인 경제학부에."

"그래."

"대기업 상사인 요쓰이의 부장이지. 시카고와 런던에서도 지냈던 국제파고."

"그게 어쨌다는 건데?"

"그만큼이나 좋은 교육을 받고 세계를 각지를 돌아다닌 사람은 미도리하라에는 없어. 게다가 비즈니스의 최전선에서 일하고 있는 사람도 미도리하라 출신자 중에는 너뿐이야. 지금까지 익힌 지식과 대기업의 노하우를 활용한다면 마을을 다시 재건할 수 있을 거야. 나는 진심으로 그렇게 생각해."

"저기 말이야, 분명 민간 기업은 관공서와 달라서 적자를 내는 일은 용납되지 않아. 돈을 사용하는 것도 엄격하고, 돈을 벌어오지 못하는 사람은 그 자리에서 좌천돼. 자칫 잘못하면 해고가 되기도 하지. 그렇지만 정치와 비즈니스는 다르다고. 뭔가 대담한 수를 쓴다고 하더라도 하나하나 의회를 통과해야만 하고, 내가 모든 책임을 질 테니 맘대로 하게 해달라고 말할 수 있는 세계도 아니잖아?"

"의회에 대한 거라면 걱정할 필요는 없어. 내가 이곳까지 와서 이렇게 머리를 숙이고 있는 건 개인의 의견이 아니야. 적어도 지자체 의회 전원의 동의를 받고 온 거야. 그러니까 텟짱. 이렇게 부탁할게. 어떻게든 미도리하라를 구해줘. 네 힘으로 어떻게든 해줘."

구마켄은 갑자기 무릎을 꿇더니 다다미 바닥 위에 머리를 조아렸다.

*

예정대로 구마켄은 신칸센 막차를 타고 돌아갔다.

시원한 대답을 듣지 못한 구마켄은 꽤나 침울한 모습으로 어깨를 늘어뜨린 채 역을 향하는 동안 아무런 말도 하지 않았다. 헤어질 때 한마디,

"오늘 이야기는 텟짱 머리 한구석에라도 꼭 기억해줘. 초장 선거까지 아직 5개월이나 남아 있으니까 그동안 마음이 바뀐다면 바로 연락줘."

그렇게 말을 남기고는 도쿄 역의 혼잡한 인파 속으로 사라졌다.

나는 아무 말 없이 고개를 끄덕여 보였지만 아무리 생각해봐도 방대한 부채를 껴안은 시골 마을의 우두머리가 될 마음은 들지 않았다. 설령 부채가 없다고 하더라도 내 인생에 있어서 그런 선택지는 있을 수 없었다. 무엇보다 정치라는 종류에 전혀 관심이 없는 것이다. 아니, 엄밀히 말하자면 정치 당사자가 되는 일에 흥미가 없다고 말하는 편이 맞을 것이다.

곡물뿐 아니라 시세 상품의 가격은 세계정세를 크게 좌우하는 물품이다. 구리를 예를 들어보면, 아프리카의 이름 없는 나라의 내부 구석진 곳에서 게릴라 활동이 활발하게 진행된다는 세계의 어느 미디어도 보도하지 않는 정보가 시장 관계자 사이에 도는 것만으로도 시세는 높게 오른다.

광산에서 선적항까지 도달하는 수송 루트의 안전이 확보되지 않는다면 공급량은 줄어든다. 어쩌면 직원이 평소처럼 정상적으로 출근할 수 없을 것이라는 가능성만으로도 같은 사태가 일어날 수도 있다. 하물며 산출국에서 정변이라도 일어났다간 정말 큰일이다. 종합상사가 전 세계에 지사, 혹은 주재사무소를 두고 있는 이유는 단순히 장사만을 위해서만은 아니다. 생생한 정보를 보다 빨리 알아내기 위해서였다. 그것이 이익을 올리는 일로 직결되기 때문이다.

그렇다, 바로 정보! 제조회사가 힘을 갖게 된 현대 시대에도 상사가 다양한 비즈니스를 계속 펼칠 수 있을 수 있는 이유는 전 세계에 펼쳐진 정보 네트워크 덕분인 것이다.

그렇기 때문에 나 역시 국내, 해외를 불문하고 신문, 잡지 등의 다양한 미디어를 살피는 것이 주요 일과 중 하나다. 그러나 그건 그야말로 눈을 감으면 코를 베어가는 비즈니스 전쟁에서 이기기 위해서일뿐 정치로 뛰어들기 위해서가 아니다.

게다가 한 가지 더, 구마켄의 이야기에는 아무래도 마음이 내키지 않는 이유가 있었다. 그건 다름 아닌 미도리하라 내부 행정에 관여하는 인간들의 자질이었다.

그건 고등학교 2학년 때의 일이었다. 봄 방학으로 집에 돌아가 있을 때 한가한 나머지 유선방송으로 중계되는 자치회 의회 방송을 들은 적이 있었다. 이름을 불린 의원이 초장을 향해 묘한 질문을 시작했다.

"제가 살고 있는 곳 근처의 가케야鎌ヶ谷 공원 말입니다만, 그곳에 공중화장실이 없는 건 대체 어찌된 일인 겁니까? 거기에 화장실을 만들

어서는 안 되는 이유라도 있는 겁니까? 만들면 천벌을 받는다는 전설이라도 있는 거요?"

그 말에 나는 배를 쥔 채 데굴데굴 구르며 웃었다.

아무리 한촌이라고 해도 자치회의 의제로 올릴 만한 내용은 아니었다. 그것도 벌이라도 내리는 거냐고 물었다. 바보 같다는 생각을 뛰어넘어 불쌍하다는 생각까지 들었다.

국회의원조차도 영문을 알 수 없는 스포츠 선수나 연예인, 심지어는 프로레슬러가 당선되는 나라이다. 그런 점을 생각한다면 자치의원의 수준 같은 건 뻔한 것으로, 지역 정치에 이렇다 할 정책 같은 걸 가지고 있을 리도 없었다. 다만 의원이라는 직함에 매료된 속물 중의 속물이 모여 있을 것이 틀림없다.

그런 생각을 뒷받침할 만한 일이 일어났던 건 그 다음 해 마을을 떠나기 직전에 열렸던 댐 기공식이었다. 댐이라고 해도 발전을 목적으로 하는 대규모 댐도 아니었으며 치수를 목적으로 한 것도 아니었다. 농경지에 안정적으로 물을 공급하기 위한 것. 그것이 초에서 내놓은 변명이었지만 적어도 내가 기억하고 있는 한 미도리하라 초에 물이 부족한 사태가 일어난 적은 없었으니 댐을 만드는 진정한 목적은 틀림없이 공공사업에 의한 고용 확대에 있었을 것이다. 또 그 댐이 걸작이었던 점은 강을 단순히 막는 것뿐만이 아니라 20킬로미터나 떨어진 커다란 강에 파이프라인을 설치해 펌프로 물을 퍼서 물을 저장한다는 부분이었다. 어이가 없었다.

다만 이 사업은 야마사키 가문의 일원으로서 노골적으로 비판을 할 수 없는 입장에 있었다. 왜냐하면 당시 내 아버지가 현의원을 하고 있었고 마을의 뜻에 따라 댐 건설을 위해 분주하게 움직였기 때문이다. 도쿄에서는 의회의원이라고 해도 그렇게 경의를 표하는 인간도 없을 뿐더러 그게 뭐 대수냐는 말을 듣는 게 당연한 일일지도 모르겠지만 시골에서는 다르다. 초의회와 현의회의 사이에는 분명한 격차가 있으며 그야말로 지역의 명사 중의 명사가 아니면 할 수 없는 자리였다.

아버지가 그런 직책을 맡게 된 이유는 우리 야마사키 가문이 대대로 양조장을 해왔던 것에 기인한다. '다테의 강伊達の川'이라는 브랜드의 일본주는 전국구라고까지 말할 수는 없었지만 근처 지역에서는 널리 사랑 받은 술이었고, 그 재력으로 현의원을 오랫동안 맡았던 것이다. 하지만 그것도 내가 대학에 진학했을 때 전국적으로 소주 붐이 일면서 가업은 눈 깜작할 사이에 기울었다. 보리나 고구마로 만드는 본격파 을류乙類 소주에게 눌린 것이 아니었다. 바로 갑류甲類, 즉 합성 소주에 손님을 빼앗기고 만 것이다.

뭐, 그것도 생각해보면 무리도 아닌 이야기일지도 모른다. 어쨌든 합성 소주는 일본주와 비교하면 양에 비해 현격하게 가격이 싸다. 경제력이 없는 시골의 술꾼에게 있어서는 술의 맛 따위는 어찌되었든 상관없다. 요는 마시고 취하기만 하면 그만인 상품에 지나지 않는다. 주류 소매상 앞에는 오줌통처럼 생긴 페트병에 든 합성 소주가 진열되었고 '다테의 강'은 구석으로 들어가게 되었다. 그리고 몇 년 뒤에 가업은 폐업, 아버지도 그때 현의원 자리에서 내려오시게 되었다. 지금은 과거 양조장으로 사용하고 있던 건물을 농협이 판매하는 농기구의 쇼룸으로 대여해주고 거기서 나오는 집세로 생계를 꾸려나가고 있다.

그건 어쨌든 기공식 이야기로 돌아가겠다. 댐 건설은 당시로서는 초가 생겨난 이후에 처음으로 열린 커다란 공공사업이었기 때문에 지사를 시작으로 하는 현의 높은 인물들이 내빈으로서 주르륵 얼굴을 내밀었다. 현장에는 홍백의 장막이 펼쳐졌으며 까만색으로 칠해진 차가 주르륵 늘어서 있었다. 그리고 정해진 축사, 기공식으로 의식은 고요히 진행되었다. 여기까지는 좋았다. 여기까지는…….

사건은 일련의 의식이 끝나고 축하연으로 들어갔을 때 일어났다. '다테의 강'의 술통이 열리고 술이 널리 퍼져 연회가 한창이던 때 갑자기 일동 앞에 스팽글 턱시도를 몸에 걸친, 아무리 봐도 업계인 같은 사람이 나타나는가 싶더니 스피커에서 매우 소란스러운 음악이 울려 퍼졌다.

"미도리하라 초의 모든 분들 축하드립니다! 댐 기공을 축하하는 연회는 지금부터가 진짜입니다! 그럼 시작하겠습니다. 먼 남쪽 나라에서 온 필리핀 소녀의 춤을 즐겨주십시오! 고, 고, 레츠 고, 필리핀 댄스!"

명랑하고 커다란 목소리와 함께 몸에 딱 달라붙을 듯한 미니 원피스를 걸친 필리핀 소녀가 우르르 들어오더니 몸을 격렬하게 비틀며 춤을 추기 시작했다.

눈을 크게 뜨고 멍하니 입을 벌리고 그 모습을 보고 있는 지사나 현의 높은 분들을 곁눈질로 보며 우레와 같은 갈채를 보내는 미도리하라 초의 의원들.

이봐, 아무리 그래도 이건 너무 하잖아. 조금쯤은 자리의 분위기를 파악하라고! 무엇보다 그 누님들 노동 비자는 가지고 있는 거야? 불법

체류자, 아니 불법근로자 아니냐고? 그런 사람들을 공식 행사에 부르면 무슨 일이 일어날지 알고는 있는 거야?

당시는 필리핀 여성의 불법 근로가 미디어를 떠들썩하게 장식하던 시대였다. 대학에 진학하기 직전의 나조차도 느낌을 바로 딱 받았지만, 자치의회 의원들은 칠칠치 못하게 게슴츠레한 눈으로 춤만 뚫어지게 바라보고 있었다. 게다가 춤이 끝나자 필리핀 댄서는 내빈이나 자치의원의 사이로 들어와 술을 따르기 시작했다.

"싸장님, 한 잔 드세요."

"우린 사장이 아니야. 자치의회 의원이라고."

호칭을 들은 것만으로도 그녀들이 평소 어떤 일을 하고 있는지 눈치를 챌 법도 했지만 그런 기척은 조금도 보이지 않았다. 연회는 점점 흥이 오르기만 할 뿐으로, 그 사이에 어이없다는 표정을 지으며 지사를 비롯한 현의 높은 분들이 그 자리를 떠나는 것조차 전혀 알아차리지 못하는 형편이었다.

행운인지 불행인지 이 일은 자리에 있던 신문기자도 보도하지 않아 공공연하게 알려지는 일은 없었지만, 결국 미도리하라의 자치의회라고 해도 이 정도 사람들의 모임인 것이다. 구마켄은 내가 초장이 되는 일은 자치의회 의원들의 동의도 얻었다고 했지만, 이런 사람들을 상대로 지역 내 행정을 맡는 건 생각할 수도 없는 일이다.

"절대 없어, 구마켄. 미안하지만 내가 자네 이야기를 승낙할 일은 절대 없을 거야."

나는 그렇게 중얼거린 뒤 코트 옷깃을 세우고 택시 승차장에 늘어선 사람들 제일 뒤에 섰다.

*

그 후 한 달 동안, 나는 구마켄의 이야기를 떠올리는 일조차 없었다.

미시시피 강은 여전히 얼어붙어 있었지만 조치가 빨랐던 덕분에 거래처에 납입해야 할 대두는 안전하게 확보했다. 일은 전부 순조롭게 진행되고 있었다. 오히려 4월 분량의 납입품까지 확보한 덕분에 심야의 전화나 로이터의 휴대 단말기에 주의를 기울이는 빈도는 이전보다 훨씬 줄어들어 있었다. 구마켄과 만난 날로부터 한 주 뒤에는 올해의 작물이 심어진 상황의 확인을 위해 시카고를 경유해 3박 5일 정도로 대곡창지대 시찰이라는 출장 강행군에 나섰다.

하지만 풍파가 일지 않는 때일수록 상상도 하지 못했던 커다란 사건이 일어나는 것이 세상의 법칙이다. 그 일은 2월에 들어서자마자 걸려온 한 통의 전화에서 시작되었다. 짧은 간격을 두고 두 번씩 울린 착신은 내선전화였다.

"야마사키입니다."

수화기를 귀에 대며 대답을 하자,

"야시로八代네."

직속 상사이자 이사인 식료사업본부장의 날카로운 목소리가 들려왔다.

"잠깐 자네에게 긴히 할 이야기가 있어서 말이지."

야시로는 평소와 달리 묘하게 에둘러 말했다.

"무슨 일이십니까?"

"음, 전화로는 조금 하기 어려운 이야기일세. 미안하지만 자네, 지금 당장 내 방으로 와주지 않겠나."

불길한 예감이 들었다. 이 나이가 될 때까지 해외 주재를 했다 하더라도 관련 회사로 파견 근무를 나가는 일도 없이 본사에 남아 부장 자리를 차지할 수 있었던 것은 업무 실적 때문만은 아니었다. 기업이 조직으로 구성되어 있는 한 정치는 으레 따라다니는 법이다. 아첨을 하는 정도는 아니었지만 상사의 기분을 상하지 않게 하는 건 당연한 일. 장래에 자신을 끌어 올려줄 것이라고 지목된 사람에게는 그에 맞는 경의를 보이며 접한다. 그것이 샐러리맨의 처세술이라는 것이다.

그런데 출장 직후, 나는 한 가지 실수를 저질렀다. 최근 요쓰이 상사에서는 내후년도 신입 사원 채용시험이 피크를 맞이하고 있었다. 요즘은 3학년 때부터 채용시험을 준비하는 경우가 많지만, 어쨌든 내가 입사하기 훨씬 전부터 지금에 이르기까지 학생들의 인기 랭킹에서는 10위 이하로 떨어진 적이 없는 인기 기업이다. 요쓰이를 지망하는 학생은 수없이 많았으며 내정을 받으면 이미 정해진 기업을 차고 입사하는 게 당연한 일이다.

게다가 2년을 수료한 시점에 내정을 받게 되면 학생은 안심해서 공부를 그다지 하지 않게 된다. 대학 교육에 결코 환상을 품고 있는 것은 아니지만 그럼에도 2학년까지는 성적이 우수했다가 3학년 때부터 낙제에 가까운 점수를 받는 건 아무리 그래도 바람직하지 않다. 적어도 3학년 1학기의 성적을 본 뒤 채용을 시작한다. 그것이 요쓰이의 신입사원 채용 방침이었다.

1차 시험은 서류심사. 다만 이것은 인터넷을 통한 응모이기 때문에 공공연하게 알려져 있지는 않지만 사실상 통과시키는 학교는 지정되어 있었다. 2차는 필기시험. 3차는 일반사원의 면접. 4차는 부장급의 면접. 그리고 5차에 중역에 의한 최종면접을 거쳐 채용이 되는 것이다. 다만 중역 면접이 되면 지망자는 거의 채용 예정 수까지 줄어들어 있기 때문에 고른 사람들을 중역에게 확인 받는, 말하자면 의식이기 때문에 4차의 부장급 면접이 사실상의 최종면접이 된다.

나도 직무상 그 면접 자리에 시험관 중 한 명으로서 참석했지만 그곳에 나타난 것이 구와바라 도모키桑原友樹라는 학생이었다. 그를 면접실로 부르기 전에 이력서를 보자 도쿄의 유명 사립대학 부속 초등학교부터 에스컬레이터식으로 교육을 받았지만 대학 성적은 대부분이 '가'뿐이었다. '우'는 전무, '양'도 셀 수 있을 정도로밖에 받지 못했다. 보통은 서류 심사에서 떨어뜨리는 것이 당연한 레벨이었지만 그곳에 커다랗게 찍힌 'E' 도장을 보면 어째서 붙었는지도 납득이 갔다. 'E'라는 건 연고를 나타내는 암호였기 때문이다.

응모하는 학생들은 모르는 일이지만, 면접도 4차가 되면 입사 후 배속될 것으로 여겨지는 부문의 부장이나 과장이 면접을 담당하게 되어 있다. 한마디로 종합상사라고 하지만 실태는 각 부문이 완전히 독립한 전혀 다른 회사의 집합체인 것이다. 요쓰이 상사라는 사명은 그 회사들을 하나로 모은 총칭에 지나지 않는다. 즉, 이 면접은 장래 자신들과 책상을 나란히 하고 식료사업부에서 일을 할 사원을 선발하는 자리인 것이다.

연고 채용은 어느 시대에나 어느 회사에나 존재한다. 그 자체는 딱히 드문 일이 아니었지만, 요쓰이에서의 연고 채용은 소개자가 없는 부문으로 돌리는 것이 불문율이었다. 그렇지 않으면 원래 떨어뜨려야만 하는 인물을 진심이 아니더라도 채용해야 하기 때문이다.

이 녀석은 안 되겠다.

성적증명서의 뒤를 이어 필기시험의 성적을 보자마자 나는 즉시 그렇게 판단했다. 일반교양은 42점, 영어에 이르러서는 20점이라는 비참한 점수였다. 고등학교였다면 낙제, 잘해야 추가시험이다. 그와 더불어 이력서에 붙어 있던 사진 안에 비춰진 이 녀석의 머리 상태는 산바람이라도 맞은 듯한 머리를 하고 있었다. 평소에는 어쨌든, 이력서에 사진을 붙일 때는 진심이 아니더라도 제대로 된 차림을 하는 것이 사회인이 되려 하는 인간의 상식이라는 법이다.

하지만 면접을 하지 않고 그를 돌려보낼 수도 없었다.

"다음, 들여보내."

나는 문 옆에 앉은 인사부의 남자를 향해 말했다.

구와바라가 방으로 들어왔다. 신장이 180센티미터는 될 것 같았고 그와 더불어 냉장고처럼 다부진 네모난 몸을 가지고 있었다. 정말이지 올려다봐야 할 듯한 거구였다.

"릿토立東 대학에서 온 구와바라 도모키라고 합니다. 잘 부탁드리겠습니다!"

아무래도 최저한 예의만은 갖추고 있는 듯했지만 머리 스타일은 사진과 그대로였다. 그는 의자 옆에서 차렷 자세를 취하며 큰 소리로 이름을 밝혔다.

"거기 앉게나."

"실례하겠습니다."

구와바라가 자리에 앉았다.

"그나저나 몸집이 크군. 뭔가 스포츠라도 한 건가?"

나는 천천히 말을 꺼냈다.

"아메리칸 풋볼을 했습니다. 포지션은 공격 센터입니다."

과연, 머릿속까지 근육으로 되어 있는 거군. 나는 납득을 하고 다음 질문을 던졌다.

"그럼 몸은 꽤나 튼튼하겠군."

"네엣! 체력에는 자신이 있습니다!"

가슴을 쭉 편 구와바라. 이런 녀석을 보고 있으면 어째선지 괴롭히고 싶어진다.

"하지만 그렇다고 하더라도 성적이 조금 부족하군. 학교 성적을 보면 '가'뿐이던데. 은행이었다면 문전에서 쫓겨났을 거야."

"네! 그렇기 때문에 상사를 지망했습니다!"

짜증이 났다. 어디의 누가 그런 말을 시작한 것인지는 알 수 없지만 예전부터 상사에서 근무하는 직원은 체력이 승부라는 전설이 학생 사이에 뿌리 깊게 퍼져 있다는 사실은 알고 있었다. 하지만 그건 분명히 틀린 말이다. 수학적으로 말하자면 필요조건일지도 모르겠지만 충분조건은 아니다. 아니, 정확하게 말하자면 체력과 지력 양쪽을 겸하고 있지 않으면 상사의 격무는 감당할 수 없다.

"필기시험 성적을 보면 영어도 그다지 특기가 아닌 것 같은데."

"네엣!"

"네에라니, 상사 직원에게 있어서 영어는 필요불가결한 법일세. 뭐, 주재를 한다면 어느 정도 익힐 수는 있겠지만 그렇다고 하더라도 기초가 되어 있지 않으면 안 돼. 무엇보다 주재는 영어 습득이 목적이 아니야. 즉시 투입할 수 있는 전력으로서 가는 거지."

"입사할 때까지 필사적으로 공부하겠습니다. 체력과 근성은 있으니까요."

앞으로 해서는 늦는다고. 나는 그렇게 속으로 욕을 퍼부었다. 스무살을 넘길 때까지 만족스럽게 공부를 하지 못했던 녀석이 어떻게 1년도 채 되지 않는 사이에 비즈니스 수준까지라고는 할 수 없지만, 그에 준하는 영어 실력을 익힐 수 있다는 건가. 그런 일이 불가능에 가깝다는 사실은 바보라도 안다.

"그건 그렇다 치고 자네, 재미있는 헤어스타일을 하고 있군. 늘 그런 스타일인 건가?"

"네. 오늘은 특별히 기합을 넣었습니다."

비꼬는 말을 했지만 알아듣는 기색도 없었다. 걱정이라고는 하나도 없는 듯한 미소를 띠며 구와바라는 대답을 할 뿐이었다.

어차피 어딘가 다른 사업부의 높으신 분이 채용을 부탁했을 테지만, 사업부가 다르다면 회사가 다르다는 것과 마찬가지다 이런 녀석에게 공짜 밥을 먹일 여유가 아무리 대☆요쓰이라고 하지만 있을 리가 없다.

뒤이어 질문을 던지는 과장들을 곁눈질하며 나는 평가란에 있는 힘껏 엑스표를 쳤다. 게다가 그 밑에 있는 5단계 평가는 1. "절대로 채용하고 싶지 않다."에 동그라미를 그렸다.

면접관 중에는 가장 높은 위치에 있는 내 평가는 이 시점에서 최종평가이기도 했다. 세모라면 과장들이 내린 평가를 참작할 여지는 있지만 엑스는 그렇지 않다. 즉 구와바라는 탈락이라는 말이었다. 다음다음 날, 면접 결과를 적은 종이가 인사부에서 돈 뒤 5차 시험에 나갈 10명이 확정되었다. 당연하게도 그중에 구와바라 도모키의 이름은 없었다. 이이다 가나를 불러 "이걸 과장에게 돌려줘." 그렇게 말한 직후에 사건이 일어났다.

"부장님, 구와바라 도모키의 이름이 없는데요…….”

면접에 입회했던 하야시바라林原가 파랗게 질린 얼굴을 하고 책상 앞에 섰다.

"그래, 그 녀석 내가 엑스를 줬거든."

"네에? 부장님께서 엑스를 주셨다고요?"

하야시바라는 다시 확인하려는 듯이 물었다.

"당연하잖아. 아니면 뭐야, 자네는 동그라미를 준 거야?"

"네."

"어디를 어떻게 보면 그런 변변치 못한 바람 맞은 머리를 한 녀석에게 동그라미를 줄 수 있는 거야. 신입사원은 3년은 견습. 그 사이에 일을 익히면 된다는 이야기는 옛날이야기잖아. 즉시 투입할 수 없는 사람을 먹일 여유 같은 건 요즘은 어떤 회사도 없어. 그 정도는 자네도 알고 있을 텐데?"

"그건 그렇습니다만……. 하지만……."

"하지만 뭔데?"

"야시로 본부장님께서 그렇게나 잘 부탁한다고 말씀하셨잖아요."

하야시바라는 한순간 주위를 서둘러 살핀 뒤 속삭이듯이 말했다.

"뭐?"

이번에는 내가 얼굴이 파랗게 질릴 차례였다.

"그런 이야기는 못 들었는데?"

"지난주에 여기까지 오셔서 말씀하셨잖아요."

"난 지난주에는 미국 출장을 가서 없었다고."

"그럼 아무런 말씀도 듣지 못하셨던 건가요?"

"들었다면 엑스 같은 걸 줬을 리가 있나."

"아무래도 그 사람 본부장님 여동생의 아들인 것 같던데요?"

"잠깐 기다려. 연고채용은 소개자와는 연고가 없는 사업부로 돌리는 게 규칙이잖아. 그게 어째서……."

"그 사람을 보면 알 수 있잖아요. 요즘 체력과 근성을 내세우는 체육 계열의 바보를 채용하는 일류 기업 같은 건 어디엔들 있을 리가 없죠. 게다가 본부장님은 사내에 적도 많으니까요. 그래서 규칙을 바꿔 인사 부에 억지로 부탁해 우리 사업부로 들어오도록 한 거겠죠."

야시로는 작년 이사본부장에 갓 취임했다. 나이는 나보다 4살 정도 많았지만 이사 중에서는 최연소였다. 요쓰이의 역사 안에서 식료사업 본부 출신자가 사장으로 취임한 일은 없었지만, 이대로 별 실수만 하지 않는다면 부사장까지는 갈 수 있지 않을까 하는 추측이 가능한 인물이었다. 사내에 적이 많은 것은 그의 성격 때문이 아니라 중역 사이의 격렬한 경쟁을 통과해 한 단계 높은 위치에 올라간 인간이라고 주목을 받은 사람이기 때문이었다.

더욱 좋지 않은 것은 사업부에서 나는 자타가 공인하는 야시로파 중 한 명으로 인정받고 있다는 사실이었다. 입사해서 이 사업부에 배속된 뒤 일을 기초부터 가르쳐준 사람도 그였으며, 시카고에 주재했을 때는 도심 남쪽에 있는 오크블록이라는 고급 주택지에 살며 가족들끼리 어울리기도 했었다. 어쩌다가 술을 마시면 귀가할 때 핸들을 잡는 것도 나였고 크리스마스나 추석, 여름에 야외에서 하는 바비큐 파티는 우리 집을 회장으로 삼아 모든 준비를 갖추고 그의 가족을 대접했었다. 내가 현재의 지위에 있을 수 있는 것도 그런 헌신적이었던 과거의 내 행동과 그의 후원이 있었기 때문이었다.

아무리 미국 출장으로 인해 사정을 몰랐다고 하지만 내가 야시로의 친척에 해당하는 사람에게 엑스를 줬다는 사실이 알려지게 된다면, 그의 입장에서는 기르던 개에게 손을 물린 것이나 다름없이 느낄 것이다.

나는 황급히 수화기를 손에 들었다. 그리고 인사부의 채용 담당자의 번호를 눌렀다.

"기도구치城戸口입니다."

"곡물거래부의 야마사키일세. 지난번 신입 사원 면접 건으로 할 말이 있어서 말이야."

"어떤 겁니까?"

"판정에 실수가 있었네. 구와바라 도모키라는 학생 말인데……."

"잠시만 기다려주십시오."

파일을 넘기는 소리가 멈췄는가 싶더니, "아아, 'E'를 받은 학생 말이로군요. 부장님의 판정은 엑스. 그것도 평가는 1점으로 되어 있습니다만."

"그걸 동그라미, 평가를 5, 아니 4로 변경해줬으면 하는데."

"4라고 하면 '채용하고 싶다'로 바뀌는데 무슨 일인 건가요? 이제 와서 정반대의 평가를 내리시다니."

"다른 학생과 착각했어. 여하튼 4차 시험에서는 최종 면접에 나갈 학생을 10명까지 추려야 하지 않나. 그래서 비교하고 있는 사이에……."

"착각을 하셨다면 구와바라 군에게 내릴 평가를 누구에게 하실 생각이셨나요?"

나는 대답이 막혔다. 어쨌든 면접을 한 학생의 수만 20명 정도인 것이다. 수험자의 이름 같은 건 한 명도 기억하고 있지 않았다.

"누구인지는 잊어버렸지만 말이지, 평가가 4라면 최종면접에는 올라갈 수 있겠지. 합격 여부는 임원들에게 맡기고 싶네만."

"그건 무리입니다."

기도구치가 딱 잘라 대답했다.

"어째서지?"

"벌써 어제 메일로 결과를 보냈기 때문입니다. 이제 와서 통보를 잘못했다고는 말할 수 없습니다. 게다가 4차 시험 합격자 리스트가 임원실로 갔습니다. 최종 면접 스케줄과 함께 말이죠."

"언제 갔지?"

"오늘 오전 중 사내 우편으로 갔습니다."

"지금이라도 정정을 할 수 없을까?"

"인사본부장의 승인서가 붙은 정식 서류입니다. 어쩔 방법이 없습니다."

입사시험에 보결은 없다. 물론 내정을 받더라도 사퇴하는 학생이 있기는 하지만 보충은 어디까지나 5차 시험까지 온 이들 안에서 선발된다. 이 시점에서 구와바라가 선발되지 못했다는 사실은 확정되었으며, 두 번 다시 요쓰이에 자리를 얻을 수 없게 되었다. 이 사실을 야시로가 조용히 보고 넘길 리가 없다. 그렇게 생각하고 있던 중에 전화가 걸려 온 것이다.

나는 로커 안에서 상의를 꺼내 중역실로 향했다.

위층으로 가는 엘리베이터가 멈출 때마다 함께 탄 사원이 한 명, 또 한 명 내렸다. 최상층인 20층에 도착했을 때는 엘리베이터 안에 나밖에 없었다. 문이 열리고 바닥에 융단이 깔린 엘리베이터 홀로 발을 내딛었다. 그 끝에는 중역 한 명 한 명에게 주어지는 비서가 있는 통유리로 된 부스가 주르륵 늘어서 있었다.

"야시로 본부장님께서 오라고 하셨네만……."

"들었습니다. 안으로 들어가시죠."

비서가 미소를 띠며 대답했다.

두툼한 문을 두드렸다. 안에서 야시로의 들어오라는 목소리가 들렸다.

"실례하겠습니다."

나는 문을 열고 야시로의 방으로 들어갔다. 커다란 유리창을 뒤로 한 채 집무용 책상에 앉아 있던 야시로가 온화한 미소를 머금고 나를 맞이했다. 불길한 예감이 확신으로 바뀌기 시작했다.

"거기 앉게나."

야시로는 중앙에 놓여 있는 응접세트를 눈으로 가리킨 뒤 천천히 자리에서 일어났다.

"바쁜 와중에 미안하네. 잠깐 자네에게 할 말이 있어서 말이지."

내 앞에 있는 소파에 앉았다.

"네……."

"단도직입적으로 물어보겠는데 자네, 이쯤에서 사장을 해볼 마음은 없나?"

왔구나……. 하는 생각이 들었다. 역시 야시로는 조카를 떨어뜨린 일을 마음에 두고 있는 것이다.

"사장이라고 하시면……?"

나는 눈을 위로 뜨고 야시로를 바라보며 물었다.

"실은 내년에 닛토 오일의 자회사인 닛토 푸드의 사장 자리가 빈다네. 이제 와서 자네에게 설명할 것도 없지만, 닛토 오일은 우리 회사의 중요 거래처 중 하나지. 닛토 푸드는 우리 회사와 반반씩 세운 자회사이기도 하고. 지금까지 그 자리는 닛토의 임원이 낙하산으로 들어가는 게 관례였네만 요즘 실적이 썩 좋지 않아서 말이야. 이번에는 새로운 인재를 기용해 실적을 만회를 하고 싶다네. 마침 우리 회사에 적임자가 없을까 하고 닛토 오일 사장이 직접 타진을 해오기도 했고."

닛토 푸드는 모회사인 닛토 오일이 대두유를 짜낸 뒤의 찌꺼기를 사용해 식용 대두단백을 제조하는 회사다. 대두단백은 아황산소다수용액이나 감미료, 착색료, 합성향료를 추가하면 인공육으로 변신한다. 그것을 정육에 섞어 만두, 햄버그, 슈마이 등의 가공식품으로 만드는 것이다. 연매상은 백억, 자본금 3천만 엔. 누가 보아도 중소기업이었으며 사장이라고 하면 듣기는 좋겠지만 낙하산이라고 해도 요쓰이 본부의 부장이 취임할 정도의 위치는 아니었다.

"닛토 푸드 말입니까?"

"싫은가?"

"아니, 그런 건 아닙니다. 다만 저는 입사 이래 식료사업본부에 적을 두고 시세 상품밖에 담당해본 적이 없습니다. 식품 쪽은 전혀 문외한이라서 말이죠."

"그래서 자네에게 가달라는 걸세."

"무슨 말씀이신지?"

"진짜 모르겠나?"

야시로는 사냥감을 움켜쥔 맹금 같은 눈빛을 띠더니 "자네는 이대로 요쓰이의 부장 자리에서 끝낼 생각인가?"라고 눈빛과는 달리 온화한 목소리로 물었다.

"그야 저한테도 위로 올라갈 수 있다면 올라가고 싶은 마음은 있습니다만……."

"그렇겠지. 부장 다음은 부본부장, 그 다음은 임원인 본부장. 그렇게 되기 위해서는 시세 상품만 알아서는 안 되지 않겠나. 식료사업부 전반에 관한 지식이 없다면 위쪽 직책에는 앉을 수가 없으니까."

그런 말을 듣자 대꾸할 말이 없었다. 나는 입을 다물었다.

"나는 말일세, 늘 지금까지 자네의 처우에 대해 미안하게 여기고 있었다네. 입사 이래 계속 시세 상품만 담당시키고 다른 일은 배제했으니 말이야. 솔직하게 말해 지금 내 자리를 이을 사람은 자네라고 생각하지만, 지금 이대로라면 본부장은커녕 부본부장으로도 추천할 수가 없네. 적어도 사업부 안에서 세 개 부서를 역임하지 않고서는 더 높은 자리를 맡길 수 없기 때문이지. 그런데 마침 닛토 오일에서 이런 제안이 들어온 거야. 뭐 본사의 부장이 취임하기에는 격이 떨어지는 회사라는 인상은 부정할 수 없지만, 닛토 푸드의 사장을 경험하면 대두 찌꺼기 이외에 가공품 원재료가 되는 정육, 생선, 야채, 게다가 곡물 식품의 경력을 쌓을 수 있겠지. 그렇게 되면 단기간에 세 개 부문을 경험하는 것이 되지 않는가? 이건 자네에게 있어서도 기회라고 생각하네만."

"배려해주셔서 감사합니다만 과연 제가 회사 경영을 할 수 있을까요?"

"일할 자신이 없다는 건가?"

"회사 경영을 짊어지게 되면 당연히 결과를 내야만 합니다. 그것도 단기간에 말이죠. 경영 최전선에 선 사람이 이제부터 배워야 하는 상황이라면 만족스러운 결과를 낼 수 않지 않겠습니까……."

"이상한 말을 하는군. 자네는 방금 전에 위를 목표로 할 수 있다면 목표로 하고 싶다. 그런 마음이 있다고 말하지 않았나? 이대로 본사에 있으며 시세 상품밖에 모르는 상태로 부본부장과 본부장이 되려고? 그렇게 되면 그 직책을 잘 맡을 수 있을 거라고 생각하는 건가?"

"아뇨, 결코 그렇게는 생각하고 있지 않습니다."

"그렇지? 그렇다면 어떤 고생이 있더라도 닛토 푸드에서 결과를 내보이겠다고, 어째서 그렇게 말하지 못하는 건가?"

닛토 푸드의 실적이 침체 상태인 이유는 알고 있었다. 대두단백 그 자체는 인간의 입에 들어가는 식료로 충분히 활용할 수 있지만, 문제는 그것을 인공육으로 가공하기 위해 넣어야 하는 식품첨가물에 있었다. 과거에는 주의를 기울이는 사람은 거의 없었지만, 최근의 건강 붐 때문에 갑자기 주목을 받기 시작한 것이 식품첨가물이다. 식료첨가물 문제를 매스컴이 문제 삼자 소비자는 식품 원재료는 물론이며 제조과정에까지 주의를 기울이기 시작했고, 육가공 식품에 대두단백이나 식품첨가물 표시가 되어 있는 것만으로도 구입을 꺼리게 되었다. 물론 아직 소비자가 성분표를 잘 살피지 않는 업소 납품용 식품에는 대두단백을 사용한 제품이 넘칠 정도로 많지만 매스컴의 눈길이 그쪽으로 향하는 건 시간문제였다.

첨가물 없이는 대두단백을 인공육으로 만들 수 없다. 즉 앞으로도 아무리 발버둥을 친들 대두를 짜낸 찌꺼기를 이용한 식품의 수요는 증가하지 않을 것이라는 이야기였다. 그리고 결과를 내지 못한다면 더 윗자리로 올라가기는커녕 요쓰이로 돌아올 수도 없을 것이다. 빠르면 2년, 늦어도 3년 안에는 이적을 해야 할 것이고, 자칫 잘못하면 사장 해임과 함께 직장을 잃게 될지도 모른다.

나는 한순간 눈물로 사죄를 할까 생각했다. 이 인사는 야시로의 조카인 구와바라를 떨어뜨린 일에 기인한 것이 분명했다. 미국으로 출장을 가는 바람에 그가 본부장의 조카라는 사실을 몰랐다고 호소하는 것이 어떨까 하는 생각도 했다.

하지만 그 말을 한다고 해서 사태가 호전되지 않을 것이라는 사실은 이미 알고 있었다.

야시로가 이 인사를 나를 높은 자리로 보내기 위한 경험을 쌓게 하기 위해서라고 말하고 있는 이상, 구와바라를 채용하지 않은 일은 아무런 관계도 없다고 이야기할 것이 틀림없기 때문이었다.

진퇴양난이라는 건 그야말로 이 일을 말하는 듯했다.

"본부장님, 한 가지 여쭤 봐도 괜찮을까요."

"뭐지?"

"만약 제가 지금 자리에 머물고 싶다고 말씀을 드릴 경우에는 어떻게 되는 건가요?"

나는 궁한 나머지 그렇게 물었다.

"그것도 괜찮겠지. 하지만 우리 회사의 규정을 자네도 알 텐데? 부장 자리에 머무를 수 있는 건 4년이 한계야. 그때까지 승진하지 못한다면 자네는 그 시점에서 지금의 자리에서 내려오게 되겠지. 그때 이번 같은 이야기가 있을지 어떨지는 보증할 수 없는 일이고."

나는 마음속으로 비명을 질렀다. 분명 요쓰이에서는 과장직 이상의 자리에 해당하는 사람의 취임 기간은 내규로 규정되어 있다. 일정 기간 내에 승진하지 못한다면 직함은 그대로 있지만 라인에서 벗어나 '부장' 직함 뒤에 '대우'라는 단어가 붙게 된다. 부장 자리에 있을 수 있는 건 4

년. 이미 1년이 지났으니 남은 시간은 3년이 된다. 만약 그때까지 부본부장으로 승진하지 못한다면 당연히 급료는 엄청나게 내려갈 것이고 잘해야 그 시점에 자리가 비어 있는 자회사로 전출되거나 자칫 잘못하면 정년까지 썩게 될 것이다. 그리고 그 인사권을 쥐고 있는 사람이 다름 아닌 야시로다. 오늘만 해도 명백하게 좌천, 그것도 편도 티켓 인사를 고지하는 그다. 아마도 자회사로의 전출 같은 건 용납하지 않을 것이다. 그렇게 되면 기다리고 있는 건 조기 퇴직뿐이다.

나는 지금까지 쌓아 올렸던 모든 경력이, 그리고 장래를 향한 계단이 와르르 소리를 내며 발밑부터 무너져가는 것을 느낄 수 있었다.

"본부장님……. 갑작스러운 이야기이기에 뭐라고 대답을 해야 좋을지 바로는 생각이 정리되지 않습니다. 잠시 시간을 주실 수 없겠습니까?"

나는 간신히 말을 내뱉었다.

"알겠네. 일주일 정도 시간을 주겠네."

야시로는 만족한 듯 온화한 미소를 띠었다.

나는 자리에서 일어서서 인사를 한 뒤 방을 나섰다.

문이 닫힌 집무실 안에서 그의 드높은 웃음소리가 들려오는 듯했다…….

*

그날 밤, 나는 잔뜩 술을 마셨다. 오랜만에 혼자 긴자銀座로 나가 접대

할 때 사용하는 단골 초밥 가게에서 소주 네 홉짜리 큰 병을 온더록으로 비웠다. 그리고 클럽을 두 군데 돈 것까지는 생각이 난다. 물론 계산은 회사로 돌렸다는 건 말할 필요도 없다. 회사 돈으로 마시는 것도 길어봤자 앞으로 3년. 게다가 어차피 접대교제비 중 60퍼센트는 사내 접대로 사라지는 돈이며, 결제는 내가 전표에 도장을 찍으면 그것으로 끝난다.

정신을 차렸을 때는 집의 침대 위에서 양복을 입은 채 아침을 맞이하고 있었다. 숙취가 느껴졌다. 속이 메슥거리고 머리가 지끈거렸다. 내쉬는 숨에는 소주와 위스키가 뒤섞여 있어 잘 익은 감 냄새가 났다. 엄청난 현기증 때문에 천장이 빙글빙글 돌았다. 침대 옆의 시계에 눈을 돌리자 시간은 여섯 시 반이 되어가고 있었다.

구깃구깃해진 양복을 벗고 속옷 차림이 된 나는 욕실로 가 뜨거운 물로 샤워를 했다. 몸의 모공이 열리며 알코올이 땀과 함께 뿜어져 나왔다. 기분은 조금 편해졌지만 아무래도 아침식사를 할 마음은 들지 않았다. 아내는 으레 그렇듯 다른 방에서 자고 있었고 일어나는 기척은 느껴지지 않았다.

이런 아침은 빨리 회사에 나가는 게 낫다.

나는 새 양복을 옷장 안에서 꺼내 옷을 갈아입은 뒤 집을 나섰다. 회사에 도착한 건 오전 여덟 시 반. 사무실에서는 이른 아침임에도 부하들이 해외 주재원들과 이야기를 전화로 하고 있었다. 내 모습을 보고도 아무도 이렇다 할 보고를 올리지 않는 것은 시세가 안정되어 있어 아무런 문제도 없다는 증거였다. 잠시 뒤 이이다 가나가 출근해 내 책상 위에 두터운 신문 다발을 올려놓았다. 보통 신문이 네 개, 경제지가 두 개, 영자 신문이 세 개, 거기다 기업 신문까지. 아직 취기가 가시지 않은 머리로 그것들을 보기 시작했다.

전화가 울린 건 시곗바늘이 오전 10시를 정확히 가리켰을 때였다.

"요쓰이 상사의 야마사키입니다."

"뎃짱? 나야, 구마켄."

수화기에서 구마켄의 목소리가 들려왔다. 지난번과는 돌변해 그의 목소리는 어쩐지 신이 난 듯한 느낌이 들었다.

"응, 구마켄이구나……."

초장 선거 출마 건은 딱 잘라 거절했으니 지난번 일에 대한 감사인사를 건네기 위한 전화인 걸까? 나는 순간적으로 그렇게 생각했지만 구마켄은 갑자기 목소리 톤을 높이더니 기묘한 말을 꺼냈다.

"뎃짱, 어젯밤에는 고마웠어. 오늘 아침에 출근해서 이야기를 했더니 다들 진심으로 기뻐했어. 서둘러 네 후원회를 결성하기로 했어."

"후원회? 무슨 이야기야?"

"뻔하잖아. 초장 선거에 경합할 후보가 없다고 하더라도 후원회가 하나도 없어서야 체면이 안 서잖아?"

"잠깐 기다려. 누가 선거에 나간다는 건데?"

"당연히 너지."

"나? 그 이야기라면 지난번에 만났을 때 분명하게 거절했잖아?"

"농담은 그만둬. 어젯밤 집에서 네 휴대전화로 전화를 걸었더니 '좋아, 할게. 내가 미도리하라 초를 재건해 보이겠어.'라고 말했잖아."

"그런 말을 했다고?"

그 말을 듣고 보니 엉망진창으로 취했을 때 휴대전화가 울렸던 것 같기도 하지만 누구와 무슨 말을 했는지까지는 기억나지 않았다. 나는 황급히 휴대전화를 꺼내 착신이력을 확인했다. 덜컥했다. 그곳에는 분명 어젯밤 11시에 미도리하라에서 한 통의 전화가 걸려왔다는 내역이 표시되어 있었다.

난처한 상황에 처하고 말았다는 생각이 들었다. 요쓰이에서의 미래가 사라져 암울한 상태일 때 구마켄에게서 전화가 걸려왔고, 나는 술김에 선거에 나가겠다고 약속을 하고 만 모양이었다.

하지만 지금은 부하들의 귀가 있다. 그런 이야기를 할 수는 없었다.

"구마켄, 지금 사무실이야? 미안해. 바로 내가 다시 전화를 걸 테니까 휴대전화 번호를 가르쳐줘."

"알겠어. 전화번호는——."

나는 구마켄의 전화번호를 메모한 뒤 자리에서 일어나 층의 구석에 있는 회의실로 들어갔다. 안에서 열쇠를 잠그고 아무도 못 들어오게 만든 뒤 구마켄의 번호로 전화를 걸었다.

"여보세요, 난데……."

"미안, 바쁜데 귀찮게 만들었네."

"그런 건 아무래도 좋아. 그보다 구마켄, 선거 말인데. 솔직하게 말할게. 나, 어젯밤에 엄청나게 취해 있었거든. 너한테 전화가 걸려왔다는 건 알겠는데 무슨 말을 했는지 기억이 안 나."

"그게 정말이야? 말투도 분명했고 네가 초장을 하겠다고 결심한 이유도 자세히 말했는데?"

"내가 뭐라고 했는데?"

"정말로 기억이 안 나?"

구마켄은 명백하게 의심스러운 듯한 말투로 말했다.

"기억이 나지 않으니까 물어보는 거잖아."

"너, 회사에서 상사에게 미움을 사서 자회사로 쫓겨나게 생겼다며? 물론 거절할 수는 있지만 그렇게 되면 부장 자리는 길어도 3년밖에 있을 수 없다고도 했고. 실력이 부족하다면 또 몰라도 악의적인 인사로 그렇게 되는 건 참을 수 없다. 나는 요쓰이에 미련이 없다. 고로 심기일전, 고향을 재건하는데 매진하겠다. 그렇게 말했어."

"애초에 그런 일을 가볍게 입에 담은 것 자체가 내가 술에 취했었다는 증거야."

"하지만 그게 텟짱의 진심이잖아."

말문이 막혀 자신도 모르게 입을 다문 나에게 구마켄은 다시 말했다.

"상사와 대립해서 자회사로 쫓겨나게 됐다는 건 거짓말인 거야? 이대로 요쓰이에 있어도 장래가 없다는 말도 거짓말이고?"

"……아니, 그건 진짜지만……."

"그렇지. 아무리 취했다고 해도 근거도 없는 거짓말을 그렇게 간단히 할 수는 없으니 말이야. 오히려 인간은 취하게 되면 무심코 진심을 흘리는 법이지."

"하지만…… 난 초장이 될 마음 같은 건 조금도 없다고. 그건 진짜야."

"너, 남자가 한 입으로 두 말 하면 안 되는 건 알지?"

"그런 건 옛날 얘기고. 샐러리맨은 한 입으로 세 말, 네 말도 해. 한마디 더 덧붙이자면 만취상태일 때는 심신 미약 상태로 인정되어 죄도 안 묻는다고."

"그거야말로 옛날 얘기지. 지금은 자신의 책임을 엄격하게 묻는 시대야. 술을 마셨다고 해서 자신이 한 말에 책임을 지지 않는 일은 용납되지 않아."

"어쨌든 초장 같은 건 사양이야. 무엇보다 구마켄, 너 실례라고 생각하지 않아?"

"뭐가?"

"되려고 하는 사람이 없으니 나보고 초장을 하라는 말이잖아? 그래서는 단순히 빈자리를 채우려는 것뿐인 것 아냐?"

"그렇지 않아. 나도 필사적이야. 이 상황이 계속 이어진다면 초는 재정주의단체로 전락하고 말 거야. 그렇게 되면 중앙정부에서 공무원이 파견되어 관리될 거고 마을은 엉망진창이 될 테지. 관공서의 직원도 얼마나 줄어들지 몰라. 신규 사업 또한 당연히 전면 동결될 거고. 그렇게 되면 일자리를 잃게 되는 주민들이 엄청 나올 거야. 그런 일을 방지하기 위해서는 지금까지 없었던, 참신한 사고방식과 분명한 비전을 가지고 있는 사람이 가장 윗자리에 있어야 한다는 건 분명한 사실이라고."

"내게 그런 비전 같은 건 없어."

"그건 네가 이곳의 사정을 잘 모르기 때문이야. 이곳에 와서 미도리하라에 무엇이 필요한지, 무엇이 부족한지에 대해 네가 진지하게 생각한다면 분명히 우리들이 생각지도 못했던 참신한 아이디어가 떠오를 거야. 그렇게 생각하기 때문에 초장이 되어 달라는 부탁을 하는 거고."

"그건 과대평가야. 애초에 나는 곡물 비즈니스에 대한 경험 이외에는 아무런 경험도 없어."

"비즈니스와 정치는 달라. 정치라는 건 사회를 만드는 그 자체야. 거기에 요쓰이 같은 기업이 가지고 있는 노하우가 더해진다면 지금까지와는 다르게 초를 운영할 수 있지 않겠어?"

"그렇지만……."

나도 모르게 말문이 막혔다. 분명 구마켄이 하는 말에는 일리가 있었다. 요쓰이에서 도움이 되지 않는다는 낙인이 찍혀 관련 회사나 거래처의 중소기업으로 전출된 사람이라도 거래처 사장에게서 감사 인사를 듣는 일은 드물지 않다. 대기업 안에서는 당연한 일이라도 중소기업에서 일하는 사람에게 있어서는 신천지인 경우가 많다. 쫓겨나듯이 떠났던 과거의 사원이 얼마 시간이 지나지 않았음에도 불구하고 두각을 나타내 중역으로 발탁된 예 같은 건 넘쳐날 정도로 많았다.

"게다가 아까 전에도 말했지만 이제 이 이야기는 관공서 사람들도, 자치의회 의원들도, 초장도 다들 알아. 그래서 네 후원회를 세운다는 이야기가 나온 거니까. 이렇게까지 마을 전체에 이야기가 퍼졌는데 너, 어떻게 수습할 생각이야? 이제 와서 그 말은 취기에 내뱉은 말입니다, 라고 말할 수 있겠어?"

"이제 겨우 10시잖아. 어째서 이런 단기간에 그렇게까지 이야기가 진행된 건데?"

"시골의 아침은 빠르니까 말이야. 게다가 작은 소문도 눈 깜짝할 사이에 이야기가 전해진다는 건 시골의 상식이잖아."

구마켄의 말에 틀린 부분은 없었다. 겨울이라도 시골 사람들은 아침 다섯 시에는 일어나기 시작한다. 특히 할아버지 할머니에게서 그 현상이 뚜렷하게 나타난다.

"어쨌거나 이제 와서 거절할 생각이라면 이곳에 와서 네 입으로 직접 말해. 내 입으로 없었던 일로 해주세요 하는 말은 할 수 없으니 말이야."

구마켄은 묘하게 무시무시한 목소리로 말하고 일방적으로 전화를 끊었다.

그야말로 엎친 데 덮친 격이라고 할까, 앞문에는 호랑이 뒷문에는 이리가 서 있는 상황이었다.

나는 혼자 회의실 의자에 앉아 머리를 감싸 쥐었다.

*

나는 그날 평소와 달리 오후 네 시에 회사를 나섰다. 자회사로 파견, 그것도 사실상 편도 티켓을 비공식적으로 받게 되자 아무래도 일이 손에 잡히지 않았다. 오테마치大手町에서 간다神田 쪽으로 밤의 장막이 내리기 시작한 거리를 30분 정도 걸어, 역 앞의 골목 한구석에 오도카니 서 있는 어묵 가게의 문을 열었다. 아직 장사가 시작되기 전이었지만 카운터석은 거의 가득 차 있었다. 구리 냄비에는 어묵 재료가 산처럼 쌓여 있었고 이른 시간임에도 샐러리맨들이 술병을 앞에 두고 잔을 기울이고 있었다.

손님 대부분이 정년이 다 된 초로의 남자들이었다.

이런 시간부터 술을 마시는 샐러리맨이 회사에서 어떤 대우를 받고 있는지는 어린 아이라도 짐작할 수 있을 것이다. 있어도 없어도 누구도 신경 쓰지 않는다. 일이 밀릴 걱정도 없다. 예전에 유행했던 단어인 창가족이라고 할까? 정리해고 명단에 오른 상태에서 집행유예 중인 사람들이다. 실제로 카운터에 앉아 있는 손님들은 다들 혼자서 왔는지, 누구 하나 이야기를 나누는 일 없이 술을 마시고는 요리를 입으로 옮기는 행위를 반복하고 있었다. 그렇다고 하지만 이 가게는 어묵 가게로서의 역사가 오래된 곳으로 전쟁 전부터 이어져온 숨겨진 명소라고 할까 오테마치의 샐러리맨들에게 계속 사랑을 받아온 존재였다. 벽에 걸린 붉은색 바탕에 금문자로 '대입大入'이라고 적힌 액자 테두리에는 이제는 이름이 높은 기업의 사장, 재계의 중진이 된 인물들의 이름이 센쟈후다 千社札, 천 곳의 신사를 참배한 사람이 참배 기념으로 신사에 붙이는 종이쪽지-역자 주를 본뜬 도안 안에 주르륵 새겨져 있었다. 그들이 신입사원일 때부터 이 가게를 사랑했고 성공해서 이름을 알린 뒤에도 계속 다녔다는 증거였다.

나도 언젠가 저곳에 내 이름을 새긴 액자를 걸어주겠다.

이곳에 올 때 마다 몇 번이나 그렇게 생각했다……. 하지만 이제 와서는 그것도 아주 덧없는 이야기가 되었다. 요쓰이의 정점에 올라가지 않고서는 그럴 자격이 없었다. 그러한 야망이 무너진 지금은 사실상 샐러리맨 생활이 끝나고 만 사람들과 이런 시간에 함께 있으면서 동류끼리 서로 불쌍하다는 감상에 젖어 술을 들이켜는 것이 오늘의 내게는 어울린다.

아마도 자연스럽게 이 가게로 발걸음이 향한 이유는 그런 마음이 드러났기 때문일지도 모른다.

자학적으로 말하자면 그 말 그대로다. 남자답지 못하다고 하면 할 말은 없다.

하지만 상사의 역린을 건드려 파견을 가게 되었고, 그 인사를 뒤집어엎는 일은 불가능했다. 얌전히 관련 회사로 내려가 중소기업의 사장으로서 샐러리맨 생활을 성실하게 할 것인가, 그렇지 않으면 재정 파탄 직전인 고향의 초장이 될 것인가. 지금 내게는 그 두 가지 선택지밖에 없는 것이다.

나는 냄비 앞에 선 여주인에게 맥주와 어묵을 주문한 뒤 나온 맥주를 유리잔에 따르고 천천히 입을 댔다.

차가운 알코올이 텅 빈 뱃속으로 들어가자 자연스럽게 한숨이 나왔다. 그와 동시에 사고 회로에 불이 켜졌다.

처음에 든 생각은 내가 자회사의 사장으로 취임하는 경우였다.

규모는 작다고 하지만 사장은 사장, 한 회사의 대장이라는 사실에는 변함이 없다. 회사의 운영은 내 마음대로 할 수 있다. 그곳에서 실적을 올릴지 말지는 그야말로 실력 나름이라는 말이 된다.

하지만 문제는 사업의 내용에 있었다. 지금 아무리 지혜를 짜도 대두 찌꺼기를 사용한 사업을 통해 비약적으로 실적을 올리는 일은 불가능했다. 가령 획기적인 뉴 비즈니스가 떠올랐다고 하더라도, 그것이 이미

있는 공장기계를 사용할 수 있는 일이 아닌 이상 새로운 투자가 필요하다. 그 금액이 얼마나 들지는 알 수 없었지만 그 회사의 실적을 생각하면 그런 자금을 끌어오지 못할 것이라는 사실은 명백했다.

어쨌든 적자는 나지 않았지만 간신히 손익의 균형을 유지하고 있는 것이 현 상황이었다. 그런 만큼 요쓰이건 닛토 오일이건 기름을 짜낸 후의 찌꺼기로 약간의 이익만 올려주면 좋겠다는 정도의 생각밖에 가지고 있지 않을 것이다.

게다가 만약 실적을 올릴 만한 비즈니스 계획을 제출한다고 하더라도 가슴 속에 복수의 칼을 품고 있는 야시로가 그것을 쉽게 통과시켜줄 것이라고는 생각되지 않았다. 이러니저러니 해도 강한 집념만은 절대 다른 사람에게 뒤처지지 않는 사람이었다. 돌아선 사람에게는 끝까지 잔혹한 사람인 것이다.

사실 지금까지 그의 역린을 건드려 자회사나 발전도상국의 사무소, 혹은 지방의 지점으로 쫓겨난 부하가 몇 명인가 있었다. 하지만 그 사람들이 획기적인 실적을 올리더라도 본사로 다시 불러들이기는커녕 자신의 수하를 보내 더욱 격이 떨어지는 자회사나 지점으로 쫓아내버리는 것이 야시로의 통상적인 행동이었다. 새로운 비즈니스 계획이 성공하면 성공할수록 더욱 궁지로 몰리게 될 것은 틀림없는 사실이었다. 그랬다. 자회사에 낙하산으로 가게 되도 노력했다고 해서 보답을 받는 일도 없을 것이며, 그렇다고 해서 현상유지를 해도 몇 년 후에는 보기 좋게 해임될 것이 뻔했다.

그렇다면 구마켄의 제안을 받아들인다면 어떨까?

초의 재정이 얼마나 심각한지 자세한 사항은 알 수 없지만, 주변 지자체들이 모두 합병을 반대했을 정도니 비참하기 짝이 없으리라는 사실은 쉽게 추측할 수 있었다. 어쨌든 시골은 도시와 달리 혈연관계나 인맥이라는 것이 복잡하게 얽혀 있다. 행정구역이 다르다고 해서 매정하게 거절하는 일은 보통이라면 있을 수 없는 일이다. 그럼에도 불구하고 합병을 거부한다는 것은 조만간 초의 재정이 파탄날 것을 예상된다는 뜻일 것이다.

그렇지 않다면 초장이 되려고 하는 인물이 없을 리가 없다. 자치의회 의원만 해도 지역의 명사라 할 수 있었고 그 지위에 오르는 것을 꿈꾸는 사람도 많이 존재했다. 하물며 초장이 되고 싶다는 말을 꺼내기만 해도 가능한 상황이라고 한다면 조용히 있더라도 손을 드는 사람이 한 명이나 두 명 정도는 나오는 게 당연했다.

나는 머릿속으로 작년 여름, 고향에 귀성했을 때의 모습을 떠올려보았다.

낮임에도 불구하고 아이 하나 돌아다니지 않는 시내 중심가. 잡초가 무성하게 자란 채 방치된 공장 유치용 부지. 그리고 그곳에서 일할 사람을 기대하며 조성된 휑하기 짝이 없는 주택용지.

당연한 말이지만 고용이 일어나지 않는 곳에 사람들은 정착하려 들지 않는다. 그렇게 되면 초의 행정을 지탱하는 재원도 생겨나지 않는다. 그러나 그렇다고 해서 용지를 조성하면 중앙 자본이 빠짐없이 공장을 세우는가 하면 현실은 또 그렇게 무르지 않다. 기업은 시골 사람들의 생각만큼 좁은 시점에서 비즈니스를 생각하지 않는다. 분명 시골의 인건비가 도시에 비해 싼 것은 사실이다. 하지만 외국으로 눈을 둘러보면 그 10분의 1이하의 인건비로 충당할 수 있는 나라도 얼마든지 있다.

게다가 설령 저렴한 인건비로 물건을 만들었다고 해도 그곳에서 소비자의 손으로 운반될 때까지는 물류비용이 든다. 이 물류비용은 가솔린 가격이 전국 어디든지 거의 균일하다는 사실과 마찬가지로 지방에 있다고 해서 차이가 존재하지 않는다. 아니 현실은 미국의 동해안에서 대륙을 횡단한 다음 컨테이너선에 실어 일본의 항구로 가져오는 요금보다도 국내의 수송요금 쪽이 비싼 경우도 적지 않은 것이다.

그 점을 놓고 생각해봐도 초가 기대하는 것처럼 어느 정도 규모를 가진 기업이 요즘 시대에 굳이 국내에 공장을 신설하는 일은 있을 수 없다. 가령 있다고 하더라도 해외에 진출할 정도의 규모가 아닌 영세기업이 고작일 것이다. 그리고 채용기반이 없는 시골에 젊은이가 터를 잡는 일은 있을 수 없었다. 그 결과 일자리를 원하는 젊은이들은 초를 떠나게 되고 고령화에는 더욱 박차가 가해진다. 그럼으로써 재정기반은 점점 취약하게 되는…… 그야말로 악순환의 연속 것이다.

그런 시골 마을의 수장이 된다고 해서 행정을 재건하는 일이 가능할 리가 없다. 빚을 어떻게 경감할지, 해결의 실마리가 없는 의논에 시간을 소비한 끝에 결국은 재정은 파탄에 이를 것이었다.

어느 쪽을 선택한다 하더라도 상황은 최악이었다.

갑자기 누군가가 내 이름을 부른 건 맥주 큰 병을 다 비웠을 즈음이었다.

"어라? 야마사키 아냐?"

뒤를 돌아보기도 전에 한 남자가 불쑥 내 눈앞으로 얼굴을 들이밀었다.

우시지마 고타로牛島幸太郞. 나와 입사 동기로 지금은 도시개발사업본부 경영제3부에서 차장으로 있는 남자다. 도시개발사업본부라고 하면 뭔가 어마어마하게 커다란 프로젝트라도 하는 것처럼 생각될지도 모르겠다. 그러나 실제로는 맨션 개발과 판매를 하는, 뭐 부동산회사보다 조금 나은 수준의 부서였다.

"이런 시간부터 뭘 하고 있는 거야?"

이런 시간이라고 하면 네놈도 마찬가지잖아. 똑같은 상황이면서 잘도 그런 말을 하는군.

울컥하는 마음에 나도 모르게 그렇게 대꾸해주려고 했다.

"오늘은 거래처에서의 회의가 길어졌거든. 회사로 돌아가기에는 어중간한 시간이기도 하고, 가끔씩은 혼자서 술을 마시고 싶기도 해서 말이야."

허세를 부린들 별수 없음을 알면서도 나는 유리잔에 맥주를 가득 채우며 대답했다.

"혼자서 술을 마시는 건 안 좋아. 어때, 오랜만에 함께 마실까?"

그의 동의를 구하지도 않고 우시지마는 카운터에 주르륵 앉아 있는 손님들을 향해 "죄송합니다, 한 분씩 자리를 옮겨주시지 않으시겠습니까?"라고 말하며 옆자리에 털썩 앉았다.

그런 그의 무신경함이 날카로워져 있던 내 신경을 건드렸다.

"혼자서 마시는 건 좋지 않다면서 자넨 왜 혼자 온 건데?"

나는 유리잔을 비우며 빈정거리며 말했다.

"혼자인 건 맞지만 나는 여주인과 함께 마시러 온 거라고."

아무래도 그 말에 거짓은 없는 듯했다. 여주인은 아무 이야기가 없었음에도 맥주 큰 병과 데운 술이 들어 있는 술병 두 개를 나란히 우시지마의 앞에 놓았다. 그는 컵에 맥주를 절반 정도 붓고는 거기에 천천히 데운 술을 부었다.

"그렇게 마셔도 괜찮은 거야?"

나는 깜짝 놀라 그렇게 물어보았다.

"어차피 위에서 섞일 텐데 처음부터 섞어도 똑같지 않겠어? 게다가 이쪽이 빨리 취하니까 경제적이거든. 어쨌든 나는 만년 차장 신세잖아. 부장이 될 수 있을 리도 없고 용돈을 더 받고 싶어도 벌이가 뻔하니 노후를 생각하면 달라고도 못 하겠더라고."

우시지마는 그렇게 말하며 컵 안의 금색 액체를 꿀꺽 마시고는 손등으로 입가를 닦았다.

"이 가게는 자주 오는 거야?"

회사는 같아도 사업 부문이 다르면 전혀 다른 회사나 다름없다. 공통의 화젯거리가 있을 리도 없다. 나는 아무래도 좋은 이야기를 꺼냈다.

"뭐, 거의 매일……. 싼 가게라면 다른 곳도 있지만 그래도 체인으로 된 선술집에 가는 건 비참하잖아. 그런 점에서 여긴 오래전부터 익숙한데다 가격도 적당하니까 말이지."

"용돈을 아끼려면 집에서 마시는 게 좋지 않아?"

"우리 쪽은 술값은 경비로 계산하거든. 게다가 매일 저녁을 집에서 먹겠다고 해봐. 아내가 짜증낼걸? 그리고 용돈 중 매달 3만 엔 정도는 남겨둬야만 하는 이유도 있어서 말이야."

"이유라니 뭔데?"

"골프."

"골프?"

"그래, 접대 골프."

"접대라면 교통비도 시합비도 회사 경비로 돌리면 되잖아."

"자네 바보야? 접대 골프라고 해도 쥐어주는 돈도 없는 골프를 할 녀석이 있을 리가 없잖아."

우시지마는 벌써 첫 잔을 다 마시고는 말을 이었다.

"우리 쪽 장사는 토건업자들이 상대잖아. 그러다보니 또 불건전한 골프를 치게 된단 말이지. 자네 골프 쳐본 적 있나?"

골프는 내 많지 않은 취미 중 하나였다.

"그래."

나는 즉시 대답했다.

"그렇다면 스킨즈 매치는 알고 있겠군."

물론 그 규칙은 알고 있다. 참가자가 18홀 각각에 미리 상금을 걸고 해당 홀에서 가장 좋은 스코어를 낸 사람이 그 상금을 챙기는 게임 방식이다. 물론 참가자가 많다면 스코어가 같은 사람이 나오는 것이 당연했고 그 경우에는 상금이 다음 홀로 옮겨져 거기서 가장 좋은 점수를 낸 사람이 상금을 받게 된다. 로또에서 당첨자가 나오지 않으면 상금이 다음 회차에 가산되는 것과 같은 이치인 것이다.

"자네, 핸디는 얼만데?"

"6······."

"싱글이잖아. 그러면 거의 이기지 않나?"

"저기 말야, 자네가 어떤 식으로 골프를 치고 있는지는 모르겠지만 이쪽은 접대하는 쪽이지 받는 쪽이 아니라고. 접대하는 쪽이 받는 쪽의 돈을 따면 어떡해?"

"그건 그렇지만 자네는 시공자 입장이잖아? 고객은 물건을 사주는 일반인이고. 건설 회사나 그 하청 회사들 입장에서는 자네가 고객인 거 아냐?"

"기분 좋게 일을 하기 위해서야."

우시지마는 두 번째 칵테일을 만들며 말했다.

"세상 사람들은 요쓰이 사원들은 엄청나게 높은 급료를 받는다고 생각하거든. 보너스 시즌이 되면 항상 주간지에서 대기업의 지급액을 보도하잖아. 물론 실제로는 그 정도 액수까지는 받지 못하지만 그런 건 그 녀석들이 알 바가 아니겠지. 어쨌거나 돈이 넘쳐나서 골프를 하고 있다고 생각하는 거야. 그런데 건 돈을 모조리 가지고 가봐. 누가 재미있어 하겠어? 하물며 그 사람들은 우리보다 훨씬 적은 급료를 받으면서도 돈을 거는 건데, 그런 녀석들에게서 돈을 따갈 수 있겠어?"

듣고 보니 그 말이 맞을지도 모르겠다는 생각이 들었다.

"듣고 보니 그것도 쉬운 일이 아니군······. 그나저나 업무 쪽은 어떤데?"

나는 우시지마의 말에 납득하며 화제를 바꾸었다.

"요새 들어 간신히 회복되었다고나 할까, 도심부의 대형 물건이 판매가 좋아졌거든. 그래도 당일 다 팔리지는 않지만 그래도 다 못 팔고 남기는 물건이 나오는 일이 거의 없어졌어. 게다가 내년부터는 신규 사업에 들어가게 된 덕분에 우리 사업부는 분위기가 괜찮은 상황이지."

"그 신규 사업이라는 건 뭔데?"

"노인 센터야."

"노인 센터?"

"응, 조금만 있으면 베이비붐 세대가 정년을 맞이하잖아. 그 세대 사람들은 다양한 분야에서 일본의 전통적인 생활방식을 바꾸었지만 그중에서도 가장 두드러진 것은 핵가족화를 일본사회에 완전히 정착시킨 최초의 집단이라는 거야. 태어나고 자란 고향을 떠나 도시로 일자리를 구하러 나오는 경향이 현저해진 때도 그 세대이고 독립한 아이와 부모가 따로 떨어져 사는 생활방식이 정착된 때도 그 세대이지. 그런 환경에서 자란 사람들의 자식들이 이제 와서 부모가 늙었다고 함께 살며 돌보려고 할 것 같나? 어림없는 소리지. 아이는 아이대로 가정을 이루고 있으니까 말이야. 아파트라면 대형이 아니면 안 될 테고 단독주택을 산 사람이라고 하더라도 같이 살 만한 공간은 없어. 은퇴해서도 자신이 움직일 수 있는 동안에는 괜찮지만 인간은 어쨌든 늙기 마련이니까 마지막에는 누군가의 손을 빌려야만 하는데, 바로 그 부분에서 커다란 비즈니스 찬스가 생기는 거지."

"그렇군, 문외한인 내가 들어도 엄청난 시장이 될 것 같은데?"

"엄청날 거야."

우시지마는 힘차게 고개를 끄덕였다.

"그렇지만 내가 그 비즈니스에 관여할 기회는 없을 거야. 어쨌든 나는 더 이상 승진은 못 할 테니 이대로 가면 앞으로 5년 뒤에는 은퇴를 하겠지. 어쩌면 회사가 만든 노인 센터에서 신세를 지게 되는 입장이 될지도 몰라. 이런 시대가 조금만 더 빨리 왔다면 나도 한 번 더 꽃을 피울 기회가 있었을지도 모르겠지만 말야."

우시지마는 괴로운 표정을 지으며 유리잔을 기울이더니 입을 다물었다.

우시지마가 하고 싶은 말은 알 수 있었다.

긴 샐러리맨 생활을 하다 보면 화려한 시기도 있지만 밑바닥으로 떨어지는 때도 있다. 실제로 우시지마가 있는 도시개발사업본부는 그가 발령받았을 당시만 해도 부동산 붐이 일본에서 불기 시작할 무렵이라 실적은 계속 늘기만 했고 회사 내 수입원의 필두였다. 그리고 뒤이어 맞이하게 된 것이 공전의 부동산 붐으로 후에 버블이라고 불리는 시대였다. 과장으로 승진한 우시지마가 맡은 일은 리조트 개발이었다. 국내는 물론 해외의 값나가는 토지를 매입한 뒤 차례로 대형 프로젝트에 따라 호화로운 시설을 건설했을 때 갑자기 버블이 끝났다. 도시개발사업본부는 회사에 있어서 막대한 빚을 안기게 된 짐짝 같은 존재가 되었고 그 중심에 있던 우시지마도 출셋길이 막히게 되었다.

사람의 인생에도 비즈니스 세계에도 '만약'이라는 말은 존재하지 않지만, 만약 그대로 버블이 이어졌다면 그가 이 시간부터 어묵 가게에서 기묘한 폭탄주를 마시는 모습은 볼 일이 없을 것이었다. 아마도 동기 중 가장 먼저 중역 자리를 손에 넣었을 것이 틀림없다.

"그런데 야마사키, 자네 쪽은 어때? 변함없이 실적이 괜찮은 거야?"

자신의 이야기를 마친 우시지마가 질문을 했다.

"뭐, 딱히 좋은 것도 안 좋은 것도 없는 평범한 상황이려나."

나는 애매한 대답을 했다.

"인간만사 새옹지마. 평범한 게 좋은 거야."

"사실은 말이야──."

우시지마에게 예의 그 문제를 이야기할 마음이 생긴 이유는, 이른 시기에 샐러리맨으로서 좌절을 맛본 그라면 눈앞에 닥친 문제에 힌트 정도는 줄지도 모르겠다고 생각했기 때문인지도 모르겠다.

나는 우시지마에게 모든 이야기를 했다. 야시로의 역린을 건드려 자회사로 파견을 가게 되었다는 것. 고향의 초장이 되어달라는 타진을 받았다는 것──.

"흐음, 그런 일이 있었던 거야?"

이야기를 다 들은 우시지마는 유리잔을 바라보며 조용히 말했다.

"어느 길을 선택한다고 해도 내게는 가시밭길이겠지. 한마디로 절체절명의 순간인 거야."

"그런가?"

"그런가라니? 절체절명의 순간 맞잖아? 아니면 뭐야, 자네라면 망설이지 않고 어느 한쪽을 선택하는 결단을 내릴 수 있다는 거야?"

"나라면 초장을 선택하겠어."

우시지마는 너무나 쉽게 단언했다.

"어째서 그렇게 되는 건데?"

"간단한 이야기잖아. 어느 쪽이 잃을 것이 더 큰가를 보는 거야. 생각해봐. 자회사의 사장 같은 건 딱 잘라 말해서 모회사의 평사원보다 밑의 위치잖아? 어쨌든 본사의 하부조직이니까 지금까지 부하로서 대해왔던 사람에게도 신경을 써야만 하지. 게다가 해임되는 것도 되지 않는 것도 야시로 씨의 마음. 자네는 5년이 지나 쫓겨난다면 그걸로 끝이라고 하지만 이야기를 들어보니 야시로 씨가 5년이나 자네를 그대로 둘리가 없어. 아마도 2년 정도 뒤에 잘리겠지. 그때는 자네도 57, 8살. 다음 직장을 찾는 건 일단 무리겠지. 뭐, 요쓰이 본사의 현역 부장이라면 또 몰라도 자회사의 사장이니까 말이야. 즉 그 시점에서 자네의 현역 생활은 끝이라는 거야. 하지만 초장은 달라. 듣자하니 대립 후보는 없는 듯하고 자치의회 사람들도 다들 자네에게 전면 협력을 하겠다고 하는 거잖나. 적어도 입후보만 하면 당선은 확실하다는 말이지. 초장의 임기는 한 번에 4년. 하지만 실적을 남기면 틀림없이 재선이 될 테고, 남기지 못하더라도 파산 직전의 재정을 앞에 두고 위험을 무릅쓰려는 별난 대립 후보가 나올 리는 없겠지. 즉 어느 쪽으로 가더라도 초장 자리는 자네의 것, 장기적이고 안정적인 정권이 약속되어 있는 거야. 이런 좋은 이야기가 어디 있겠어?"

"그게 좋은 이야기인 건가? 초장이 되면 초의 재정을 재건할 의무가 주어진다고. 그렇게나 막대한 부채를 안고 있는데 두드러진 재정 기반은 아무것도 없어. 그런 곳에서 뭘 할 수 있다는 거야? 게다가 요쓰이에서 쫓겨나더라도 연봉과 회사의 지명도가 내려가는 건 참아야겠지만 재취직 자리가 없지는 않지 않을까? 완전히 미지의 업계에서 처음부터 다시 해야 한다면 또 몰라도 상황을 잘 알고 있는 업계에서 소소하게 잔돈을 버는 편이 마음이 편해."

"어렵게 생각할 것 없어. 자넨 아까부터 정치는 초보라고 말하는데 말이지. 회사 경영에 비한다면 그런 일이 훨씬 더 쉬울 게 당연하잖아. 안 그렇겠어? 분명 재건에 실패하고 재정주의단체로 전락할 수도 있지만 그때는 그때 나름대로 국가에서 뒤처리를 해주잖나? 물론 그렇게 되면 주민들은 힘들어지겠지만 그래도 모든 수입을 초의 재건을 위해 공출하는 건 아니지. 그 점에서 회사는 달라. 무너지면 다음 날부터는 수입이 제로. 문자 그대로 맨몸으로 회사에서 쫓겨나고 마는 거라고. 똑같이 밑져야 본전이라면 자기 생각대로 그림을 그릴 수 있는 초장 쪽이 훨씬 꿈이 있다고."

"그게 제로부터 시작하는 거라면 자네의 말대로겠지만 마이너스부터 시작하는 거라면 이야기가 다르잖아?"

"흐음, 그럴까? 마이너스에서 시작하는 건 기업 역시 마찬가지 아닌가?"

"무슨 의미지?"

나는 우시지마가 무슨 말을 하는 건지 알 수 없어 되물었다.

"입사해서 급료를 받기 시작한 시점부터 우리는 모두 회사에 빚을 지는 거야. 게다가 이자도 결코 싸지 않아. 그 빚과 이자를 지불하고도 남는 벌이를 창출하는 녀석이 위로 올라가지. 그게 샐러리맨이라는 거야."

우시지마는 거기서 나를 찬찬히 바라보며 입을 열었다.

"야마사키, 받아들여 그 이야기. 우리들은 세계를 상대로 치고받고 싸우며 장사를 해왔어. 거기서 쌓은 노하우를 살린다면 적자로 바뀐 지방의 재정을 재건하는 일 정도의 계획은 반드시 떠오를 거야. 바닥에서 설설 기게 되더라도 장사를 하는 이가 상사 직원이지 않나. 이익을 만들어내는 게 우리의 일이야. 적자로 어쩔 도리가 없는 회사를 재생시킨 예는 얼마든지 많아. 시골에 틀어박혀 작은 초밖에 보지 못한 사람에게는 도저히 떠올릴 수 없는 소재가 분명 있을 거라고. 그래 이건 장사인 거야. 빚을 몽땅 갚을 만한 장사거리를 자네가 만들어내면 된다고."

힘차게 단언한 뒤 그는 내 어깨를 탁탁 두드렸다.

*

집에 귀가했을 때는 저녁 10시가 5분 정도 지났을 때 즈음이었다.

귀가하는 전철 안에서도 우시지마의 말이 귓가에서 울리는 것 같았다.

과연 듣고 보니 그의 말에도 일리가 있었다. 요는 어느 쪽 길에서 자신의 가능성, 보람을 찾아낼 수 있는가에 대한 문제인 것이다. 그걸 생각해보면 답은 자연스럽게 정해진다. 물론 초의 재정을 재건하는 일은 힘들기 짝이 없을 것이다. 하지만 자회사로 옮겨가 사장 자리에 앉는다고 하더라도 인공육을 파는 자질구레한 장사를 계속할 뿐이다. 평범한 매일. 그건 그것대로 의미가 있으리라는 것은 틀림없지만 초장 일은 밑져야 본전이다. 그 일이 조금이라도 좋은 방향으로 움직인다면 마을이 재생될 계기가 될 것이며, 나아가서는 주민의 생활 안정으로도 이어진다. 생각해보면 그쪽이 훨씬 꿈이 있고 조금쯤은 다른 사람의 도움이 되는 인생을 보낼 수 있을 듯한 기분이 든다. 또 그 일이 불리해질지 어떨지는 자신의 능력에 따라 달려 있는 것이다.

야시로가 생사여탈권을 가진 채 언제 해임될지도 알 수 없는 자회사의 사장 자리에 앉는 것보다는 차라리 초장이 되는 편이 나을지도 모른다.

그런 식으로 생각하게 되었다.

현관문을 열었다. 거실로 들어가자 아직 이른 시간이어서 그런지 아내는 거실에 잠옷 위에 가운을 걸친 차림으로 TV를 보고 있었다.

"어머, 오늘은 꽤나 빨리 왔네."

슬쩍 자신을 바라봤을 뿐 그녀의 눈은 다시 TV화면으로 향했다.

"가끔씩은 이런 날도 있어."

"식사는 밖에서 하고 왔지?"

이런 시간에 식사 준비를 하라는 건 어마어마한 민폐 아니냐는 뉘앙스가 말에 배어 있었다.

"그래, 먹고 왔어."

"그래요, 그러면 다행이네. 목욕물은 있으니까. 바로 들어가면 딱 좋을 거라고 생각해."

"가요코佳世子……."

아내의 이름을 이렇게 부른 건 언제 이후일까? 나는 결심이 선 초장 취임 건에 관해 이야기를 꺼내려고 했다.

"아, 그러고 보니 아까 전에 아버님께서 전화를 하셨어. 할 말이 있으니 전화를 달라셨어."

하지만 아내는 변함없이 TV를 보며 그렇게 말했다.

"그래……?"

왠지 김이 빠진 나는 상의를 벗고 넥타이를 푼 뒤 전화기를 들었다.

"지금 드라마가 한창 재미있는 부분이야. 이야기는 당신 방에서 해."

다시 쌀쌀맞은 아내의 목소리를 들으며 나는 침실로 들어가 침대 위에 앉으며 번호를 눌렀다.

"여보세요."

올해 77세가 되는 어머니의 목소리가 들려왔다.

"네에, 어머니. 데쓰로예요……."

"너, 이번 초장 선거에 나간다는 게 정말이야?"

갑자기 어머니가 커다란 목소리로 물었다.

"아니, 아직 정한 건 아니지만……."

"이쪽에서는 그 이야기로 무척 시끄럽단다. 관공서에 있는 구마켄이 거기까지 가서 너를 설득해 초장이 되어달라는 이야기를 받아들였다며 아침부터 초장이 오질 않나 자치의원이 오질 않나 우린 아무 이야기도 못 들은 터라 깜짝 놀랐지 뭐냐. 뭔가 착각인 거지? 네가 초장 자리를 받아들였을 리는 없는 거지?"

"어머니, 실은 이런 저런 이유가 있어서 말이죠……."

갑자기 수화기 건너편에서 "바꿔줘."라는 굵은 목소리가 들려왔다.

"데쓰로, 나다."

아버지의 목소리가 들려왔다. 이런 화제는 여자보다도 남자 쪽이 냉정하게 대화할 수 있을 거라고 생각했다.

"왜 그런 바보 같은 짓을 한 거냐? 무슨 생각으로 적자 때문에 이러지도 저러지도 못하는 초의 초장 자리를 승낙하게 된 거야?"

아버지는 미야기의 억양으로 힐문했다.

"분명 그런 이야기를 구마켄에게서 들은 건 사실이지만 아직 받아들이겠다고 한 건 아니에요……."

"하지만 여기서는 네가 취임을 쾌히 승낙했다는 이야기로 난리야."

"그건 어젯밤 제가 잔뜩 취해 있을 때 구마켄이 전화를 건 것 같은데, 아무래도 그때 제가 하겠다고 말했다며……."

"그렇다면 역시나 받아들인 거야?"

"받아들였다고 말했지만 취해 있을 때의 이야기라니까요."

"너는 그렇게 말하지만 이쪽에서는 다음 초장이 정해졌다며 난리야. 평범한 초라면 어떨지 모르겠지만 지금 이 초가 어떤 상황인지 너 알기는 하는 거냐? 초의 인구는 줄어가기만 할 뿐 세수가 증가할 만한 곳은 전혀 없어. 게다가 빚은 150억이나 있지. 평범한 가정에서도 연봉이 300만인 사람이 8천만 정도의 빚을 안고 있으면 어떻게 되는지 잘 알고 있지 않느냐. 개인 파산을 신청하는 수밖에는 방법이 없다. 미도리하라는 틀림없이 몇 년 안에 파산하게 될 거야. 그렇게 되면 가령 네가 초장에 취임한다고 하더라도 할 일은 하나밖에 없어. 관공서의 직원 수를 줄이고 급여를 내리고 지금까지 초가 부담해왔던 서비스를 전부 폐지하는 것. 그게 초를 재건하는 유일한 방법이라고 해도 사람들은 그렇게 여기지 않을 게다. 무능하다고 낙인이 찍히고 원망을 사게 될 거야."

"알고 있어요."

"알고 있다면 어째서 이런 이야기를 받아들인 거냐?"

"그러니까 그건 취해서……."

"그런 건 이유가 되지 않아. 여기서는 누구 한 명도 그저 취객의 헛소리라고는 생각하지 않고 있으니 말이다. 무엇보다 회사는 어떻게 할 거냐. 너는 그래도 요쓰이 상사의 부장이지 않니. 나이가 있다고 해도 더 높은 자리를 노릴 수 있는 지위란 말이다. 그 자리를 버리고 초장 같은 자리에 앉아서 뭘 얻을 수 있단 거냐?"

무심코 한숨이 흘러나왔다. 이렇게 되자 내가 놓인 위치를 말할 수밖에 없었다.

"실은 아버지, 그 부장 자리에서 내려오게 되었어요."

"내려오게 됐다니 무슨 말이냐?"

나는 일의 경위를 짧게 설명했다.

"그래서 이제 요쓰이에 있더라도 제 미래는 없어요. 자회사에 낙하산으로 가더라도 살리는 것도 죽이는 것도 본사 마음이니 언제까지 사장을 할 수 있을지도 알 수 없고요. 그렇다면 밑져야 본전으로 미도리하라의 재생을 위해 지금까지 요쓰이에서 익힌 노하우를 살려 초장을 해보는 것도 나쁘지 않겠다고 생각해요."

그렇게 끝을 맺었다.

"데쓰로, 혹시 너 자포자기한 거 아니냐?"

"자포자기라고 하면 그럴지도 모르겠네요. 어느 쪽을 선택한다 하더라도 막다른 골목이라는 사실은 알고 있으니까요."

"하지만 말이다. 너는 요쓰이에서 익힌 노하우라고 말했지만 기업이 신규 비즈니스를 시작할 때는 그게 상응하는 자본은 회사가 내어주지 않니. 지금 미도리하라에는 그런 게 없어. 어디를 어떻게 찔러봐도 뭔가 시작할 돈 같은 건 한 푼도 나오지 않을 테니 말이다. 너 질실공채비비율質實公債費比率이라는 건 알고 있는 거냐?"

"그건 뭔데요?"

"모르는구나. 질실공채비비율이라는 건 지방 지자체의 재정 상태를 가리키는 지표를 말하는 거다. 올해의 초의 수입에 비해 빚의 변제가 얼마만큼의 비율로 되었는지 숫자로 표시한 거지. 그에 따르면 미도리하라의 질실공채비비율은 27.6퍼센트야. 18퍼센트를 넘으면 시정촌이 빚을 내는 건 도도부현都道府県의 허가가 필요해지고, 25퍼센트가 넘으면 초에서 단독 사업을 위해 빚을 내는 건 제한돼. 요는 네가 뭔가 기사 회생을 위한 한 방을 날려보려고 해도 제일 중요한 자본은 어디에도 없다는 거지."

그런 사실은 구마켄은 한마디도 하지 않았다.

무의식중에 입을 다문 나에게 아버지가 재차 타격을 가하려는 듯 말했다.

"방금 말한 실질공채비비율도 어디까지나 표면적인 숫자일 뿐 빚은 그 외에도 더 많을 거야. 실정을 아는 초의 한정된 사람들도 정확한 내역은 모를걸?"

"그게 무슨 말이에요?"

"숨겨진 빚이 있을 거라는 거다. 초 단독으로 금융기관에서 빌린 장기 대출금 말이다. 게다가 기한 안에 돌려주겠다고 약속하고 빌린 일시금도 있겠지. 그걸 포함한다면 27.6퍼센트는커녕 말도 안 되는 숫자가 될 거야. 만약 그 수치가 30퍼센트를 넘어 간다면 나라의 지원 사업도 제한되고 말아."

자본이 들지 않는 사업 따위 이 세상에 존재하지 않는다. 머리 하나, 혹은 몸 하나로 할 수 있다고 생각되는 일, 예를 들면 소설가라든가 배우가 하는 일도 자고 있는 동안 작품이 완성되지는 않는다. 구속되어 있는 시간 그 자체가 비용이며 그 일에 타당한 수입이 없다면 적자가 된다. 하물며 표면적으로만 150억이나 되는 빚을 변제하려면 자본 없이 가능할 리가 없다.

나는 수화기를 귀에 댄 채 신음했다.

방금 전까지 초장으로 취임하려고 결의했던 마음 같은 건 어디론가 사라져버렸다.

"일단 이곳은 네가 초장이 된다며 큰 난리가 났단다. 이렇게 된 이상, 모르는 척할 수도 없는 상황이야. 본인의 입을 통해 역시 초장 취임 건은 거절하겠다고 말하지 않는 한 수그러들지 않을 게다."

아버지의 말은 지당한 말이었다.

"알겠어요. 그러면 일단 이번 주말에라도 그곳에 한 번 가서 모두에게 거절의 말을 전하겠어요."

초장으로 취임. 자회사로 파견. 어느 쪽 길을 고르더라도 지옥이 기다리고 있다는 것에 변함은 없지만 초의 참상을 듣고 나니 역시 초장이 되는 쪽이 손해다.

나는 자회사를 선택하겠다는 결단을 내리고 전화를 끊었다.

다시 한 번 야시로에게서 호출이 온 건 그 다음다음 날인 금요일이었다.

중역실에 들어온 나를 슬쩍 보자마자 그는 얼굴 가득 미소를 지었다.

"야마사키 군, 축하하네!"

그는 의자에서 일어나자마자 손을 내밀었다.

"저기, 무슨 일이신지요?"

가장 먼저 뇌리에 떠오른 건 자회사로의 파견이 확정되어, 작지만 한 나라 한 성의 영주가 된 일에 관한 축하의 말일 거라는 생각이었다. 얼 빠진 대답을 하면서도 나는 그 손을 힘을 주는 일 없이 반사적으로 움 켜쥐었다.

"자네도 싱겁군. 이런 길로 나아갈 거라면 좀 더 빨리 말해주면 좋았 을 텐데."

야시로는 영문을 알 수 없는 말을 했다.

"대체 무슨 말씀이신가요?"

"이거 말일세, 이거."

야시로는 책상 위에 올려둔 한 장의 종이를 손가락 끝으로 가리켰다.

"아까 전 센다이 지점에서 팩스가 들어왔네."

그걸 본 순간, 나는 얼어붙었다.

『미도리하라 초 선거에 현역 요쓰이 상사 부장 야마사키 씨 입후보』

뭐야 이건??!!

움켜쥐듯이 그 팩스를 손에 들고 눈길을 보냈다.

표제 위에는 『북부 미야기 일보』라는 문자가 프린트 되어 있었다. 분명 이 신문은 지방지 중의 지방지로 지역의 작은 사건, 소문이라도 기사로 싣는 가십지보다 살짝 나은 정도의 신문이었다. 어느 초의 농협조합장이 죽기라도 하면 1면 톱. 지면 절반 이상을 고인의 초상으로 장식하고, 추도 기사로 다 채워버린다.

그런 신문이니 국제적인 정세는커녕 일본 국내 정보에조차 그다지 흥미가 없는 지역 주민에게는 주변의 정보를 얻을 수 있다는 점도 있어 그 나름대로 구매자를 획득하고 있다는 사실은 알고 있었다. 하지만 당사자에게 아무런 양해도 구하지 않고 기사를 싣는 건 너무한 일이었다.

나는 분노에 사로잡히며 기사로 눈길을 돌렸다.

올해 6월에 있을 미도리하라 초 초장 선거에 같은 초 출신이자 요쓰이 상사 식료사업본부 곡물거래부 부장, 야마사키 데쓰로 씨의 출마가 확정적이다. 야마사키 씨는 모리오카 제1고등학교에서 게이오대 경제학부로 진학했다. 요쓰이 상사에 입사한 뒤부터는 줄곧 식료사업 분야의 길을 걸었으며 시카고, 런던에서 주재한 경험을 가지고 있는 국제파이다. 재정파탄의 궁지에 몰려 있는 미도리하라 초에서는 현직 다다노 씨가 고령으로 현직을 이어갈 수 없어 곤란해진 상황에서 후계자를 찾고 있었지만, 야마사키 씨가 입후보 의향을 굳힌 것으로 인해 후계자 문제는 일단 종지부를 찍게 되었다. 야마사키 씨는 현의원을 4번 역임한 야마사키 고자부로山崎幸三郎 씨의 장남으로——.

"이거야 원, 자네도 정말 과감한 결단을 내렸군. 지금까지 우리 회사에서 국정에 진출한 2세, 3세 의원은 있었지만 적자재정, 그것도 파산 직전의 고향을 구하기 위해 헌신하는 건 아무나 할 수 있는 일이 아니지. 정말이지 훌륭한 일일세."

구태여 국정으로 진출한 사원을 인용한 것으로 보아 비아냥거리는 말임이 틀림없었다. 좌천을 전해들은 부하가 괴로운 나머지 나서는 사람이 없는 초장 선거에 출마하려는 것이라고 생각하고 있을 것이다. 야시로는 유쾌해서 견딜 수 없다는 말투로 말했다.

"본부장님, 이건 착오입니다. 저는——."

"괜찮아. 회사를 신경 쓸 필요는 전혀 없네. 뭐, 자네가 회사를 떠나는 일이 회사에 심한 타격이 되리라는 건 틀림없는 사실이네만 동종 회사로 간다면 또 몰라도 지방 행정의 수장으로서 간다면 축복을 해줘야겠지. 우리 일도 지역 발전이 있어야만 가능한 일일세. 사람들의 경제력이 쇠하는 일은 기업 존속을 위험하게 만드는 일이나 다름없으니 말이야."

"그러니까 아니란 말입니다!"

나는 언성을 높였다.

"아니라니 뭐가 말인가?"

"저는 초장 선거에 출마할 생각이 없습니다."

"하지만 이렇게 신문이 보도를 하고 있지 않은가. 아무런 근거도 없이 그래도 공공기관인 신문이 이런 기사를 쓸 리가 없지 않나."

"타진이 있었던 건 사실입니다. 하지만 저는——."

"거절한 건가?"

순간, 취했기 때문이긴 했지만 구마켄에게 승낙을 하고 말았다는 사실이 뇌리를 스쳐 지나갔고 나는 한순간 말문이 막혔다.

"받아들인 거지? 받아들인 거지?"

야시로가 짓궂게 물었다.

"이 일에는 이런저런 오해가 있습니다. 전말을 다 이야기하자면 복잡한 이야기가 되기에 자세한 사정은 말씀드릴 수 없지만, 내일 시골로 내려가 제 의사를 다시 한 번 확실하게 말할 예정이었습니다. 무엇보다 이 신문은 지방지 중에서도 한정된 지역에서만 보는, 사소한 소문까지 기사로 싣는 신문으로 엉터리 기사를 당연한 듯이 쓰는 곳입니다. 하나하나 이런 기사를 신용해서는 끝이 없습니다."

"하지만 기사에는 이렇게 써 있네. 미도리하라 초는 150억 엔의 부채를 안고 고통스러워하고 있다. 초의 재정을 재건하기 위해서는 냉엄한 경쟁을 강요하는 민간 기업에서 익힌 노하우를 곁들인 대담한 개혁이 필요불가결하다. 그 점에 있어서 야마사키 씨의 경력은 더할 나위 없으며, 주민들이 보내는 기대도 크다. 이렇게까지 적혀 있는데 자네는 하지 않을 거라고 말할 건가?"

"할지 말지는 제가 정할 일입니다."

"자네는 그렇게 말하지만 그래도 요쓰이의 이름이 이렇게 나오고 말았네. 이런 상황에서 자네가 포기한다면 우리가 자네를 말렸다고 생각하지 않겠나. 마치 재정 위기에 빠진 어느 지방 자치체를 요쓰이가 외면하는 것이라 생각하는 사람도 나오겠지. 즉 이렇게까지 된 이상, 이제 자네 개인의 문제라고는 할 수 없게 된 것일세. 실제 여기에는 이렇게도 적혀 있지 않은가. 초 자치의회도 야마사키 씨가 초장으로 취임하면 전면적인 협력을 아끼지 않겠다고 양손을 들어 환영하고 있다——."

"저기, 본부장님은 시골에 대해 모르시기 때문에 그런 말씀을 하실 수 있는 겁니다. 실제 상황을 말하자면 시골에서는 누군가가 한 가지 정보를 말하면 사람의 입을 탈 때마다 말이 과장됩니다. 실제로 제 아버지는 몇 번이나 돌아가셨는지 알 수 없을 정도입니다. 병원에서 건강 진단을 받기 위해 하루 입원했더니, 그게 암에 걸렸다는 소문으로 퍼지게 되고 그날로 돌아가셨다는 이야기로 번져 상복을 입고 부의금을 가지고 오는 일이 몇 번이나 있었습니다. 거짓 정보에 술렁이는 일은 흔히 있는 일입니다. 그러니 제가 거절했다고 해서 이런저런 일이 일어날 리는 없습니다. 요쓰이의 문제라는 말씀은 지나친 것 같습니다."

"자네 아버지가 돌아가셨다는 그 소문이 퍼진 건 언제 이야기지?"

"제가 중학생 때였습니다."

"그렇겠지. 그렇지만 지금과 당시는 정보의 전달 속도도 다를 뿐더러 정확도도 천양지차야. 지금은 그런 일은 없을 텐데? 게다가 최근에는 인터넷도 있으니 말이야. 어쨌거나 자네가 거절하게 되면 누군가 그것을 흥미 위주로 과장되게 기사화할 수도 있어."

"그런 것까지 생각하면 끝이 없습니다."

야시로는 무슨 일이 있더라도 나를 초장으로 만들고 싶은 것이 명백했다. 그러나 초의 실정을 일부분이나마 아버지에게서 들어 알게 된 현재, 나를 기다리고 있는 건 지옥 이외에 아무것도 없었다. 설령 편도 티

켓이 내정된 파견이라고 해도 지금은 어떻게 해서든 회사에 매달릴 수밖에 없었다.

나는 높아진 목소리를 가라앉히기 위해 한 번 심호흡을 한 뒤 말했다.

"무엇보다 저는 이제 닛토 푸드로 파견을 명령받은 몸이잖습니까. 그걸 이제 와서 제가 뒤집을 수는 없겠죠. 회사의 인사라는 건 그 나름대로의 비전이 있기에 행해지는 법이라고 저는 믿고 있습니다. 기껏 새로운 직장에서 귀중한 경험을 쌓을 수 있으리라고 생각하고 있었는데 초장이 되라는 말은 너무하지 않습니까."

처음부터 야시로의 정에 매달려봤자 소용이 없으리라는 사실은 알고 있었지만 그래도 애원하는 듯한 말투로 말해보았다.

"그건 또 기특한 말이군. 그럼 어째서 파견 지시를 들었을 때 바로 받아들이지 않은 거지? 어째서 시간을 달라고 한 건가?"

"그건……."

아픈 곳이 찔리자 나는 할 말을 찾지 못해 난감해졌다.

"혹시 자네, 닛토 푸드의 사장 자리와 초장 자리를 저울질하고 있었던 건 아닌가? 어느 쪽이 득일지, 이런저런 정보를 모아가며 생각해본 거지?"

"그야 저울질을 하지 않았다고 하면 거짓말일 겁니다. 그도 그렇지 않습니까. 제 나이에 본사 부장으로 있다가, 이제 와서 설령 자회사의 사장이라고 하지만 파견 명령을 받았다는 건 거기서 뼈를 묻으라는 말이나 다름없으니까요. 월급쟁이 샐러리맨이라고는 하지만 누구나 출세욕은 있습니다. 과장은 차장으로, 차장은 부장으로, 그리고 부장은 중역 자리로 가는 것을 꿈꾸면서 뼈를 깎는 노력을 하며 힘든 일에 견디고 있습니다. 그 과정에서 중도하차하게 되어 꿈이 무너지는 일은 샐러리맨에게 있어서 큰 문제입니다. 마음을 고쳐먹고 스스로 납득하기 위해서도 그 나름의 시간이라는 게 필요하다는 건 당연한 일이 아니겠습니까?"

"누가 자네에게 닛토 푸드에 뼈를 묻으라고 했나?"

야시로는 심술궂은 눈길을 보냈다.

"나는 시세 상품 이외의 일에 대해 알지 못하는 자네를 부본부장으로는 추천할 수 없으므로 다른 직무를 경험할 수 있는 위치를 경험했으면 한다고 말했을 텐데? 그건 기억하고 있겠지?"

"네……."

"그렇다는 건 자네는 내가 한 말을 거짓말이라고 생각한 건가? 편도 티켓으로 자네를 자회사로 쫓아내 거기서 푹 썩게 만들 거라고 생각한 건가?"

이 너구리 영감이!

나는 속으로 욕을 퍼부었다.

사업부의 절대적 인사권을 쥐고 있는 이는 누구도 아닌 사업본부장인 야시로다. 그의 입장에서는 부하의 인사 이유 같은 건 얼마든지 얼버무릴 수가 있다. 파견 또한 그렇지만, 본사로 다시 불러올 수 없을 때 또한 상황이 바뀌었다는 한마디로 정리할 수 있는 것이다. 회사의 인사라는 건 어차피 그런 법이다. 증거 문서 하나 남지 않고 게다가 가족의 연고 채용을 망친 뒤에 한 말을 누가 믿겠는가.

나는 입에서 나올 뻔한 말을 위험한 순간에 꿀꺽 삼키고 이를 악문 채 야시로의 얼굴을 노려보았다.

"역시 그랬군."

야시로는 과장스럽게 한숨을 내쉬고는 말했다.

"나와 자네와의 관계도 이걸로 끝일세. 모처럼 한 계단 더 올라갈 기회를 주려고 하는 나의 진심이 의심을 받았다니 면목이 없네. 그렇게 가기 싫다면 닛토 푸드로는 가지 않아도 괜찮네. 다만 그렇게 될 경우 지금 자리에 언제까지 머무를 수 있을지는 알 수 없네. 파견을 백지화한다는 건 사실상 부장 자리에서 올라가지 못한다고 확정된 거나 다름없는 일이니 말일세. 그럴 바에야 미래가 있는 사람에게 대신해서 경험을 쌓게 만드는 게 회사를 위해서 좋은 일일 테지. 뭐, 실적이 있는 자네이니 그렇게 되더라도 본사 안에서 받아주는 부서가 없지는 않겠지. 정년까지 그곳에서 보내게 될 걸세."

　사실상 사업부가 바뀌면 회사가 바뀌는 것이나 다름없는 게 종합상사라는 곳이다. 입사 이래 소속해왔던 사업부에서 쫓겨난 인간을 받아주는, 아니 이 경우 억지로 맡는다는 표현이 옳을 테지만 그런 부서는 많지 않다. 자료실, 사사편찬실, 총무부 우편과…….

　그 순간, 내 뇌리에 그다지 전화 벨소리가 울려 퍼지는 일 없이 이완된 공기에 둘러싸인 그 부서들의 모습이 떠올랐다. 그 어느 부서도 업무에서 커다란 실책을 저지르거나, 상사와 대립해 사업부를 쫓겨난 패자들이 모인 곳이다. 돈을 벌어오지 못하는 사람, 돈을 벌기 위한 후방 지원을 하지 않는 사람에게는 용건이 없다. 그리고 그런 부서로 돌려진 사람에게는 조기 퇴직제도의 은혜를 입을 권리조차도 사라진다. 도움이 되지 않는다는 낙인이 찍힌 인간에게 퇴직금을 내주는 것은 회사에게 있어서 돈을 훔친 도둑에게 돈을 주는 일이나 다름없는 일이기 때문이다.

직함은 그 나름대로의 자리가 부여되지만 그 밑에는 반드시 '대우'라는 문자가 붙으며 명함조차 주어지지 않는다. 당연히 급료는 격감하며 보너스도 평사원의, 그것도 입사 기간도 없는 신입사원과 그다지 다르지 않다. 퇴직금은 회사를 그만둘 때의 기본급이 베이스가 되기 때문에 당연히 극히 적어진다.

그런 곳으로 가게 되리라고는 생각해본 적도 없었다.

애초에 야시로는 나를 보기 좋게 자회사로 쫓아 보낸 뒤 내쫓을 생각이었던 것이다. 그때가 몇 년 빨라진 것뿐인 이야기다.

"그렇게까지 말씀하신다면 알겠습니다. 저, 회사를 그만두겠습니다."

야시로는 깜짝 놀라는 모습도 없이 조용히 고개를 끄덕였다.

"지금부터 자리로 돌아가 사표를 적겠습니다. 다만 사표는 사내 우편으로 보내고자 하는데 괜찮으시겠습니까?"

"이봐, 사표를 적는 건 드라마 속에서나 있는 이야기일세. 인사부에 소정의 양식이 있으니 거기에 필요사항을 기입하면 된다네."

"그거 정말이지 귀중한 충고로군요. 황송합니다."

나는 있는 힘껏 빈정거리며 말했지만 야시로는 신경 쓰는 기색도 없이 표표한 말투로 말했다.

"퇴직 시기는 한 달 후로 해주지 않겠나? 이쪽도 자네가 그만둔다고 하면 후임을 정해야만 하고, 사무 인계나 거래처에 인사도 해야 하니 말일세. 떠날 때는 뒤처리가 깔끔해야지. 게다가 회사를 그만두면 역시 초장 선거에 나갈 거지? 그렇다면 자네는 앞으로 공인이 될 테니 그런 부분은 제대로 해두는 편이 좋겠지."

"초장이 될지 말지는 제가 정할 일입니다. 당신에게 이런저런 말을 들을 이유는 없습니다."

나의 격앙된 말투에 야시로도 깜짝 놀란 듯했지만 나는 발길을 돌려 방을 나섰다.

이렇게 된 이상, 내게 선택지는 남아 있지 않았다.

수입 기반이 빈곤하고 고령화가 진행되고 있는 초의 재건은 어렵기 짝이 없는 일일 것이다. 그러나 이런 형태로 나를 요쓰이에서 쫓아낸 야시로에게 보복할 수 있는 방법은 한 가지밖에 없다.

그렇다, 초장이 되어 미도리하라 초를 재건하는 것이다.

회사라는 곳은 재미있는 곳으로, 그만둔 사람이 새로운 길에서 눈부신 활약을 하면 어째서 그런 유능한 인간을 놓친 거냐는 소리가 반드시 나온다. 파산 직전의 초를 재건한다면 반드시 커다란 뉴스가 될 것이다. 그것은 당연히 요쓰이 사내에서도 화제가 될 것이며 이윽고 야시로에게 비난이 이어지게 될 것이다. 그가 이사본부장이기는 하나 아직은 사원이다. 입 밖으로는 꺼내지 않았지만 상무, 전무, 그리고 부사장 자리를 노리고 있다는 사실은 알고 있었다. 그 야심을 부수기 위해서라도 무슨 일이 있더라도 초장에 취임해 내 고향을 재건해야 했다.

나는 중역실이 늘어선 복도를 가슴을 쭉 펴고 똑바로 앞만 보며 걷기 시작했다.

제 2 장

제 2 장

6월 중순──. 나는 초장이 되었다.

가두 유세차도 포스터도 없었다. 정책을 다툴 상대도 없었다. 입후보만 하면 누구라도 초장이 될 수 있었지만 구마켄의 말대로 상대할 후보는 결국 나타나지 않았다. 그럼에도 입후보를 했고 선거사무소만은 갖춰야 했기에, 가업의 영향으로 남은 양조장에 책상과 의자를 갖다 두고 겉모양을 갖춘 것이 유일한 준비였다.

힘들었던 건 가족이었다. 입후보 의향을 비치자 초의 참상을 알고 있던 부모님은 "어째서 네가 굳이 위험을 무릅쓰는 게냐!"라며 격노했으며, 아내인 가요코는 "그런 파산 직전인 초의 초장이라니 무슨 꼴불견이람." 하고 머리를 감싸 쥐며 드러눕더니 한동안 말도 하지 않을 정도였다. 부모님의 반응은 예상할 수 있던 범주였지만 가요코가 이처럼 과잉이라고도 할 수 있는 반응을 나타내는 데는 이유가 있는 듯했다.

그녀는 아무래도 남모르게 내가 이사 자리까지 올라갈 것을 믿어 의심치 않았던 듯했다. 요쓰이의 중역이 되면 사회적으로 꽤나 높은 위치에 오르는 셈이다. 지위에는 그에 따른 책임이 동반되는 법이지만 그런 사실은 처음부터 그녀가 알 바 아니었다. 이사 부인이 되는 꿈이 무너지고 만 것이다. 그 충격에 더해 내가 초장으로 취임하게 되면 당연히 그녀도 미도리하라로 이사하지 않으면 안 된다는 점까지 더해졌다. 그것은 아내의 지금 생활이 뿌리째 바뀔 뿐만 아니라 시부모와 함께 살아야한다는 사실을 의미했다.

아버지는 79살, 어머니는 77살이다. 내게는 여동생이 한 명 있었지만 다른 집안으로 시집을 갔기 때문에 부모님을 돌보는 건 내 역할이었다. 슬슬 노후 계획을 세워야 하겠다고 생각하고 있었던 만큼 그녀에게도 나름의 각오가 되어 있으리라고 생각했었지만 그런 내 생각은 낙관적이었던 듯했다. 이사가 되어 정년이 늘어나면 설령 그 사이에 부모님께 무슨 일이 생기더라도 도쿄를 떠나지 않아도 되었다. 즉, 시부모님을 돌보는 역할에서 자유로워질지도 모른다고 몰래 기대를 하고 있었던 모양이었다.

회사를 퇴직한 날은 3월 15일. 미도리하라로 이사한 건 그 직후의 일이었다. 그만둔 시기가 어중간했던 이유는 초장 선거에 출마하려면 선거일로부터 3개월 전까지는 주민등록을 옮겨야만 했기 때문이었다.

가요코의 동의를 얻을 시간 같은 건 없었다. 그녀가 절대 도쿄를 떠날 수 없다고 한다면 혼자라도 갈 각오를 하고 절차를 밟았다. 하지만 오히려 그런 나의 움직임을 통해 굳건한 나의 의사와, 초장이 되는 것 이외에 길이 남아 있지 않다는 사실을 그녀가 깨닫게 된 계기가 된 듯했다. 마지못해 하면서도 최종적으로는 가요코도 미도리하라로의 이사를 승낙했다.

취임 첫날. 나는 미리 결정되어 있던 관계 각 처에 인사를 마친 뒤 오후부터는 구마켄의 안내를 받아 마을의 시찰에 나섰다. 150억 엔이나 되는 부채를 해소하는 일은 보통 일이 아니다. 돈을 만들어내지 못하고 쓰기만 하는 시설이라면 즉시 폐쇄해야만 했고 반대로 돈을 만들어낼 가능성이 있다면 유용하게 활용할 지혜를 짜내야만 한다. 초에 어떤 불량 자산이 있으며 가능성을 숨긴 자산이 있는지, 맨 먼저 그에 대해 확인을 해야만 했다.

미도리하라 초는 넓다. 관공서는 정확히 초의 중심에 위치해 있었고 동서남북으로 제각각 20킬로미터 정도의 크기였다. 내가 이곳을 나온 이후, 농도정비라는 명목으로 도로를 계속 만든 탓에 멋들어진 2차선 포장도로가 초 중심을 그물망처럼 잇고 있었다.

"텟짱, 어디로 갈까?"

작업복 상의를 입은 구마켄이 운전석에 앉자마자 물었다.

"그러게. 일단 남쪽부터 가볼까?"

나는 초 내에 여기저기 흩어져 있는 시설의 위치가 기재된 지도를 보며 말했다. 거기에는 관광유치시설 명목으로 건설된 식물원이 있었다. 어렴풋한 기억이지만 과거에는 미도리하라에 있어서 비경 중의 비경이라고 불렸던 곳이었다. 즉, 시골 사람도 그다지 근처에 갈 일이 없는 장소였다는 말이다. 그런 곳에 관광시설을 만들어봤자 집객 효과를 기대할 수 없다는 점은 어린애라도 알 수 있는 사실이지만 실제로 봐두지 않으면 문제를 제기할 수가 없다.

"좋아."

구마켄은 엔진을 켜고는 액셀을 밟았다. 하얀 라이트밴이 녹음으로 뒤덮인 산골짜기 길을 달리기 시작했다. 스쳐 지나가는 차가 전혀 없었기 때문에 길이 막힐 걱정은 없었다. 신호조차 없었다. 드라이브라면 쾌적 그 자체. 오랫동안 도쿄에서 지낸 사람에게는 꿈만 같은 이야기였지만 이렇게나 인적이 없다면 식물원의 운영 실적 같은 건 듣지 않아도 알 수 있었다.

약 10킬로미터를 5분 정도 달렸다. 과거에는 포장도 되어 있지 않아 구불구불하고 가파른 험한 산길을 올라가야만 했지만 어느 사이엔가 멋들어진 터널이 생겨 있었다. 주황색 불빛이 켜진 터널을 빠져나가자마자 시야가 넓어졌다. 초여름의 햇살이 눈을 찔렀다. 저 멀리로 오우奧羽 분지가 보였으며 완만한 능선을 따라 양쪽에 사과 농장이, 그리고 닫은 지 오래된 것으로 보이는 인기 없는 메밀국수집이 떡 하니 갓길에 서 있었다.

"구마켄, 저건 뭐지?"

"아 메밀국수집 말이야? 도쿄에서 실력을 닦은 이곳 출신의 요리사가 돌아와서 저 가게를 열었던 거야. 식물원이 만들어졌을 때는 꽤나 잘 됐었지. 메밀국수 재료도 지역에서 채취한 거였고 분말도 맷돌로 갈아 본격적인 음식을 냈었으니까. 그렇지만 가격이 비싼데다 양이 적어서 배를 채울 수가 없다는 말들이 나오면서 지역 사람들은 그다지 가지 않게 되었어. 게다가 초 한가운데라면 또 몰라도 여기까지 오려면 차가 있어야만 되잖아. 차를 가져오면 또 술을 마실 수 없고. 그러니 낮에만 영업을 하게 되었고 채산이 맞지 않아 결국 1년 만에 문을 닫게 되었어."

"비싸다니 얼마나 했는데?"

"메밀국수 하나에 500엔 정도였던가."

"500엔이라니……. 100퍼센트 메밀이었던 거지?"

"응."

"맷돌로 갈았고."

"응."

"그런데 500엔이면 싼 가격이라고."

"텟짱, 메밀국수 한 그릇만 먹고 배가 부르지는 않잖아. 두 그릇, 세 그릇 정도 먹지 않으면 밥이 되지 않는다고."

"두 그릇 세 그릇은 먹어야 배가 부르다는 말은 평균적인 양이 아니야. 도쿄에서 같은 음식을 먹었다면 최저여도 그 배, 아니 어쩌면 세 배는 할 거야."

"도쿄와 똑같이 취급을 하면 안 돼. '사이좋은 식당'에서 라면을 먹으면 곱빼기가 400엔이야. 꼬치구이 하나에 10엔이고. 도시 감각으로 장사를 해서 잘될 리가 없잖아."

쿠마켄은 의기양양한 표정을 지었다.

나는 무심코 한숨을 내쉬었다.

'사이좋은 식당'이라는 건 본가 바로 뒤에 있는 오래 전부터 있었던 식당으로 라면이나 볶음밥 같은 일본식 중화요리와 꼬치구이를 내는 작은 가게다. 아무리 먹어도 바로 배가 고픈 성장기 시절, 특히 중학교 때는 학교 부활동이 끝나면 저녁 식사 전에 곧잘 뛰어가곤 했지만 어느 날을 경계로 딱 발걸음을 멈추게 되었다. 마른 멸치로 뽑은 뜨뜻미지근한 라면 국물은 공복 전에 먹으면 참을 수 있었다. 챠슈 대신에 생선으로 만든 소시지가 올라와 있는 것도 가격을 보면 그럴 수 있다고 생각했다. 몇 번이나 조금 단단하게 해달라고 해도 늘 물렁물렁할 정도로 과하게 삶는 면도 고통스럽지는 않았다. 하지만 감기에 걸려 콧물을 흘리던 아저씨가 그릇 안에 엄지를 집어넣고 라면을 내오는 모습을 보고 질렸던 것이다.

"여기서는 질보다는 양이라는 건가?"

"응."

구마켄은 고개를 끄덕이며 말을 이었다.

"텟짱도 '야와라 초밥' 알지?"

"알고 있어. 야와라 초밥이라면 초에 한 곳밖에 없잖아."

"거기 주인도 도쿄에서 수업을 받고 돌아온 사람인데 가게를 처음 열었을 때 깜짝 놀랐다고 해."

"왜?"

"처음에 개점했을 때는 평판이 아주 좋지 않았거든. 그도 그렇게 그 주인, 초밥을 쥐는 방식이 도쿄 방식이라 이곳 사람은 초밥을 몇 개나 먹어도 배가 부르지 않았거든. 그래서는 배가 가득 찰 때까지 먹었다간 몇 개가 될지 알 수가 없잖아. 그 결과 지금은 밥의 양이 개점 당초보다 배가 되었어. 그렇게 바뀐 덕분에 손님들이 가게로 다시 가게 되긴 했지만 밥을 적게 쥐어 만드는 일은 간단하지만 크게 만드는 일은 어려우니까 꽤나 고생한 모양이야."

"초밥의 밥 양을 배로 늘리면 초밥이 아니라 그냥 주먹밥이잖아?"

"그러니까 하나를 보면 열을 알 수 있다고, 여기서는 도쿄의 감각으로 장사를 하면 잘 안 된다는 이야기야."

구마켄의 말은 지당했지만 그러다면 미도리하라가 이런 상황이 된 건 어째서란 말인가? 그런 시골 감각으로 허다한 공공사업을 시작하고 원래 비즈니스 초기 단계에는 민간 회사가 해야 할 사업에 손을 댄 결과 이렇게 된 것이 아니냐고 쏘아붙이고 싶었다.

하지만 그런 과거를 들춰낸다고 해도 이제 와서 어떻게 할 수 있는 일도 아니다. 나는 간신히 말을 삼키고 앞을 바라보았다. 이윽고 앞 유리 건너편에 새로운 언덕 정상이 보이기 시작하더니 통나무집 느낌이 나는 거대한 시설이 모습을 드러냈다.

"저게 식물원인 거야?"

"그래."

구마켄은 자갈이 깔린 주차장으로 차를 몰고 갔다. 백 대는 들어갈 듯한 광대한 주차장에는 그다지 차가 주차되어 있지 않았다. 평일 낮이기에 방문자가 적은 것이라는 생각으로 번호판의 번호를 보자 전부 다 똑같은 지역 번호로 아무래도 직원들 차인 것 같았다.

"내려서 볼까?"

세부 사항을 보지 않아도 참상은 짐작이 갔지만 경영 실태를 직접 두 눈으로 확인하지 않으면 안 된다. 마음이 내키지 않았지만 나는 고개를 끄덕이고 차에서 내렸다.

오존을 잔뜩 머금은 산들바람이 뺨을 스쳤다. 가끔씩 기분 전환하기에 안성맞춤인 장소였지만 그건 도시에서 온 사람이기에 하는 생각이다. 무엇보다 이 주변은 마을 한가운데라고 해도 공기는 깨끗하다.

"구마켄. 여기는 어떤 사람이 오는 거야? 도호쿠東北 투어 안에 들어가 있어?"

"아, 실은… 그 부분이 어려운 점인데 다른 관광지에서 떨어져 있는 데다 숙박 시설도 있기는 하지만 정원이 40명 정도밖에 안 돼서 말이야. 오는 사람은 귀성객이나 근방에 사는 사람이 대부분이야. 특히 농한기에 들어가면 온천에 오는 사람이 꽤 있거든."

"온천? 온천이 있어?"

눈앞이 살짝 밝아진 듯한 기분이 들어 갑자기 기분이 좋아졌다. 그러나 그건 내 지레짐작일 뿐이었다.

"온천이라고 해도 천연온천은 아니야. 물을 끓인 욕탕에 입욕제를 넣은 것뿐이지. 숙박자는 물론 무료. 탕에만 들어가는 거면 500엔이면 돼. 휴게실도 있어서 도시락을 짊어지고 하룻밤 묵는 사람도 꽤 있어."

구마켄은 별것 아니라는 식으로 말했다.

"그거라면 목욕탕보다 조금 나은 수준인 거잖아?"

밝아졌던 기분이 바로 어두워졌다.

"뭐, 그렇게 말하면 조금 섭섭하지."

구마켄은 앞장서서 통나무집 쪽으로 걷기 시작했다.

역시나 시설 안은 상상한 그대로의 모습이었다. 메인 홀에는 지역에서 만든 토산물이 정연히 진열되어 있었고 테라스에는 바비큐 세트가 설치되어 있었지만 손님의 모습은 전혀 찾아볼 수 없었다. 창문 너머로 펼쳐진 광대한 식물원으로 눈길을 돌렸지만 그곳에도 사람의 모습은 없었다.

"구마켄, 여긴 늘 이런 느낌이야?"

"주말이나 여름휴가 때는 그 나름대로 손님이 있어."

"식물원이라는 건 저 정원뿐?"

"그래."

"온실 같은 건 없는 거야?"

"없습니다."

"그럼 겨울에는 그냥 시든 들판인 거야?"

"그렇지만 겨울이 되면 군생하고 있는 코스모스가 일제히 피어서 그 나름대로 볼 만……."

"그런 걸 묻는 게 아니야. 시든 들판에 이런 걸 만들어놓고 정말로 사람이 올 거라고 생각한 거야?"

"만들 때는 제대로 외부의 컨설턴트도 고용해서 의견도 들었어."

"컨설턴트?"

그런 컨설턴트가 있다면 꼭 보고 싶다고 내가 말하기도 전에 구마켄이 말을 꺼냈다.

"커다란 광고대리점 사람. 도쿄에서 온……."

역시 그런 거였군. 나는 처음으로 구마켄의 말에 납득했다. 산전수전을 다 겪은 광고대리점의 영업 담당자 입장에서 본다면, 순박한 시골 사람을 속인다고까지는 할 수 없어도 꿈을 품게 만들고 사업을 시작하게 일은 식은 죽 먹기였을 것이다. 무엇보다 컨설턴트의 이야기를 곧이곧대로 받아들인다고 사업이 성공한다면 아무도 고생을 하지 않을 것이었다. 그 사람들의 능력이 그렇게나 뛰어나다면 왜 세상에 망하는 회사 같은 게 생기겠는가. 세상에 존재하는 회사 중에, 적어도 일류라고 지목되는 기업 중에 컨설턴트 출신의 사장이 한 명도 존재하지 않는다는 사실이 무엇보다도 큰 증거였다.

"그러니까 여기 있는 게 미도리하라 초가 자랑하는 토산물의 전부라는 거군."

나는 약간 비꼬아 말했지만 구마켄은 내 심정은 전혀 모른 채 고개를 끄덕이며 말했다.

"뎃짱은 초를 떠난 지 꽤나 시간이 지났으니 모르는 것도 있을 거야. 뭐라도 좀 시식해봐."

진열대에 늘어선 식품으로 손을 뻗더니 가장 먼저 우유를 내밀었다.

병에 든 우유는 입에 머금자 농후한 향기와 기분 좋은 감칠맛이 느껴지는 것이 분명 맛있었다. 그런 것이 얼굴에 드러났는지 구마켄이 씨익 웃더니 차례로 식품을 권했다.

"이건 지역에서 기른 대두를 사용한 두부. 베이컨과 햄도 만드는 공방도 있는데 전부 수제품이야."

"그렇군, 두부도 슈퍼에서 팔고 있는 물건과는 조금 다르군. 게다가 햄이나 베이컨도 꽤나 괜찮은 맛이야."

"그렇지?"

"하지만 구마켄, 맛있어도 중요한 손님이 오지 않으면 이야기가 안 되잖아. 게다가 가격을 보면 슈퍼에서 파는 것보다 훨씬 비싸잖아?"

"뭐, 여기 사람들은 사지 않지."

그렇게 의기양양한 표정으로 말하지 말라고 구마켄……. 나는 속으로 중얼거렸다.

"그럼 귀성객이나 근처 동네 사람들은 많이 사는 거야?"

"그다지……."

나는 깊은 한숨을 내쉬며 주르륵 늘어선 상품에 눈길을 보냈다. 그중에 도기 코너가 있었다.

"저건?"

"아아, 저거 말이지. 20년 정도 됐나, 저기 모로카타諸県라는 지역이 있었잖아."

"응."

"거기서 엄청 질이 좋은 점토가 채취된다는 사실이 알려지면서 도예가가 하나둘씩 모이더니 그게 지금은 20명 정도 사람이 정착해 도기를 굽고 있어. 도자기를 굽는 가마를 가지고 본격적으로 하고 있어."

"아하, 그건 몰랐네."

"지금은 도쿄 백화점에도 코너가 있다는 듯해."

"호오."

이런 시골에도 약간은 문화의 향기가 나는 게 있었다. 나는 무심코 감탄하는 목소리를 냈지만, 그렇다고 해서 숙련된 기술을 요하는 도예가 마을 재생의 기폭제가 될 것이라고는 생각되지 않았다.

"그래서 그밖에는 뭐가 있는데. 이 토산물 코너와 바비큐, 그리고 식물원으로 끝인 거야?"

"동물랜드가 있어."

"뭔데 그건?"

"어린아이들에게 다양한 동물과 접촉할 기회를 준다는 콘셉트이긴 한데……."

콘셉트라고? 별반 기대를 할 수 없는 곳일 거라는 것은 짐작이 되었지만 실망할 거라면 빨리 하는 편이 좋다.

"거기, 볼 수 있어?"

"오늘도 하고 있을 거야. 가볼래?"

"안내해줘."

구마켄은 앞장서서 밖으로 나가더니 삼각지붕이 붙어 있는 요금소 안에 있는 부부를 향해 손을 들었다. 거기에는 '식물원 입장료 500엔'이라고 적힌 간판이 걸려 있었다.

말도 안 돼……. 나는 마음속으로 투덜거렸다.

하지만 깜짝 놀랄 일은 그때부터였다. 식물원을 빠져나가자 통로 옆의 의자에 앉은 노부부가 있었고 지면에 놓인 간판에는 '동물랜드 500엔'이라고 적혀 있었다.

"구마켄……. 동물랜드는 요금을 따로 받는 거야?"

"응."

불길한 예감이 뇌리를 스쳤다.

다시 얼굴 도장으로 패스를 하고 동물랜드로 들어가는 구마켄의 뒤를 따라 안으로 들어가자 커다란 나무에 매어 있는 말이 있었다. 예전에는 이 주변의 농가라면 당연하게 있었던 농경마였다.

말똥 냄새가 코를 찔렀다. 숨을 참고 더욱 앞으로 나아가자 '만져보기 코너'가 있었는데 그곳에는 너무나도 당연하게 토끼가 있었다. 그리고 오두막 안에는 소, 돼지……. 거기다 닭…….

"구마켄……. 이 동물들은 이 주변의 농가라면 당연히 있는 '가축'이잖아······."

"그렇다고 곰이나 구렁이 같은 걸 키울 수는 없잖아. 하물며 사자나 호랑이 같은 건 무리고. 무슨 일이 생기면 큰일이니까."

예상적중──.

"이런 시설에 500엔이나 내고 좋아하는 녀석이 세상에 있겠어? 한 번 오고 나면 두 번 다시 오지 않을 테지. 누구든지 그렇게 생각할 거잖아."

나는 목소리를 높였다.

"너무 노골적으로 말하지 마. 만든 건데 어쩔 수 없잖아."

힘없이 중얼거리는 구마켄을 보고 있자 그 이상 질책할 마음이 사라져 나는 무의식중에 입을 다물었다. 그러나 식물원을 뒤로 하고 다른 시설을 보러 가는 동안 역시나 참을 수가 없게 되었다.

여하튼 어떤 재단법인의 원조로 건설되었다는 실내 주민 수영장에는 1년 내내 사용할 수 있는 상황임에도 불구하고 지도원 이외의 사람은 한 명도 없었다. 그것도 그럴 수밖에 없는 것이 고령자의 건강관리를 도모하기 위해 건설했다는 '콘셉트'는 좋았지만, 차가 없이는 갈 수 없는 한적한 곳에 있는 탓에 무료버스를 운행하고 있음에도 이용하는 주민은 거의 없는 것이었다. 그 이외에도 어떤 이용객을 예측한 것인지 알 수는 없지만 체육관은 두 개나 있었으며, 아직 새 건물인 주민회관은 도쿄에 있는 같은 종류의 어설픈 시설보다도 훨씬 멋들어지고 매우 호화로웠음에도 문이 딱 닫혀 있고 인적도 없었다. 듣자 하니 이용할 때는 초의 관공서 직원이 조명, 음향을 담당한다고 한다. 그것도 이용의 대부분은 초민 연극회나, 노래방 콘테스트, 또는 가극단 공연에 사용되는 것이 고작이라고 했다.

이 모습에는 아무리 화를 내지 않으려 노력해도 화가 났다.

"구마켄……. 대체 어떻게 이런 시설을 세울 마음이 든 거야?"

과연 구마켄도 어이가 없는 것을 뛰어 넘어 분노하는 내 마음을 알아차린 것인지 아무 말 없이 고개를 끄덕였다.

"저기, 이 주변에 영화관은 얼마나 있어?"

"미야가와에 하나 있을 뿐이야."

"히가시 마쓰오카와 니시 마쓰오카, 두 개의 군과 미야가와 전체에 하나 있는 거지?"

"응…….."

"그게 이 주변의 적정상권이라는 말이야. 좀 더 알기 쉽게 말하자면 각 시정촌에 영화관이 있어도 비즈니스로는 채산이 맞지 않는다는 사실을 장사하는 사람들은 모두 알아. 구마켄, 하나만 말할게. 민간 기업은 돈이 되지 않는 사업에는 결코 손을 대지 않아. 신규 비즈니스를 계획할 때는 철저히 시뮬레이션을 반복해. 만약 도중에 계획대로 계획이 돌아가지 않게 된다면 그때까지 투자한 돈을 버리더라도 취소를 해. 왜인지 알겠어?"

구마켄은 고개를 숙인 채 대답을 하지 않았다.

"사업을 계속하는 쪽이 손해이기 때문이야. 물론 회사의 상층부가 결단을 내린 일이라고는 하지만, 사업 중단을 하게 되면 담당자는 책임을 지게 돼. 회사에는 대신할 사람이 얼마든지 있으니까 잘하면 한직으로 밀려나게 되고 자칫 잘못하면 해고를 당하는 거지. 영화관의 상권을 생각해보면 이런 커다란 건물을 세우면 어떤 일이 일어날지는 중학생이라도 알 수 있어. 그걸 옆 초에는 주민회관이 있으니까 우리도. 수영장이 있으니까 우리도. 그런 식으로 차례로 시설을 계속 만들다보면 당연히 소비되는 돈이 많아지기만 하는 거잖아. 너희들에게는 근본적으로 결여되어 있는 게 있어. 돈을 쓰는 일에는 머리를 써도 돈을 버는 괴로움, 사업을 한다는 것의 두려움을 몰라. 돈은 가만히 있다고 해서 들어오는 게 아니잖아. 필사적으로 몸부림치고 목숨을 걸어야만 벌리는 법이야.”

“텟짱…….”

구마켄이 가냘픈 목소리를 냈다.

“예전 초장도 나도 실패를 하고 싶어서 한 게 아니야. 초민에게 풍요로운 생활을 하게 만들어주고 싶어서, 도시처럼 문화적인 생활을 할 수 있었으면 했던 것뿐이야……. 분명 결과를 놓고 보자면 그런 생각이 예상과는 달랐다는 사실은 인정하겠지만 누구도 나쁜 마음이 있어서 이런 건 아니니까…….”

구마켄을 질책해도 별수 없다는 사실은 알고 있었다. 아니 전임 초장을 질책한다고 해도 별수 없다. 나쁜 마음으로 한 일이 아니라는 사실은 알고 있다. 고용 기반도 취약하고 젊은이들의 인구유출이 이어지는 이곳 입장에서는 다른 선택지가 없었을 뿐인 것이다. 게다가 과거를 파헤쳐 범인 찾기를 한다고 해서 구원을 받을 리도 없다.

나는 약간 차분함을 되찾자 구마켄에게 직접적으로 감정을 쏟아내고

만 것에 살짝 미안한 마음이 들었다.

"미안해……."

나는 사과를 한 뒤 주민회관이 우뚝 서 있는 곳 옆에 펼쳐져 있는 광대한 공장 유치용 용지를 바라보았다.

"구마켄."

"왜?"

"네게 부탁이 있어."

"뭔데?"

"너, 진심으로 이 초를 재건하고 싶은 거야?"

"그야 물론이지."

"그렇다면 내게 전면적으로 협력을 해주지 않을래?"

"가능한 일이라면 뭐든지 할게."

"좋았어. 그렇다면 네가 부초장을 해."

"부초장……? 내가?"

"나는 노예가 필요해. 문자 그대로 내 수족이 되어 일해 줄 사람 말이야."

"하지만 나는……."

"초장으로서 첫 번째 명령이야. 초장 자리를 맡겠다는 사람이 아무도 없었을 정도니까 어차피 부초장 또한 하려고 하는 사람이 없을 게 분명해. 자치의회도 네가 부초장이 된다는 것에 이론을 제기하는 사람은 없겠지. 그때까지 초내의 시설일람, 직원 수, 인건비를 포함한 유지비, 초재정수지 전망, 게다가 구마켄이 필요하다고 생각되는 자료를 다 모아 뒤. 알겠지?"

대답을 들을 필요 따위도 없다는 듯이 나는 발걸음을 돌려 라이트밴
에 올라탔다.

*

"미치겠군……."

3일 후, 관공서에 있는 초장실에서 나는 쌓여 있는 서류에서 눈을 떼
고 깊은 한숨을 내쉬었다.

초의 절박한 상황은 예상을 훨씬 뛰어넘어 있었다. 초내 시찰에 나선
다음 날, 구마켄은 재빨리 서류를 산더미처럼 껴안고 이 방을 찾아왔
다. 그중에서도 흥미를 끈 것은 '미도리하라 초 신행 재정개혁대강령'
이라고 적힌 파일이었다. 초의 재정이 조만간 파산될 것이라는 사실을
이전부터 걱정하고 있었는지 그곳에는 초내 각 시설의 민간 매각이나,
관공서 직원의 삭감, 행정 서비스의 정지라는, 꽤나 대담한 세출 커트
계획이 세세하게 기재되어 있었다. 하지만 문제는 계획대로 일을 진행
하더라도 초의 재정이 튼튼해질 수 있는가 하면 그렇지도 않다는 사실
이었다.

여하튼 이렇게나 시원시원한 제목을 붙여놨으면서 문서 서두에는
"내년도 이후도 재정부족은 심각해질 전망. 특히 3년 후부터는 실질수
지 적자가 표준재정 규모의 20퍼센트에 달해 재정부실 단체가 될 가능
성이 높으므로 세출, 세입 양쪽 면에서 한층 더 재원대책을 서둘러야만

한다."라고 적혀 있는 부분에서도 알 수 있듯이, 유효한 대책을 강구하는 가이드라인은 되지 않았다. 이래서는 내가 아니더라도 "그래서 어쩌라는 거야?"라고 소리를 지르고 싶을 것이다.

나는 수화기를 들어 올려 내선버튼을 눌렀다. 번호는 '1143'. 구마켄의 번호였다.

"구마자와입니다."

전화가 연결되었다.

"구마켄, 미안하지만 내 방으로 와줘."

"알았어."

잠시 뒤 문에서 노크소리가 들렸다. 들어와, 라고 말하는 목소리에 노기가 깃들었다.

"뭔가 용건이라도 있어?"

"용건이 있으니까 부른 거잖아. 뭐, 여기 앉아."

구마켄은 집무 책상 앞에 놓인 의자에 앉았다.

"구마켄……. 너한테서 받은 자료는 일단 전부 봤어."

"과연 텟짱, 빠르네."

"세출 삭감 계획이 어떤 건지 대강은 알겠어. 초 재정이 위기에 처해 있으니 여기 적힌 계획은 실행할 수밖에 없는 것들이지. 다만 네게 물어보고 싶은 건 어떻게 하면 초가 재정주의단체로 전락하지 않을 것인지, 즉 파산을 막을 수 있는 구체적인 대책은 논의를 했냐는 거야."

"그건 다 같이 지혜를 짜내봤는데 말이지. 이렇다 할 대책이 나오질 않아서……. 이래 봬도 삭감할 부분은 한계까지 삭감했어. 하지만 아무리 삭감을 한다고 하더라도 들어오는 돈이 그 이상으로 줄어들고 있어서 어쩔 도리가 없었어."

사느냐 죽느냐 하는 비즈니스 최전선에서 격전을 치러왔던 내 입장에서 보면 구마켄의 말은 정말이지 답답했다. 그야말로 절대로 무너질 일 없이, 업무에서 잘못을 저지르더라도 형사법 대상이 되지 않는 한 평생 안정된 수입을 얻을 수 있는 공무원의 발상 그 자체였다.

"초의 세입은 작년을 기준으로 60억이 조금 안 되는 정도. 수지는 간신히 흑자이지만 내년은 엇비슷할 테고, 내후년은 세입이 40억 엔대로 감소돼. 그럼에도 불구하고 아무리 경비 절감을 한다고 하더라도 효과는 내후년을 기준으로 10억에도 미치지 않아. 게다가 앞으로 해가 거듭될 때마다 1억씩 세입은 줄지. 완전한 적자인 셈이야. 그것도 눈사람을 굴리듯이 불어나고 있고."

"아무튼 지방교부세의 감액과 국가보조금사업의 억제가 뼈아픈 부분이야. 어쨌든 초의 세입 중 약 절반이 지방교부세니까 말이야. 그 부분이 지금까지처럼 들어오지 않게 된데다 고령화가 점점 진행되기만 할 뿐이니 세입은 계속 줄기만 할 거야. 아무리 노력해도 이런 숫자가 되는 거지."

"어쩔 도리가 없다. 그렇게 말하고 싶은 거야?"

"그렇게 말하면 몸 둘 바가 없긴 하지만……."

"너, 재정주의단체로 지정되면 어떻게 되는지 알고 있는 거야?"

구마켄은 굳은 표정으로 입을 다물었다.

"어쩔 도리가 없다는 식의 느긋한 말은 하지 말라고. 무슨 일이 있더라도 재정을 흑자로 바꿔놔야만 해. 무조건 빚을 갚아야만 한다고. 초의 상황을 가정이라고 바꿔놓고 생각해봐. 가령 연수입 500만 엔인 사람이 1500만 엔의 빚을 졌다고 해. 하지만 내년부터는 연간 400만 엔을 갚아야만 해. 집에는 학교에 다니고 있는 아이가 고등학교 3학년, 중학교 3학년, 초등학교 6학년 세 명이 있어. 게다가 아버지와 어머니도 있어. 뭐, 그런 상황에서 구마켄, 너라면 어떻게 하겠어? 어쩔 수 없다는 말만 할 거야?"

"그렇게 할 수는 없지."

"그렇지. 당연히 매년 100만 엔으로 사는 방법을 생각하겠지. 일단 고등학생 자녀는 즉시 중퇴, 취직을 해야겠지. 중학생도 졸업하자마자 취직. 막내도 의무교육이 끝나면 취직이야. 식사도 매일 매끼니 낫토만 먹고 사는 곳도 이사를 가야만 하겠지. 어떻게 해서라도 빚을 다 갚을 때까지 400만 엔은 변제를 해야만 하니까."

"그건 그렇지……."

"그런데 어째서 이런 과장된 제목을 붙인 물건이 적자를 전제로 하는 형태로 적혀 있는 건데? 중앙정부가 들으면 어이가 없어할걸? 이래서는 대책도 아무것도 되지 않잖아. 잘 들어, 구마켄. 만약 재정주의단체로 전락한다면 너희들 중 절반은 좋고 싫고를 따질 것도 없이 절반은 해고가 될 거야. 급료도 지금의 절반이라도 된다면 감지덕지겠지. 주민에게 시행하던 무료 서비스 같은 건 전부 없어질 거고 복지 또한 무료는 사라지고 전부 유료화되겠지. 너희들은 고용자의 생활을 지키고 초민에게 가능한 영향이 없는 공공시설을 삭감하는 것만 염두에 두고 이 계획을 세웠겠지만 파산이 현실이 되면 다 무용지물이야. 이런 정도로 끝날 리가 없어. 좀 더 심각한 일이 일어날 거야."

"삭감 계획이 무르다는 거야?"

"적자를 전제로 한 재정 계획이 어디 있냐는 거야. 애초에 이 관공서 직원의 급여체계부터 어디를 어떻게 하면 이런 숫자가 나오는 건데?"

"그런 말을 해도 라스파이레스 지수Laspeyres' index는 90 이하인 데다 현에서도 최저 수준이야. 관리직 삭감액은 더 심하고. 초장인 너도 보너스는 없고 급료는 50퍼센트 삭감이니 부장급보다도 돈을 덜 받잖아."

라스파이레스 지수라는 건 국가공무원을 100으로 한 경우 급여 레벨을 나타난 지수이다. 그런 까다로운 말이 술술 나오는 부분이 또 화가 난다.

"90? 이대로 가면 파산한다는 걸 알고 있으면서도 아직도 그렇게나 받으려는 거야? 어디서 그런 돈이 나온다고 생각하는 거야?"

"하지만 직원에게도 생활이라는 게 있잖아."

"그러니까 그 생활수준 자체가 재정주의단체로 전락하면 잘해야 절반, 그것도 받을 수 있는 직원은 지금의 절반이고 나머지 사람은 0이 된다고. 그렇지 않겠어?"

"그렇다면 텟짱은 직원 급여를 50퍼센트 삭감해야만 한다는 거야?"

"직원의 생활수준을 유지해야만 된다면 절반을 해고해야 되고 고용을 유지해야만 된다고 하면 급여 50퍼센트를 삭감해야 돼. 어쨌든 이 작은 곳의 관공서 직원만 해도 280명이나 돼. 게다가 이 인건비 중에는 초의 자치의회 의원 15명도 포함되어 있고. 인건비 총액이 15억이나 돼. 특히 의원에게는 초를 여기까지 몰아넣은 책임이 있어. 그런데 이게 뭐야? 의원 보수 삭감은 보너스 50퍼센트. 월급은 10퍼센트라고? 직업 의원도 아닌 사람에게 어째서 월 30만 엔 정도 되는 급여를 줘야만 하는 건데? 이걸 딱 정리하면 앞으로 몇 억 정도의 돈을 짜낼 수 있어."

"자치의원은 둘째 치고 직원 수를 줄이면 일상 업무에 영향이 미칠 텐데?"

"폐쇄하는 시설이나 중단되는 서비스가 산더미처럼 있어. 지금까지처럼 일손이 필요할 거라고 생각하는 쪽이 더 이상해."

"그래도 실제로 직원의 연령별 분포를 보면 40대가 절반 이상이야. 가장 돈이 필요한 나이에 직장을 잃게 되면 이런 초에서는 어떻게도 할 수가 없어. 게다가 그만두라고 해도 빈손으로 쫓아낼 수는 없잖아. 퇴직금을 주려면 특별 세출이 필요해져. 그건 재정을 악화시키는 일이 되지 않아?"

그런 말은 구마켄에게 굳이 듣지 않더라도 알고 있었다. 가령 퇴직금 지출을 막기 위해 직원의 급료를 절반으로 줄인다고 해도 개인 사정으로 퇴직을 하겠다고 하면 지불할 수밖에 없다. 게다가 몇 억의 돈이 생긴다고 해도 고작 그 정도 돈으로는 연간 계속 생겨나는 적자의 앞에서는 언 발에 오줌 누기나 다름없다.

"그럼 어떻게 하면 적자를 보충할 돈을 만들어낼 수 있는 건데? 어떻게 하면 세출을 막을 수 있는데?"

나는 엉겁결에 목소리를 높였다.

"생각이 났다면 진작 했겠지……. 우리들에게 그런 지혜가 떠올랐다면 텟짱에게 초장이 되어달라고 했을 리가 없잖아……. 적어도 저 공장 유치 용지에 커다란 공장이라도 와준다면……."

"고용이 생겨나 세수도 오를 거라는 말이야? 무리야 그런 일은. 근로 시장이 이렇게나 글로벌해진 지금 시대에 올 리가 없잖아. 설령 용지가 3만 평이나 있다고 해도 세계로 눈을 돌리면 좀 더 싼 노동력은 얼마든지 있으니까."

"요즘 유행하는 쇼핑몰 같은 건 어떨까?"

"안 돼, 그런 건."

나는 그 자리에서 부정했다.

"어째서?"

그러나 구마켄은 물고 늘어졌다.

"이유는 몇 개 있어. 그 이유 중 하나는 분명 3만 평의 정돈된 토지는 매력적이지만 중요한 고정 인구가 너무 적어. 물론 이 근방은 차로 움직이는 사회야. 거대 쇼핑몰이 들어서면 꽤나 넓은 범위에서 사람이 모여들지도 모르지. 하지만 생각해봐. 근방의 초라고 해도 고령화가 진행되고 있잖아. 할아버지나 할머니가 스스로 차를 운전해서 쇼핑을 나올 거라고 생각해? 젊은 사람들은 평일에는 일을 하고 있으니 온다면 주말에 집중되겠지. 그 결과 평일에는 파리만 날리게 될 거야. 주말은 사람들로 혼잡할 거고. 이것도 실은 전부 다 잘 되었을 때의 이야기야. 하지만 그럼에도 문제는 있어. 특히 신선 식품이나 조리되어 있는 요리 같은 건 사람 수가 안정되어 있지 않으면 매입량을 예상할 수 없어. 당연히 평일은 상품이 줄어들지. 갑자기 사람 수가 많아지게 되면 이번에는 없는 것투성이가 돼. 사고 싶은 물건이 있을지 없을지 알 수 없는 가게에 소비자가 매력을 느낄 거라고는 생각되지 않아. 그러니까 자연스럽게 사람은 오지 않게 될 거고 몰은 빈 가게가 잔뜩 남게 되겠지——."

구마켄이 뭔가 말을 하려고 했지만 나는 개의치 않고 말을 이어갔다.

"두 번째는 주민의 경제력이야. 고령화가 진행된 이 근방은 연금으로 생활하는 사람들이 차지하는 비율이 도시에 비해 높아. 물건을 따질 때는 품질보다도 가격이지. 즉 팔리는 물건은 가격이 낮은 상품뿐, 고액 상품은 일단 팔리지 않아. 당연히 박리다매 장사를 하는 곳이 아니면 채산이 맞지 않지. 하지만 많이 팔릴 것이 확실하지 않은데 진출하는 기업이 있을 것 같아? 그리고 세 번째는 쇼핑몰 같은 걸 지어봐. 지역에서 조그맣게 장사를 하고 있는 상점이 나란히 망하고 말 거야. 그렇게 되면 세수는 떨어지겠지. 몰에 출점하는 가게가 그 대신이 되어준다면 이야기는 또 다르겠지만, 결국 플러스마이너스로 상쇄가 될 게 분명해. 자칫 잘못하면 초의 생활을 어지럽히기만 할 뿐 채산이 맞지 않지 않다고 가게가 철수하게 되는 일도 있을 수 있어. 그렇게 되면 초의 황폐화에 박차를 가하게 될 뿐이야. 즉, 하는 의미가 없어! 이상이야."

"하지만 아깝잖아……. 저만큼이나 되는 용지를 놀려둔다는 건……."

구마켄은 아직 포기하지 않고 말했다.

"이렇다 할 판매량이 없는데 먼저 저런 걸 만들어버리니까 이런 꼴이 되는 거라고."

"분명 그렇게 말하면 할 말이 없긴 한데."

"애초에 이 초에 뭔가 팔 만한 건 없는 거야?"

"이렇다 할 만한 건 없어……."

구마켄은 궁리는 하는 듯이 천장을 올려다보았다.

"하지만 말이야, 하나하나씩은 그 분야에 관심이 있는 사람에게는 크게 먹힐 법한 게 있어."

"뭐가 있는데?"

"일단 도예가 있어. 그리고 봄이 되면 산나물을 엄청나게 채취할 수 있어. 정말 초보라도 반나절만 있으면 다 먹을 수 없을 정도로 채취할 수 있거든. 그 즈음에는 초 어디의 강에서도 산천어나 곤들매기가 잡혀. 세간에서는 곤들매기는 산속 깊은 곳의 시내에 가야만 잡을 수 있다, 사람 그림자가 보이면 반나절은 나오지 않는다고 하지만 그건 엉터리야. 그런 바보 같은 생선은 없어. 밥알로도 잡을 수 있는걸. 게다가 여름은 서늘해. 바다도 지금은 도로가 좋아졌기 때문에 20분만 있으면 교통체증 없이 갈 수 있고 산리쿠에서 생선을 잡을 수 있지. 가을은 버섯. 이 부근의 산은 너도밤나무나 물참나무가 심어져 있어서 단풍이 매우 아름다워. 겨울이 되면 사냥을 할 수 있어 꿩이나 산새, 들새도 잡히고……."

"정들면 고향이라는 건가?"

"그런 말이지. 그러니까 수는 적어도 현외, 특히 도쿄 같은 대도시에서 매년 정해진 시기에 찾아오는 단골들은 꽤 있어."

"흐음, 그건 처음 듣는 말인데."

"도예가 선생을 방문하는 사람이나 사냥꾼이나 낚시꾼이 와."

"어쩐지 은퇴한 뒤의 고령자뿐인 것 같은데."

"응. 어쩐지 고령자에게는 호감을 주는 것 같아. 개중에는 이런 초에서 노후를 보내고 싶다고 말하는 사람도 있다고 하니까 말이야."

"시골 생활이 힘들다는 걸 모르기 때문에 그런 말을 하는 거야. 무엇보다 나이 먹고 병이라도 들면 어쩌려고. 의료 시설도 초민 병원이 하나 있을 뿐이잖아. 그거랑 노인양호시설이 두 개였던가?"

"텟짱, 그러고 보니 아직 너한테 병원은 안내를 못했네."

"병원이 어쨌는데?"

"초의 재정은 힘들지만 병원만은 경영이 잘 되고 있어."

"어째서?"

"이것도 너한테는 쓸데없이 돈을 썼다는 말을 들을지도 모르겠지만, 여기 병원은 규모는 작아도 설비는 아마 도쿄의 어느 정도 커다란 병원에도 지지 않을 정도로 갖춰져 있거든. CT라든가 MRI를 비롯해 최신예 설비가 전부 갖춰져 있어. 미야가와 시에는 커다란 병원이 두 개나 있지만 막상 거기서 CT나 MRI 검사를 받으려면 예약해도 2주 정도는 기다려야 하는데 여기 병원에서는 즉시 검사를 할 수 있어. 그게 로컬 커뮤니티에 전해져 초진은 여기 병원에서 받겠다는 환자가 끊이지 않고 있어."

"호오. 그렇구나."

눈이 확 뜨인다는 게 바로 이런 것일 것이다.

분명 도쿄의 병원에서는 CT나 MRI 검사를 받게 되면 2주 정도는 기다려야 하는 게 일반적이다. 몸이 좋지 않다고 호소하며 의사에게 간

건 좋지만 2주 후에 다시 오라고 한다. 하물며 CT나 MRI를 찍는다는 말을 들으면 다들 난색을 표한다. 그런데 여기로 오면 즉시 검사가 종료된다는 부분은 커다란 매력임에는 틀림없다. 미야가와 시에서는 차로 30분 정도. 그것도 시골이기에 정체는 전혀 없다. 초진에서 검사만 받는다면 나머지는 소개장을 받아 근처에 있는 의사에게 가면 된다. 기재구입 시 그런 효과를 예상한 건 아니었을 테지만, 뭐가 좋은 결과를 불러올 수 있을지도 모르는 법이다.

"그래서 나이 든 사람이 이 초로 이사를 왔다고 해서 곤란할 일은 그다지 없어. 다만 도시에서 살던 사람은 가족과 헤어져 지내게 되어서 쓸쓸하기는 할 테지만 말이지."

구마켄은 쓸쓸한 미소를 띠었다.

"아니, 그렇지도 않은 것 같은데?"

"어째서?"

"그야 도시에서 산다고 해도 은퇴한 부부와 아이가 함께 사는 경우는 요즘 시대에 거의 없잖아. 부모는 부모, 자식은 자식대로 떨어져 사는 게 당연해졌어. 게다가 가령 자식이 사는 곳에서 전철로 10분 정도 걸리는 곳에 산다고 해도 빈번히 만나는 부모자식이 얼마나 있겠어? 고부 갈등이라는 건 동서고금을 막론하고 영원한 문제이니 말이야. 떨어진 곳에서 사는 편이 곁에 있으면서 만나지 않는 것보다 훨씬 평온하게 지낼 수 있지 않을까?"

"그런 걸까?"

"그런 거야."

나는 함께 살기 시작한 가요코와 부모님의 이후의 일을 생각하며 고개를 끄덕였다.

"하지만 은퇴해서 여생을 보내는 사람은 집을 알선한다고 해도 어떻게 할 수 있는 게 아니잖아. 어쨌든 다들 연금으로 생활하니 말이야."

"그렇다고도 단정할 수도 없어."

"왜?"

"나, 예전에 시카고에서 살았잖아."

"응."

"그때 현지법인에 중국인 부하가 있었는데, 투자 목적으로 캘리포니아에 타운하우스를 샀다고 하더라고. 그래서 캘리포니아의 어디에 샀냐고 물었더니 지금까지 한 번도 들어본 적이 없는 지역의 이름을 입에 담았어. 그래서 어째서 그 동네로 했냐고 물었더니 대답이 놀랍다고 할까 납득이 간다고 할까……. 그 녀석은 이렇게 말했어. 그 동네는 캘리포니아에서 은퇴한 노인들이 여행을 지내기 위해 모여들어 이렇다 할 산업은 없지만 간호하는 사람을 놓고 말하자면 고정된 인구가 있다. 노인 간호만은 대충대충 할 수가 없다. 유행의 기복도 없다. 그렇기 때문에 타운하우스를 사서 빌려줘도 장기간 빈 집이 될 일은 없다. 그 결과 자금의 흐름이 좋아진다고 하더군."

"맞는 말이네. 과연 중국인은 착안점이 다르네. 간호인구 말이지. 분명 나이 든 사람이 모이면 젊은 손길이 필요해지는 법이지."

"이것도 태어난 곳과 살아가는 땅, 그리고 여생을 보내는 땅은 다르다고 생각하는 미국인이기에 생각할 수 있는 부분이겠지만 미국에서

일어난 일은 언젠가 일본에도 전파가 되는 법이니까 말이지. 게다가 핵
가족화가 진행된 지 오래된 일본. 게다가 전후 세대가 퇴직을 맞이하게
되면 같은 현상이――."

구마켄의 눈이 찾아 헤매고 있던 보석을 발견한 듯이 반짝였다.

"테, 텟짱……. 그거……."

"뭐, 뭔데 구마켄."

나는 영문을 알 수 없어 반문했다.

"네가 지금 말한 그거……. 여기서 시작하면 어떨까?"

"뭘 하자는 건데?"

"그 노인이 모이면 간호할 사람이 자연스럽게 모인다는 콘셉트. 그걸
그대로 이곳에 적용할 수 없을까?"

구마켄은 열에 들뜬 듯이 중얼거렸다.

＊

노인을 모으면 고용 기반이 급속도로 정비된다.

구마켄이 내뱉은 한마디가 내게 어떤 영감을 불러일으킨 것만은 확
실했다. 하지만 그걸 구체화시키려는 궁리를 하기 전에, 내게는 하지
않으면 안 되는 일이 눈앞에 기다리고 있었다. 소신을 표명하는 연설의
내용을 생각하는 일이었다.

애초에 내가 초장으로 취임하게 된 것도 달리 하고 싶어 하는 사람이
없었던 것뿐으로 선언문은커녕 재정재건을 위한 공약도 전혀 입에 담

지 않았다. 그럼에도 당선이 되었으니 이렇게나 웃긴 이야기도 없겠지만, 그래도 초장이 되고 말았으니 재정주의단체로 전락되기 직전의 초정을 다시 회복할 어떤 방침을 내지 않으면 안 된다. 구마켄에게 받은 '미도리하라 초 신행 재정개혁대강령'을 원안으로 하여 새로운 초정 방침을 작성하기로 했지만, 이게 막상 일을 시작해보자 생각 이외로 곤란하기 짝이 없는 작업이었다.

전임 초장이 관공서 직원과 함께 만든 대망이 미도리하라 초가 지금 직면해 있는 위기를 타개하는 데 아무런 해결책도 되지 않는다는 사실은 알고 있었다. 적자를 전제로 해 만든 계획 따위 도움이 되지 않을 것이 명백하기 때문이다. 초의 재정을 흑자로 돌릴 묘안이 갑자기 떠오른다면 고생은 하지 않을 것이다. 아니, 간단히 흑자로 만들라고만 하는 것이라면 이야기는 간단하다. 빚을 다 갚을 때까지 지출의 일부를 잘라버리면 될 뿐이니까.

하지만 그건 어디까지나 논리상의 이야기일 뿐 현실성은 없다. 그런 일이 가능하다면 이 세상에 몇 십 년이나 대출을 끼고 집을 구입하는 샐러리맨이 같은 이들이 있을 리가 없다. 모든 수입의 수년 분을 구입 비용으로 돌리면 빚을 다 갚을 수 있다는 것은 알고 있지만 매일 생활을 유지하기 위한 지출은 반드시 필요하다. 마시지 못하고 먹지 못하며 새 옷은커녕 교육비도 쓸 수 없다. 차나 가전제품 같은 내구소비재도 살 수 없다. 그런 생활을 보낼 수 있을 리가 없다.

초정도 마찬가지다. 초등학교, 노인 케어, 관공서 공무원의 급여, 도로 정비, 또는 다수 있는 시설의 유지비. 고정 비용으로서 나가는 돈을 줄인다고 하더라도 한도가 있다. 하지만 이런 부분을 과감하게 정리하고 대담한 삭감안을 강구하지 않으면 미도리하라에 장래는 없다.

그리고 한 가지 더, 나를 계속 고민스럽게 만드는 것이 초정을 담당하는 자치의회 의원의 자질이었다.

뭐, 미도리하라뿐만 아니라 드나드는 사람이 거의 없는 초의 자치의원이 되려고 하는 사람은 대부분 그 초에서 태어나고 자란 출신자다. 그것도 일하는 사람이 의회를 위해 회사를 쉴 수는 없으니 얼마든지 시간의 융통이 가능한 자영업자로 으레 정해져 있다. 실제로 자치회의의 이력을 보자 초에서 작은 장사를 하고 있는 장사꾼이 대부분이었다. 초를 나가 밖에서 일해본 적이 없으며 주민은 전부 지인. 이런 곳에서 살고 있다 보면 그들에게 있어서 세상이라는 건 이 미도리하라이며, 세계가 이곳을 중심으로 돌고 있다고 생각하고 있는 사람들밖에 없는 것이다.

시찰을 명목으로 국내뿐만 아니라 해외까지 발걸음을 한 결과, 불필요하게 도로를 정비하고 차례로 건물을 계속 지은 것이 그들이다. 과소화가 진행되어 인구가 줄어들기만 하는 초에서 공공사업은 안정된 고용기반을 계속 만들고 확보시킨다는 것이 그 변명이었지만, 속내는 그곳에 종사하는 사람들이 지역 상점에 내는 돈에 있다. 그렇다, 공공사업에 의해 얻어지는 돈은 돌고 돌아 지역에서 상점을 경영하는 사람들의 귀중한 수익이 되는 것이다. 그렇기 때문에 장래의 전망도 없으면서 끝없이 길을 만들고, 강을 콘크리트로 막고, 거대한 시설을 만들어온 것이다.

그렇지 않고서야 새로운 시설을 건설하거나 도로망을 정비했을 때 유지비가 배로 늘어나리라는 이치를 알아차리지 못할 리 없다.

그렇기 때문에 만약 내가 여기서 전혀 공공사업을 하지 않겠다, 가동되고 있는 시설 대부분도 폐쇄, 관공서 직원, 자치의원 수도 줄이고 급여도 줄이겠다. 그런 말을 꺼내면 아마 전면적으로 협력을 아끼지 않겠다고 말하며 큰소리쳤던 자치의원들 입장에서도 입을 다물고 있을 리가 없다. 그리고 유감스럽게도 민주주의 사회에서는 설령 수장이라고 해도 의회의 승낙이 없이는 무엇 하나 자신의 정책을 실행할 수 없는 것이 현실이다. 소신표명을 하는 건 좋지만 의원 전원에게서 맹렬한 반발을 산다면 논의조차 할 수 없다.

어찌할 바를 몰라 이리저리 궁리만 하던 나는 구마켄을 불렀다. 의회의 실태를 정탐하기 위해서였다.

부름을 받은 구마켄은 바로 초장실에 나타났다.

"구마켄, 지금 연설문을 생각하고 있는데 말이야. 이 녀석을 그대로 발표하면 의회 녀석들이 어떤 반응을 보일지 걱정이 돼. 네 의견을 들려줬으면 하는데."

"알겠어. 그런데 텟짱, 어떤 말을 할 생각이야?"

구마켄은 방 중앙에 놓인 소파에 앉은 뒤 말했다.

"포인트는 세 개 있어. 가장 먼저 적자가 해소될 때까지 신규 공공사업은 모두 동결한다. 두 번째는 적자를 내고만 있는 시설은 전부 다 폐쇄. 세 번째는 공공시설에 종사하는 인원도 포함해 관공서 직원, 그리고 자치의원의 대폭적인 인원 재검토 및 급여 삭감. 대강 이 정도야. 폐쇄하는 공공시설 명단은 여기 있어."

나는 계획의 개요를 적은 종이를 구마켄에게 내밀었다.

"텟짱. 정말로 이런 일을 할 생각인 거야?"

재빨리 그것을 살펴본 구마켄의 안색이 바뀌었다.

"당연하잖아. 돈이 없으면 없는 대로 움직일 수밖에 방법이 없잖아. 게다가 미도리하라는 막대한 빚을 안고 있어. 이 정도의 일을 한다고 하더라도 아직 적자야. 부족할 정도라고."

"하지만 이런 걸 내밀면 초의 자치의원들이 조용히 있지 않을 거라고 생각해."

"어째서?"

나는 도발하는 듯이 시치미를 뗐다. 구마켄이 하려는 말을 먼저 꺼내기보다는 그 편이 진심을 들려줄 것이라고 생각했기 때문이었다.

"어째서냐니……. 신규 공공사업은 전혀 하지 않겠다고 말했지만 이걸 읽어보면 기존의 도로 정비도 제한하겠다고 적혀 있잖아."

"아아, 그거 말이지."

"아아, 그거 말이지…라니?! 그런 일을 할 수 있을 리가 없잖아. 파손된 도로를 그대로 놔뒀다가 사고라도 일어나면 책임문제가 될 거야."

"이곳은 도로가 너무 많아. 논밭 가운데 그물망처럼 멋들어진 도로가 달리고 있지. 하루에 몇 대가 달리는지 알 수 없는 도로를 재검토해서 교통량이 적은 도로는 폐쇄하면 되잖아."

"그래서는 주민들이 가만히 있지 않을 거야."

"그렇다면 그 개인 도로 같은 도로를 이용하는 사람이 유지비를 낼 수는 없는 건가."

"그런 일이 가능할 리가 없잖아."

"그렇다면 별수 없네. 만들어버린 도로를 부수는 데는 돈이 들지만 폐쇄하는 건 간단해. 바리케이드 하나로 끝난다고. 재정 재건이 끝날 때까지는 계속 공사 중이라는 거지. 교통량이 적은 도로를 정리하면 유지비용은 충분히 삭감할 수 있어. 교통 정체가 있는 것도 아니니까 말이야. 5분이 넘게 걸린다고 해도 초가 파산해서 더욱 고통을 강요받게 되는 것보다는 낫겠지."

"그러면 이 공공시설 폐쇄는 어떻게 할 건데. 이 목록을 보면 주민회관이나 실내 수영장, 식물원……. 올라가 있는 것 만해도 10개 이상의 시설이 있다고."

"이용자가 없는 시설을 운영하는 의미를 찾을 수가 없어. 이용자가 없는 시설이라는 건 이미 무용지물이라는 이야기야. 게다가 거기서 일하는 직원에게 지불하는 급료는 초의 재정에서 나가고 있어. 즉 생활을 확보시켜주기만 하는 시설이라는 거지. 급료라는 건 노동의 대가야. 그리고 이익을 내지 못하는 시설에서 일하고 있는 사람에게 그만큼의 돈을 계속 지불하는 건 초의 재정을 맡은 인간에게 있어서 납세자에 대한 배신행위야. 끝."

쌀쌀맞은 내 대답에 구마켄의 얼굴이 굳었다.

"관공서 직원, 초 자치의원의 인원삭감, 급여 삭감도 같은 이치인 건가?"

"그래."

"너, 직원의 생활권이라는 걸 어떻게 생각하고 있는 거야?"

"이봐 쿠마켄, 애초에 이 초에는 관공서의 직원이 너무 많아. 보통의 경우 지방자치단체의 공무원의 적정 규모가 어느 정도라고 말하는지 알고 있어?"

구마켄의 시선이 쓱 내려갔다.

"주민 80명당 1명이라고 해. 미도리하라의 인구는 지금 만 5000명도 안 되는 만 3000명 정도. 그렇다는 건 163명이 이론상 적정 규모라는 말이야. 그게 280명이나 있다고. 120명 가까이 넘었다는 건 아무리 그래도 너무 많다고."

"하지만 그건——."

"초가 지금까지 여러 가지 시설을 차례로 만들고 직원을 채용해온 결과겠지."

나는 구마켄의 말을 자르고 말을 이었다.

"너도 나랑 같이 식물원에 갔었잖아. 수영장에도 갔었지. 주민회관도 봤고 말이야."

"응……."

"식물원에 손님이 있었어? 수영장에 사람이 붐볐어? 주민회관에서 두드러진 이벤트가 개최되고 있었어? 어디를 가도 있는 건 직원들뿐. 다들 그저 폐관 시간을 기다리며 시간을 죽이고 있을 뿐이었잖아. 어째서 그런 할일도 없는 녀석들에게 초가 급료를 지불해야만 하는 거냐고. 이용자가 없다는 건 그런 시설은 필요 없다는 말이지. 운영하면 할수록 적자. 돈이 나가기만 할 뿐이야."

"고용을 확보하기 위해서라고. 생활 기반을 주기 위해서야."

"그런 논리가 통하는 건 미도리하라뿐일 거야. 여기가 미국이었다면 주민이 가만히 있지 않았을 거야. 소송을 일으켜 큰 소동이 벌어졌을 거야."

"텟짱, 여긴 미국이 아니야."

"그래, 여긴 미국이 아니라 다행이네. 납세자의 의식이 이렇게 낮으니 그야말로 행정 쪽은 마음대로 하면 되니 말이야. 그 결과가 지금 미도리하라의 참상을 낳았으니 짓궂다면 짓궂은 이야기네."

과연 구마켄도 굴욕적인 말을 듣자 입술을 깨물고 한순간 할 말을 잃은 듯했지만,

"그래도 말이지, 텟짱. 너, 이런 내용을 소신 표명으로 말한다면 초의 자치의회는 일제히 반발할 거라고 생각해. 전원이 반대할 거야."

그렇게 불안한 표정으로 말했다.

"어째서? 그 녀석들의 의석을 줄이고 급여를 삭감하겠다는 항목이 들어 있기 때문인가?"

"그게 그 사람들의 가장 좋지 않은 부분이긴 한데, 거기만 초점을 맞추면 자신들의 보신을 중요하게 여긴다는 걸 들키니 다른 부분을 공격할 거야."

"흐응~. 그럼 최대 논점은 어디가 될 거라고 생각하는데?"

"그 이외의 전부. 특히 관공서 직원 삭감을 말하면 꽤나 압박이 들어올 거라고 생각해."

"압력이라니 누가?"

구마켄은 무언가를 주저하는 듯이 입을 다물고 눈을 바쁘게 움직였지만 이윽고 입을 열고는 깊은 한숨을 내쉬며 말했다.

"관공서의 직원이 이렇게 늘어난 데는 이유가 있어."

"그 이유라는 걸 들려주지 않겠어?"

"이렇다 할 고용 기반이 없는 초에서 관공서 직원은 적지 않은 안정 수입을 얻을 수 있는 직업이라는 건 너도 알고 있겠지?"

"응, 알고 있어."

"나도 그렇지만 도쿄 대학까지 가서 돌아와 관공서에 자리를 얻은 사람도 잔뜩 있어. 너 정도로 훌륭한 학교는 가지 못했지만 괜찮은 대학을 졸업해 초로 돌아와 관관공서에서 일하고 있는 사람도 있어."

"알아."

"너, 실력만으로 초의 관공서에 채용될 수 있다고 생각해?"

"그게 무슨 말이야?"

"이렇게나 작은 초에서는 힘이 되는 건 연고라는 거지."

"인맥 말이야?"

구마켄은 고개를 끄덕였다.

"나는 다행히 실력으로 들어왔지만 직원 중 결코 적지 않은 사람이 의회의 보스에게 소개를 해달라고 해서 채용된 거야. 물론 소개를 받을 때는, 이건 소문이라 확실하지는 않지만 말이지, 50만 정도의 돈을 준다고 해."

"정말이야?"

"최종적으로 채용의 가부를 결정하는 건 채용담당자이며, 최고책임자인 초장이지만 초장도 자치의회를 적으로 돌리면 귀찮아지니까 말이야."

"초장도 돈을 받은 거야?"

"아니, 그건 아니라고 생각해. 그 사람은 돈에 관해서는 깨끗한 사람이니까."

"그럼 그 자치의회의 보스라는 사람이 그 뇌물을 혼자서 주머니에 챙겨왔다는 건가."

"어디까지나 소문이지만."

"정말이라면 심각한 이야기로군. 그건 빼도 박도 못 하는 알선수뢰잖아. 형사사건이라고. 게다가 그 돈을 신고하지 않았다면 탈세죄도 물을 수 있어."

"이곳과 비슷한 규모의 초라면 어디라도 그래."

구마켄은 모호한 말투로 말한 뒤 새로이 마음을 다잡은 듯 목소리에 힘을 주었다.

"다만 그렇게 들어온 사람 중에는 역시 능력적으로 떨어지는 사람도 꽤나 있어. 40대 중반이 되어도 과장은커녕 계장을 하고 있는 사람도 적지 않아 채용된 건 좋지만 힘들게 지내는 사람도 많아."

"호오, 여기서는 연공서열은 이미 철폐되고 능력주의가 도입되었다는 건가?"

"채용에 사정이 있어도 일이 되면 이야기는 달라진다는 거지."

"그렇다면 직원 삭감은 간단하잖아. 인사고과가 나쁜 사람을 노리면 되잖아."

"그렇게 하면 부탁을 들어준 의원이 울며 매달릴 거야. 의회가 말을 듣지 않으면 네가 아무리 이치에 맞는 말을 하더라도 아무것도 결정되지 않을 거야. 게다가 초 자치의회 의원의 수는 이전의 25명에서 15명으로 줄어들었어. 그만큼 보스의 힘이 강해졌다는 뜻이야."

"이상하지 않아? 구마켄, 너 말했었잖아. 내가 초장이 되는 건 모든 자치의원이 승낙했다. 전면지원을 하겠다는 약속을 받았어. 그건 거짓말이었던 거야? 아니면 뭔가 자신들의 형편에 좋지 않은 일이 있다면 앞에 한 말을 번복하고 적으로 돌리겠다는 건가."

"거짓말은 하지 않았어. 그렇지만 말이지, 네게 초장이 되어 달라고 부탁한 이유는 그런 누구나 떠올릴 법한 수단이 아닌 현재 초의 체제를 유지하면서 재정을 재건할 수 있는 방법이 있을지도 모른다고 다들 기대했기 때문이야. 무엇보다 이렇게 시설을 폐쇄하고 관공서 직원을 반이나 줄인다면 초 자치의원뿐만이 아니라 직원, 아니 초민들도 가만히 있지 않을 거야."

구마켄은 드물게도 감정이 고양된 것을 감추지 않았다.

그가 분노해 연설문의 내용에 이의를 제기할 것이라는 사실은 예상하고 있던 일이었다. 그런 사실을 알면서도 사전에 그 내용에 대해 밝힌 이유는 나 나름대로의 계산이 있었기 때문이다.

지역의 연고와 관습에 잔뜩 찌들어 있는 초민이 대담한 개혁 같은 걸 받아들일 리가 없다. 아니, 그 이전에 자신들이 사는 초가 현재 얼마나 큰 위기에 직면해 있는지를 알고 있는 일반 초민은 전무하다고 해도 좋을 것이다. 그 증거로 적자를 전제로 한 개혁대강령이 홈페이지에 업로

드 되었지만 누구 하나 소동을 피우는 사람은 나오지 않았다. 즉, 초의 정책에 관해 관심을 가지고 있는 인간은 이 초의 어디를 찾아봐도 없다는 말이다. 관공서의 직원, 초 자치의회의원 사람들도 마찬가지다. 초가 막대한 부채를 안고 있더라도 그 일 때문에 자신들의 생활이 파멸될 리는 없다. 곤란하면 누군가가 구원의 손길을 내밀어 어떻게든 해줄 것이다. 그렇게 남의 힘을 빌리는 근성에 찌들어 있는 것이다.

그런 상황에서 대담한 타개책을 내민다고 해도 협력을 얻을 수 있을 리가 없었다.

실제로 미도리하라에는 이제 와서 생각해보면 믿을 수 없는 과거의 사건이 있다. 그 사건은 오랜 옛날 메이지 시대에 있었던 일인데, 미야가와에서 태평양으로 향하는 철도 건설 계획을 세웠던 적이 있다. 미도리하라가 그 루트에 들어가게 되어 초에 역을 설치하면 어떻겠느냐는 이야기가 타진되었지만 주민들은 기뻐하기는커녕 일제히 반대운동을 전개했다.

이유는 두 개였다. 주민들이 이렇게 말한 것이다.

"철도가 생기면 도둑이 온다."

"기차에서 불꽃이 날리면 산불이 난다."

뭐, 백 년도 더 된 옛날이야기이니 별수 없다고 하면 그것으로 끝이겠지만, 그 덕분에 철도 루트는 부자연스럽게 미도리하라를 우회하는 형태로 건설되어 10킬로미터 정도 떨어진 옆 초에 역이 생겼다. 그때 만약 역이 생겼다면 미도리하라도 이 만큼이나 쇠퇴하는 일은 없었을 것이다.

도시와는 달리 새로운 주민이 들어올 리도 없으니 시간이 멈춘 듯한 초의 주민 의식이 그렇게 간단히 변할 리는 없었다. 기사회생의 한 방이라며 획기적인 계획을 제시해 보여준다고 해도 돌아올 반응에 대해서는 잘 알고 있다. 이유 없는 거절. 그것뿐이다. 이론, 이유의 문제가 아니다. 자신들의 척도를 넘는 이야기는 순간적으로 부정한다는 행동원리가 본능적으로 몸에 배어 있는 것이다.

그런 상황을 타개하는 수단은 하나밖에 없다. 자신들의 생활이 격변할 것이라는 공포를 들이대며, 그런 상황이 싫다면 내가 생각한 계획을 받아들이는 수밖에 없다는 사실을 깨닫게 만들어주는 것이다. 뭐, 알기 쉽게 말하자면 충격을 주겠다는 말이다.

"하지만 구마켄, 어떻게 생각해도 방법이 없으니 어쩔 도리가 없잖아. 이대로 가면 조만간 초의 재정은 파산. 그렇게 되면 내 목은 물론 관공서 직원, 자치의원도 무사하지는 못할 거야. 뭐, 초장이 되려고 하는 사람이 없다면 다른 곳에서 누군가가 오게 되겠지만 연고가 없는 만큼 나보다 더 과격한 수단을 펼칠 게 분명해. 어느 쪽이든 결과는 똑같아. 그 의회의 보스라는 사람이 아무리 노력을 한들 어쩔 도리가 없어."

"뭔가 방법이 없을까? 직원이나 자치의원을 자르는 일 없이 초를 재건할 수 있는 방법이?"

"있다면 내게 전면적으로 협력해줄까?"

"그야 그렇겠지. 네게 기대하고 있는 건 그거 하나니까."

과연 구마켄은 내 예상대로 고개를 흔들며 매달리는 듯한 눈빛을 보냈다.

"잘 알겠어."

"좋은 아이디어라도 있는 거야?"

"없는 건 아니지만, 그 전에 그 의회의 보스라는 사람이 누구야? 이름을 알려줘."

구마켄은 곤란한 표정으로 입을 다물었지만 마지못한 모습으로 그 이름을 입에 담았다.

"가마타 다케조鎌田武造……. 초 의회생활 50년. 올해 83살이 되는 능구렁이야."

"가마타 다케조, 가마타케인가? 우리 집에서 세 채 떨어진 곳에 사는?"

"응. 그 가마타케."

"그 양반, 아직 살아 있었어?"

"살아 있는 정도가 아니라 팔팔한 현역이라니까."

하필이면 그 가마타케라니.

나는 머리를 감싸고 싶어졌다.

자치의원 이력을 보아 알 수 있듯이 내가 어렸을 때부터 이미 가마타케는 자치의원이었다. 진짜 직업이 무엇인지는 알 수 없지만, 어렸을 때는 본가 근처에서 놀고 있으면 어슬렁어슬렁 돌아다니는 가마타케의 모습을 곧잘 볼 수 있었다. 가마타케의 집 뒤뜰에는 이 부근에서 '뜰보리수'라고 불리는 수유나무가 있어 초여름이 되면 붉게 익은 과일이 가지가 휠 정도로 열렸다. 달콤시큼한 뜰보리수 열매를 따서 입 안 가득 미어지게 먹는 건 어렸을 때의 즐거움 중 하나였지만, 그 열매를 손에 넣기 위해서는 가마타케의 눈을 피해 짧은 시간 안에 수확을 마쳐야만 했다. 기껏해야 나무 열매였고 그것도 커다란 나뭇가지에 무수하게 열린 열매였다. 어린 아이가 먹는 양 같은 건 들새가 쪼아 먹는 양에 비하면 많지도 않았을 것이지만 가마타케에게 발견되면 큰일이 일어났다. 한 번은 나무에 올라 뜰보리수 열매를 따고 있으려니 가마타케가 갑자기 나타나더니 귀신과도 같은 형상으로 그것도 손에 낫을 들고서는 "이 망할 자식이!" 하고 외치며 쫓아왔을 정도였다.

그때는 어떻게든 끝까지 도망쳤지만 이후 가마타케는 내가 고등학교에 들어가 초를 나갈 때까지 내 얼굴을 보면 마치 도둑을 보는 눈길로 바라보며 말을 하곤 했다.

"테츠! 우리 집 뜰보리수를 훔쳐놓고 시치미를 떼는 게냐?"

어쨌든 탐욕을 그림으로 그려놓은 듯한 남자로, 평생 두 번 다시 만나고 싶지 않은 사람 중 한 명이라는 것은 분명했다.

그 가마타케가 아직 살아 있고 그것도 의회의 보스로서 군림하고 있다는 사실은 나에게는 전혀 예상치 못한 사실이었다. 하지만 그런 경위를 알지 못하는 구마켄은 느긋한 어투로 말했다.

"뭐, 악운이 강한 사람이니까. 그 사람도 꽤 전에 선거위반으로 잡힌 적이 있었어. 하지만 그럼에도 불구하고 단 한 번 떠나 있었을 뿐 그 이후에도 계속 현직을 유지하고 있어."

"선거위반이라니, 이런 초의 초 자치의원 선거에서도 위반을 하지 않으면 이기지 못하는 거야?"

꽤나 시시한 인물이네, 라고 말하고 싶은 걸 아슬아슬하게 참은 나를 향해 구마켄이 눈살을 찌푸리며 말했다.

"초 자치의원 선거에서 잡힌 게 아니야. 이곳 선거구 출신의 중의원 의원 타카세 젠타로高瀬善太郎 선생님의 선거에서 잡힌 거야. 그러니까 그 사람 뒤에는 타카세 선생님이 붙어 있어. 미도리하라가 이만한 시설을 끌어올 수 있었던 건 초장의 힘도 있었지만 가마타케의 힘도 컸어. 다만 그에 관해서도 가마타케에게는 뭔가 좋지 않은 소문이 있었지만 말야."

"직원 알선뿐만 아니라 공공사업에서도 뇌물을 받은 건가."

"이것도 소문일 뿐이지만 상황을 봤을 때는 의심할 여지가 없어. 어쨌든 가마타케의 손녀딸이 시집을 간 곳이 미야가와에 있는 요시타케 건설이거든. 지금 사장이 초대 사장으로, 불도저 한 대로 시작한 회사인데 말이지. 요 30년 동안 미도리하라의 공공사업, 특히 토목 사업을 모조리 낙찰하더니 지금은 시내에 5층짜리 건물을 자사 건물로 세워 갖추고 있을 정도가 되었어. 대형 안건의 설계, 건설까지 맡게도 되었고. 그 뒤에서 가마타케가 이렇게 저렇게 움직였다는 사실은 일단 틀림없을 거야."

"이권과 돈을 위해서라면 뭐든지 한다는 건가?"

"그렇지."

정보는 그 정도 들으면 충분했다.

"이런저런 참고가 되었어. 고마워, 이제 됐어."

나는 구마켄에게 감사의 인사를 했다.

"텟짱, 부탁이니까 관공서 직원의 삭감이라든가 자치의원을 줄인다는 말은 하지 말아줘. 어쨌든 작은 초의 일이니 쓸데없이 주민을 자극하는 건 큰일이 될 테니까 말이야."

"나는 상관없어. 왜냐면 진두에 서는 건 내가 아니라 부초장인 너니까."

"말도 안 돼……."

구마켄은 정말로 울음을 터뜨릴 듯한 표정이 되었다.

"농담이야, 농담. 어쨌든 곤란하게는 하지 않을게. 날 믿어."

구마켄은 그럼에도 마지막 한마디에 꽤나 불안함을 느꼈는지 내게 의심스러운 눈길을 보내며 힘없이 어깨를 늘어뜨리고 방을 나섰다.

문이 닫히고 혼자가 되자 나는 미도리하라의 전화번호부를 꺼냈다. 그리고 가마타 다케조의 이름을 찾은 뒤 수화기를 들어 올려 번호를 눌렀다.

*

그날 밤, 나는 혼자서 야와라 초밥으로 나갔다.

시간은 7시쯤이었다. 미닫이문을 열자 "어서 오세요."라는 주인의 목소리가 들렸으며 카운터석에서 세 명이 벌써부터 취한 눈길을 보냈다.

"예약한 야마사키입니다만."

"네, 자리는 준비되어 있어요. 이쪽으로 오시죠."

접객을 담당하고 있는 주인의 아내가 정중한 어투로 말하며 안쪽으로 안내를 했다.

장지문을 열자 그곳에는 다다미 열 장 정도 크기의 객실이 있었다. 도코노마床の間, 일본식 방의 상좌上座에 바닥을 한층 높게 만든 곳으로 벽에는 족자를 걸고 바닥에는 꽃이나 장식물을 꾸며 놓은 곳-역자 주에는 이 부근의 산에서 잡힌 것으로 보이는 족제비와 꿩의 박제가 유리 케이스 안에 담겨 놓여 있었다.

"꽤나 넓은 방이로군요. 오늘은 저 이외에 한 명밖에 오지 않는데 조금 아담한 방은 없습니까?"

"죄송합니다. 저희 가게에서는 이 방이 가장 작습니다."

주인의 아내가 미안한 듯이 말했다.

없다고 하면 어쩔 도리가 없다. 나는 방에 들어가 상석을 비우고 입구에서 바로 옆 자리에 앉았다.

"마실 건 무엇으로 준비할까요?"

주인의 아내가 즉각 물었다.

"일행이 오면 다시 한 번 부탁하겠습니다. 그리고 맛있어 보이는 부분을 적당히 골라서 회를 2인분 준비해주십시오."

"알겠습니다."

주인의 아내가 장지문을 닫고 혼자가 되자 다시금 방의 넓이가 신경 쓰였다. 공간의 넓이는 사람과의 거리에 비례하는 법이다. 적어도 칸막이 하나라도 있으면 좋을 테지만 그것도 없다. 휑한 방 안에서 가마타케가 오는 것을 기다리고 있으려니 장지문 건너편에서 주인의 "어서 오세요."라는 목소리가 들리더니 발소리가 들려왔다. 그리고 거리낌 없이 문이 열렸다.

"이야, 초장. 오래 기다리셨습니다."

초를 떠난 이후 처음으로 보는 가마타케의 모습은 일변해 있었다.

목덜미에서 측두부까지 남은 머리카락. 그 이외의 부분은 머리가 홀떡 벗겨져 스킨헤드가 되어 있었다. 부릅뜬 부리부리한 눈. 뚱뚱하게 살찐 몸. 마치 우미보즈海坊主, 일본에 전해져 내려오는 바다에 사는 요괴-역자 주 같은 모습이었다. 그리고 한 번 본 것만으로도 뱃속에 잔뜩 흉계를 품고 있다는 사실이 느껴지는 요기가 감돌고 있었다.

가마타케는 신발을 벗자 깜짝 놀란 듯 호들갑스러운 표정을 짓더니 사투리 억양이 섞인 말투로 내가 앉아 있는 쪽의 반대쪽 자리를 권했다.

"초장, 제가 상석에 앉을 수는 없습니다. 부디 이쪽으로……."

"아니, 당치도 않은 말씀입니다. 오늘은 제가 요청한 자리이고 가마타 씨는 손님이십니다. 거기 앉아 주십시오."

"그건 곤란한데……."

가마타케는 기름기가 반짝거리는 대머리를 쓱 쓰다듬더니 아주 내키지 않는 것도 아닌 듯한 모습으로 정면에 앉았다.

"그러면 그 말씀 감사히 받겠습니다……."

"가마타 씨. 먼저 마실 걸 주문하죠. 뭘 드시겠습니까?"

"처음은 맥주로 할까요?"

열린 입구 옆에 주인의 아내가 대기하고 있었다.

"그럼 일단 맥주를 두 병. 안주는 바로 가져다주셔도 됩니다."

"알겠습니다."

곧 맥주와 큰 접시에 쌓인 회가 운반되었다.

참치의 살코기, 문어, 전어, 게다가 오징어가 무와 차조잎을 곁들인 것들 위에 놓여 있었다. 도쿄에서 맛있는 부분을 적당히 내오라고 하면 고가의 음식들이 놓이는 법이지만, 값이 비싼 것을 사들여도 팔 사람이 없으니 별수 없는 일이다. 눈앞에 늘어선 음식들이 이 초의 경제력을 상징하는 음식들인 것이다.

"가마타 씨. 먼저 한 잔……."

나는 가마타케에게 맥주를 따라주었다.

"이런, 송구스럽습니다."

가마타케는 가득 채워진 유리잔을 내려놓더니 즉각 내 유리잔에 맥주를 따랐다.

"그럼 일단 건배……."

유리잔이 서로 부딪히는 단단한 소리가 울려 퍼지고 가마타케는 꿀꺽거리는 소리와 함께 맥주를 단숨에 비웠다.

"지금부터는 각자 알아서 마시기로 하죠."

"그러죠. 그러는 편이 편하고 좋으니 말입니다."

가마타케는 생긋 웃더니 이번에는 스스로 맥주를 따르며,

"그런데 새삼스럽게 저와 할 말이 있으시다니."

내 속내를 탐색하는 듯한 눈길을 보내왔다.

"한 가지는 부초장의 인선, 또 한 가지는 일주일 후에 있을 연설 내용에 관해 가마타 씨께 조언을 듣고 싶어서 말이죠."

나는 솔직하게 말을 꺼냈다.

"나한테 말입니까? 나는 초 자치의회 의원이라고는 하지만 아무런 도움도 되지 않는 사람입니다. 그런 큰일이라면 의장이나 다른 사람과 상

담하시는 편이 좋지 않을까 합니다만."

일단은 겸손한 반응을 보이기는 했지만 가마타케의 얼굴에는 자존심을 부추기자 딱히 싫지는 않은 듯한 기색이 떠올라 있었다.

"아니, 가마타 씨는 초 자치의원 경력만 해도 50년이나 되는 베테랑 아니십니까. 말하자면 초 행정의 만물박사시니 꼭 의견을 들려주셨으면 싶습니다."

"뭐, 분명 초 자치의원 경력만을 놓고 보면 내가 가장 길긴 합니다만. 얼마나 초장님에게 도움이 될지 모르겠군요."

"저는 정치에 관해서는 전혀 모르는 초보이니까요. 게다가 이 초에서 태어났다고는 하지만 떨어져서 생활한 기간 쪽이 더 깁니다. 소신표명을 하는 건 좋지만, 모든 사람들에게서 현실성이 현저하게 떨어진다는 판단을 받게 된다면 초 행정은 곤란해지기만 할 뿐이고 초 자치의원 모든 분들의 입장에서도 폐만 될 뿐이겠죠. 그렇기 때문에 꼭 가마타 씨의 지혜를 빌리고 싶습니다."

"어흠, 그런 말까지 하신다면 이쪽으로서도 낼 수 있는 지혜를 짜내 보도록 하지요."

가마타케는 젓가락을 집더니 재빨리 참치 회를 입에 던져 넣고는 쩝쩝 소리를 내며 씹었다.

"그런데 부초장은 누구를 세울 생각이십니까."

"구마자와 군에게 요청하는 게 어떨까 생각하고 있습니다."

"아아, 관공서 직원인 그 사람――. 좋지 않습니까. 그 사람이라면 초에 관한 일은 잘 알고 있기도 하니 당신의 좋은 오른팔이 되어줄 겁니다.”

역시 생각했던 대로 가마타케는 부초장 같은 건 어찌 되어도 상관없다는 식으로 그 자리에서 동의를 표하며 말했다.

“요 며칠 동안 저는 초의 공공시설을 견학하고 재정내용에 관한 자료, 그리고 ‘미도리하라 초 신행 재정개혁대강령’이라는 이름이 붙은 개혁계획을 자세히 검토했습니다.”

나는 그 뒤 잠시 시간을 들여 구마켄에게 이야기했던 것과 같은 내용을 가마타케에게 들려주었다.

가마타케는 아무런 말도 하지 않고 맥주를 마시고는 회를 입으로 옮기는 행위를 묵묵히 반복하며 내 이야기를 들었다. 그는 표정 하나 변하지 않았다. 그런 그의 모습이 반세기에 걸쳐 초 행정의 중추에 관여하며 모든 일들에 대해 다 알고 있는 이 남자의 본성을 알 수 없다는 사실을 내게 각별히 새겨주었다.

“요점만 말하자면 초장이 하려는 말은 개혁대강령이라는 이름은 붙어 있지만 적자를 전제로 하는 내용인 이상 실행해도 의미가 없다. 지출을 줄이고 빚을 줄이는 방법을 생각해야만 한다. 그런 말이로군요.”

이야기가 일단락되자 구마타케가 드디어 입을 열었다.

“그렇습니다.”

“무슨 말씀인지는 알겠습니다. 자치의원의 보수를 얼마나 줄일 생각일지는 둘째치더라도 초의 재정을 여기까지 몰아넣은 책임은 의원에게도 있으니까요. 줄이는 건 별수 없는 일이지만 관공서 직원을 삭감하겠다는 건 어떨지……. 직원은 다들 대대로 이 초에서 살아온 사람들뿐입니다. 직장을 잃게 되더라도 다른 곳으로 갈 리가 없겠죠. 하물며 공무원 이외의 일은 해본 적이 없는 사람이 이런 고용기반이 취약한 지역에서 새로운 일자리를 찾을 수 있을 리는 없을 겁니다. 초를 위해서 생활이 단절되게 할 수는 없습니다."

가마타케는 젓가락을 내려놓고는 처음으로 정면에서 나를 바라보았다.

"하지만 미도리하라의 관공서 직원 수는 일반적으로 적당하다고 하는 인원수를 훨씬 상회하고 있습니다. 뭐 10퍼센트, 20퍼센트라면 또 몰라도 70퍼센트 이상이 되면 이건 무시할 수가 없는 문제입니다."

"적정인원수라는 건 사무직 숫자가 아닙니까. 미도리하라는 시설 수가 많으니 그렇게 일률적으로 말할 수는 없지 않습니까?"

"그렇기 때문에 불필요한 아니 적자를 내고 있는 시설을 폐쇄하면——."

"초장……. 불필요한 시설이라고 해도 말이죠. 어느 시설도 다 공금을 사용해 건설한 시설입니다. 폐쇄, 폐쇄라고 간단히 말씀을 하시지만 공금을 하수구로 내다버리는 일이 된다면 누가 책임을 질 겁니까."

"책임을 운운하는 것은 둘째 문제입니다."

나는 즉각 대답을 했다.

"말씀드리는 걸 잊었습니다만, 이 초에 있는 다수의 시설을 건설하는 데 이용되었던 계획서도 두루두루 읽어보았습니다. 솔직히 말해서, 오랫동안 민간 기업에서 일을 하고 있었던 사람의 입장에서 봤을 때, 어느 시설을 막론하고 계획 초기 단계부터 보이는 어설픔에 눈을 의심할 수밖에 없었습니다. 설령 계획이 승인 되었다고 하더라도 건설 중간에 어쩔 수 없이 중단을 하던지, 실제로 가동한 뒤 예상을 훨씬 밑도는 이용률이 보일 것이라는 사실이 판명된 시점에서 시설을 폐쇄하고 손해를 각오하고서라도 팔아치워야만 했습니다. 그런 대담한 결단을 내리지 않았던 것이 지금 미도리하라의 궁핍한 상황을 만들어냈다고 생각합니다."

"정치라는 건 반드시 이익을 추구하지는 않습니다."

가마타케는 맥주를 꿀꺽 마시고는 말했다.

"그렇다면 여쭙겠습니다만, 가난한 지역에서 사는 사람은 거기서 산다는 이유만으로 쾌적한 생활을 누릴 권리가 없단 말씀이십니까? 분명 도쿄 같은 대도시에 살고 있으면 가만히 있더라도 민간 기업이 스포츠 센터를 세우거나 영화관을 세우거나 혹은 유원지도 만들어줍니다. 일류 연예인의 공연 또한 어디에선가 매일 열립니다. 하지만 말이죠, 이런 시골에서는 행정기관이 먼저 나서서 시설을 건설하고 문화생활 기반을 만들지 않으면 아무것도 없는, 그저 낡은 집이 있을 뿐인 쓸쓸한 초가 될 뿐입니다. 그런 초에 넓은 사람이 정착할 거라고 생각하십니까. 쾌적한 생활, 문화적인 향기가 나는 환경에 이끌려 젊은이들은 초를 떠나고 늙은이들만 남게 되는 겁니다."

"무슨 말씀을 하고 싶으신 지는 잘 알겠습니다. 하지만 가마타 씨. 이제 이곳은 어쩔 도리가 없다고 말해야 하는 지경까지 몰려 있습니다. 이대로 간다면 몇 년 안에는 틀림없이 재정이 파산되어 재정주의단체가 되리라는 것이 눈에 훤히 보입니다. 그렇게 되면 제가 하지 않더라도 다음에 이 초의 수장으로 취임할 사람은, 싫고 좋고를 따지지 않고 같은 수단을 취하리라는 것도 뻔히 보입니다. 피가 흐르는 일이 몇 년 연장될 뿐 결과는 같을 겁니다. 아니, 재정상황이 악화되는 만큼 더욱 심한 일이 생길지도 모릅니다."

"당신은 그렇게 말을 하지만 가령 관공서의 직원을 적정수로 맞춘다면 백 명 이상의 사람이 길바닥에 나앉게 되겠지. 고작 백 명밖에 되지 않는다고 할 게 아니야. 그만한 수의 사람이 직장을 잃게 된다면 초의 경제에 끼치는 영향은 막대해질 거야. 그렇지 않아도 경영이 어려운 상점은 줄줄이 쓰러지게 되고 개중에는 초를 떠나는 사람도 나올 테지. 그렇게 되면 세수도 줄어들어 초의 재정은 점점 더 어려워지기만 할 테고. 그뿐만이 아닐세. 시설을 폐쇄하더라도 그대로 방치해둘 수는 없겠지. 예를 들어 교통량이 적은 도로는 폐쇄해서 유지비를 삭감하겠다고 했지만 그런 일을 한들 바리케이드를 부수고서라도 계속 사용하는 사람이 몇 명이라도 나올 게 분명해. 그렇지 않아도 황폐화된 도로에 어린아이가 들어가 사고라도 일어난다면 어떻게 할 건가? 행정 책임 문제가 될 거라고? 말하자면 만들어버린 건 어쩔 도리가 없단 말이야. 폐쇄한다고 하더라도 드는 비용은 그다지 차이가 나지 않을 걸세."

가마타케는 처음으로 나를 초장이 아닌 '당신'이라고 말하며 반론을 펼쳤다. 무심코 어렸을 때의 기억이 뇌리에 떠올라 등줄기가 반사적으로 쭉 펴졌다.

"그렇다면 재정주의단체가 되는 건 어쩔 도리가 없습니다. 머지않아 대폭 삭감이 되더라도 불평 없이 받아들이겠다는 각오가 되어 있다는 말씀이신 겁니까?"

"우리들이 당신에게 기대를 걸고 있는 건 바로 그 부분일세. 지금의 초를 유지하면서 어떻게든 재정을 재건할 참신한 아이디어를 떠올려 줄 수 없을지, 매달리는 듯한 심정으로 초장이 되어달라고 한 걸세."

가마타케는 벌써 풀어진 눈길을 향하며 언성을 높였다.

역시 구마켄이 말했던 것처럼 갑자기 초의 재정지출이나 관공서 직원의 삭감에 대해 불평 없이 받아들이라는 말은 의회에서 맹렬한 반발을 살 것이 틀림없는 듯했다. 행정은 규모의 대소에 관계없이 의회의 승인이 없이는 아무것도 할 수 없다. 처음부터 대립한다면 모든 것이 정지 상태에 빠지게 되리라.

실현가능할지 어떨지는 모르겠지만 지금은 한 가지 커다란 꿈을 보여주는 게 좋을 듯했다.

"방법이 없는 건 아닙니다."

"호오, 무엇인가?"

비관적인 이야기만 듣고 있자니 지긋지긋했던 것이리라. 처음으로 긍정적인 말을 듣고 가마타케는 기분을 새로이 한 듯이 몸을 내밀었다.

"차라리 이 초를 노인들이 모이는 곳으로 만드는 겁니다——."

그때 내 뇌리에 번뜩인 건 구마타케가 말한, 예의 노인이 늘어나면 고용이 늘어난다는 한마디였다.

"노인들만 모인 곳으로 만들겠다고? 노인들을 모아서 뭘 할 건가? 수입의 대부분이 연금밖에 없는 그런 사람을 모은다고 해서 무슨 돈이 되겠나?"

가마타케는 얼굴을 찡그리며 즉시 부정했다.

"앞으로는 이런 말씀을 드리기는 죄송합니다만 노인은 황금알을 낳는 귀중한 재산이 될 겁니다."

"뭐라고?"

가마타케는 이해하기 어렵다는 듯이 맥주를 마시며 살짝 고개를 갸웃했다.

"다만 열 명이나 스무 명 정도로는 안 됩니다. 몇 백 명, 몇 천 명이라는 단위가 모여야만 이야기가 될 테지만요."

나는 수수께끼를 내는 듯이 처음으로 생긋 웃어 보였다.

"무슨 말인가?"

"간단한 이야기입니다. 노인이 늘어나면 간호할 사람이 필요해집니다. 늘어나면 늘어날수록 말이죠. 즉, 가만히 있더라도 간호를 하는 젊은 사람, 그것도 수입이 있어 세금을 낼 수 있는 인구가 증가할 거라는 말입니다."

"이야기만으로는 흥미롭네만……. 그렇게 잘 풀릴까? 나도 자치의원을 한 지 50년이야. 지금까지 과소화로 고민하는 초는 몇 개나 시찰을 했었지. 개중에는 이주하기만 하면 땅을 그냥 주겠다, 집까지 준비해준다는 초도 있었지. 분명 그중에는 이주해오는 사람도 있었지만 그야말로 별난 사람들뿐이었어. 오더라도 부부 두 세 커플이 고작. 초의 재정부활의 기폭제가 되기에는 머나먼 게 현 실정일세. 게다가 간호 보험 같은 걸로 초의 부담액이 늘겠지."

"단독주택을 준비한다는 발상이 애초에 잘못된 겁니다."

"그 말은 달리 아이디어가 있다는 건가?"

"저는 조만간 간호가 필요해질 노인만을 모으자고 하는 게 아닙니다. 오히려 반대입니다. 이 초의 풍요로운 자연환경 속에서 현역을 은퇴한 뒤 여생을 아무런 걱정 없이 편하게 지낼 수 있는 환경을 갖춘다면 어떨까요? 사람은 반드시 늙습니다. 누구라도 몸이 생각대로 움직이지 않게 되었을 때의 일을 생각한다면 불안에 휩싸이겠죠. 그렇게 되면 단독주택보다도 연령이나 몸 상태에 적합한 주거 환경을 바랄 것이 틀림없습니다."

"우리 초에 그런 건물은 없네. 설마 고용촉진주택을 사용하겠다는 건 아니겠지."

"고용촉진주택은 노인을 대상으로 하기에는 좋지 않습니다."

"그럼 무슨 말인가."

"노인 대상의 초를 만드는 겁니다……. 새롭게 말이죠."

"사업을 하겠다는 건가!"

깊게 생각한 건 아니었지만 일단 입 밖으로 꺼내면 신기하게도 아이디어가 샘처럼 솟아난다. 덧붙여 역시 가마타케가 시설을 세워 그 사업에서 생기는 이권의 달콤한 꿀을 빨아왔다는 구마켄의 말은 진실이었던 듯했다. 가마타케의 눈이 반짝반짝 빛나기 시작했다.

"주민 센터 옆에 공장 유치용 부지로 방치된 땅이 3만 평이 있죠."

"있지, 있어."

"거기에 처음부터 노인을 대상으로 설계한 커뮤니티를 만든다면 어떨까요?"

"분명 그런 일이 가능하다면 꿈만 같은 이야기겠지만⋯⋯. 하지만 새로운 공공사업을 하기 위해 아무리 발버둥을 쳐봐도 돈 한 푼 없네. 아이디어로서는 좋네만. 중요한 자금이 없어서야 어떻게도 할 수가 없네."

"공공사업이라고 하면 그렇겠죠."

"응?"

"이왕 할 바에야 공공사업이 아닌 민간 기업의 힘 없이는 불가능한 일이라는 겁니다."

가마타케는 유리잔을 내려놓고는 나를 바보 취급 하는 듯이 웃음을 픅 내뿜었다.

"당신, 우리들이 기업 유치를 위해 얼마나 고생을 해왔는지 모르기 때문에 그런 꿈만 같은 소리를 간단히 하는 걸세. 초장이나 우리들 자치의원이 얼마나 많은 기업을 돌았다고 생각하나. 100번이나 200번은 이야기를 했을 걸세."

"기업에는 공장 유치를 위해 움직이셨겠죠."

"당연하지 않는가. 공장이 오지 않으면 고용촉진으로 이어지지 않으니 말일세."

"적어도 간토関東 지방에 기반을 둔 기업 입장에서는 매력을 느끼지 않을 겁니다. 그렇다는 사실은 말을 꺼내기 전부터 알고 있습니다."

"뭐라고."

가마타케의 안색이 변하는 것이 느껴졌지만 나는 상관하지 않고 말을 이었다.

"공장을 건설하면 그곳에서 생산되는 제품의 소비는 일본 전국. 혹은 해외까지 미칠지도 모릅니다. 이런 시골에 공장을 짓는다면 당연히 수송비가 듭니다. 트럭에 쌓을 수 있는 양은 고작 10톤 남짓. 하물며 해외를 대상으로 하는 제품을 출하하려고 생각하면 항구로 옮길 때까지 막대한 수송비가 듭니다. 요코하마에서 미국 동해안으로 운송하는 요금보다도 여기서 요코하마까지 옮기는 수송비 쪽이 몇 배나 더 비쌉니다. 그런 사실은 기업에서는 상식입니다. 인건비가 도시에 비해 아무리 싸다고 하더라도 아무런 매력도 느낄 수 없는 겁니다."

"그렇다면 노인이라면 이 초에 매력을 느낀다는 건가."

"그건 움직이기 나름이겠죠."

"그렇다면 그 방법이라는 걸 들려주게나."

가마타케는 거의 시비조였다.

"좋습니다."

나는 가마타케의 얼굴을 정면에서 바라본 뒤 아직 콘셉트 영역을 탈피하지 못한 계획의 개요를 들려주기 시작했다. 다소라도 냉엄한 비즈니스 현장에서 경험을 쌓은 사람이라면 말꼬리를 붙잡을 만한 부분이 잔뜩 있다는 사실은 알고 있었지만 그런 부분은 신경 쓰지 않았다.

여하튼 용지만 준비하면 기업을 유치하는 일이 가능하다고 생각하는 정도의 두뇌밖에 가지고 있지 않은 것이다. 까다로운 비즈니스 이론보다도 꿈을 갖게 해주는 편이 의회를 통합하는 데 있어 지름길이 되리란 사실은 틀림없다. 어쨌거나 계획을 실현시키기 위해서 움직일 사람은 나 말고는 달리 한 명도 없는 것이다. 적어도 움직임을 방해하지 않는다면 그걸로 족하다. 그리고 계획이 실패로 끝난다면 초는 재정주의단체가 된다. 잘 되면 좋은 일이고, 최악의 경우라도 앉아서 그때를 기다리기만 하면 된다고 생각하면 마음 편한 일이다.

가마타케는 때때로 맥주를 마시며 내 말을 듣고 있었다. 그 모습을 보며 나는 뇌리에 우시지마 고타로의 얼굴을 떠올리고 있었다.

*

가마타케에게 사전 교섭을 해둔 효과는 절대적이었다.

원래라면 초 내에 있는 10개 이상이나 되는 시설의 폐쇄, 백 명을 넘는 관공서 직원의 삭감 등의 말을 꺼냈을 경우, 초 내의 지인은 물론 몇 대를 거슬러 올라가면 혈연관계인 미도리하라에서의 일이니 큰 소동으로 발전되었을 것이다. 그러나 대사건임에도 불구하고 죽 늘어앉아 있는 초 자치의원들에게서는 공공연하게 이렇다 할 반발은 보이지 않았다. 의원 보수의 감액에 대해서도 말하고 싶은 부분은 산더미처럼 있었을 것이다. 하지만 이렇게나 힘든 재정 속에서 겸업의원인 자신들이 모든 기득권을 지키려고 한다면 아무리 초 행정에 무관심한 초민이라고 해도 가만히 있지는 않을 것이다. 뭇 사람들에게 모진 규탄을 당하는 사태가 되리라는 사실은 명백했다. 결국 떨떠름한 표정을 지으면서 내 이야기를 듣기만 할 뿐 저항을 하는 의원은 한 명도 없었다. 구마켄의 부초장 취임에 관해서도 전혀 반응이 없었다.

연설의 최대 중점인 '종신형 노인 센터 건설 계획'에 관해서도 의원들의 반응은 비슷했다. 연설이 절반 정도 진행되었을 때, 약 30분 정도를 소비해 계획의 개요를 들려주었지만 늘어앉은 의원들은 졸린 듯한 눈빛을 책상 위에 펼쳐진 서류로 눈길을 보낼 뿐 아무런 반응도 보이지 않았다. 계획을 이해하고 있는지 어쩐지 그것조차 전해지지 않았다.

"하고 싶으시면 하시죠."

"그런 게 될 리가 없잖아."

라는 듯 연설이 끝나자 고개를 살짝 갸웃거리며 옅은 웃음을 짓는 의원이 몇 명 있었을 뿐이었다. 드문드문 울려 퍼지는 박수를 들으며 연단에서 내려오려고 했을 때 한층 커다란 박수가 의장에 흘렀다.

그 박수를 치고 있는 이는 가마타케였다. 아무래도 그는 내가 내세운 계획이 실현되면 손녀딸이 시집을 가 있는 건설 회사에 특수特需가 있을 것이고, 더 나아가서는 자신의 주머니가 윤택해질 상황을 꾀하고 있는 듯했다.

물론 원래부터 내게 그럴 마음은 손톱만큼도 없었다. 지방, 아니 국가 레벨 사업이라도 규모가 커지면 커질수록 그곳에서 발생하는 이권이라는 달콤한 꿀을 빨려는 사람이 나오는 법이다. 세상이라는 게 그런 법이라고 말하면 그뿐이리라. 분명 종합상사처럼 세계 이곳저곳을 두루 돌아다니는 일을 하고 있노라면 한 번의 장사를 성사시킬 때 그 나라의 공무원, 정치가에게 뇌물을 보냈다는 이야기는 흔한 이야기였다. 특히 개발도상국이라고 일컬어지는 나라에서의 비즈니스는 뇌물 없이는 성립되지 않는다는 사실은 상식이기까지 했다, 아니, 선진국에서의 비즈니스 또한 같은 법이다. 올림픽 같은 상품은 그 전형적인 예라고 할 수 있으리라.

　유치를 위해 몇 십 억이라는 공금을 사용해 멋들어진 선물 공세를 펼치며 시찰에 나선 IOC의 이사를 접대한다. 분명 개최지로서 지명된다면 다수의 시설의 건설, 호텔이나 교통망의 정비와 경제적 파급효과는 헤아릴 수가 없다. 하지만 문제는 그 뒤다. 분수에 어울리지 않는 시설을 마구 세우게 되고, 이번에는 그 유지비라는 명목으로 막대한 비용이 들어가게 된다. 몇 주간의 개최기간이 끝나면 거리는 다시 원래의 고요함을 되찾는다. 그야말로 축제가 끝난 뒤의 쓸쓸함──. 아니, 평범한 축제라면 다시 1년이 지나면 돌아오지만 이 축제는 두 번 다시 찾아오지 않는 것이다.

　그 결과 윤택해지는 것은 멋들어진 시설의 건설을 의뢰받은 건설업자와 그 뒤에서 꿈틀거리는 구더기 같은 정치가라는 이름만 내건 알선 가게들뿐이다. 지역의 경제 또한 일시적으로는 윤택해지겠지만 이 또한 축제가 끝나면 원래대로 돌아갈 뿐. 아니, 일단 달콤한 꿀의 맛을 알게 된 만큼 반동은 크다.

　진정한 공공사업이라면 일시적인 강심제로 끝나서는 안 된다. 영구적으로 이익을 만들어내며 고용을 확보하기 위한 것이어야만 한다. 그렇기 때문에 종신형 노인 센터 건설은 무슨 일이 있더라도 성공시켜야만 하지만, 그에 관해서는 특정 단체, 개인에게 특별한 이익을 부여하는 일이 있어서는 안 된다고 나는 결의했다.

　가마타케, 당신에게는 땡전 한 푼 돌아가게 하지 않겠어.

　나는 의장에 한 층 커다랗게 울려 퍼지는 가마타케의 박수를 들으며 마음속으로 독설을 퍼부었다.

초장실로 돌아온 나는 구마켄에게 부초장 취임이 결정되었다는 사실을 알리고 그대로 도쿄의 요쓰이 상사에 전화를 걸었다. 번호는 직통전화였기에 전화가 연결되자 귀에 익은 남자의 목소리가 들려왔다.

"요쓰이 상사입니다——."

우시지마 고타로였다.

"야마사키일세."

"오오, 야마사키 오랜만일세. 건강히 지내나. 늦었지만 초장 취임을 축하하네."

우시지마의 목소리에 겹쳐진, 끊임없이 울려 퍼지는 전화 소리나 대응에 쫓기는 사원들의 목소리가 들려왔다. 초장실의 창문 밖으로는 짙은 녹음에 뒤덮인 산줄기가 보였다. 광대한 황거의 건너편으로 펼쳐진 도쿄 거리를 내려다보며 일에 몰두하고 있을 때의 모습이 떠오르자 그 격차의 크기가 새롭게 느껴져 요쓰이에 있던 때의 일이 새삼스럽게 그리워졌다.

"정말 큰일이 되어 버렸어. 인생에 무슨 일이 일어날지 모르는 법이라더니 설마 내가 정말로 초장이 되다니 생각지도 못했던 일이야."

"적자로 이러지도 저러지도 못하는 초라고는 해도 초장은 초장. 4년 동안은 자리가 보장된 거야. 이쪽은 이대로 있으면 5년 뒤에는 정년이라고. 그걸 생각해보면 자네의 경우 재선만 되면 공무원이 된 거나 다름없는 일이잖아. 부러운 일이야."

우시지마는 명랑한 말투로 말했다.

"그런 말은 이 초가 어떤 곤란한 국면에 처해 있는지 모르기 때문에 할 수 있는 말이야. 내 월급 모르지? 40만 엔이야. 요쓰이에 있었을 때의 4분의 1이라고. 그것도 보너스는 없고 초의 재정을 재건하기 위해서 앞으로 분주하게 뛰어다녀야만 한다고. 이런 손해 보는 역할이 어디 있냐는 말야."

"그건 딱한 이야기로군——. 하지만 초장은 원래 공무원이 아닌가. 일단은 한 번 딱, 기사회생할 수 있는 안을 내서 적자를 해소시킨 뒤에 그때까지의 손해를 되돌리면 되지 않는가."

"자넨 남의 일이니 그렇게 말할 수 있는 거야. 세수도 없고 고용기반도 없는 이런 시골에서 150억이나 되는 빚을 어떻게 갚을 수 있겠어?"

"그걸 생각하는 게 자네의 일이지 않나."

우시지마는 매우 간단하게 대답을 했다. 나는 순간 울컥했지만 참고 용건을 꺼냈다.

"오늘 전화를 건 이유는 다름이 아니라, 그 기사회생을 위한 한 방을 위해 자네의 힘을 빌리고 싶어서야."

"내게? 내게 뭘 해달라는 말인가?"

우시지마는 허를 찔린 듯이 반문했다.

"자네, 지난번 어묵가게에서 내게 말했지? 도시개발사업본부는 앞으로 노인 센터 건설 신규 사업을 할 예정이라고."

"그래, 맞아."

"전후 세대는 이미 퇴직 시기에 들어갔어. 그들이 나이가 듦에 따라 지금 살고 있는 주거지에서는 살기 어려워지겠지. 연령에 맞는 설비를 갖춘 환경이 필요해지고 말이야. 거기에 거대한 시장이 생긴다. 그렇게 말했었지."

"응⋯⋯."

"한 가지 물어보겠네만 자네, 그 나이 든 사람들이 주택의 배치를 바꾸는 것만으로 쾌적한 노후를 보낼 수 있을 거라고 생각하나?"

"뭐, 분명 배치를 바꾸거나 리폼을 해 턱 같은 걸 없애는 정도이니 충분하다고는 할 수 없겠지. 다소 몸이 말을 듣지 않게 되도 스스로 자신을 돌볼 수 있는 사이에는 상관없을 테지만 인간이란 게 그렇게 간단히 덜컥 세상을 떠나는 게 아니지 않는가. 자리를 보전하게 되거나 혹은 정신이 흐릿해져 간호가 필요해지는 경우가 많겠지."

"그렇겠지. 그러면 자네들이 생각하고 있는 노인 센터는 그런 간호가 필요해진 사람들을 마지막까지 돌봐주는 시설인 건가?"

"나는 그 프로젝트에 직접 관여하고 있는 게 아니니 뭐라 말할 수 없지만 경우에 따라 다를 거야. 그중에는 그런 기능을 가진 시설도 세울 수도 있을 테고, 간호가 필요해지면 다른 시설로 보내는 경우도 있겠지. 어쨌든 종신형 노인 센터를 세운다고 하면 입주료도 그 나름의 비용을 받아야만 하겠지. 하지만 도시에서 그런 시설을 가진 시설에 들어가는 사람은 그야말로, 전후 세대 중에서도 아주 일부뿐일 기야. 뭐든 세상에 앞서는 게 필요하니 말이야."

"그렇다는 말은 많은 사람은 자네들이 세운 노인 센터에 들어가더라도 가장 중요한 마지막 순간에 관해서는 자신을 돌봐줄 시설을 다시 한번 찾아야만 한다는 말이로군."

"별수 없지 않은가. 몸이 말을 듣지 않게 된 노인을 돌보려면 간호사 수를 늘려야만 하네. 그것도 언제 무슨 일이 일어날지 모르는 사람을 상대로 하는 일일세. 24시간 대응 가능한, 시프트제의 근무태세가 바탕이 되어야겠지. 당연히 인건비가 늘어나겠지. 그것뿐만이 아니야. 의사도 상주해야만 하고 의료 설비도 갖춰야만 해. 그런 기능을 가진 노인 센터를 세운다면 입주료가 엄청나게 비싸지게 될 거야."

"본격적으로 의사의 도움이 필요하다면 병원으로 가라는 말인가?"

"그게 지금 노인 센터의 실태일세. 간호와 의료는 별개이니 말이지. 개중에는 의사가 24시간 상주하는 사실을 강조하고 있는 시설도 있지만 실제로는 어디까지나 무슨 일이 있을 때에는 응급처지를 할 수 있다는 정도거든. 그 자리에서 대응을 할 수 없게 되면 구급차를 불러 걸맞은 기능을 가진 병원으로 보내는 게 현 상황이야."

"그래서 입원하게 되면 그때부터 그 후의 비용은 입주자가 별도로 내게 되는 건가?"

"당연하지."

우시지마는 말할 필요도 없다는 듯한 말투로 말을 이었다.

"얼마나 살지 알 수 없고 치료 내용 또한 천차만별이라면 비용 또한 얼마나 들지 알 수가 없어. 입주비 중에 의료비까지 넣어두는 건 무리겠지. 그런 일이 가능했다면 어떤 노인 센터라도 훨씬 전에 했을 거야."

우시지마가 하는 말은 지당했다. 평범한 생활, 혹은 다소 간호가 필요한 정도에 드는 비용은 예측할 수 있지만 입주자가 죽을 때까지 드는 의료비는 계산할 수 있을 리가 없다.

하지만 노인 센터에 입주하는 사람의 입장에서는 가장 마음에 걸리는 부분이 오히려 그 부분인 것이다. 일상생활을 스스로 할 수 있거나, 다소의 도움을 필요로 하는 동안에는 그다지 걱정할 부분이 없다. 진정한 의미에서 간호가 필요해진 시점에 내버려진다면 노인 센터에 들어가는 의미가 없는 것이다.

"자네가 하는 말은 지당하네만 그래서는 노인 센터라는 건 노후의, 그것도 건강한 때를 동년대의 인간과 즐겁게 사는 곳이 되는 거 아닌가?"

"쉽게 말하자면 그 말이 맞아. 뭐, 정착형 호텔이라고 생각하면 되겠지. 돈이 부족하지 않은 사람은 그야 멋진 설비가 갖춰진 시설에서 느긋하게 여생을 보낼 수도 있고 마지막 때가 다가오더라도 큰 병원의 개인실에 입원하는 일도 가능하지. 그렇지만 돈이 없으면 그 나름의 시설로 들어갈 수밖에 없어. 유감스럽지만 그게 현실이니까."

나는 약간 빈정거리며 말했지만 우시지마는 시원스럽게 딱 잘라 말했다.

"한 가지 더 물어봐도 괜찮겠나."

"뭐든지 물어보게나."

"자네 부서에서 시작하려고 하는 노인 센터 말인데 타깃으로 삼고 있는 층은 어디인가?"

"나는 그 프로젝트의 멤버가 아니라 잘 알지는 못하지만 부유층을 타깃으로 삼고 있지 않다는 건 분명해. 우리 부서가 이 분야의 사업에 뛰어든 이상, 도시에 한두 개 짓고 끝낼 리는 없지 않은가. 아마 전국적인 규모로 전개되는 사업은 틀림없을 거야. 그때 타깃이 되는 건 틀림없이 전후 세대의, 매우 평균적인 경제력을 가진 사람. 즉 대중이 주체가 되겠지."

"그렇게 되면, 예를 들어 도쿄 주변에서 그런 시설을 세우려고 하면 용지 또한 정돈된 땅을 찾는 건 어렵겠지. 결국 도심 안에 여기 하나, 저기 하나라는 형태로 분산해서 세워야만 하겠군."

"그렇겠지."

나는 우시지마의 말에 긍정하며 말했다.

"그렇게 되면 기본적인 건설비가 꽤나 비싸지지 않나? 위로 세운다고 해도 토지비가 바뀌는 건 아니니 말일세. 결국 임대 맨션에서 사는 것과 아무런 차이도 없을 텐데?"

"그렇겠지. 다만 가족 몇 명이 사는 게 아니라 고작해야 부부 두 명이 사는 것이니 넓어도 1LDK 정도일 거야. 원룸 형태도 있을 수 있겠지만 지금까지 살고 있던 집을 팔면 그렇게 부담이 되지 않을 거라고 생각해."

"그럴까?"

나는 수화기를 다시 한 번 고쳐 쥐고는 드디어 원래 의도했던 바를 담아 이야기를 꺼냈다.

"자네는 아직 현역이니 그런 말을 하는 거야. 요쓰이 같은 대기업 사람은 도시에서 원룸이나 1LDK 맨션을 빌린다는 감각으로 노인 센터에 들어가겠지만, 세상에는 그렇게 풍족한 사람만 있는 게 아니잖나. 일단 정년을 맞이하게 되면 다음 직업을 가질 일은 일단 없을 거라고 생각해도 좋을 거야. 애초에 한창 일할 나이의 사람도 지금은 파견이 당연해져 정사원이 되는 게 행운인 지경까지 왔으니까 말이야. 이런 경향은 앞으로 점점 현저해질 거고. 어쨌든 파견 같은 건 구미에선 훨씬 전부터 당연한 이야기였으니 말이야. 그게 몇 십 년 정도 늦게 일어날 뿐인 이야기이지. 앞으로 10년, 20년이라는 기간으로 생각하면 제대로 퇴직금조차 받지 못하는 사람들만 잔뜩 나올지도 몰라."

"으음, 그 말을 들으니 그럴지도 모르겠군. 자네 말처럼 지금의 일본에서는 모든 업종에 파견이 대유행하고 있으니 말이야. 나도 최근 알고 나서 깜짝 놀랐는데 말이지 골프장 캐디도 파견이라고 하더군. 날에 따라 업무량이 바뀌는 직종이나 단순노동, 날씨에 좌우되는 장사 같은 건 다들 파견으로 바뀌겠지."

"즉 그렇다는 말은. 같은 넓이, 같은 퀄리티를 가진 건물에 살 경우 싼 가격보다 더 좋은 건 없겠지. 그렇게 생각하는 인간이 압도적 다수를 점하는 시대가 올 거라고 생각하지 않나?"

"그야 그렇……겠지."

과연 우시지마도 뭔가를 눈치챈 듯했다.

"자네, 무슨 생각을 하고 있는 건가?"

그가 경계하는 듯한 어투로 질문을 했다.

"내가 하고 싶은 말은 말이야. 어떻게 하면 싸고 쾌적하며 동시에 의료 걱정도 없는 노인 센터를 지을 수 있을지 생각해야만 한다는 거야."

"말하고 있는 걸 보니 뭔가 생각이 있는 것 같은데?"

"있으니 이렇게 자네에게 전화를 건 게 아니겠나."

"내게 말해도 소용없는 일이네. 노인센터 프로젝트는 내 직무 범위

외의 일이야. 자네도 여기 있었으니 알잖아? 다른 사람의 일에 참견할 수는 없어."

"그런 사실은 잘 알고 있으니 일단 내 이야기를 듣기나 해."

나는 어르듯이 그렇게 말하고는 말을 이었다.

"새삼스럽게 말할 것도 없지만 도시의 집이나 맨션 가격이 지방에 비해 매우 비싼 이유는 토지 가격이 고액이기 때문이지. 지상에 세우는 건물 건설비는 일본 전국 어디라도 그렇게 변함은 없어. 더불어 도시, 특히 도쿄 같은 대도시와 지방은 인건비도 천양지차야. 즉 같은 스펙을 가진 노인 센터를 지방에 세우면 토지 대금과 건설에 종사하는 직원의 차액은 싸게 된다는 말이지."

"아하-. 알겠어. 자네 지금 자네 초에 노인 센터를 세우려는 거지?"

"맞아."

"의외로 시시한 방법을 생각했군. 자네 초가 재정파산 직전까지 몰리게 된 이유는 공공사업으로 쓸데없는 건물을 계속 세운 결과이지 않은가. 그 잘못을 초장이 되자마자 반복하려는 건가? 그래서는 파산을 향해 박차를 가하는 모양새가 아닌가?"

"그게 아냐. 사람 말을 끝까지 들어."

나는 쓴웃음을 지었다.

"요 몇 년, 앞으로 은퇴해 노후 생활에 들어갈 사람들 쉽게 말해 전후 세대를 타깃으로 삼아 다양한 업종이 노인 센터나 간호시설을 짓겠지. 요쓰이도 그 사업에 뛰어들려고 하고 있고."

"그래, 전후 세대만 해도 680만에서 800만이라고도 하고 게다가 일본인 평균 수명은 계속 늘어나 남자가 78.5, 여자가 85.5세이야. 즉 70살에 노인 센터에 들어간다고 하더라도 남자는 8년. 여자라면 10년은 시설에 머문다는 계산이 되지. 뭐, 노인 센터를 장기체류형 호텔이라고 생각한다면 그렇게 고마운 손님은 없겠지. 그것도 사람은 반드시 늙는 법이니 손님이 끊길 걱정도 없고. 비즈니스로서 보면 유망한 시장이야."

"하지만 말이야 그건 비즈니스를 전개하는 기업의 논리일 뿐이야."

"무슨 말인가?"

"입주하는 사람의 입장에서 보면 여러 회사가 각자 제각각 노인 센터를 잔뜩 세운다고 해도 편안하고 좋은 호텔에서 체재하게 될지 혹은 밤이슬을 피할 수 있을 정도의 싸구려 여인숙 같은 장소로 들어가게 될지는, 그야말로 돈의 유무에 따라 달리는 일이니 말이야. 좀이 쑤실 정도로 돈을 가지고 있는 자산가는 괜찮겠지. 하지만 대부분의 경우 현역을 마친 뒤에는 퇴직금과 연금으로 살아갈 수밖에 없지. 조악한 시설에 비집고 들어가 여생을 보내는 건 풍요로운 노후와는 동떨어진 일이 되지 않나."

"별수 없지 않나? 민간 기업이 사업을 하는 한 벌이가 되지 않는 일을 할 리가 없으니까."

"자네, 아까 내가 시설 입주비를 결정하는 건 장소에 의한 부분이 크다고 말한 거 기억하나? 도시 한가운데에 맨션을 세우면 당초의 비용, 즉 이 경우 토지 대금이 높으면 입주비도 비싸지지. 그에 이견은 없지?"

"그래, 그렇지."

"건물 규모도 가격에 영향을 미치겠지?"

"물론이지. 간단한 이치야. 광대한 부지에 집 한 채를 지을지 고층 맨션을 세울지의 차이니까. 일률적으로는 말할 수 없지만 규모가 커지면 커질수록 한 채당 드는 비용이 낮아진다고 생각하면 되네."

우시지마는 내가 예상했던 대로 말을 했다.

"노인 센터가 되면 입주자를 간호하는 사람의 인건비도 들겠지. 그것도 도시와 지방은 큰 차이가 있을걸."

"그렇겠지. 도시에 있는 건물의 입주가격이 비싸지는 이유는 초기 비용에 더해 운전 경비가 비싸다는 것도 영향을 끼치게 되니 말이지."

"실은 우시지마. 우리 초에는 3만 평 규모의 정돈된 토지가 있다네. 공장 유치용 부지로 준비해둔 땅이지만 뚜껑을 열어보니 어느 기업도 오려고 하질 않아서 말이야. 풀이 덥수룩하게 나 있기만 할 뿐 전혀 쓸데가 없는 땅이 잠든 채 있다는 말이지."

"그곳에 노인 센터를 세우겠다는 건가?"

우시지마의 비웃는 듯한 웃음기를 머금은 목소리가 들려왔다.

"무리일세. 무리."

"어째서?"

"그야 자네. 그만한 용지를 준비했음에도 불구하고 한 곳의 기업도 오려고 하지 않았다는 사실은 거기에 공장을 세워도 아무런 메리트도 없다고 판단했기 때문이 아니겠나. 교통편이 좋지 않다든가 사정은 여러 가지 있겠지."

"분명 공장을 이런 초에 세우지 않겠냐는 말을 꺼냈을 때 내가 경영자였다면 고개를 옆으로 젓겠지. 인건비도 중앙으로 가는 물류 경비도 중국 근처에 공장을 세우는 편이 훨씬 싸게 먹히니 말이야."

"그렇겠지."

"하지만 이게 사람이 정착하는 풍요로운 노후를 보낼 장소가 되면 다르다고 생각해."

나는 단숨에 이야기를 진행했다.

"산업에 적합한 위치와 사람이 정말로 풍요로운 생활, 특히 노후를 보내는 장소는 전혀 다르다고 말이야."

"자네, 풍요로운 노후라고 간단히 말하지만 말이야. 도시에 사는데 익숙한 사람과 시골에서밖에 살아본 적이 없는 사람은 그 풍요로움의 정의에 커다란 차이가 있어."

"어떤 차이 말인데?"

"예를 들자면 은퇴해도 가끔씩은 번화가에 나가 식사나 쇼핑도 하고 싶을 테고, 문화적인 향기가 나는 이벤트에도 나가보고 싶어지겠지. 아마도 자네 초에는 풍요로운 자연도 있고 물가도 도시에 비하면 쌀 테지만 그것만으로는 지루해질 게 눈에 보이네. 그것뿐만이 아닐세. 자네 콘셉트에는 결정적인 결점이 있어."

우시지마가 딱 잘라 말했다.

"결점이라는 게 뭔데?"

"가족이야."

"가족?"

"도시에 살고 있는 사람이 노후를 보낼 집을 도시에서 찾는 이유는 같이 살 수는 없지만 전철로 바로 근처에 있는 아들이나 딸, 손자를 만나려고 생각하면 언제든지 만날 수 있기 때문일세. 그런데 미야기의 시골로 이사를 하게 되면 아무리 도쿄에서 신칸센을 타면 3시간 정도밖에 걸리지 않는다고 해도 돈과 드는 수고를 생각하면 언제든지 갈 수는 없겠지. 노인은 누구라도 쓸쓸한 법이야. 노인 센터에 들어가게 되었다고 해도 아들이나 손자와 자신이 원하는 때 만나고 싶다고 생각하고 있다고."

분명 우시지마가 하는 말에도 일리가 있었다. 하지만 이것도 내게 있어서는 예상했던 대답이었다.

"자네, 미야자키宮崎 출신이라고 했었지?"

나는 반론을 펼쳤다.

"그래, 맞아⋯⋯."

"부모님은 건재하시나?"

"그래, 두 분 다 건강히 계시네."

"아이를 데리고 부모님께 가는 건 1년에 몇 번이나 되나?"

"1년에 몇 번씩 갈 수 있을 리가 없잖아. 가족 넷이서 한 번 귀성하면 비행기 요금만 해도 20만 엔 이상이 날아가 버린다고. 게다가 빈손으로 돌아갈 수도 없는 일이니 선물도 가지고 가야 하고 용돈도 드려야만 해. 몇 년에 한 번 정도가 고작이지."

"요쓰이의 차장은 세간에서 보면 고액의 급료를 받고 있는 사람이야. 그런데도 불구하고 그런 꼴이지. 일설로는 도쿄의 인구 중 60퍼센트는 지방 출신자가 점유하고 있다더군. 추석과 연말에는 민족 대이동이라고 할 만한 기세로 도쿄에서 각 지방을 향해 사람이 빠져나가잖아? 아마도 가족끼리 매년 귀향은 못 하고 자네처럼 몇 년에 한 번씩인 사람이 적지 않을 거야. 현실을 말하자면 가족이 곁에 있든 없든 그건 기분적인 문제일 뿐 실제로는 떨어져 살고 있는 것이나 다름없어."

"현실은 그렇지만 마음이 문제인 거야. 그게 중요하다고."

우시지마는 짜증을 숨기려고도 하지 않고 언성을 높였다.

"그럼 자네는 노후는 미야자키의 시골로 돌아가 부모님 곁에서 지낼 건가? 그 문화적 생활이라는 걸 버리고 말이야."

"나? 나는──."

우시지마는 막상 자신의 경우에 대입해 묻자 생각지도 못했는지 말문을 흐리며 할 말을 찾지 못하고 있는 듯했다.

"자네도 지금 이대로라면 앞으로 5년 후에는 정년이야. 슬슬 앞일을 생각해야지."

"그렇지……. 뭐, 그쯤에는 집의 빚은 다 갚았을 테고 부모님께 만에 하나의 일이 생긴다면 일단 시골로 돌아가 부모님을 돌봐야겠지."

"그 뒤는?"

"부모님의 임종을 지킨 뒤 도쿄에서 생활하려면 집을 문턱이 없게 개조해야 할 거야."

"집을 리폼하려면 꽤나 돈이 들어. 무엇보다 그쯤에는 집 그 자체가 꽤나 낡게 돼서 죽을 때까지 살 수 있다는 보장이 없지 않을까?"

"뭐 그럴 수도 있겠지."

"그럼 있는 돈을 사용해 노인 센터에서 산다는 선택지도 당연히 나오겠군."

"가능성으로서는 부정할 수 없지……."

유도심문이었다. 우시지마의 목소리가 살짝 가라앉은 것이 느껴졌다. 그걸 뒷받침하듯이 우시지마가 툭 내뱉었다.

"어쩐지 기분이 안 좋아지는데……."

"퇴직금에는 한계가 있네. 들어오는 돈은 연금뿐. 그걸로 언제까지 살아 있을지 알 수 없는 여생을 보내야만 해. 당연히 아내에 대해서도 생각을 해야 하고."

"그건 그렇겠지."

"돈은 소중해. 자네가 말하는 문화생활을 영유하기 위해서 좁은 집에 살며 비싼 월세를 계속 지불할 텐가? 그렇지 않으면 같은 퀄리티의 방이나 서비스를 가졌지만 싼 요금으로 그것들을 즐길 수 있는 길을 선택하겠나? 어느 쪽이 득일지 생각해보라고."

"으음."

우시지마는 신음소리를 높이더니 침묵했다.

"자네 집에는 아이가 몇 명이라고 했지?"

"둘……. 첫째 딸은 재작년 대학을 졸업해 도내에 취직을 했고 둘째인 아들은 내년에 대학을 졸업해 도쿄東光 상사에 취직이 내정되어 있어."

"딸은 둘째 치고 아들의 근무처가 동업인 커다란 종합상사라면 당연히 해외 주재 또한 있겠군."

"아마도……."

"개발도상국에서 주재를 하게 된다면 1년에 한 번은 돌아올 테지만 선진국이라면 2년에 한 번이야. 게다가 부임지가 해외라고 단정 지을 수만도 없네. 요쓰이도 도쿄 상사도 전국 각지에 지사, 지점을 두고 있지. 만약 지방 근무를 하게 된다면 도쿄로 돌아오는 비용은 자비를 들여야 해. 그것도 그때가 되면 집은 자네 부부가 노인 센터에 들어가기 위해 팔아버리고 남아 있지 않을 테지. 그러면 그래도 자네 아이들과 언제든지 자유롭게 만나는 환경에 있다고 말할 수 있겠나? 아들이 가족을 데리고 빈번하게 자네 곁을 찾아올까?"

"아마도 아니겠지……."

"세간에서 보면 풍족한 퇴직금을 받고 집의 대출금도 퇴직할 때는 다 갚았을 터인 자네조차 노후의 생활 자금에 불안함을 느낄 정도야. 평균적인 급여밖에 받지 못하는 샐러리맨에게는 이 사실이 정말로 심각한 문제라고 생각해. 가만히 생각하면 생각할수록 오히려 평소의 생활비를 적은 비용으로 줄이고 JR의 지팡구 클럽이라도 가입해서 1년에 몇 번 정도 할인요금으로 아들의 집을 방문한다. 그편이 훨씬 현명한 생활 방식이라고 생각하지 않나."

"그 말을 들으니 일고의 여지는 있는 듯한 느낌도 드는군."

"그렇지?"

나는 무심코 미소를 띠며 우시지마에게 동의를 재촉했지만 어물거리는 듯한 대답이 돌아왔다.

"하지만 아무래도 걸린다고."

"뭐가 걸린다는 거야?"

"아니……. 이 말을 하면 자네 맘이 상할 테니 안 할래."

"괜찮으니 솔직하게 생각하는 바를 들려줘."

"이게 남쪽 섬이나, 온난한 기후를 가진 장소라면 그럴 마음이 들지도 모르겠지만 뭔가 도호쿠는 이미지가 어둡지 않나."

엉겁결에 나는 한숨을 내쉴 뻔했다.

도호쿠——. 이 지역명을 꺼내는 것만으로도 대부분의 일본인이 떠올리는 이미지는 정해져 있다. 무엇보다 누가 꺼낸 말인지는 알 수 없지만 내가 어렸을 때는 옆 지방인 이와테는 '일본의 티벳'이라는 모멸적인 말을 공공연하게 했을 정도였다. 그런 이미지가 아직까지도 일본인의 잠재의식 속에 깊게 새겨져 있다는 건 사실이었다.

"분명 예전에는 도쿄에 비하면 처지는 부분이 있었던 건 사실이야. 하지만 신칸센과 고속도로가 정비된 지금은 그런 건 과거의 이야기야. 신칸센이나 고속도로망을 정비하면 지방에도 산업체가 들어오고 초도 활성화될 거라는 게 바보 같은 정치가의 의도였지만 결과는 전혀 반대. 도시에 접근을 쉽게 할 수 있게 되자 젊은 사람은 점점 도시로 나갔지. 그 결과 지방은 활성화되기는커녕 지역은 쇠퇴하고 노인들만 남게 되고 말았어."

"그렇겠지."

"하지만 이런 배경에서 재미있는 현상이 생겨났지. 사람은 떠났지만 문화나 생활환경이라는 의미에서는 전혀 반대로 도시와의 차이가 극단적으로 사라진 거야. 일본에서 지방색이라는 것이 사라지고 어디를 가더라도 미니 도쿄. 긴타로아메金太郎飴, 어디를 자르든 단면이 똑같이 나오게 만든 가락엿-역자 주 같은 거리만이 가득해졌지. 오히려 적당히 자연과 도시문화가 혼재

되어 있는 만큼 훨씬 살기 좋은 환경이 갖춰져 있다고 해도 될 거야."

"자네는 그렇게 말하지만 노인들만 모인 초에 살다니 고려장이라도 당한 듯한 느낌이 들지 않을까? 그것도 생활비가 적게 들 뿐 다른 일은 할 수 없다면 점점 그런 마음이 심하게 들 텐데."

"그럼 가루이자와輕井沢는 어때? 여름의 기후는 쾌적하지만 겨울의 추위는 이곳에 비할 바가 아니지. 그럼에도 불구하고 별장족뿐만이 아니라 정착하는 사람들이 늘고 있다는 건 무슨 뜻일까?"

"가루이자와는 일종의 브랜드잖아. 그곳에 살고 있다는 사실만으로도 지위가 되니 말이야. 여름의 흥청거리는 분위기도 적당히 도시 같은 기분을 맛보게 해주니 다른 차원의 문제라고."

"그러니까 반복해서 말하지만 가루이자와에 살지 못하는 매우 평균적인 퇴직자를 모아 쾌적한 초를 만들려고 한다는 거야. 게다가 연장자뿐이라고 하지만 내가 세우려고 하는 건 노인 시설뿐만이 아니야."

나는 드디어 미도리하라 재건 계획의 핵심 부분으로 이야기를 향했다.

"노인을 모은다는 이 초의 콘셉트는 노인의 정착형 테마파크라네. 풍요로운 자연 속에서 사계절의 변화를 피부로 느끼며 야산에서 놀 수도 있고 밭에서 작물을 재배할 수도 있고 낚시나 사냥, 도예를 할 수도 있고 수영장도 있으며 디스코장도 있지. 골프도 도시와는 비교도 되지 않을 정도로 싼 요금으로 할 수 있지. 그런 초를 만들고 싶어. 이건 결코 꿈만 같은 덧없는 이야기가 아니야. 디스코장은 둘째 치더라도 다른 시설은 이미 초 안에 대부분 이용자가 없는 채 현존하고 있어. 의료 시설도 최첨단 검사기기를 갖춘 병원이 있지. MRI와 CT 검사도 그날 안에 받을 수 있을 정도야. 남은 건 중요한 주거지를 만들고 거주자를 모으면 될 뿐인 이야기아니겠어?"

"얼마나 사람을 모을 생각인지는 알 수 없지만, 연금으로 생활을 하는 노인들만을 모아 어떻게 초의 재정을 재건할 생각인 건가? 세수는 뻔하지 않나?"

바라지도 않았던 전개로 흘러갔다. 나는 목소리에 힘을 주었다.

"우시지마, 잘 생각해봐. 연장자가 모이면 간호할 사람이 필요하잖아. 시설에서 일할 청소원이나 요리사, 농사를 하고 싶다는 사람이 있다면 지도할 사람이 필요하겠지. 농지를 빌리면 농가는 현금 수입을 올릴 수 있을 거야. 나는 노인 주거와 동시에 적어도 간호사로서 이곳에서 일할 사람들의 주거도 같은 부지 안에 동시에 만들고 싶어. 물론 3만 평의 부지는 무상으로 대여할 거야. 그렇게 하면 고정자산세나 법인 주민세뿐만이 아니라 일하는 직원의 주민세도 들어와 세수가 비약적으로, 훨씬 안정되게 들어올 수 있을 테니까."

"과연, 그게 자네의 노림수로군."

우시지마의 어조가 바뀌었다. 부정에서 긍정으로 그의 사고가 바뀌는 기척이 느껴졌다.

"직원의 주거 구역을 같은 부지에 만드는 건 또 하나의 큰 메리트가 있어. 노인은 언제 몸이 좋지 않아질지 알 수가 없지. 세월이 흐름에 따라 간호를 필요로 하는 노인도 많아질 테니 당연히 24시간 시프트 근무가 필요해질 거야. 만에 하나의 사태가 발생하더라도 바로 간호사가 달려올 수 있다는 건 거주자를 크게 안심시킬 테고 그곳에서 일하는 간호사도 사실상 통근 시간이 없으니 부담이 가벼워질 거야."

"자네 생각은 알겠어. 하지만 과연 생각대로 일이 잘 풀릴까? 정말 그곳이 그 정도로 매력에 가득 찬 곳일까? 말하는 건 간단하지만 현실은 그렇게 무르지 않잖나."

우시지마가 의문을 품는 건 지당한 일이었다. 솔직히 말하자면 나도 이 일은 해보지 않으면 알 수 없는 도박이었다.

"그러니까 도시개발의 프로페셔널인 자네가 한 번 이곳을 봐줬으면 하는 걸세. 어때, 계절도 마침 좋을 때니 여기 한 번 와주지 않겠나? 물론 여비는 우리가 지불하겠네."

"괜찮겠어? 150억이나 되는 적자를 지고 있다고 했잖아."

"그만큼이나 되는 빚이 있으면 3만 엔 정도의 여비 같은 건 아무것도 아냐."

"가보는 건 상관없지만 그 뒤 내가 도와줄 수 있을지 없을지는 몰라."

"그건 알고 있어. 요쓰이가 안 된다면 다른 파트너를 찾으면 돼. 상관없어."

"좋았어. 그러면 다음 주 주말. 토요일 신칸센 아침 첫 차를 타고 그쪽으로 가지."

"다음 주 토요일, 신칸센 아침 첫차 말이지. 센다이 역까지 내가 마중을 나가겠네. 개찰구에서 만나자고. 그리고 골프 가방을 가져와. 일요일에 함께 돌자고."

"알겠네."

우시지마가 실제로 이곳을 보고 어떤 판단을 내릴지는 알 수 없다. 하지만 그저 막연히 경치를 보고 후보 용지를 보여주는 것만으로는 그도 판단을 할 수 없을 것이다. 약속일까지 앞으로 열흘. 그 사이에 초의 개요, 그리고 어필할 수 있는 포인트를 프레젠테이션 자료로 정리해둬야만 했다.

애초에 그가 좋은 반응을 보인다고 해서 요쓰이의 노인 센터 프로젝트를 미도리하라로 유치할 수 있는 것이 아니라는 사실은 잘 알고 있었다. 문제는 주택 건설 프로의 눈에 이 초가 어떻게 비춰지는가 하는 점이었다. 매력이 있다고 판단을 내린다면 좋다. 그렇지 않으면 다른 수단을 찾아야만 한다. 가망이 있다는 판단이 들면 우시지마도 바보가 아니다. 이렇게 좋은 이야기를 내버려둘 리가 없다. 그에 적합한 액션을 반드시 취할 것이다.

나는 방금 막 내려놓은 수화기를 들고 구마켄에게 말했다.

"나야. 미안하지만 바로 초장실로 와줘. 부탁할 게 있어."

＊

"그래서 텟짱의 동기라는 사람이 다음 주 토요일에 올 테니 그때까지 프레젠테이션 자료를 준비해두라는 말인 거지?"

구마켄은 우시지마가 미도리하라에 온다는 사실을 듣자 그렇게 말했다.

"일단 준비해줬으면 하는 건 초의 개요에 대한 자료야. 쌀, 야채나 고기 등의 신선 식품의 수확량은 완벽하게 파악해둬. 공장 유치용 부지의 도면과 시추 검사 자료. 초의 어필 포인트. 특히 여가를 즐기는 장소가 될 낚시터, 도자기 가마, 수영장, 도서관, 게이트볼 경기장, 사과 농장의 개요를 비롯해 산리쿠 해안에는 실제로 가볼 예정이니까 시찰 루트를 정해줘. 그리고 일요일은 가장 가까운 골프장으로 예약을 해줘. 식사는 그렇지, 야와라 초밥을 토요일 저녁에 예약해. 평소 같은 손님이 아니야. 도쿄에서 오는 소중한 손님을 접대하는 거야. 그 점을 충분히 전하고 이시노마키石巻의 시장에서 최고 식재료를 사오게 해. 전복도 지금이라면 바위굴이 딱 제철이겠지. 그걸 반드시 넣어야만 해. 프레젠테이션은 이 관공서의 회의실을 사용하면 될 테고. 너 파워포인트는 쓸 줄 알아?"

바쁘게 메모를 적고 있던 구마켄이 얼굴을 들어 올리고 살짝 곤란한 듯이 말했다.

"쓰고 있는 기능은 쓸 수 있지만 보기 좋게 보이려면 홍보과에 부탁하는 편이 좋을 거라고 생각하는데——."

"그렇겠지. 자료를 만드는 일을 부초장인 너에게 시킬 수는 없으니까. 아무튼 제대로 된 걸 만들어준다면 누구라도 좋아. 맡길게."

"알았어."

"그리고 우시지마에게는 실제로 낚시를 시켜볼 생각인데 분명 전에 초 뒤에 흐르는 작은 강에서도 곤들매기가 잡힌다고 했지? 그것도 밥알로 말이야. 그거, 정말이지?"

"뭐하러 거짓말을 하겠어. 진짜야."

"지금도 그래?"

"초 뒤쪽에서도 괜찮지만 텟짱, 그래서야 도시 사람이 곤들매기를 생각할 때 떠올리는 이미지가 망가져. 역시 분위기라는 건 필요하다고 생각해."

"그야 그렇지. 좋은 지적이야."

구마켄이 기쁜 듯이 얼굴에 웃음을 지었다.

"조금 상류로 가면 왜 거기, 소 씻김이 연못 쪽에 바위가 많은 데가 있잖아. 어렸을 때 곧잘 수영하러 갔었잖아."

초에 처음으로 수영장이 생긴 건 내가 중학교 3학년 때였다. 그때까지는 여름 방학에는 학교에서 지정해준 강에서 수영을 했었다. 소 씻김이 연못이라는 건 그때 헤엄을 쳤던 포인트 중 하나로 드러난 거대한 돌이 강을 따라 주르륵 늘어서 작은 계속 같은 형상을 보이고 있어 분위기적으로는 분명 도시 사람이 곤들매기의 거주처로 품는 이미지 그 자체였다.

"음, 그곳이라면 더할 나위 없겠군. 하지만 구마켄, 살짝 신경 쓰이는 점이 있는데 대체 언제부터 그 강에서 곤들매기가 잡히게 된 거야. 나, 어렸을 때 낚시에 빠졌던 적이 있었는데 곤들매기를 잡았던 기억 같은 건 없단 말이지."

"그건 말이지, 15년 정도 전이었던가. 초 부흥의 일환으로서 곤들매기, 민물 송어, 옥새송어의 치어를 초 가운데 있는 강에 방류시켰었어. 다만 그때는 근처 초에서도 같은 일을 한 탓에 초 바깥에서 일부러 낚시를 하러 오는 사람도 없었던 덕분에 지금은 그것들이 성장해 야생화가 됐다는──."

"아무도 안 잡은 거야?"

"잡아서 어쩌게?"

"먹으면 되잖아."

"저기 말이야, 텟짱. 이 부근의 사람은 민물고기는 먹지 않아. 게다가 농업용수용 댐을 만들었잖아."

"아아, 그 파이프라인으로 물을 끌어 올렸던 댐 말이지."

"그래, 거기 말이야. 그런데 거기에 블랙배스를 방류한 녀석이 있었어. 그게 또 번식을 했지 뭐야. 그래서 낚시를 하는 사람은 먹을 거라면 바다낚시, 놀이라면 배스 낚시라는 식이 되었어."

구마켄은 낚싯대를 휘두르는 행동을 취했다.

"그렇게 된 건가? 곤들매기나 민물 송어, 무지개 송어뿐만이 아니라 배스까지 잡을 수 있는 거군."

"배스는 거기만이 아니야. 이 부근의 늪이나 조금 큰 연못은 배스투성이야."

원래라면 바람직하지 않은 이야기였지만 이렇게 되고 보니 뭔가 행운처럼 느껴졌다.

도시에서는 하루를 비우고 나와야만 하는 물고기를 생각났을 때 언제든지 낚을 수 있다. 낚시를 좋아하는 사람이라면 이 이야기는 참을 수 없을 것이다.

"도예 공방은 토요일에도 하려나?"

자신감을 느끼며 나는 화제를 바꾸었다.

"그래. 도예는 이 부근의 고령자 사이에서도 꽤나 열심히 하고 있는 사람들이 있어서 말이지. 주말에는 공방에서 도예 교실을 하고 있어. 시간을 맞추면 그 모습을 볼 수 있을 테니 이미지가 좋아지지 않겠어?"

"빙고!"

나는 쾌재를 불렀다.

"왜?"

구마켄은 이유를 알 수 없다는 표정을 지었다.

"아니, 아무 일도 아니야."

나는 황급히 물었다.

"그러면 사과 농장은 어때? 무리겠지 이 시기에는…….."

"아니, 그렇지도 않아."

"벌써 과일이 맺힌 건가?"

"조생종인 '이와이'라는 풋사과는 아직 먹을 수 없지만 열매는 맺혀 있을 거야. 다만 지금 시대에 풋사과를 먹는 사람은 거의 없고 있더라도 소수일 테니까."

"충분해. 있고 없는 것 자체만으로도 크게 다르니까 말이지."

"그걸로도 괜찮다면 이와이를 재배하고 있는 사과 농장에 연락을 해둘게."

"좋았어! 이걸로 남은 프레젠테이션 자료만 갖춰진다면 일단 준비완료군. 당일에 날씨가 좋기를 빌면서 기다리면 되겠어."

오랜만에 정신적으로 고양되는 느낌이 온몸에 넘쳐흘렀다.

"텟짱……."

그런 내 모습을 찬찬히 바라보고 있던 구마켄이 나직하게 중얼거렸다.

"뭐야? 왜 그래."

"괜찮겠어?"

"괜찮냐니 뭐가?"

"도쿄에서 텟짱의 동기가 온다고 해도 과연 이렇게 커다란 프로젝트가 실현될까? 된다고 하더라도 완성될 때까지는 꽤나 시간이 걸릴 텐데. 그때까지 초의 재정이 버틸 수 있을까?"

"그건 나도 알아."

불안한 기색을 명백하게 드러내는 구마켄의 얼굴을 보고 있자니 기분이 급속도로 가라앉았다.

"구마켄, 아니 지금까지 초의 행정을 맡아온 사람들은 모르겠지만 민간 기업, 특히 상사라는 곳은 벌이가 되지 않는 비즈니스는 절대로 하지 않아. 나는 곡물부문밖에 담당한 적이 없기 때문에 저 정도 크기의 부지에 거대한 건물을 세우는 데 얼마나 자금을 투자해야만 하는지 솔직하게 말하자면 전혀 짐작도 안 돼. 하물며 이번 경우에는 시설을 세우는 일도 운용에 관해서도 공동 사업 방식이 아니야. 요쓰이의 단독 사업이지. 가령 사업에 흥미를 보인다고 하더라도 실제로 건설이 시작될 때까지는 뛰어넘어야만 하는 허들이 몇 개나 있을 거야. 승낙하는 사인이 떨어진다고 하더라도 바로는 본격적인 건설은 시작되지 않겠지. 도내에 모델하우스도 만들어야 하고 물론 여기에도 만들어야 하겠지. 그리고 거기서 노후를 생각하고 있는 사람들의 반응을 볼 거야. 어쩌면 투어를 짜서 직접 이 초에 오게 만들어야 할지도 몰라. 만약 그 시점에서 입주자가 모이지 않는다면 계획은 취소가 될 거야."

"승산은 있는 거야? 솔직하게 가르쳐줘."

"나는…… 나는 있다고 생각해."

나는 한순간 말문이 막히면서도 단언했다.

"정말이야?"

구마켄은 필사적인 형상으로 다가왔다.

"사람은 반드시 늙어. 그리고 현역을 은퇴한 순간부터 수중에 있는 돈이 먼저 없어질지 아니면 먼저 저세상으로 가게 될지 경쟁이 시작돼. 부모가 임종을 맞을 때까지 자식이 돌보는 시대는 훨씬 전에 끝나고 말았어. 아니, 돌보고 싶어도 돌볼 수 없는 시대가 와버렸어. 그런 사람이 앞으로 몇 년 안에 800만 명이나 생길 거야. 물론 그중에는 돈에 풍족한 사람도 있는가 하면, 자식이 마지막까지 함께 살며 돌봐주는 사람도 있겠지. 하지만 그런 사람은 전체적으로 봤을 때 아주 소수야. 왜냐하면 전후 세대야말로 늙어서 죽는 일이 큰일이라는 사실을 알고 있으면서 동시에 간호하는 쪽의 힘든 상황을 누구보다도 숙지하고 있는 세대거든. 우리들이 아무런 걱정도 없이 최후를 맞이할 수 있는 환경을 만들어준다면 반드시 입주 희망자는 모일 거야. 우시지마는 그걸 '고려장' 같다고 했지만 고려장이라도 괜찮지 않겠어? 걱정하지 마, 구마켄. 만약 만 명 중에 네 명만 모인다 해도 3,000명 이상의 입주자가 나올 테니까. 그렇게 생각하면 아주 현실성이 떨어지는 숫자는 아니라는 생각이 들지 않아?"

사실을 말하자면 내게 확신 같은 건 있지 않았다. 다만 지휘관은 부하 앞에서는 결코 동요하는 모습을 보여서는 안 된다. 마치 군인 같지만 이것이 사회에서 하나의 부서를 담당하는 사이에 몸에 익힌 것이었다.

"그렇게 되면 네가 폐쇄하겠다고 말했던 시설도 그대로 사용할 수 있고, 관공서 직원도 해고하지 않아도 된다는 거지? 만사가 잘 풀린다면 말이야."

"그래, 그런 말이야. 일단 요쓰이가 흥미를 보이지 않는다면 다음 회사를 찾아보면 돼. 앞으로 나이가 들 노인은 이 미도리하라 부근만 해도 얼마든지 있으니 말이지."

나는 그렇게 말하며 구마켄의 어깨를 툭 하고 쳤다.

*

센다이 역에서 20분 정도 달리면 주변은 광대한 평지가 펼쳐지고 밭만 보인다. 무릎까지 자란 벼는 그야말로 초록색 융단의 모습을 하고 있었으며 멀리 있는 오우 산맥의 산등성이가 희미하게 보였다.

시각은 이제 곧 8시 30분이 되려고 하고 있었다. 우시지마가 도쿄를 떠난 시간은 오전 6시 정각. 센다이에 7시 45분에 도착한 만큼 요금은 차치하더라도 매일 이 정도 통근시간이 걸리는 샐러리맨이 도쿄에는 얼마든지 있다. 오늘은 토요일. 포장된 길을 달리는 차는 적었으며 지나가는 차는 거의 없었다.

쾌적한 드라이브였다. 센다이 시내에는 신호가 무수히 많지만 여기 부근까지 오면 교차점에도 일시 정지 표시가 있을 뿐 차가 멈추는 일은 거의 없다. 어쨌든 미도리하라에는 초의 중앙에 한 개 신호가 있을 뿐 반경 9킬로미터 이내에는 달리 그런 설비가 설치되어 있지 않은 것이다.

"평화롭다고 하면 평화롭기는 한데 엄청 시골이군."

'미도리하라 초 관공서'라고 적힌 하얀 카롤라 라이트밴의 뒷좌석에 나와 나란히 앉은 우시지마가 아침 일찍 집을 나선 탓인지 선하품을 하며 중얼거렸다.

핸들을 쥔 구마켄은 우시지마의 그런 말이 신경 쓰였는지 그의 어깨가 움찔 하고 움직이는 게 느껴졌다.

"지방은 기간도시대도시가 더 이상 커지는 것을 방지하기 위한 지방 도시를 한 발만 벗어나면 다 똑같아. 도쿄가 너무 큰 거지. 대도시 사람들은 캠프니 하이킹이니 하며 자연을 그리워하지만 그렇게 나가본들 사람들에 치여 고생만 할 뿐이고."

나는 우시지마의 말에 바로 대꾸했다.

"하지만 야마사키, 어쩌다 받은 휴가 때 시골로 놀러 가는 것과 전혀 인연이 없는 시골을 마지막 정착지로 삼는 건 별개의 일이야. 만약 이런 곳에 노인 센터를 세운다고 해도 이런 광경을 보면 대체 어디로 나를 데리고 가려는 걸까 하고 불안해질 거라고."

"그야 네온이 번뜩이고 언제나 차가 달리는 소리를 들으며 생활하는 사람은 터무니없는 시골로 와버렸다고 생각할지도 모르겠지만 그런 건 습관 문제야. 바쁘게 현역에서 일하는 사람들의 기척을 느끼며 원룸 비슷한 곳에서 숨을 죽인 채 하루가 지나가는 것을 기다리는 노후가 그렇게 좋을까? 밖으로 나오면 나온 대로 차에 치이는 건 아닐까 두려워하며 지내는 일상이 행복할까?"

"하지만 자네, 지금 시기야 녹음이 풍요롭고 좋겠지만 겨울이 되면 이 풍경이 전면 시든 들판이 되지 않아? 노인은 안 그래도 심약해지는 법이야. 그런 광경을 몇 개월이나 계속 본다면 우울해지지 않을까?"

"그러니까 그런 기분으로 빠지게 만들지 않기 위해 여가를 즐겁게 보내게 만들 수 있는 궁리를 하는 거야. 그렇지 않으면 뭔가, 이곳이 남쪽 섬이라면 연중 기후가 온난하니 노인들이 쾌적하게 살 수 있을 거라는 말이 하고 싶은 거야?"

내 목소리에 힘이 들어갔다.

"기후가 온난하다고 하면 그것만으로도 팔리니 말이지."

"그럴까?"

나는 즉시 이의를 제기했다.

"따뜻한 장소가 노인에게 좋다는 말은 아직 체력이나 기력에 여유가 있는 사람의 생각 아닌가?"

"어째서?"

"전에 런던에 주재했을 때 절실하게 느꼈던 건데 안개가 런던의 대명사처럼 일컬어지듯 그 동네는 정말로 날씨가 짜증스러운 곳이었어. 하지만 신록이 보이는 5월에는 나무들이 일제히 싹을 틔우고 그때까지 어두웠던 만큼 그 아름다움이 눈에 선명해지더군. 살아 있다는 기쁨이 몸 깊숙한 곳에서 끓어오른다고 할까? 1년 내내 온난한 것도 좋지만 역시 계절에 변화가 있는 편이 시간의 변화라는 걸 느낄 수 있더라고. 무엇보다 1년 내내 주변 광경에 변화가 없다면 노인들은 눈 깜짝할 사이에 의식이 흐려질 거야."

"과연, 런던이라……. 분명 계절의 변화 또한 필요할지도 모르겠군. 태어나서 줄곧 온난한 토지에서 살아왔다면 또 모르겠지만."

우시지마는 묘하게 납득한 어투로 긍정했다.

"가보면 알겠지만 미도리하라에는 풍부한 자연이 있어. 도시에서는 맛볼 수 없는 여가를 보낼 수 있는 환경이 지금도 갖춰져 있지. 다만 한 가지 빠져 있는 건 풍요로운 주거 환경과 간호 인구뿐이야. 그것들이 정비가 되면 매력을 느끼고 오는 사람은 적지 않게 있을 거라고 나는 생각해. 게다가 요즘 지구온난화로 몇 년만 지나면 일본도 아열대 기후로 바뀌지 않을까 라는 말이 나오고 있어. 그렇다면 북쪽 지방이나 표고가 높은 편이 고령자에게는 지내기 편한 환경이 될 수도 있다고."

그런 이야기를 계속하고 있는 사이 10분이 지났다. 차의 앞쪽으로 미도리하라 초가 보였다.

"이곳이 미도리하라라네."

내가 말했다.

과거 상점이 줄줄이 서 있던 초의 메인 스트리트에는 사람의 인기척이 없었다. 셔터가 내려간 집들만 이어져 있을 뿐이었다.

"사람이 살고는 있는 거야?"

우시지마가 물었다.

"대부분이 그렇지만 이곳도 젊은 사람의 유출이 억제가 안 돼. 인구는 만 3천 명 정도. 젊은 사람은 큰 물건을 살 때는 센다이나 근처 초의 우회 도로를 따라 있는 쇼핑몰로 가지. 다만 이런 초라도 고만고만한 규모의 슈퍼만은 세 개나 있어. 매일 먹을 식료품이나 일용품을 사기에는 곤란한 부분은 없어."

"초장님, 먼저 집 쪽에 차를 세울까요?"

구마켄이 차의 속도를 늦추며 물었다.

"짐을 내리고 잠시 쉰 다음 시찰에 나서도록 할까? 구마켄, 잠시만 기다려주겠어?"

"알겠습니다."

트렁크 안에서 골프 가방과 보스턴백을 꺼내고 집의 문을 지나갔다.

"이야, 엄청난 저택이로군. 이게 자네 집인가?"

분명 내 집은 도시의 기준에서 보자면 호화로운 저택이었다. 일찍이 양조장을 했던 탓에 부지는 2천 평이나 되며 무사 저택 같은 문, 안채, 별채, 술 창고도 세 개나 있다. 뜰은 그렇게 크지 않았지만 손질이 잘된 정원수가 늘어서 있었고, 뜰에는 작긴 하지만 석가산이 있고 연못에는 비단잉어가 헤엄치고 있었다.

"옛날에 양조장을 했었거든. 뭐 예전에 술을 만들던 장소는 지금은 농기구 쇼룸이 되었지."

나는 앞장서서 현관으로 들어가 안쪽을 향해 소리를 질렀다.

"어이, 가요코!"

"우시지마 씨, 먼 곳에서 오시느라 수고 많으셨어요."

가요코가 나타나 출입구의 마룻귀틀에 슬리퍼를 놓았다.

"엄청난 시골이라 깜짝 놀라셨죠?"

"아닙니다, 일본의 시골이란 건 어딜 가도 마찬가지 아닙니까. 제 고향인 미야자키 같은 곳은 더 심합니다."

정말이지 비위를 잘 맞추는 남자다. 아까 전까지 그렇게나 시골이라는 이야기를 반복했으면서 입에 발린 인사였기는 하지만 인간이 어떻게 이렇게 변할 수 있는지 나는 쓴웃음을 지었다.

"뭐, 잠깐 쉬고 있어. 시찰을 나가기 전에 초의 개요에 대해 이야기해줄게."

응접실로 안내를 받은 뒤 우시지마는 소파에 앉았다. 나는 그의 정반대편에 앉아 자료를 내밀었다.

"미도리하라의 주요 산업은 농업이야. 그것도 벼농사가 중심이며 브랜드 쌀이라고는 할 수 없지만 맛있는 고시히카리가 재배되지. 양은 이곳 사람들이 소비하기에는 충분한 양으로, 이 부근의 주민이 슈퍼에서 쌀을 사는 일은 거의 없어. 그리고 사과도 초의 주요 농산물 중 하나로, 도시에서 유통되고 있는 상품보다 훨씬 많은 종류를 수확할 수 있지. 작물이 심어져 있는 면적은 아오모리青森에는 미치지 못하지만 그만큼 손질은 잘 되고 있으며 맛으로는 어디에도 지지 않아. 토마토, 오이, 양상추, 배추, 무 등의 야채는 거의 수확할 수 있고, 바질이나 고수 등의 허브도 자가소비를 상회하는 양이 수확되고 있지만 이쪽은 유통시킬 정도의 규모로 재배는 하고 있지 않아. 또 먹는 방법을 모르는 사람이 많은 편이라 아깝게도 잡초 취급을 받고 있지. 더 강조하고 싶은 부분은 축산물인데 닭은 카호쿠도리라고 도쿄에서도 살짝 브랜드 취급을 받고 있고 돼지, 소도 높은 가격으로 평가되고 있지만 이곳에서의 소매

가격은 놀라울 정도로 싸."

"잠깐 기다려. 도쿄와 이곳의 고기 가격이 다르다는 말이야?"

"같은 등급이라도 평균 가격 이하일세."

"어째서 그런 일이 가능한 거지?"

"이렇게 된 이유에는 별것 아닌 장치가 있어."

나는 서론을 꺼낸 뒤 말을 이었다.

"초의 정육점이 재미있는 비즈니스 모델을 오래전부터 확립했어. 송아지나 새끼 돼지를 정육점이 구입해서 성장했을 때의 매입 가격을 확약한 뒤에 비육을 농가에 위탁하지. 정육점은 사료를 일괄구입해서 농가에 일반 가격보다 싼 가격으로 구입시켜. 즉, 정육점은 비육의 수고를 더는 데다 사료 판매로 송아지, 새끼 돼지를 구입한 원가를 회수할 수 있는 거지. 더욱이 고기를 판매하면 그게 전부 다 벌이가 되는 거고."

그때 가요코가 유리잔에 차가운 우유를 담아 들어왔다.

"원래대로라면 커피나 차를 드려야겠지만 우시지마 씨께서 이 초를 알기 위해 방문하셨다는 말씀을 들었기에 이 우유를 꼭 대접하고 싶어서요."

가요코는 의미가 담긴 듯한 미소를 짓더니 유리잔을 테이블 위에 올려두었다.

"그러면 사양하지 않고……."

우시지마는 우유를 입에 머금었다. 순간, "흐음." 하는 표정을 짓는가 싶더니 단숨에 절반 정도를 꿀꺽거리며 다 마셨다.

"이거…… 맛있군."

"그렇지? 하지만 이게 이 부근의 슈퍼에서는 보통의 우유라고 할까 가장 싼 우유라고."

"이게? 감칠맛과 좋은 풍미에 깊이도 있는 게 도쿄에서 파는 우유와 는 전혀 다른데?"

"미도리하라 우유라고 해서 말이지, 초의 축산농가에서 매일 출하되는 우유야. 다른 곳까지 출하할 만한 양이 되지 않아 미도리하라 한정 우유 이지만 제법 괜찮은 우유지. 그것도 1리터 한 팩에 180엔밖에 안 해."

"정말인가?"

"여하튼 주민의 평균적인 수입이 연 240만 정도밖에 되지 않으니 말 이지. 겸업농가가 많기 때문에 어떻게든 버티고는 있네만 도시와 같은 가격으로 물건을 팔면 금세 파산할 거야."

"240만! 한 달로 치면 20만 엔 정도라는 건가? 그런데도 잘도 버티고 있군."

"그것도 학교 교사나 관공서 직원, 수는 많지 않지만 초 안에 세 개 있는 유치 기업에서 일하고 있는 사람의 수입을 합친 거야. 단 절반 가 까이는 연금으로 생활하고 있는 노인들이기 때문에 그 점이 평균 연 수 입을 낮추게 만들지만 어떻게든 버티고 있는 건 생활비용이 매우 낮다 는 사실을 증명하는 셈이지."

"240만이라니, 우리들 6개월치 보너스잖아."

"맞아, 그렇기 때문에 이만저만한 기업에서 일하고 있는 사람이 여기 로 이사를 오게 된다면 도쿄에 달라붙어 있을 때보다도 훨씬 좋은 생활 을 보낼 수 있다는 거지."

"과연."

"뭐, 이론보다는 증거가 중요하겠지. 지금부터 초를 안내해줄게. 그러고 나서 자네의 의견을 들려줘."

그러고 나서 나는 구마켄이 운전하는 차를 타고 우시지마를 안내했다.

탁상행정의 영향으로 잉여가 된 시설물을 보여주자 우시지마도 어이가 없는 듯 입을 딱 벌렸다.

"어쨌거나 이렇게나 많은 걸 잘도 계속 만들었군. 버블 때 행정 기관이 흥청망청 돈을 썼으니 지방은 어디를 가더라도 같을 테지만, 우리들 민간의 감각으로 말했다면 기획 단계에서 목이 달아났을 거야. 그것도 실내 수영장은 하루 500엔, 실내 게이트볼 경기장은 공짜라니! 게다가 뭔가 저 스쿼시 코트는? 저건 미국에서도 소수의 톱클래스들만 하는 운동이잖아. 도구도 이 부근에서는 팔지 않을 텐데?"

"그 말이 맞아."

"그것도 운동량은 테니스에 필적하지. 젊은 사람은 평일 낮은 일을 하러 나가기 때문에 할 수 있을 리가 없고 할 수 있는 사람은 노인들밖에 없을 텐데 저런 스포츠를 제대로 하면 심장마비를 일으킬걸."

"그래서 개설 이래 이용자가 없는 거잖아."

"이런 건물을 세우면 초의 주민이 기뻐할 거라고 생각했단 건가? 정말 어이가 없군."

"그렇지만 만든 이상 어쩔 수 없잖아. 이 시설들을 어떻게든 유효하게 이용할 방법을 생각해내지 않으면 초의 재정재건은 기대하기 어렵워."

차가 한가로운 산골짜기 길에서 멈췄다. 핸들을 쥐고 있던 구마켄이 뒤를 돌아보며 물었다.

"초장님, 소 씻김이 연못에 도착했는데 뭘 하실 생각입니까?"

"당연히 낚시를 해야지."

나는 우시지마를 재촉해 밖으로 나갔다.

"나, 그다지 그쪽에는 흥미가 없는데 말이지."

"그런 말 하지 마. 곤들매기 낚시를 이렇게 쉽게 할 수 있는 건 흔히 있는 기회가 아니라고."

나는 트렁크에서 낚싯대 두 개를 꺼내 한 대를 우시지마에게 건넸다.

강폭이 4미터 정도 되는 강의 양쪽은 깎아지른 듯한 암벽으로 되어 있어 어지간한 계곡이라고 해도 좋을 법한 운치를 자아내고 있었다. 그 밑은 옅은 녹색의 커다란 연못이 있었다. 주변에서는 들새가 지저귀는 소리가 들려올 뿐이었다. 한가로운 초여름의 오후였다.

"야마사키, 곤들매기 같은 걸 간단히 잡을 수 있는 건가? 잘은 모르겠지만 환상의 생선이라고 하던데? 사람 그림자를 보면 반나절은 모습을 보이지 않는다고 들었어."

"그건 말이죠, 도시 사람들이 멋대로 그렇게 말할 뿐 실은 바보 같은 생선이랍니다. 누구라도 잡을 수 있으니 걱정하지 마십시오."

구마켄이 코를 벌렁거리며 가슴을 폈다.

"정말이려나."

"오늘은 크게 분발해서 먹이를 캐비어로 준비했습니다. 그 근처 사람은 강의 돌을 뒤집어 붙어 있는 유충 같은 걸 이용하지만 말이죠."

구마켄은 바지런히 장치를 세팅하더니 정성스레 캐비어를 바늘에 끼운 다음 우시지마에게 건넸다. 왕처럼 낚시를 하는 것이다.

"이걸 물에 넣고만 있으면 됩니다. 툭 하고 치는 느낌이 손에 오면 대를 들어 올리십시오. 그러면 곤들매기가 잡힐 겁니다."

우시지마는 반신반의하는 모습으로 낚싯줄을 강으로 던졌다. 흐름을 타고 지표가 된 깃털 낚시찌가 움직였다. 불과 수 미터도 안 되는 거리 안에 지표가 딱 멈추더니 우시지마의 손이 움직였다. 낚싯대가 크게 휘었다.

"잡았다!"

살짝 탁한 수면이 튕기더니 은색으로 반짝거리는 생선이 몸을 구불거리며 올라왔다. 30센티미터가 넘는 큰 고기였다. 적갈색 등에는 하얀 반점이 있었다. 커다랗게 벌어진 사나운 입에는 바늘이 제대로 걸려 있었다.

"시작하자마자 곤들매기를 잡았군. 그것도 엄청난 걸 말이야."

내가 소리를 지르자 그다지 흥미가 없다고 했던 우시지마도 딱히 싫지는 않은 모습으로 놀라움을 표시했다.

"정말로 쉽게 잡히는걸."

"그러니까 구마켄이 말했잖아. 도시 녀석들은 정보가 너무 많은 거야. 이런 시대에도 적당한 곳을 가면 곤들매기 같은 건 얼마든지 있다고. 나도 언젠가 봄에 주젠지中禅寺 호수를 간 적이 있었는데, 마침 단체 낚시 해금일이더군. 호숫가는 어디를 가도 낚시꾼뿐. 그것도 2미터 간격 정도로 늘어서 낚싯대를 휘두르고 있는 거야. 그래서야 고기보다 낚시꾼 쪽이 더 많게 되니 자연을 즐기는 것보다도 도시의 낚시터에 간 거나 다름없었지. 이 사람들 바보 아닌가 싶었어. 여기에 오면 아무도 없는 곳에서 몇 마리라도 잡을 수 있는데 말이야."

"설마 내가 온다고 고기를 사전에 풀어놓은 건 아니겠지?"

"그런 일을 할 리가 있나."

나는 구마켄과 얼굴을 마주 보고 웃었다.

"사실을 이야기하자면 우시지마 씨가 낚은 곤들매기는 반쯤 양식일지도 모릅니다."

"반쯤은 양식?"

"예전에 초 부흥의 일환으로 곤들매기, 민물 송어, 무지개 송어의 등의 치어를 이 부근의 강에 대량으로 방류시켰습니다. 그렇지만 이 부근 사람은 민물고기를 먹는 사람은 그다지 많지 않아서……."

"어째서?"

"민물고기는 비리다고 할까 바닷고기 쪽이 맛있다고 생각하거든. 게다가 주변 초도 같은 일을 했기 때문에 곤들매기도 민물송어도 무지개 송어도 드문 물고기가 아니게 되었지. 그 결과 방류된 물고기들이 야생화되어 오늘에 이르게 된 거야."

나는 구마켄의 설명을 보충했다.

"하룻밤 묵을 생각으로 산속까지 나가는 사람들의 입장에서 본다면 꿈만 같은 이야기로군."

"노인의 취미로서는 최고라고 생각해. 게다가 이 위의 산에 만든 댐에는 블랙배스도 있다고 하고 산리쿠 쪽으로 가면 다양한 물고기를 산더미처럼 잡을 수 있지."

"한 마리도 못 잡는 일은 없습니다. 노린 사냥감을 반드시 잡을 수 있다고는 할 수 없지만 예를 들면 넙치가 안 되겠다고 깨달은 시점에서 가자미나 쥐치, 양태 같은 종류로 바꾼다면 한 마리는 잡을 수 있습니다."

"흐음~."

우시지마는 그 뒤 곤들매기를 다섯 마리, 민물 송어를 네 마리, 그리고 40센티미터는 족히 될 듯한 옥새송어를 한 시간 반 동안에 잡았다.

낚시에는 그렇게 흥미가 없다고 했던 우시지마도 이렇게 되자 기분이 좋아졌다. 아직 계속 하고 싶은 듯한 모습이었지만 그래서는 스케줄이 어그러지고 만다.

나는 재빨리 낚시를 마치고 산리쿠 해안 쪽으로 향했다.

*

야와라 초밥에 도착했을 때는 오후 7시 무렵이었다.

그 전에 집에서 샤워를 해 땀을 씻어냈다. 남은 건 저녁 식사를 하고 빨리 잠자리에 들어 내일 골프를 준비하는 것뿐이다.

다다미 열다섯 장 정도 되는 크기의 다다미방에 세 사람이 앉았다. 이런 자리에 앉으면 커다란 접시에 산처럼 가득 쌓인 해산물도 어쩐지 매우 싸게 보이니 신기할 노릇이다. 미리 가게 주인에게 말해둔 덕분에 작은 사발에는 멍게 초무침, 회는 참치 뱃살, 전복, 넙치, 피조개, 쥐치,

거기다 바위굴에 산리쿠에서만 나는 모카의 별, 즉 상어 심장 초무침까지 나와 있었다.

차가운 맥주로 건배를 하고 목을 적신 뒤 우시지마가 입을 열었다.

"과연, 실제로 방문해보니 도호쿠도 아주 못쓸 곳은 아니군. 마쓰시마松島까지 30분. 게센누마気仙沼, 센다이는 40분인가? 평소에는 시골의 조용한 환경에 머무르다가 적당히 도시 생활에도 접촉할 수가 있고. 분명 여생을 보내기에는 좋은 곳일지도 모르겠군."

"그래서 바보 취급 하지 말라는 말을 한 거야. 산리쿠의 전복, 특히 말린 전복은 중화요리 세계에서는 초일등급품이니까. 생산되는 대부분의 말린 전복이 홍콩이나 중국으로 수출되어 터무니없는 가격이 붙지. 최근에는 이 멍게도 그렇네. 업자에 의하면 이 녀석도 중국 업자가 사 들이는 통에 조만간 입에 댈 수도 없게 될 거라고 하더군."

"그것뿐만이 아닙니다. 가을이 되면 연어가 거슬러 올라와 캐비어나 연어알젓 같은 건 얼마든지 먹을 수 있습니다. 꽁치 또한 이 근처의 생선 가게에 놓이는 건 시장을 통하지 않고 배에서 내린 것을 닥치는 대로 추려낸, 가장 기름지고 고급 요정에서밖에 나오지 않을 듯한 최고급품이죠. 그걸 한 마리에 200엔도 하지 않는 가격으로 살 수 있습니다."

"오늘 나온 요리도 이걸로 한 사람당 4천 엔이야. 긴자에서 같은 음식을 먹으려면 세 배에서 네 배는 더 내야할걸."

나는 구마켄의 말에 덧붙였다.

"뭐, 산지가 가까우면 도쿄에서 비싼 가격으로 나오는 상품도 싼 가격으로 손에 넣을 수 있다는 사실은 어디든지 마찬가지지만 문제는 역시 겨울이겠지. 겨울바람이 휘몰아치면 노인들은 산책도 할 수 없을 거야. 틀어박혀 있기만 하다가는 정신이 흐릿해질 테고 무엇보다 지루해서 견딜 수 없을걸?"

우시지마는 긍정적인 말을 하는가 싶더니 그 입으로 즉시 부정적인 견해를 털어놓았다.

"도예나 수영, 게이트볼, 디스코 등의 레크리에이션 시설을 충실하게 갖춰도 안 된다는 건가요?"

"구마자와 씨. 사람의 취미나 기호라는 것은 백 명이 있으면 백 명이 다 다르니 모든 사람이 주어진 오락에 만족할 수 있는 건 아니지 않습니까."

"그런 말을 하면 도쿄도 마찬가지 아닙니까. 도쿄의 겨울도 쓸쓸하잖아요. 오히려 젊은 사람들이 추위에 꺾이지 않고 돌아다닐 뿐 노인은 좁은 집 안에서 가만히 있죠. 물론 연극이나 영화 같은 오락은 산더미처럼 있겠지만 돈이 없다면 아무것도 할 수 없겠죠. 결국 연금만으로 생활할 것을 강요받고 있는 노인들은 돈이 들지 않는 오락을 찾을 수밖에 없지 않나요?"

"게다가 또 한 가지, 우리 초에는 결정적인 메리트가 있네."

나는 목소리에 힘을 주었다.

우시지마는 참치뱃살을 입에 넣은 채 물었다.

"그게 뭔데?"

"우선은 간호를 할 사람의 인건비야. 그리고 또 한 가지는 그들의 생활비."

우시지마는 조용히 맥주가 든 유리잔을 기울였다.

"호텔 같은 고액 요금을 받는 노인 센터는 별개로 치고, 일반적인 시민이 입주하는 노인 센터에서 일하는 간호사의 급여는 터무니없을 정도로 싸지. 근속 5년, 간호복지사의 자격을 딴 사람이라도 세금을 포함해 월 15만 엔부터 16만 엔 정도라고 들었어. 상급 간호사라고 해도 간호 보험으로 지불되는 금액은 최고 하루 9천 엔. 이 금액으로 시설을 경영해야만 한다면 간호사 한 명 당 받는 사람의 수가 늘어나지 않는한 급료가 오르는 일은 바랄 수 없지만 한 명의 간호사가 돌볼 수 있는 노인의 수에는 한계가 있어. 당연히 보너스도 있으나 마나한 정도고. 없는 건 어쩔 도리가 없으니까 말이야. 젊을 때는 괜찮지만 대학을 졸업해 5년 정도가 지나면 슬슬 결혼을 해 가정을 갖추는 일을 생각하게돼. 이래서야 이런 급료로 도쿄에서 생활할 수 있을까? 그것도 야근까지 하면서 이 금액이야. 근무 조건으로서는 매우 열악해서 다들 이직을 생각할 수밖에 없게 되겠지."

"싼 급료라도 이 초라면 지낼 수 있다고 말하고 싶은 건가?"

"그런 말이야."

"하지만 월 15, 16만 엔이라면 연간 수입으로는 200만 정도. 자네 이초의 주민 평균 연 수입이 240만 정도라고 했지? 그렇다면 초민의 평균연 수입보다도 더 낮은 수입이 되지 않나. 간호사의 노동은 힘든 일이야. 어쨌든 노인을 간호하는 일은 시간이 정해져 있는 게 아니니까 고령자가 늘어나면 늘어날수록 더 손이 많이 가. 당연히 24시간 가동되는 시프트를 짜야 할 테고. 아무리 생활비가 싸다고 해도 그런 박봉으로 사람이 오겠어?"

"간호 보험료에 의거한 경영을 한다면 같은 일이 되겠지. 새로운 간호 보험제도 도입은 사실상 가난한 노인을 내다버리는 거나 다름없어. 알기 쉽게 말하자면 나라는 노후까지 돌봐줄 수 없다, 자신의 일은 자신이 알아서 하라고 말하고 있는 거나 다름없지. 이건 초장으로서의 발언이 아니라 한 나라의 국민으로서의 의견이지만, 세계의 일등국이 될 때까지 나라를 부흥시킨 건 지금 노령을 맞이한 사람들이야. 앞으로 간호가 필요해질 사람들이지. 공공사업에 물 쓰듯이 돈을 쓰면서 그걸 전혀 고치려고 하지 않는 한편 노인 간호에 필요한 돈은 내기 아까워하지. 이런 일이 있어도 되는 건가 싶을 정도야. 하지만 일단 나라가 결정한 일을 뒤집어엎는 건 불가능하지. 노인 간호시설을 건설, 운영하려고 한다면 부담을 가볍게 해주고 어느 곳보다도 쾌적한 환경을 갖춰 줘야해. 그게 지방자치단체의 수장이 해야만 하는 역할이라고 생각하거든."

"그래서 어떻게 하겠다는 건가? 지방자치단체의 수장이 해야만 하는 역할이라고 하지만 초의 재정은 파산이나 다름없어. 돈이 없지 않나?"

"물론 민간 기업의 경영을 끌어들이기 위해서는 이익을 올려야 한다는 부분이 대전제가 되겠지. 냉혹한 이야기지만 민간이 막대한 투자를 할 설비가 되려면 처음에는 그에 적합한 초기 비용을 지불하는 사람을 입주자 타깃으로 좁혀야만 할 거야."

"그렇다는 말은 말하자면, 그 나름대로의 돈을 가지고 있는 사람만 상대를 할 생각이란 말인가?"

우시지마는 심술궂은 눈빛을 보내며 물었다.

나는 맥주를 마시며 조용히 고개를 끄덕였다.

"그래도 괜찮은 거야? 자넨 3만 평 정도 되는 초의 땅을 무상으로 대여할 수도 있다고 했지 않나? 하지만 일의 경위는 어찌되었건 그 땅도 혈세로 조성된 땅이지. 즉 공공용지인 셈이야. 그걸 어느 일정 이상의 재산을 가진 사람만을 위한 시설 건설에 제공한다. 나는 도의적으로 그건 좀 아니다 싶은데?"

"초가 발전해 윤택해지기 위해서라면 용서받을 수 있을 거라고 나는 생각해. 오늘 봤던 대로 어떻게도 쓸 방법이 없이 그대로 방치되어 있는 땅이야. 용지 매수 비용, 땅을 정돈한 대금의 회수 전망조차 서 있지 않아. 게다가 공짜로 빌려준 결과 일자리가 생기는데다 사람들이 모이게 된다면 누가 불평을 하겠나? 세금을 투자한 시설은 납세자에게 빠짐없이 제공하라고 한다면 고속도로는 물론 공공시설은 전부 무료가 되어야만 하네. 어떠한 형태로 납세자에게 이익이 환원된다면 그걸로 돼. 나는 그렇게 생각하고 있어."

"즉, 고용을 확보해 노동인구를 늘린다. 그 일이 나아가서는 초의 세수를 올리고 초에 사는 주민의 이익으로 이어진다. 자네는 그렇게 말하고 싶은 거군."

"맞아."

나는 단언한 뒤 구마켄이 준비해 둔 자료를 보며 말을 이었다.

"회사의 규모나 직종, 학력에 의해 크게 다르기 때문에 다 똑같다고는 말할 수 없지만 여기에 노무 행정 연구소가 작성한 퇴직금에 관한 총 합계 데이터가 있어. 이에 따르면 대졸 종합직, 혹은 사무, 기술직이 정년까지 근무한 경우의 평균 퇴직금이 약 2,400만 엔, 고졸이라면 2,100만이야. 정년을 맞이한 시점에 집의 대출을 다 갚고 아무런 빚이 없다고 하더라도, 솔직히 이걸로 노후 생활을 보내기에는 꽤 어려운 일이지. 국민연금과 후생연금이 말하자면 매일의 생활비가 될 거고 퇴직금은 부득이한 임시지출을 위해 저축해두는 것이 보통일거야. 아마도 간호 시설에 들어가려고 하는 사람은 입주비를 이 퇴직금으로 충당하려고 하겠지만, 도시의 시설은 한 사람당 입주비만 해도 그 정도의 금액을 받는 곳이 널렸지. 세상에는 큰 것을 희생하기 보다는 작은 것을 희생하는 편이 낫다고 여기는 사람이 많이 있어. 노령화가 진행되는 지금은 그런 생각에 박차가 가해지지. 말하자면 비용 대비 효과의 문제라는 거야. 사치라는 말을 할 수 없는 시대가 그 정도까지 온 거지."

우시지마는 아무런 말도 하지 않고 묵묵히 회를 입에 넣고는 맥주를 마시고 있었다.

"3만 평이라……."

이윽고 그는 그렇게 툭 중얼거리더니 젓가락을 멈추고 처음으로 내 얼굴을 똑바로 쳐다보았다.

"그 땅에 어느 정도의 노인과 간호사를 수용할 수 있는 시설을 세울 수 있을지……. 그리고 만약 세웠다고 하더라도 어떻게 그 매력을 어필해 이곳을 마지막으로 거주할 땅으로 삼게 할지 그게 문제로군."

*

그날 밤은 그 뒤 셋이서 잔뜩 마셨다.

"이제 오늘 밤은 딱딱한 이야기는 하지 말자고."

우시지마가 그렇게 말을 꺼냈기 때문이었다.

산리쿠의 진미에는 우시지마도 만족한 듯했다. 그는 잘 먹고 잘 마셨다. 낮에 낚은 곤들매기의 지느러미를 구운 뒤 술에 넣은 고쓰자케骨酒도 의외로 마음에 드는 모양이었다. 고주망태가 된 그를 데리고 집으로 돌아갔을 때는 저녁 10시가 넘은 시간이었다.

"오늘 밤은 너무 마셨어. 우시지마에게는 내일 아침 목욕을 하라고 할 생각이니 일어나면 바로 물을 데워줘. 7시에 구마켄이 데리러 올 거니까 그때까지 식사도 마칠 거야."

나는 가요코에게 그렇게 말을 남기고는 그대로 잠자리에 들었다.

다음 날 아침은 골프하기에 딱 좋은 날씨였다. 욕실에서 어젯밤에 마신 알코올을 빼내고 아침 식사를 끝내자 구마켄이 데리러 왔다. 접대라고는 하지만 골프장에 나가는데 관공서의 차를 사용할 수는 없다. 구마켄은 자가용인 소형차를 운전해서 왔다.

"안녕하십니까."

골프 웨어를 입은 구마켄이 부은 눈을 가늘게 뜨고 인사를 했다.

"괜찮은 거야 구마켄? 취기가 남아 있는 거 아니야?"

"살짝 머리가 아프긴 하지만 술기운은 다 빠져나갔다고 생각해."

"그렇다면 다행이지만. 어쨌든 운전은 신중히 해야 돼."

이 시간에 음주 검문 같은 게 있을 리는 없지만 만에 하나 사고라도 일어나 구마켄의 몸에서 알코올 반응이 나올 수도 있다. 그렇게 된다면 초의 재건은커녕 구마켄과 함께 내 목도 날아갈 것이다.

하지만 그런 내 걱정은 안중에도 없이 구마켄은 우시지마의 골프 가방을 트렁크에 넣더니 부랴부랴 차를 움직이기 시작했다. 휴일의 이른 아침은 어느 때보다 차가 없었다. 마치 전용 차도인 듯했다.

"골프장까지는 얼마나 걸려?"

우시지마가 물었다.

"30분 이내에 세 군데가 있습니다. 오늘 갈 골프장까지는 20분 정도 걸립니다."

"20분!"

"시작이 몇 시였지?"

"8시입니다."

"그러면 점심때가 지나야 끝나지 않나?"

"혹시 괜찮다면 패스하면서 지나면 돼. 그러면 정오쯤엔 끝날 테니까 바로 센다이로 가면 도쿄의 자택에는 늦어도 네 시에는 도착할 거야."

"이야, 그건 골프를 좋아하는 사람들에게는 정말 멋진 이야기군."

"게다가 이 부근이면 평일에는 그렇게 붐비지 않으니 낮에 나와도 예약 없이 라운드 한 바퀴 정도는 돌 수 있어. 평일이라면 5천 엔, 휴일이라도 8천 엔이면 칠 수 있지."

"그게 관광객이라고 하더라도?"

"그래."

"어떤 골프장인지는 모르겠지만, 도쿄에서 하루를 다 소비하며 골프를 하는 일이 바보처럼 느껴지는걸. 설마 짧은 홀만 있는 건 아니겠지?"

"그렇지 않아. 제대로 된 골프장이야. 캐디도 있고."

아무래도 지금까지 체험했던 그 무엇보다도 우시지마의 관심을 끈 듯했다. 그의 눈이 반짝반짝 빛을 발했다.

"하지만 겨울은 눈 때문에 닫아야겠지?"

"이 부근은 눈이 그렇게 많이 내리지 않아. 뭐, 추위를 참을 수만 있다면 비가 내리는 확률과 비슷할 정도이려나?"

"추위 같은 건 골퍼에게는 아무것도 아냐. 교토나 비와 호琵琶湖 부근의 골프장에서 겨울에 골프를 쳐봐. 그냥 추운 정도가 아닌데도 쉬는 녀석이 없다고."

우시지마는 목소리에 힘을 주었다.

차는 전원지대를 쾌적하게 질주했다. 장마가 그친 7월의 아침 햇살이 눈부셨다. 이윽고 산간부에 살짝 들어가자 클럽하우스가 보였다.

"호오, 의외로 깔끔한 골프장인걸."

"골프장의 생김새야 어디든 똑같지 않나?"

"그렇지도 않아. 특히 명문 클럽이라 일컬어지는 곳은 코스야 어쨌든 클럽하우스의 재건축이 어려워 낡은 곳이 많지. 그에 비하면 적어도 클럽하우스는 꽤 괜찮군."

"이 근처에서 골프를 시작하는 사람이 늘어난 건 최근 일이니 그렇겠지."

"하지만 이걸로 한 라운드에 5천 엔이라면 연습장에 가는 것보다 코스를 도는 편이 훨씬 싸게 먹히겠어."

"그럴 거야."

차가 멈췄다. 직원이 가방을 차에서 꺼냈다.

구마켄이 주차장에 차를 세우는 사이 나와 우시지마는 접수를 하고 옷을 갈아입었다.

아침이슬에 젖은 잔디밭의 녹음이 눈에 선명했다. 코스는 흔히 말하는 구릉 코스로, 페어웨이fairway, 골프에서 티tee와 그린green 사이에 있는 잘 깎인 잔디 지역이 물결치듯이 펼쳐져 있었고 소나무와 벚꽃 등이 심어져 있었다. 그리고 주위의 낮은 산에는 너도밤나무와 물참나무가 원시림처럼 뒤덮여 있었다.

나와 우시지마는 연습 그린으로 가서 퍼터의 감각을 확인했다.

"내기하겠나?"

우시지마가 두세 번 퍼터를 친 뒤 물었다.

"바보 같은 소리 하지 마. 매주 접대 골프를 나가는 녀석과 내기 같은 걸 한다면 탈탈 털릴 게 뻔하잖아. 게다가 그래도 초장인데 내기 골프 같은 걸 어떻게 쳐?"

"핸디를 잡아줄게."

"사양하겠어. 게다가 구마켄은 아직 초보자라고 하니까. 뭐, 오늘은 게임비를 내가 내는 걸로 봐줘."

그런 이야기를 나누고 있는 동안 구마켄이 퍼터를 손에 들고 모습을 나타냈다.

"우시지마 씨, 초장님, 오늘은 제가 방해가 될 것 같긴 합니다만 잘 부탁드리겠습니다."

구마켄은 모자를 잡으며 미안한 듯한 어투로 말했다.

"그러고 보니 쿠마켄은 얼마 정도로 돌지? 아직 스코어를 듣지 못 들었군."

"베스트가 120이었어."

"120?"

우시지마의 손이 멈추었다.

"시작한 지 벌써 2년이 되었습니다만, 코스에는 1년에 4번 정도밖에 나가지 않은 터라……. 죄송합니다."

"시작한 지 2년에 코스는 1년에 4번 정도 돌면 괜찮은 겁니다. 뭐어 즐겁게 치자고요."

골프를 좋아하는 샐러리맨도 도쿄에 있다면 코스에 나가는 회수는 비슷할 것이다. 실력이 형편없는 사람과 도는 일도 익숙하다는 듯 우시지마가 다정하게 말을 건넸다.

"그래서 스타트 말인데요. 방금 캐디마스터에게 물으니 당장이라도 시작할 수 있다고 하는데 어떻게 할까요?"

"저야 괜찮지만 연습하지 않아도 괜찮겠어요?"

"연습한다고 해서 실력이 변할 리도 없으니 우시지마 씨만 괜찮다면 지금 당장이라도 괜찮습니다."

코스에 나온 것이 꽤나 기쁜지 구마켄은 말과는 반대로 의욕이 가득했다.

"야마사키는?"

"나도 마찬가지야. 빨랑빨랑 시작해볼까."

"그럼 캐디를 불러오겠습니다. 스타트는 아웃코스부터니까 티 그라운드로 가시죠."

달려가는 구마켄을 바라보며 나는 우시지마와 함께 스타트 홀로 향했다.

이윽고 카트를 탄 구마켄이 캐디와 함께 나타났다.

"이봐, 캐디 아가씨. 풀백으로 쳐도 괜찮을까?"

우시지마가 캐디에게 물었다.

"어, 풀백으로 치시는 건가요?"

구마켄의 얼굴이 굳어졌다.

"레귤러 티에서 쳐서 파가 되도 재미가 없잖습니까."

"저는 충분히 재미있습니다만……."

구마켄이 나직하게 말했다. 그 말은 나도 동감이었다. 하지만 오늘은 우시지마가 손님이다.

"뒤쪽은 괜찮을까? 초심자가 있는데 말이야."

"괜찮을 거라 생각합니다. 다음 팀은 20분 정도 뒤에 있으니까요."

"그럼 풀백으로 하지. 이런 일은 잘 없으니까 말이야."

우시지마는 우격으로 그렇게 말하더니 순서를 정하는 스틱을 손에 들었다.

제각각 스틱을 뽑았다. 1번은 우시지마, 2번이 구마켄, 3번이 나였다.

"좋았어! 그럼 가볼까!"

우시지마는 드라이버를 꺼내 가벼운 동작으로 스윙을 반복하더니 어드레스에 들어갔다. 첫 번째 홀은 약 430야드 정도 되는 파 4홀이었다.

움직임이 멈췄다. 과연 익숙한 모습이었다. 그의 몸이 유난히 크게 보였다. 천천히 드라이버가 올라가더니 커다란 호를 그렸다.

기분 좋은 금속음과 함께 하얀 공이 청정한 대기를 가르며 날아갔다. 멋진 샷이었다.

"나이스 샷!"

타감의 여운을 즐기는 듯이 팔로 스윙 자세를 무너트리지 않은 우시지마가 볼의 방향을 보고 있었다.

약 230미터 정도는 날아갔을 것 같았다. 그것도 페어웨이 한가운데였다. 머나먼 앞쪽의 잔디 위를 하얀 공이 굴러가고 있는 모습이 보였다.

"아침 첫 타치고는 괜찮군."

우시지마는 코를 벌렁거리며 하얀 이를 드러냈다.

"좋아, 이번엔 구마켄 차례야!"

구마켄은 어드레스에 들어가자 부모의 원수라도 보는 듯한 눈길로 볼을 바라보았다. 구마켄은 우시지마와 달리 온몸에 힘이 잔뜩 들어가 있었다. 그립을 몇 번이나 고쳐 쥐면서 어깨를 들썩이며 씩씩거렸다.

갑자기 드라이버를 들어 올리는가 싶더니 이번에는 엄청난 스피드로 휘둘렀다.

카앙.

소리는 좋았지만 볼은 마구魔球처럼 슬라이스를 일으키더니 오른쪽 숲 쪽으로 빨려 들어갔다.

"앗……."

구마켄이 안타까운 신음소리를 내었다.

"아마도 세이프일 거예요. 하지만 볼을 꺼내는 게 큰일이겠는데
요⋯⋯."

캐디가 나직이 중얼거렸다.

힘없이 어깨를 늘어트린 구마켄과 교대해 나는 티 그라운드에 올라
서서 어드레스에 들어갔다.

있는 힘껏 드라이버를 휘둘렀다. 가벼운 충격과 함께 볼이 공중을 날
았다. 우시지마의 비거리에는 비치지 못했지만 페어웨이를 지킬 수 있
었다.

"좋은 스윙이야."

우시지마가 칭찬을 했다.

"고맙⋯⋯."

내가 말을 마치기도 전에 구마켄이 끼어들었다.

"공을 찾겠습니다."

그는 폐를 끼치지 않으려는 듯 달리는 토끼처럼 달려 나갔다.

"이야, 엄청난 골프가 될 것 같은걸."

"못 치는 사람과 함께 치는 건 늘 있는 일이잖아. 져줘야 한다는 걱정
을 하지 않고 골프를 칠 수 있으니 불평하지 말라고."

"그 말을 듣고 보니 이런 기분으로 골프를 치는 게 몇 년 만인지 모르
겠군."

투덜거리면서도 우시지마 또한 그다지 싫지는 않은 듯했다. 나와 우
시지마는 구마켄이 공을 찾는 시간을 감안해 카트를 타지 않고 페어웨
이를 나란히 걷기 시작했다.

"공기도 좋고 코스의 상태도 좋아. 이 정도라면 노후에 골프를 실컷 치고 싶다는 사람에게는 천국일지도 모르겠군."

"뭐, 싸다고 해도 한 라운드에 5천 엔이니 연금으로 생활을 하는 사람이 한 달에 몇 번할 수 있을지는 모르겠지만 말이지."

나는 앞을 바라보며 말했다.

"그 건 말인데, 어젯밤에 이것저것 생각을 해봤어."

우시지마는 천천히 걸음을 옮기며 말을 꺼냈다.

"생각했다니 뭘 말이야?"

"알고 있는 대로 나는 노인 간호 시설 프로젝트에 관해서는 전혀 문외한일세. 단순한 착상이라고 생각해주면 좋겠네만……."

우시지마는 서두를 꺼내더니 말을 이었다.

"연금만으로 매일 생활해야만 하는 사람이 도시에서 여생을 보내는 일에 경제적인 불안을 느낀다는 추측은 분명 맞는 말이야. 그 점에 있어서 이곳에서 살겠다고 각오를 굳인다면 도쿄에서 노후를 보내는 것보다 훨씬 여유롭게 생활을 할 수 있겠지."

"그렇지?"

"하지만 문제는 사람이 몇 살까지 살 수 있을지 알 수 없다는 거야. 자리를 보전하고 눕게 되어 움직일 수 없게 되거나 또는 큰 병이라도 걸린다면 치료비 또한 무시할 수는 없어. 상황에 따라 연금만으로는 생활을 꾸리지 못하게 되어 퇴직금을 활용하더라도 돈이 부족해지는 경우도 생각할 수 있겠지."

"그런 경우는 센터를 나가야겠지."

"하지만 그렇게 됐다고 해서 자리에 드러눕게 된 노인을 내버려둘 수는 없는 거 아니겠나."

"그건 그렇지."

"그렇게 되면 타깃이 될 층은 자연스럽게 정해질 거라고 생각하는데……."

"어떤 층이지?"

"가지고 있는 집의 대출을 다 갚고, 퇴직금은 그대로 수중에 남아 있는 사람. 더욱이 후생연금, 국민연금의 수급자……. 그 층으로 좁힌다면 어쩌면 사람이 모일지도 모르겠어."

"무슨 말이야? 좀 더 자세히 말해봐."

"즉, 집을 저당 잡아 노후 자금으로 삼는다는 거야. 물론 빨랑빨랑 팔아버릴 사람은 팔아버리면 되겠지. 그렇다고는 하지만 애지중지하는 집을 팔아치우는 일에 저항감을 느끼는 사람이 많을 거라고 생각해. 재산적인 의미뿐만이 아니라 추억이 남아 있는 장소라거나 여차할 때 돌아갈 곳이 있다는 건 특히 나이 든 사람에게 있어서는 중요할 테니 말이야. 그때 자택은 남긴 채 노후 자금을 손에 넣을 수 없을지 고민하게 된다는 거야. 그러니까…… 리버스 모기지를 간호 시설을 운영하는데 도입한다면 문제의 상당한 부분이 해결될지도 몰라."

나는 처음으로 듣는 말에 발걸음을 멈추고 우시지마를 바라보았다.

*

"리버스 모기지라는 건 말야, 지금 살고 있는 주택을 담보로 삼아 매달 일정액의 융자를 받는 시스템을 말해."

우시지마가 말했다.

"가지고 있는 집을 빚의 담보로 삼는다는 말인가?"

"뭐, 알기 쉽게 말하자면 그런 말이야. 다만 대부분의 경우 빌리는 쪽은 돈을 변제할 필요는 전혀 없지. 이 부분이 평범한 빚과는 다른 부분이려나."

"그렇다는 말은 유질流質될 거라는 사실을 알면서도 전당포에 매입을 부탁하는 일과 비슷한 느낌인가요?"

구마켄이 끼어들었다.

"재미있는 표현이군요. 유질을 각오하고 전당포에 매입을 부탁한다. 그렇죠, 리버스 모기지를 한마디로 표현하자면 그렇게 되겠군요."

우시지마는 배를 잡고 한바탕 웃었다.

"융자를 받으려고 하는 사람은 공적 기관 또는 주로 신탁은행을 상대로 주택을 담보로서 내미네. 물론 건물의 평가액에 의해 융자받을 수 있는 금액은 각기 다르지만 그건 대체로 15년부터 20년 정도 분할해서 받게 돼."

"물론 그 사이의 금리나 부동산가치가 하락되는 점도 융자액에 반영되겠지?"

내가 물었다.

"당연하지. 이 점이 리버스 모기지의 최대 장점이며 단점이지만, 융자액이 한도를 다 할 때까지 매달 돈은 들어와. 만액이 되었다 하더라도 융자가 중단될 뿐 이용자는 그 집에 계속 살 수 있는 거지. 하지만 너무 빠른 시기에 그 돈을 의지하게 되면 융자를 받을 수 없게 됐을 때는 집이 있어도 간호에 쓸 돈은 없게 돼."

"장수하게 되면 큰일이라는 말이군요."

구마켄이 긴 한숨을 내쉬었다.

"그리고 또 한 가지, 문제는 이 시스템을 이용할 수 있는 건 대부분의 경우 대출을 다 갚은 집, 그것도 단독주택을 가지고 있는 사람에 한정되어 있다는 거야. 맨션은 일단 안 된다고 봐야겠지."

"어째서인가요?"

구마켄의 질문에 우시지마 대신 내가 대답했다.

"이제 막 세운 건물이라면 또 몰라도 대출을 다 갚은 맨션 같은 건 아무런 가치가 없다는 말이겠지. 하물며 융자가 끊기더라도 집에서 쫓겨날 일이 없다면 융자를 내주는 입장에서 본다면 상대가 죽을 때까지 기다려도 돈을 회수할 수 있고, 더욱이 이익을 낼 수 있는 건물이어야만 한다는 말이야. 즉, 토지라는 현물이 있어야 비로소 성립이 되는 구조이기 때문이지."

"그 말이 맞아."

역시 우시지마가 고개를 끄덕였다.

"맨션은 안 되는 건가요?"

"저기, 구마켄. 맨션을 사는 사람은 대부분 최대한 대출을 받는 법이야. 최대 35년. 그만큼의 시간이 흐르면 건물의 가치는 제로가 돼. 사려는 사람 또한 나타나지 않지. 그 점에 있어서 단독주택은 달라. 뭐,

이쪽도 상등품으로서의 가치는 15년 정도 지나면 제로가 되지만 토지는 다르니까. 공터로 만들면 바로 사려는 사람이 나타나거든. 즉 리버스 모기지에 의해 융자를 받는 금액은 토지대금이라는 거지. 그것도 금리와 장수하게 될 경우의 리스크를 살펴본다면 감정가격의 70퍼센트 정도가 적당할 거야."

"정답~!"

우시지마가 말했다.

"맨션의 가치가 대출을 다 갚았을 때는 제로가 되는 건가요? 그렇다면 도시 사람은 어째서 그렇게 다들 그렇게 눈이 시뻘게져서 맨션을 사려고 하는 거죠?"

"나도 그 점을 잘 알 수가 없더군."

나는 무심코 고개를 갸웃했다.

"일본인은 말이야. 어느 일정 나이가 되면 다들 일제히 집을 사는 게 사명이며 인생 최대의 목적이라고 말하는 듯이 장기 대출을 해서 집을 사는 일에 매진하지. 그렇지만 토지의 권리가 분할되어 있는 맨션 같은 경우는 오래 되었으니 다시 세우고 싶어도 주민 전원의 동의가 없으면 어떻게도 할 수가 없어. 사는 쪽도 다 낡은 맨션은 살 마음이 들지 않고, 부동산 회사도 꽤나 좋은 입지에 재개발 전망이 선 건물이 아니라면 손을 대지 않을 게 뻔하지."

"나처럼 맨션을 팔고 있는 사람이 말하는 것도 그렇지만 솔직히 괜찮은 거야 당신들? 인생 계획이라는 걸 제대로 가지고 있는 거야? 라고 물어보고 싶어지는 때도 있어."

우시지마는 작게 한숨을 내쉬었다.

"맨션을 사려는 사람이 중요하게 여기는 부분은 일단 가격과 넓이거든. 그야 싸고 넓은 집에 살고 싶다고 생각하는 건 누구나 다 마찬가지야. 그 생각 자체를 부정하는 건 아니지만 그 뒤를, 아니 몇 년 뒤를 생각하지 않는 사람이 너무 많아. 싼 느낌이 있는 건물들은 대부분 땅값이 싼 교외야. 당연히 통근에도 시간이 걸릴뿐더러 주변에 괜찮은 학교도 없어. 그런 곳에 집을 가지게 된다면 긴 통근 시간을 견뎌야하는 건 집을 산 당사자이니 별수 없는 일이지만, 진학 실적이 있는 사립학교 같은 곳은 통학이 가능한 지역 안에는 한 곳도 없어. 있는 건 공립뿐, 그것도 전혀 선택지가 없다는 경우가 수두룩해. 젖먹이 아이를 안고 모델하우스에 와서 그 자리에서 즉시 결정, 도장을 찍고 기쁜 듯이 있는 젊은 부부를 보고 있으면 사모님 괜찮으신 건가요? '맹모삼천지교'라는 말을 알고는 계시는 건가요, 라고 물어보고 싶어진다고."

"아이가 학교에 들어갈 때가 되어 자, 이제 어느 학교로 보내야할까라고 고민을 시작하게 될 때 알아차리게 되겠지. 특히 공립학교의 황폐화를 부르짖고 있는 요즘이야. 여러 가지 소문을 듣게 되면 평범한 부모는 꽤나 겁을 먹게 되겠지. 하지만 통학시킬 수 있는 학교는 정해져 있고 말이야."

"결국 적어도 중학교는……. 이런 생각에 휩싸여 초등학생인 아이를 밤늦게까지 다니게 만들어 멀리 있는 학원에 순조롭게 입학했다고 하더라도 이번에는 통학 지옥이 기다리고 있어. 그것도 대출을 다 갚았을 때 즈음이 되면 가치는 제로……. 이래서는 엎친 데 덮친 격이지. 집세를 계속 낼 바에야 맨션을 사는 편이 재산으로서 남는다고 말하는 사람이 곧잘 있지만, 오랫동안 대출을 갚는 일은 집세를 계속 내는 거나 다름없는 일이거든."

우시지마는 얼굴을 찡그렸다.

"이 점이 유럽이나 미국과는 다른 점이지. 내가 있던 시카고에서는 빌딩도 지어진 지 백 년 정도 되는 건 당연한 일이었어. 부동산 가치는 건물과 토지의 가격이 거의 균형을 이루고 있는 게 상식이었지. 입지 조건이 좋고 건물이 제대로 되어 있는 맨션 같은 경우는 오히려 자산가치가 떨어지기는커녕 올라가는 일조차 있었으니 말이지."

"애초에 리버스 모기지라는 건 그쪽에서 생겨난 시스템이야. 시스템을 이야기하면 알 수 있듯이 집의 가치가 하락하지 않는다는 전제를 세우면 이용자에게는 헤아릴 수 없는 메리트가 있어. 평가액을 100퍼센트 다 받을 수는 없겠지만 일본처럼 잘해야 70퍼센트라는 결과는 되지 않겠지. 뭐, 금리, 그리고 가치가 하락한 경우의 보험료를 포함해도 80퍼센트, 또는 좀 더 높게 평가받을 테니 말이야."

"보험? 평가가 내려갔을 때를 위한 보험이 있는 건가요?"

우시지마와 내 대화를 들으며 구마켄이 반응했다.

"미국의 경우에는 그렇죠. 유감스럽게도 일본에서는 안 되지만……. 그도 그럴 것이 일본에서는 10년을 놓고 봤을 때 땅값이 어떻게 될지 알 수 없으니까요. 버블 때 잔뜩 땅을 사들인 사람, 그들에게 돈을 융자해준 은행은 큰 화상을 입었죠. 보험회사도 땅값이 하락했을 경우의 보험 같은 건 무서워서 손을 대려고 하지 않죠. 한신阪神 대지진 때 같은 재해라도 일어난다면 도산하고 말 거고요. 그렇다고 해서 보험료를 올리면 이용자에게 메리트 같은 건 없으니까요."

"그럼. 그 리버스 모기지를 하는 메리트는 어떤 부분에 있는 건가요?"

구마켄이 의아한 표정을 지으며 물었다. 당연하다. 지금까지의 이야기 전개를 놓고 보자면, 가령 미도리하라에 노인 마을을 건설한다고 해도 아무런 메리트도 없다는 소리처럼 들리는 것도 무리는 아니다.

"보통 리버스 모기지를 생각하는 사람은 지금 살고 있는 집에서 인생의 최후를 맞이하고 싶다고 생각하고 있는 사람이 이용하는 경우가 많습니다. 여기까지는 이해가 되시죠?"

우시지마는 잘 알아듣도록 타이르듯이 설명을 시작했다. 구마켄이 고개를 끄덕였다.

"하지만 그래도 문제는 남죠. 만약 이 시스템의 이용자가 월에 한 번 지불해야 하는 돈을 일상의 생활비나 의료비로 써버리고 말았을 경우, 기간 내에 죽는다면 상관없겠지만 장수를 하게 되면 머지않아 생활이 곤궁해지고 말 테니까요."

"그렇죠. 남은 시간은 연금을 의지해 살아갈 수밖에 없게 되겠죠."

"그래서 역발상을 하는 겁니다."

"역발상?"

"리버스 모기지로 얻을 수 있는 돈에 손을 대지 않고 몸을 운신할 수 없게 됐을 때의 최후의 자금으로 돌려둔다고 하면 어떻게 될까요? 즉, 일상생활에 드는 자금은 연금으로 대부분 처리하는 거죠. 리버스 모기지로 인해 들어오는 돈의 대부분을 수중에 남겨둔다고 한다면?"

"앗, 그런가."

구마켄은 드디어 납득한 듯이 손바닥을 탁 쳤다.

"애초에 담보로 삼은 집의 가치는 제로니까요. 평가 받는 건 토지뿐인 거죠. 사는 사람이 없어진 집은 상하게 되겠지만 1년이나 2년 정도라면 그렇게 엉망이 되지는 않죠. 만약에 이곳에 세울 시설에 입주해 시골 생활이 아무래도 좋지 않다, 자신은 맞지 않는다는 사실을 알게 되면 그때는 도시의 집으로 돌아가면 되는 겁니다. 리버스 모기지를 이용하는 한, 살아 있는 동안에는 자신의 집이니, 이곳에서의 생활이 성미가 맞는다면 반대로 여행을 가는 기분으로 자택으로 돌아가는 것도 괜찮죠. 솔직하게 말해서 도시에서 연금만으로 생활하는 건 일단 불가능한 일이지만, 이곳은 인건비가 싼 데다 식료품도 대부분 이 지역에서 해결할 수 있죠. 시설 규모가 크면 클수록 한 사람당 드는 비용은 내려갈 테고요. 남은 건 입주자가 움직일 수 없게 되었을 때의 케어까지 해 줄 수 있는 환경이 조성된다면 두 분이 말하듯이 중요한 일을 위해 사소한 일을 희생하는 사람이 결코 적지 않을 거라고 생각합니다."

"하지만 그래도 대상이 되는 건 집이 있는, 그것도 단독주택을 가지고 있는 사람에 한정된다는 거죠? 맨션으로는 안 된다는 말이죠?"

구마켄은 불안한 듯한 표정으로 되물었다.

"맨션에 사는 사람들은 싼 가격으로라도 전부 팔아치우지 않으면 안 되겠죠. 그럼에도 불구하고 지낼 수 있는 저축금이 있는 사람이 대상이 될 겁니다. 인정머리 없는 말이지만 별수 없는 일입니다. 이건 자선사업이 아니니까요. 비즈니스로서 성립되느냐 마느냐 하는 이야기인 거죠. 비즈니스가 되면 돈을 버는 게 전제인 욕심쟁이의 말로 들릴 수도 있지만 그렇지 않습니다. 손님의 만족 없이 성립되는 비즈니스는 이 세상에 존재하지 않으니까요. 대가에 걸맞은 서비스, 환경을 갖추지 않는다면 외면당하는 것이 비즈니스의 법칙이죠. 그러니 얼마만큼의 내용이 동반된 시설을 만들고 손님이 만족스럽게 느낄 만한 운영을 확립할 수 있을지. 그 점에 성공의 여부가 달릴 겁니다. 적자를 내는 시설을 만들게 된다면 초의 재건은 불가능하니까 말이죠."

우시지마는 생긋 웃은 뒤 코스를 구분하는 소나무 가로수들로 눈길을 돌리며 말했다.

"자, 구마켄 씨. 빨리 볼을 찾으시지요."

*

우시지마의 말에는 귀담아 들을 만한 부분이 많았다.

센다이 역까지 우시지마를 배웅하고 돌아오는 차 안에서 구마켄이 핸들을 쥐며 물었다.

"텟짱, 괜찮을까? 우시지마 씨, 앞으로 어떻게 할까?"

"글쎄."

조직이라는 것이 어떤 곳인지는 잘 알고 있다. 특히 요쓰이 같은 커다란 회사에서는 사업부가 다르면 전혀 다른 회사, 과가 달라도 간단히 일에 참견할 수 없다는 불문율이 있다. 우시지마가 이후 구체적인 행동을 취할 것이라고는 그다지 기대하지 않지만, 고령자 노후가 앞으로 일본에서 커다란 문제로서 클로즈업되는 건 시대의 흐름이다. 요쓰이가 안 되더라도 달리 흥미를 보이는 기업이 전혀 없을 거라고는 단정 지을 수 없다.

"이틀 동안 접대하고 글쎄라니, 그것뿐이야?"

구마켄이 맥이 풀린 듯이 곁눈질로 나를 바라보았다.

"물론 수확은 있었어. 우리들이 타깃으로 정할 층이 확실하게 보였으니까."

나는 조수석의 의자에 몸을 기대며 대꾸를 했다.

"어떤 층인데?"

"입주자는 평균적인 은퇴층, 그것도 일단은 65세 이상이 되겠지. 우시지마가 말한 리버스 모기지를 이용하지 않고 충분히 입주자가 모일 수 있을 거라고는 생각하지 않으니까 말이야. 당연히 그 시스템을 이용하려면 무엇보다 상정할 층으로서는 맨션 입주자는 대상 외, 해당하는 건 단독주택을 소유하고 있는 사람이 돼."

"은퇴한 사람의 대부분은 현역이었을 때의 저축과 퇴직금, 게다가 연금에 의지해 생활할 테지. 그 돈을 이용해 몇 천만이나 되는 입주비를 내라고 한다면 지불할 수 있는 사람은 없을 거야."

"가능한 한 연금으로 매달 입주비를 지불할 수 있다면 꽤나 매력적인 시설이라는 말이 되겠지."

"연금이라……. 텟짱, 너 연금 지급액 알고 있어?"

"아니, 얼마인데?"

하아~. 구마켄은 맥이 빠진 듯한 한숨을 내쉬었다.

"2004년의 총무성 통계국의 데이터에 따르면, 2인 이상의 고령 무직 세대의 실수입은 월 22만 3천 엔, 그 90퍼센트가 연금이라고 되어 있어."

과연 공무원이다. 상세한 데이터가 바로 나온다.

"분명 우리 초 주민의 평균 연 수입은 240만 정도였지."

"응."

"고령무직자의 전국 평균에서 보자면 꽤나 높지 않아? 적어도 배는 있다는 계산이 되는데."

"그야 현역으로 돈을 벌고 있는 사람의 소득이 들어갔으니 당연하잖아."

"하지만 혼자서 사는 노인 가정은 얼마든지 있잖아. 혼자가 아니더라도 아들딸이 집을 나와 노인 둘이서 살게 된다면 좀 더 많을 테고."

"맞벌이를 하는 사람도 많기 때문에 이러니저러니 해도, 그런 집의 수입은 40만 정도는 돼. 그렇지 않으면 아이들을 도시의 대학에 보낼 수가 없으니까."

"그렇다는 말은 우리 초의 노인 수입도 거의 전국 평균에 가깝다고 생각하는 게 좋다는 말이로군."

"그 부분은 제외되지 않았을 거라고 생각해. 연금은 거의 전국 일률이잖아. 다만 일반연금이나 기업연금을 받을 수 없는 사람이 많이 때문에 거의 전국 평균을 밑돌고 있을 거야."

"흐음, 그러면 그 전국 평균을 살짝 밑돌고 있는 정도라도 우리 초에서 어떻게든 살 수는 있다는 이야기네."

"하지만 결코 편하지는 않겠지. 다들 평소의 지출을 절약해서 그럭저럭 지내고 있는 정도야."

"그래도 도시에서 리버스 모기지를 받을 수 있을 정도의 대출을 다 갚은 집을 가지고 있다는 말은, 아마도 저금도 있으면서 후생연금이나 일반연금도 받고 있다는 사람이 되겠지."

"아마도…… 그렇지 않을까?"

"만약 최저한으로 생각한다고 하더라도 집세를 지불한 뒤 식비나 서비스 요금에 얼마나 들지 계산해보면, 부부 두 명, 혹은 한 명이 연금으로 생활할 수 있을지 어떨지 알 수 있게 되겠지."

"집세는 그야 말로 얼마나 돈을 들여 시설을 만들었는가에 달렸겠지."

"고용촉진주택 있었잖아."

"응."

"방의 배치가 어떻게 돼?"

"2LDK각각 Living, Dining, Kitchen을 가리키는 일본식 조어. 2LDK는 방 2개에 LDK가 부속된 것을 가리킨다., 거실과 식당은 다다미 여덟 장 정도야. 침실은 다다미 여섯 장과 네 장 반, 게다가 욕실, 부엌이 딸려 있어."

"집세는 월 얼마지?"

"3만 엔."

"철근 콘크리트로 만들어진 5층 건물이었지."

"응."

"그건 꽤나 싼걸. 달리 손해를 보고 있는 건 아니지?"

"당연하잖아. 그야 민간에서 운영하고 있는 건 아니니 커다란 벌이는 낼 수 없지만 적어도 이익은 내고 있을 거야."

"그럼 만약 월세를 5만 엔으로 잡으면 남은 건 한 사람 당 하루 얼마 정도의 식비와 서비스 요금, 시설 유지비가 들어갈지가 문제인 거로군."

"계산은 꽤나 어려울 거야. 중요한 시설의 청사진이 만들어져 있지 않으니 뭐라고도……."

구마켄은 말끝을 흐리더니 입을 다물었다.

"처음부터 세세한 부분을 생각하면 어떻게도 못해. 이럴 때는 일단 우리들이 만들고 싶은 청사진을 그리는 거야. 거기서 현실에 맞도록 삭제할 부분은 삭제하지 않으면 앞으로 나아갈 수 없게 돼."

"텟짱의 머릿속에는 청사진이 완성되어 있어?"

"어렴풋하게는……."

"어떤 느낌인데?"

"기본 콘셉트는 이래."

나는 일어나 앞을 보면서 말했다.

"일단 시설은 두 개의 기능을 가져야만 해. 하나는 자력으로 움직일 수 있는 건강한 노인이 평범한 생활을 보낼 수 있는 시설. 방은 2LDK, 이건 도시에서 방문하는 가족이 묵을 수 있게 만들기 위해서야. 부엌, 욕실, 화장실도 완비할 거야. 좋아하는 음식을 자신이 원할 때 먹을 수 있도록 말이지. 다만 그중에는 식사 준비는 하고 싶지 않다는 사람도 있을 테니 식당은 따로 세울 거야."

"과연. 그리고 또 하나의 기능은?"

"결국 몸이 자유롭지 못하게 되었을 때를 위한 시설을 따로 만들려고 해."

"텟짱, 설마 간호 시설도 만들 생각이야?"

"당연하잖아. 그 점이 최대의 판매 강점이 될 테니 말이지."

"간호는 큰일이야. 보험으로 할 수 있는 범위는 정해져 있고……."

"있지, 구마켄. 간호 보험으로 할 수 있는 범위는 하면 돼. 하지만 제대로 요금을 받는다면 추가로 서비스를 해줄 수 있잖아."

"그건 그렇지만……."

"풍요로운 노후는 좋아. 하지만 몸이 아무런 불편한 부분 없이 움직일 수 있는 동안이라면 딱히 노인 센터 같은 곳에 가지 않아도 괜찮아. 익숙한 도시에서 사는 것도 좋지. 어딘가의 시골로 가서 사는 것도 좋고. 하지만 말야, 정말로 노인들이 곤란할 때는 몸이 말을 듣지 않게 되었을 때잖아? 간호가 필요해졌을 때겠지? 그 점은 알 바 아니다. 몸이 움직일 수 있는 동안은 쾌적한 생활은 보증하겠지만 돌봐줘야만 할 때는 스스로 하시죠, 라고 말할 수 있겠어? 이런 무책임한 이야기가 있겠어?"

"그야 무슨 말을 하고 싶은지는 알겠지만……."

"민간의 유료 노인 센터에서 종신 간호라고 이름이 붙어 있는 상품은 전부 눈알이 튀어나올 정도의 돈을 받고 있어. 나는 그게 싫다는 거야. 그야 모든 사람이 그렇다고는 할 수 없어. 하지만 말야, 제대로 일을 해온 사람이 인생의 최후를 앞에 두고 불안에 떨며 인생을 끝내야만 한다니 아무리 생각해도 부조리해. 그렇게 생각하지 않아?"

"나도 그렇게 생각해. 네 말은 틀리지 않았어."

"구마켄, 간호라는 말에 거부반응을 보인 이유는 언제 죽을지 알 수 없는 노인을 돌보다가 적자가 되고 말 수도 있다는 점을 걱정한 거지?"

"응……."

"그렇다면 걱정할 필요 없다고 생각해."

"어째서 그렇게 자신 있게 말할 수 있는 건데?"

"생각해봐. 내가 생각하고 있는 건 건강한 동안에는 연금으로 어떻게든 낼 수 있을 정도의 요금으로 노인들이 일상생활을 보낼 수 있는 시설이야. 즉, 리버스 모기지에 의해 들어오는 돈은 몸을 움직이지 못하게 될 때까지 그대로 수중에 남아 있다는 말이지. 토지 평가액은 살고 있는 장소에 의해 달라지겠지만, 만약 평균을 2천만 엔이라고 잡는다면 융자평가액은 70퍼센트로 천 4백만 엔이 돼. 그걸 15년 분할로 받는다면 한 달에 약 7만 5천 엔. 20년이라면 약 5만 5천 엔이야. 통계에 따르면 일본인의 평균 수명은 남자 78.5살, 여자 85.5살. 만약 입소하자마자 간호가 필요해진다고 해도 남자는 13년, 여자는 20년——."

"그러면 시설이 파산하고 말 거야."

구마켄이 즉시 끼어들었다.

"고령 무직 세대의 실수입은 월 22만 3천 엔. 그 90퍼센트가 연금이라고 했어. 그렇다는 말은 한 사람당 약 10만 엔 정도밖에 되지 않는다는 말이야. 그 말은 리버스 모기지의 융자를 더한다고 해도 만약 두 사람이 20년 동안 간호가 필요해진다면 한 명당 14만 엔 정도로 간호를 해줘야만 한다는 말이야."

당연한 이야기였다. 물론 나도 그 정도는 생각하고 있었다.

"있지, 구마켄. 집의 대출도 다 갚은 사람이 아무런 저축도 없을 거라고 생각해?"

"그야 없지는 않겠지."

"너는 고령 무직 세대의 실수입이 월 22만 3천 엔이라고 말했지만 진짜로 받는 금액은 더 적을 거야."

"진짜로 받는 부분?"

"가처분소득가계의 수입 중 소비와 저축 등으로 소비할 수 있는 소득을 가리키며 총 소득에서 세금이나 의료보험료 등을 제하고 남아 저축에 쓸 수 있는 금액 말이야. 수급액에 따라서 세금과 사회 보험료를 받아가겠지. 아마도 그 금액을 빼면 월 20만 엔도 미치지 못하게 될 테지. 그렇기 때문에 네 말대로 리버스 모기지에 의해 얻을 수 있는 융자금은 정말로 꼭 써야할 때를 위해 남겨두지 않으면 안 되는 거야. 처음부터 이 돈에 손을 대는 사람을 모은다면 시설의 운영은 앞날이 막막해지겠지. 하지만 정년퇴직 단계에서 빚을 지고 있지 않은 사람은 달라. 퇴직금은 노후의 자금으로서 남겨두고 있을 게 틀림없어."

"분명 후생노동성의 조사에서는 한 세대 당 평균 저축액은 1400만 엔 정도 된다고 했었어."

"평균이 그렇다는 거지. 하지만 웬만한 회사에서 일하고 있던 사람이라면 그것보다도 훨씬 많은 저축금을 가지고 있다고 해도 신기하지 않은 상황이라는 게 내 생각이야. 평균가라는 건 어디까지나 표준이니까 타깃을 좁히면 그 배는 가처분소득이 있다는 말이 돼."

"만약 3천만 엔의 저축이 있는 사람을 목표로 한다면 20년 산다고 했을 경우 연간 150만, 월 12만 5천 엔인가. 거기에 20만 엔을 더해도 32만 5천 엔. 혼자라고 해도 22만 엔——."

"연 수입으로 잡으면 264만 엔이야. 우리 초 주민의 평균 연 수입인 240만 엔을 상회하지."

"하지만 그걸로 완벽한 간호가 가능할까?"

"가능한 시스템을 만드는 거야. 다행이 우리들에게는 커다란 메리트가 있어. 몸을 스스로 움직일 수 있는 동안에는 풍요로운 노후를 보낼 수 있는 시설에서 사는 거지. 이때는 별로 품과 시간이 들지 않아. 방 청소나 시트 교환 서비스를 받고 싶다고 바라는 사람이 있다면 별도 요금을 받으면 되고. 물론 식사를 준비해달라는 사람이 있다면 세 끼 식사를 제공하겠지만, 식재료는 거의 지역에서 얻을 수 있는 걸로 준비하면 되니까 비용은 현격하게 줄어들 거야. 쌀이나 야채, 과일, 고기, 생선. 초에서 얻을 수 없는 물품을 찾는 쪽이 더 어렵겠지."

"분명 식료품에 관해서는 그러네. 초의 재정이 이렇게까지 곤궁하게 된 원인 중 하나로는 공동 투자 방식으로 사업을 해서 생산 아이템을 늘려간 건 좋았지만, 중요한 유통 루트 개발이 잘 되지 않았다는 문제가 있었으니까. 팔지 못한 야채는 밭에서 썩고 있는 게 현 상태고."

"썩힐 바에야 계획적 생산으로 바꾸어 시설에서 사들이는 방식을 취한다면 농가도 도울 수 있을 거야. 고기도 소나 돼지는 예의 농가 위탁 생산방식을 취하고 있는 정육점에서 바로 사들이면 시장가격보다 쌀 거야. 정육점 입장에서도 통상의 도매가격으로 파는 것보다는 얼마 정도 비싸게 팔 수 있겠지. 닭도 양계장은 이 부근에 잔뜩 있어. 생선도 게센누마의 시장에서 직송받을 수 있어. 된장이나 매실 장아찌는 자가 생산하고 있는 곳도 많아. 그걸 사들이면 초 주민의 수입도 늘어날 거야. 그 결과, 초민세의 수입이 오르겠지."

"당연히 간호를 하는 취업 인구도 늘어날 테니 그곳에서도 세수를 얻을 수 있다는 말이네."

"그래, 그리고 무엇보다도 우리들의 최대 강점은 간호할 사람의 인건비가 도시에 비해 훨씬 싸게 먹힐 거라는 점이야. 나도 요전에 잠깐 공부를 했었지만 이 분야에서 일을 하고 있는 사람, 특히 간호사의 급여는 터무니없을 정도로 싸. 방문 간호 일을 하고 있는 헬퍼의 급여는 도시라도 20만 엔도 되지 않아. 어째서 그런지 알아?"

"방문 간호의 보수는 상한이 정해져 있기 때문이겠지."

"맞아, 즉 수입을 늘리려고 생각하면 수를 늘려야만 해. 하지만 한 사람당 걸리는 시간은 정해져 있기 때문에 그렇게 간단히 늘릴 수도 없지. 특히 방문 간호의 경우 돌봐야만 하는 노인이 살고 있는 주택이 반드시 밀집되어 있는 것도 아니기 때문에 당연히 이동 시간이 들어. 그 사이의 보수는 없는 거지."

"그 점에 있어서 간호가 필요한 노인을 한 개의 시설에 모아두면 한 사람당 노동효율은 현격하게 올라가게 되겠지. 시간당 요금은 도시보다 싸겠지만 할 수 있는 양이 늘어나면 총수입은 늘어나고──."

"정답."

나는 크게 고개를 끄덕여 보이고는 말을 이었다.

"그리고 간호가 필요해진 노인은 넓은 방은 필요 없어. 물론 그렇다고 해서 딸랑 방 한 칸 정도를 줄 수는 없겠지만, 병원의 개인실 정도의 방은 준비할 수 있을 거야. 집세는 2LDK보다도 훨씬 싸니 입주자의 부담은 가벼워질 테고. 전문시설인 만큼 그에 어울리는 설비를 갖춘 데다, 5분도 떨어져 있지 않는 곳에 병원도 있어. 만에 하나의 일이 생긴다면 의사가 바로 달려올 수 있지. 이게 현실이 된다면 노후에 불안을 갖고 있는 고령자에게 있어서는 커다란 매력으로 비춰질 테고, 간호업에 종사하는 사람들의 급여도 도시 같은 방문간호와는 달리 경력에 맞춰 단계적으로 올리는 일도 가능할 거라고 생각해. 물론 이런 부분은 꼼꼼하게 시뮬레이션을 해보지 않는 한 알 수 없겠지만."

"과연 얼마 정도 되는 돈을 낼 수 있을까?"

구마켄은 일단 납득한 듯한 모습이었지만 일말의 불안감을 안고 있는지 중얼거리듯이 그렇게 말했다.

"그래서 너에게 부탁이 있어."

"뭔데."

"이 부근 고등학교의 대학 진학자의 진로 상황을 조사해줘."

"왜?"

"우리 때는 복지를 전문으로 가르치는 대학은 그다지 없었잖아."

"그렇지."

"그런데 최근에는 복지학부나 복지를 전문으로 가르치고 있는 대학이 잔뜩 생겼어."

"그러네. 이 근처에서는 오슈奧州 복지 대학이라는 곳이 있어."

"그렇다는 말은 근처의 시정촌에는 간호에 대해 전문교육을 받고 있는 젊은 사람이 꽤나 있지 않을까 싶어. 그런 젊은 사람이 과연 대학을 졸업한 뒤 어떤 기관에서 일하고 있는지. 만약 복지의 길을 걷지 않고 전혀 관계없는 업종에 취직해 있다고 한다면 이유는 무엇인지. 그리고 우리 초 출신의 고졸자의 지방취직률. 그 진로 및 평균 급여를 조사해줘. 아마도 지방에서 취직한 고졸자의 급여는 도시에 비해 꽤나 낮을 테지. 제시하는 조건에 따라서는 헬퍼 자격을 딴 뒤 시설에서 일하고 싶다고 하는 지역의 사람도 있을 거야."

"알겠어."

구마켄은 즉시 대답했지만 심각한 표정을 지으며 다시 입을 열었다.

"하지만 텟짱. 만약 이 시설이 정말로 건설된다고 하더라도 입주할 수 있는 사람은 어느 정도의 자산이 있는 사람이라는 말이잖아──."

구마켄이 하고 싶은 말은 알고 있었다. 인간은 누구나 반드시 늙는다. 부를 쌓은 사람도, 불우함을 한탄하는 사람도 다들 평등하게 말이다. 인생의 마지막을 맞이하는 그때가 되어서도 돈에 여유가 있는 사람은 극진한 간호를 받을 수 있지만, 그 한편으로 가난한 사람은 비참한 상태로 죽어야만 한다. 아무리 막대한 빚을 껴안고, 재정주의단체 직전에 있는 초를 기사회생시킬 한 방이라고는 하지만 적어도 행정이 일원으로 참가해 운영하는 시설이 돈에 여유가 있는 사람을 타깃으로 삼는다. 그 부분 때문에 뒤가 켕기는 듯한 느낌과 납득이 가지 않는 느낌을 받고 있는 것이 틀림없다. 그건 나도 마찬가지다.

하지만 지금은 체면을 따지고 있을 때가 아니다. 초를 재건할 수 없다면 그야말로 초민이 괴로움을 겪어야 하는 사태가 기다리고 있는 것이다. 간호할 가족이 없이 노인만 있는 초의 재정이 파산하고 만다면 행정은 아무것도 해줄 수가 없다. 그야말로 한 해에 몇 십 명이나 되는 노인이 고독사라는 괴로운 일을 당하지 않으리라는 보장이 없는 것이다.

"구마켄, 하고 싶은 말은 잘 알겠지만 우리들이 일단 생각해야만 하는 건 미도리하라 초에 대한 거야. 초의 재건 전망만 선다면 초에서 혼자 사는 노인도 극진하게 돌볼 수 있게 될 거야. 그를 위해서는 금전 상황에 여유가 있는 노인을 모아야만 해. 게다가 도시의 엄청난 부자밖에 들어가지 못하는 유료 노인 센터를 보면 저변이 넓어지고 있는 건 사실이야. 진심을 말하자면 좀 더 밑의 층까지 손을 내밀어주고 싶지만 지금은 그런 좋은 일들만 말하고 있을 때가 아니야. 우리 초의 일을 우선적으로 생각해야만 해. 당분간은 다른 일은 생각하지 말고 계획을 현실화시킬 수 있도록 내게 협력을 해줘."

나는 핸들을 쥐고 있는 구마켄을 향해 고개를 숙였다.

제 3 장

노인 마을 건설을 초 재생을 위한 비장의 카드로 정하기는 했지만, 초장의 입장에서는 그 일에만 전념하고 있을 수가 없었다. 게다가 요쓰이가 과연 이야기에 흥미를 나타낼지 어떨지 전혀 알 수가 없었다. 이런 경우 계획이 좌절되었을 때를 대비해 그 나름대로의 대책을 강구하는, 즉 백업 플랜을 준비하는 것이 비즈니스 세계에서는 상식이었다.

우시지마가 도쿄로 돌아간 다음 날은 먼저 시정촌 합병 때 미도리하라 초를 빼놓고 히가시 마쓰오카 군, 니시 마쓰오카 군을 합병한 신생 미야가와 시의 시장과 만나기로 되어 있었다. 초장으로 취임한 뒤 꽤 시간이 지나고 말았지만 신임 인사라는 명목이었다. 하지만 진심을 말하자면 나는 히가시 마쓰오카 군에서 유일하게 남은 미도리하라를 뒤늦게나마 미야가와 시로 합병시켜줄 가능성을 탐색하려는 목적을 몰래 품고 있었다. '군'이라는 행정구분은 훨씬 옛날에 소멸해 지금은 아무런 의미도 가지지 않지만, 히가시 마쓰오카 군에 있는 것이 미도리하라 뿐이라는 사실은 아무리 생각해도 부자연스러운 일이다. 이래서는 마치 주위의 시정촌에서 배척을 당한 꼴이나 다름없었다. 뒤늦게라도 어떻게든 미야가와 시로 합병을 할 수 있다면 이 귀찮기 짝이 없는 미도리하라 재생 임무와 보기 좋게 이별할 수 있다. 그런 흑심이 나에게 있었던 것이다.

미야가와 시청은 차로 30분 정도 걸리는 거리에 있었다.

지은 지 40년은 지났으리라. 꾀죄죄한 콘크리트 시청에 들어가 2층에 있는 시장실의 접수처로 가자 그곳에서 방문 목적을 물었다. 비서과의 여직원이 즉시 시장실로 나를 안내했다.

　방에 들어가자 국기와 시기를 등진 시장이 얼굴 가득 미소를 머금고 나를 맞이했다.

　"어이쿠, 아침 일찍부터 고생하십니다. 시장인 가사이葛西입니다."

　분명 시장은 61세. 태어난 곳도 자란 곳도 미야가와 시이며 대학은 와세다早稲田. 졸업한 뒤부터는 바로 가업인 백화점 경영에 전념하다가 41세에 시의회 의원, 56세에 시장에 취임해 두 번째 임기를 맞이하고 있는 남자였다. 현 북쪽의 기간도시라고는 하지만 쇠퇴해가고 있는 마을이다. 백화점이라고 해도 지금에 와서 생각해보면 슈퍼보다 조금 나은 정도의 건물이었지만 그럼에도 과거에는 현 북쪽 지역의 유일한 백화점이었기에 사람이 우르르 몰려들었다. 그런 점을 감안하면 그가 지방의 명사라는 사실에는 변함이 없었다.

　가사이는 와이셔츠에 넥타이를 맸을 뿐인 편안한 모습으로 집무 책상에서 일어나더니 명함을 내밀었다.

　"처음 뵙겠습니다. 미도리하라 초에 취임하게 된 야마사키 데쓰로입니다."

　명함을 교환한 뒤 가사이는 응접세트 소파에 앉을 것을 권했다.

　"자, 부디 앉으시지요."

　"바쁘신 와중에 죄송합니다. 뒤늦게나마 신임 인사를 드리러 왔습니다."

"천만에 말씀입니다……. 그나저나 야마사키 씨도 큰일이시겠군요. 일본을 대표하는 상사에서 오랫동안 일했다고는 하지만, 지방 행정을 맡은 건 처음이시죠?"

"그 점에 있어서도 이런저런 지도를 부탁드리고 싶습니다."

"분명 해외주재 경험도 있다고 들었습니다만."

"시카고와 런던에 있었습니다."

"그 정도의 이력이라면 다양한 경험을 하셨겠군요. 이 일을 기회로 삼아 저희에게도 좋은 지혜를 빌려주십시오."

가사이는 순박한 인품을 지녔는지 온화한 어투로 말했다. 시골의 수장이나 의원에게 있을 법한 오만한 분위기는 조금도 찾아볼 수 없었다.

"아니, 지혜를 빌리고 싶은 건 제 쪽입니다."

인사치레로 하는 말이 아니다. 양쪽 군의 시정촌 합병을 진행할 때 미도리하라만이 제외된 이유. 물론 그에 관해서는 구마켄에게서 듣기는 했지만 결론이 날 때까지 대체 어떤 의론이 펼쳐졌는지. 지방자치의 현장에 오랜 기간 있던 사람의 눈에 미도리하라 초가 어떻게 비춰지고 있는지. 그에 관해 물어보고 싶다는 솔직한 마음이 그만 입 밖으로 나온 것뿐이다.

"실제로 초장으로 취임한 뒤 새롭게 알게 된 사실입니다만, 미도리하라 초의 재정은 위험한 상태라는 영역을 훨씬 뛰어넘어 빈사 상태 그 자체입니다. 150억이나 되는 빚을 어떻게 갚을지. 단순히 잉여 시설이나 인원의 정리를 하는 것만으로는 이제 해결이 되지 않을 지경까지 몰려 있으니까요."

내 말에 가사이는 끄덕끄덕 고개를 끄덕이더니 시선을 슥 내리고는 벌레라도 씹은 듯한 표정을 지었다.

"전임 초장께서도 좋은 일이라고 생각해서 하신 일인 건 틀림없겠지만 조금 실력 이상의 일을 하셨다는 건 부정할 수가 없습니다. 연이어 공공사업을 하고 커다란 건물을 짓는 등 물론 빚이라고 해도 그만큼의 돈을 끌고 올 수 있었던 건 초장님의 수완이 좋았다는 거겠지요. 게다가 지방의 시정촌이라는 건 고용기반이 취약한 만큼 지차체가 주도해서 사업을 하지 않으면 젊은 사람은 떠나게 되고 그 결과 초는 점점 쇠퇴하게 되는 법이니까요. 이 부분이 최대 딜레마인 겁니다. 실제로 사업이 잘 되고 있는 동안에는 초의 시설도 정비되고 초민의 생활은 충실해지며 고용도 확보되어 생활도 상향되게 되니까요."

"하지만 그게 전부 초의 빚이 된다면 외상으로 술집을 돌며 술을 마시고 이곳저곳에 돈을 뿌린 셈이 됩니다. 빠르던 늦던 파국을 맞을 것이 눈에 선합니다. 게다가 공공시설이라는 건 기본적으로 단독으로 수입을 올리는 일은 어렵습니다. 말하자면 주민 서비스를 위해 있는 거죠. 자금의 흐름이 생기지 않는 시설을 세운다면 지자체의 재정 부담이 무거워지고 그 결과 주민에게 부담이 가게 되는 법입니다."

"그런 일이 용납되었던 시대도 있었지 않습니까. 특히 이 부분은 지방에 한정된 일이 아닙니다. 국가 또한 그런 사업을 끝없이 해왔습니다. 그게 드디어 나라도 없는 건 어쩔 도리가 없지 않느냐고 할 정도로 빚이 불어나게 되어 지금까지 교부되고 있던 지방교부금의 재검토를 할 수밖에 없게 되었죠. 이쪽 입장에서 보면 수도꼭지가 갑자기 잠기게 된 꼴이 된 거죠."

가사이는 거기서 가볍게 한숨을 내쉬고는 책상 위에 올려둔 담배를 물고 불을 붙였다.

"미야가와 시도 힘든 건 마찬가지입니다. 부채의 액수가 적었던 이유는 마침 이곳이 현 북쪽의 기간 도시인 데에다 오래되었지만 공공시설이 충실하게 갖춰져 있어 새롭게 건물을 세울 필요가 없었기 때문입니다."

"그러면 이번에 합병한 다른 곳들은 어땠습니까? 미도리하라처럼 대규모 공공사업에 손을 대지 않았던 건가요?"

나는 가능한 온화한 목소리로 물었다.

"이번에 합병한 곳은 미도리하라를 제외한 동서 양쪽 군에 있던 네 개 촌과 두 개 마을입니다. 어느 지자체도 그 나름대로 부채는 안고 있습니다. 미야가와도 마찬가지입니다. 공공사업도 그 나름대로 해왔습니다. 불필요하게 도로를 정비하거나 커다란 건물을 세우는 일을 하지 않았을 뿐입니다."

"그건 어째서죠?"

"합병한 곳들은 공통되는 점이 있었습니다. 바로 철도입니다. 뭐, 하루에 열 편 정도 지나가는 지방선입니다만 메이지 시대에 개통된 덕분에 선로를 따라 있는 초의 도로는 오래전부터 현 북쪽의 간선도로가 되어 정비가 되어 있었고 열차를 타면 미야가와도 센다이도 가볍게 갈 수 있습니다. 하지만 미도리하라만큼은 아쉽게도 교통편이 좋지 않았죠."

그 철도노선을 건설할 때 원래대로라면 미도리하라를 통과하게 되어 있었을 터였다.

"철도가 생기면 도둑이 온다."

"기차에서 불꽃이 날리면 산불이 난다."

초의 선인들이 그런 이유를 들어 우르르 반대를 했던 일이 현재가 되어 결과를 만들어낸 잠재요인이 되었다면 이제 와서는 희극이라고밖에 말할 수 없었다.

나는 어깨의 힘이 빠져나가는 것을 느끼면서도 질문을 던졌다.

"가사이 씨, 아까 어느 시정촌도 똑같이 부채를 안고 있다고 말씀하셨죠?"

"정도의 문제입니다. 빚을 안고 있는 정도가 같다면 아픔을 분담할 수도 있겠습니다만, 다른 곳의 배나 빚을 안고 있다고 한다면 다른 사람의 빚까지 다 같이 균등하게 부담해야만 합니다. 이건 어떻게 생각해도 불공평한 일이죠."

가사이는 담뱃재를 재떨이에 턴 뒤 딱하다는 듯한 시선을 보냈다.

"야마사키 씨, 합병 때 회의 상황은 들으셨나요?"

"아뇨, 자세하게는……."

나는 머뭇거리며 말했다.

"저를 포함해서 각 지자체의 수장의 의견은 같았습니다. 물론 전임 미도리하라 초장은 합병을 원했습니다. 그런데 미안한 말씀입니다만 함께 하고 싶다면 빚의 금액을 적어도 절반, 다른 곳과 비슷한 수준으로 하라는 말을 모든 사람들이 했습니다. 알기 쉽게 말하자면. 시정촌 합병이라는 건 결혼과 똑같은 일입니다. 함께 하게 된다면 상대의 빚은 자신의 빚이 되죠. 그 사실을 알면서도 필요 이상의 부담을 지게 된다면 주민에 대한 배신 행위 그 자체가 되는 거니까요."

재론의 여지가 없다는 의미였다.

분명 합병을 결혼으로 예를 든다면 이야기는 훨씬 이해하기 쉽다.

뭐, 재색을 겸비해 반하게 된 여성이 엄청난 빚을 안고 있다면 억지로 그런 사정에 대해 눈을 감고 고생을 각오하며 결혼을 하는 남자도 있으리라. 하지만 미도리하라는 다르다. 재색겸비는커녕 누구도 돌아보지 않을 듯한 추녀인 데다 성격도 나쁘다. 요는 어디를 봐도 매력 하나 없는 여자라는 말이다. 그것도 그런 사람이 아무런 의리도 없는 남자에게 가서 결혼을 하자고 강요하고 있는 일과 같은 것이다. 그렇게 생각해보면 따돌림을 하면서까지 합병에서 제외시키는 것도 무리는 아니었다.

"하지만 버려진 미도리하라의 상황은 심각합니다. 이 상황이 유지된다면 조만간 재정주의단체가 되는 일은 피할 수가 없을 겁니다."

나는 매우 곤란한 표정을 지어 보였다.

"하지만 야마사키 씨에게는 복안이 있는 듯하던데요?"

"네?"

무심코 가사이 씨의 얼굴을 보자 그는 후우우 하고 옅은 연기를 내뱉고는 담배를 재떨이에 비벼 껐다.

"초장 취임 연설을 들었습니다. 정확히는 잘 모르겠습니다만, 대규모 노인 센터를 세워 초의 재정을 재건할 기폭제로 삼고 싶다고 하셨던가요?"

"네, 분명 그런 계획을 생각하고는 있습니다."

생각해보면 옆 초의 시장이다. 공적인 장소에서 한 말, 하물며 시정 방침연설의 내용 같은 건 바로 귀에 들어가도 이상하지 않은 일이다.

"대체 어떤 계획입니까? 들려주실 수 있으신지요."

가사이는 진지한 눈빛으로 물었다.

"실은 제가 착안한 부분은 공장 유치용 부지로 방치되어 있는 3만 평의 토지입니다. 알고 계시듯이 초를 활성화시키려는 경우, 일단 처음에 수장이 생각할 부분은 주민의 고용을 만들어낼 산업의 유치입니다. 하지만 미도리하라처럼 교통편도 좋지 않고 도시에서도 떨어져 있는 초에는 아무리 인건비가 싸다고 하더라도 공장을 세우려는 기업은 일단 오지 않죠. 거기서 저는 발상의 전환을 한 겁니다. 앞으로 일본은 고령화 사회를 맞이하게 됩니다. 특히 도시의 주거 환경을 생각한다면 두 세대가 같은 집에서 살며 자식이 늙은 부모를 돌보는 일은 일단 불가능합니다."

"맞습니다."

가사이가 커다랗게 고개를 끄덕였다.

"그 점은 간호를 필요로 하지 않는 노인도 마찬가지입니다. 회사를 은퇴하고 고정 수입이 연금밖에 들어오지 않게 된다면 도시에서의 생활비는 커다란 부담이 됩니다. 평소의 생활을 매우 인색하게 보낼 수밖에 없는 노후가 과연 풍요롭다고 할 수 있을까요. 그 점에 있어서 미도리하라에는 풍요로운 자연이 있습니다. 야외 생활을 즐기려고 생각하면 대부분의 시설은 갖춰져 있습니다. 지역에서 조달할 수 있는 농축산

기반도 있습니다. 아무리 그래도 커다란 백화점이나 연극, 콘서트라는 문화적인 행사가 빈번하게 열릴 수는 없겠습니다만, 그런 건 도시에 살고 있더라도 은퇴한 사람이 빈번하게 갈 수는 없을 테죠. 그야말로 지금 시대에는 센다이까지 나가기만 한다면 도쿄와 비슷한 행사는 정기적으로 개최되고 있는 겁니다. 그러니 방식에 따라서는 도시에서 사는 것보다 훨씬 싼 비용으로 충실한 여생을 보내는 일이 가능하지 않을까요. 그렇게 생각한 겁니다."

"과연, 그런 말을 듣고 보니 그럴지도 모르겠군요."

"미도리하라에는 어울리지 않을 정도로 좋은 설비를 갖춘 병원도 있습니다. 만약 입주자에게 간호가 필요해진다고 해도 마지막까지 돌봐줄 수 있는 인프라는 갖춰져 있습니다. 이런 여러 가지 조건을 생각하면 풍요로운 노후 생활부터 인생의 최후를 맞이할 때까지 일관된 노인 거주 시설을 운영하는 일이 가능하지 않을까. 그렇게 저는 생각하고 있습니다."

"당연히 그런 시설을 세운다면 고용도 생겨나고 농축산업도 활성화된다. 세수도 올라간다, 그런 말이로군요."

"네, 그렇게 계획을 세우고 있긴 합니다만."

가사이는 "으음~." 신음을 하고는 뭔가를 생각하고 있는 모습이었지만 이윽고 입을 열더니 하얀 이를 드러내며 웃었다.

"그거 재미있을지도 모르겠군요."

"그렇게 생각하시나요?"

"네. 야마사키 씨, 한 가지 여쭤봐도 될까요."

"네, 물어보시죠."

"입주자는 어떤 사람들을 대상으로 생각하고 계시나요."

나는 그 뒤 한동안 시간을 들여 구마켄과 대화한 내용을 들려주었다. 가사이는 그 말을 다 듣더니 적극적으로 반응했다.

"그런 시설을 세운다면 입주 희망자를 꼭 도시 사람만으로 한정할 수 없을지도 모릅니다. 미야가와 또한 혼자서 사는 노인의 간호는 커다란 문제 중 하나로, 행정 단체가 진지하게 달라붙어야만 하는 부분입니다. 하지만 유감스럽게도 저희들은 그 정도로 정리된 잉여 토지가 없습니다. 그렇다고 해서 이제 와서 이 재정난 속에서 그 정도로 커다란 투자를 할 수도 없습니다. 초의 사람만이 아니라 지불 능력이 있는 노인이라면 미야가와, 센다이, 그 부근의 동네만으로도 꽤나 수요가 있지 않을까요?"

생각지도 못한 반응에 나는 어안이 벙벙해 말이 나오지 않았다.

"3세대가 동거하고 있는 농가라고 하더라도 간호가 필요한 노인을 데리고 있다면 농작업에 지장이 생깁니다. 그렇다면 비용은 자식들이 부담하는 경우도 생기지 않을까요. 일하는 사람, 예를 들자면 학교의 선생님의 경우 어찌된 영문인지 이 근처에서는 세습처럼 그 자식도 선생님이 되는 경우가 많습니다. 공립학교에 근무하고 있는 교사는 현의 전역 어디에서 근무할지 알 수가 없습니다. 부모를 간호하려고 해도 할 수가 없는 겁니다. 더욱이 도시에 나간 자식을 가진 부모의 경우는 훨씬 심각한 수준입니다. 노후를 어떻게 보낼지, 인생의 최후를 맞이할 때까지 간호를 어떻게 해야 할지는 특별히 도시 사람에게만 해당되는 이야기가 아닙니다. 만인의 공통된 문제입니다."

"그렇다면 만약, 이 계획이 실현된다면……."

"아마도 잠재적인 수요는 꽤나 있을 거라고 생각합니다. 적어도 우리 시에서는 커버할 수가 없으니, 실현된 뒤에는 적극적으로 미도리하라에 지원을 부탁하게 될지도 모르겠습니다."

가사이는 진지한 눈빛을 보내며 말했다.

＊

우시지마에게게서는 2주가 지나도 아무런 연락도 없었다.

비즈니스 세계에서 일했던 사람의 입장에서 보자면 이 정도 기간 동안 반응이 없는 건 생각하기 어려운 일이다. 다만 던진 돌도 돌이지만 상대도 상대. 원래 우시지마는 노인 센터 건설 프로젝트의 문외한. 동기라는 인연으로 시골인 미야기까지 간 건 좋았지만 어떻게 해야 좋을지 알지 못하고 있으리라는 건 상상이 되었다. 하지만 과연 우시지마는 이야기에 관해 상사인 사업본부장에게 이야기를 한 것일까? 혹은 이야기를 꺼낼 계기를 잡지 못해 곤란해 하고 있는 걸까. 그의 진심을 듣지 않고서는 다음 수를 쓰려고 해도 움직일 수가 없다.

오늘 밤이라도 내 쪽에서 전화를 해볼까?

창 밖에 펼쳐진 풍요로운 산맥을 바라보고 있는 와중에 전화가 울렸다.

"야마사키입니다."

"우시지마야."

수화기 건너편에서 우시지마의 낮은 목소리가 들려왔다.

"지난번에는 신세를 졌어. 즐거운 시간이었어."

"이쪽이야말로 멀리까지 와줘서 감사해. 그래서 어떻게 됐어? 예의 이야기, 위에 꺼내봤나?"

나는 재빨리 본제를 꺼냈다.

"그래, 그 뒤 바로 본부장인 고다마児玉 씨에게 이야기는 했는데……."

우시지마는 말끝을 흐리더니 뒤이어 말했다.

"솔직하게 말해서 본부장 자신의 반응은 그다지 신통치 않았어. 아니, 뭐가 나쁘다는 말이 아니야. 3만 평이나 되는 정돈된 용지의 무상 대여, 완비된 공공시설이 매력적이라는 사실은 이해했어. 앞으로 전후세대가 퇴직해 노후를 보내는 데는 자네가 계획하는 수요가 발생하리라는 사실도 말이지. 하지만 장소가 말이지……. 역시 도시에서 지방으로 가게 되면 낙향한 듯한 느낌을 부정할 수 없다는 거야."

"어째서 도시에서 사는 사람들은 모두가 생각하는 부분이 똑같은 건지 모르겠군. 이 획일적인 사고회로, 무작정 따라하는 행동방식이 도시로 인구가 집중되는 현상을 낳게 되고 노후의 생활을 어렵게 만들고 있다는 사실을 깨닫지 못하는 건가?"

나는 분노를 느끼며 솔직한 감상을 말했다.

"나는 이번에 그쪽에 가보고 새삼스럽게 너무나도 도시에서의 생활에 집중한 나머지 노후의 선택지를 좁게 만들고 있다는 사실을 깨달았어. 실제로 전후세대가 우르르 집을 샀을 때 생긴 단지는 현재 도시의 고려장 장소 같은 참상이 되어 있잖나. 혼자 사는 노인이 사후 며칠이나 지나서 발견되었다는 이야기가 지금은 뉴스거리도 되지 않지. 퇴직금이나 연금은 평소의 소중한 생활비이지. 사는 곳이 상한들 고치고 싶어도 고칠 수가 없어. 마치 가건물 같은 곳에 살고 있는 노인도 많이 있으니까 말이야."

"나는 말이야. 처음에는 이 계획을 초 부흥을 위한 기사회생의 카드가 될 거라고 생각해서 진행하려는 생각이었어. 하지만 노인이 놓여 있는 현 상황을 보자 지금은 행정 단체가 선두에 서서 달라붙어야 할 최우선사항이라고 생각하게 되었지. 그도 그럴 게 부모를 돌볼 수 없게 될 때라고 하면 자식은 한창 일할 나이지 않나. 자칫 잘못하면 당사자인 자식도 현역 은퇴를 하게 돼 노후를 준비해야할지도 몰라. 부모를 돌보기 위해서라고 해도 직장을 내버려둘 수는 없어. 그렇다고 해서 함께 살기에도 도시에 집을 가지고 있다면 부모가 살만한 공간이 없어. 지금 제대로 된 인계를 받을 수 있도록 만들지 않으면 문제가 분출될 때는 어디서부터 손을 대야 할지 알 수 없게 될지도 모르지. 실은 이런 문제야말로 나라가 제대로 된 제도를 만들어 일에 나서야만 하지만 이쪽은 전혀 의지가 되지 않고 있어."

"나도 알아."

우시지마는 신음하는 듯이 말하더니 화제를 바꾸었다.

"그래서 말인데 고다마 부장의 반응은 탐탁지 않은 탓에 그 이야기를 가와노베川野辺 씨에게 해봤어."

가와노베는 나나 우시지마보다도 한 살 연상으로 부장의 자리에 있는 남자다. 수많은 대형 도시 개발을 진행해온 프로젝트 전문가로 현장은 누구보다도 잘 알고 있었다.

"가와노베 씨에게 이야기를 했더라도 고다마 본부장이 안 된다고 하면 어떻게도 할 수가 없는 거잖아?"

작은 회사라면 사업본부장을 건너뛰고 사장의 결재를 청하는 수도 있을 테지만 요쓰이 같은 대기업에서는 사업부 자체가 회사이다. 1년 매상이 수천억에서 조 단위의 회사가 모여 한 개의 기업을 구성하고 있었고 사업부 톱은 사장 그 자체였다. 가와노베가 어떤 반응을 보였는지는 알 수 없지만 고다마가 승낙하지 않는 이상 결과는 눈에 뻔하다.

"잠깐 내 이야기를 들어봐."

우시지마는 달래듯이 말하며 물었다.

"가와노베 씨의 반응은 생각보다 나쁘지 않았어. 무엇보다도 끌리는 점은 3만 평의 용지를 무상으로 대여한다는 점이었지. 자네, 그 사람이 지금 어떤 일을 하고 있는지 알고 있나?"

"아니."

"그 사람, 지금 노인 간호시설 프로젝트를 담당하고 있어. 이 분야에 우리가 뛰어드는 건 처음 있는 일로 사내에 모델 케이스라고 부를 수 있는 일도 없을 뿐더러 프로젝트 매니저로서 많은 경험을 쌓은 가와노베 씨에게 있어서도 처음 있는 일이지."

"그래서?"

"실은 그가 진행하고 있는 건이 도쿄 근교에 종신형 노인 센터를 건설하려는 거였거든. 용지 매입 금액도 어마어마하게 비싸. 당연히 상품의 가격, 즉 입주비도 고액이 돼. 실제로 시설의 운용이 시작되면 매달 운영비도 꽤나 들겠지. 요는 입주하러 오는 사람도 그 나름의 돈을 가지고 있지 않으면 안 된다는 거지."

"그래서 어쨌다는 건데?"

나는 우시지마가 의도하는 부분을 알 수 없어 초조하게 물었다.

"비싼 비용을 지불한 이상에는 입주자도 그 나름대로의 서비스를 요구할 거잖아?"

"그렇겠지."

"우리가 설비를 운영하는 게 처음이라고 해도 실수가 생긴다면 납득을 해줄 리가 없을 거야."

"그건 그렇지. 그런 건 그쪽 사정이고 입주자는 아무런 관계도 없는 일이니까."

"초장부터 실패하게 되면 이런 시대일세. 나쁜 평판이 눈 깜짝할 사이에 퍼지고 말겠지. 그렇게 되면 제2, 제3의 시설을 세우려고 하더라도 중요한 손님이 모이지 않게 되지 않겠나."

"그렇게 되겠지."

"그렇기 때문에 가와노베 씨는 지금 진행하고 있는 건물을 완성시키기 전에 실제 현장에서 노하우를 확립하고 싶다고 생각하고 있는 듯해."

"그럼 뭐야, 우리 초를 실험대로 만들고 싶다는 말인가?"

"그래도 시설 유치가 현실이 된다면 불평할 부분은 없지 않나."

"정말 그렇게 된다면야 좋겠지. 하지만 가망성이 있기는 한 거야? 가와노베 씨에게 고다마 씨가 승낙을 하게 만들 힘이 있느냐는 말이야."

"그건 움직이기 나름에 따라 달려 있어. 어쨌든 힘이 있는 쪽은 현장 담당자니까. 제대로 된 계획이 있고 비즈니스로써 사업이 성립된다는 사실이 증명된다면 본부장도 안 된다고 말할 수는 없을 거야."

우시지마는 거기서 말을 한 단락 마무리한 뒤 "그래서 자네에게 부탁이 있네."라고 말을 꺼냈다.

"뭔데?"

"자네가 한번 이쪽에 와서 가와노베 씨와 직접 이야기를 해보지 않겠나? 역시 이런 일은 당사자인 자네가 설명하는 편이 빠르잖아."

"그건 상관없지만……."

"어디까지나 내 감이지만, 가와노베 씨는 모델 케이스를 만든다는 이유도 있지만 자네의 생각 자체에 전혀 흥미가 없는 것도 아닌 듯해. 뭔가 다른 생각도 있는 것 같고 말이지. 어쨌든 고다마 씨가 내키지 않는다는 것을 알게 된 이상, 요쓰이를 움직이기 위해서는 가와노베 씨가 흥미를 보이게 만들지 않으면 이야기가 진행이 되지 않을 거야. 자네도 얼마나 돈이 들지 알 수 없는 사업을 손에 넣으려고 하는 거잖아. 내가 한마디 말을 해준 정도로 프로젝트가 움직일 거라고 생각하진 않았을 테지?"

그때 방문에서 노크소리가 들리더니 살짝 열린 틈으로 구마켄이 얼굴을 슬쩍 내비쳤다. 전화를 하고 있는 내 모습을 보고 황급히 문을 닫으려고 하는 그를 눈빛으로 제지하며 안으로 들어오라는 손짓을 했다.

"무슨 이야기인지는 알았어. 그럼 내가 직접 만나서 이야기를 해보지. 그쪽 시간을 맞출 테니 가와노베 씨의 스케줄을 알려줘."

나는 수화기를 내려놓고는 구마켄을 돌아본 뒤 물었다.

"무슨 일이야. 뭔가 용건이라도 있는 거야?"

"지난번에 말했던 복지 대학으로 진학한 사람의 수가 정리가 되어서 가지고 왔어."

구마켄이 몇 장의 종이를 내밀었다.

엑셀로 작성된 표에는 근처 세 개의 고등학교에서 다섯 개의 대학으로 진학한 학생의 수가 과거 10년에 걸쳐 기재되어 있었다.

"이 근처의 중학생은 주로 미도리하라 고등학교와 근처에 있는 두 군데의 고등학교로 진학하는데 이렇게 보니까 복지 대학으로 진학한 사람이 꽤나 있었어. 요 10년 동안 대강 130명 정도 되는 학생이 센다이, 모리오카, 도쿄의 복지 대학, 혹은 복지학과가 있는 대학에 진학했더군."

"흐음, 수가 꽤 되네."

노인 마을이 생긴다면 간호사를 고용하게 된다. 그것도 간호가 필요한 노인을 돌봐야만 한다면 근무는 시프트제. 당연히 지낼 곳도 시설에서 가까운 곳으로 얻어야만 한다. 연령에 따르기도 하겠지만 이중에는 이미 가정을 가지고 있는 사람도 적지 않을 테니, 한 명을 고용하면 적어도 2인 또는 3인의 거주 인구가 생기게 된다. 즉 백 명을 고용할 수 있게 되면 일하지 않는다고 하더라도 300명 정도의 주민이 늘어나게 된다.

"다만 복지 대학에 진학하고 졸업한 뒤에도 복지 쪽 일을 하고 있는지에 관해서는 어떻게 조사를 할 수가 없었어. 아마도 많은 사람이 지역, 혹은 도시의 회사나 공장에서 일하고 있지 않을까 하고 생각해."

"그렇겠지……."

나는 고개를 끄덕였다.

요쓰이 같은 대기업에서 일하다 보면 알 수 있는 일이지만 지방의 복지 대학을 졸업한 정도로는 이름 있는 대기업에 취직하는 일이 쉽지 않다. 실제로 내가 취직했을 때는 취직 활동 해금 당일이 되면 기업들의 현관에 접수대가 놓이고, '도쿄대 · 교토대', '와세다 · 게이오', '그 이외의 대학'이라고 적힌 종이가 매달려 있었다. 지금 와서 생각해보면 명백한 차별행위였지만 이런 기업의 자세가 요즘에 사라졌나 하면 그것도 아니다. 오히려 취직 활동을 시작하는 첫 걸음이 인터넷을 통한 등록이라는 사실에서 미루어 보면 점점 더 방식이 교묘해지고 있는 것이 현실이다. 대학, 학부……. 순식간에 기업이 원하는 인재를 찾아할 수 있기 때문이다. 필요에 부합하지 않는 인재에게는 아무런 반응도 취하지 않으면 된다. 그렇게 되면 지방의, 그것도 복지로 특화되어 있는 대학에 보통의 기업이 채용의 눈길을 보내는 일이 생길 리가 없다. 아마도 근처 초에 진출한 중앙 자본의 공장이나 관련 자회사에 취직할 수 있다면 감지덕지한 정도이리라.

"게다가 집에 남아 있는 부모를 돌보기 위해 임금이 싸다는 사실을 알면서도 고향 근처에 있는 직장을 원하는 사람도 많을 테고 말이지."

나는 낮은 목소리로 말했다.

"그렇겠지……. 기껏 대학에서 간호 공부를 했는데. 만약 이 초에 몸에 익힌 공부를 살릴 수 있는 장소가 있고, 게다가 부모의 곁을 떠나지 않아도 된다면 지금 일하고 있는 곳을 그만두게 되더라도 취직을 하고 싶다는 사람은 꽤나 있을 거야."

구마켄도 차분한 말투로 말했다.

"하지만 어째서 또 이렇게 간호 대학에 가는 사람이 많아진 거지? 우리 때는 그런 길로 나아가려는 사람은 없었는데 말이지."

나는 고개를 갸웃했다.

"역시 수험정보지의 영향이 크다고 생각해. 생각해봐. 우리들 때는 앞으로의 시대는 컴퓨터 프로그래머가 잇기 있는 직업이 될 거라고 했잖아. 그래서 나도 대학은 정보처리학과로 진학해 프로그램 공부를 했지만 그쪽 분야에서 할 수 있는 일은 눈 깜짝할 사이에 사라지고 말았지. 그와 똑같아. 앞으로는 노인 인구가 늘어날 테니 간호사 자격을 따면 취직할 때 고생하지 않을 거라는 말을 듣다 보니 간호사가 되고 싶어진 걸 거야."

"그런 단순한 이유일까?"

"그렇다니까."

구마켄은 자신만만하게 단언했다.

일의 진위는 알 수 없지만, 노인 마을을 만들더라도 중요한 간호 전문가가 없으면 아무것도 되지 않는다. 적어도 그 일에 해당하는 인재를 끌어 모을 때 고생하지 않아도 된다는 말은 낭보였다.

나는 보고서를 책상 위에 두고는 우시지마의 권유에 따라 가와노베 씨와 직접 이야기를 해보기로 결의했다.

＊

도쿄로 향한 건 그로부터 사흘 후의 일이었다.

쇠퇴한 시골에서 지내며 낡아빠진 관공서에서 하루를 보내는 입장에서 오랜만에 방문한 요쓰이 본사는 별세계인 듯 호화롭게 느껴졌다.

접수처에 방문한 목적을 밝히자 방문자 카드가 건네졌다.

곧 우시지마가 나타나 겸연쩍은 듯한 표정을 지었다.

"자네에게 이런 걸 목에 걸게 만들어서 미안하네만 이것도 규정이니까 나쁘게 생각하지는 마."

"신경 쓰지 않아도 괜찮아. 나는 이미 여기 사원이 아니잖아. 규정도 알고 있고."

우리 둘은 어깨를 나란히 하고 엘리베이터로 향했다. 엘리베이터가 조용히 위로 올라갔다. 우시지마가 누른 건 20층의 버튼으로, 그곳에는 중역용의 응접실이 있었다.

"혹시 고다마 씨가 동석하는 건 아니겠지?"

나는 한순간 불안에 휩싸여 물었다.

"괜찮아, 고마다 씨는 오늘 오사카大阪로 출장을 나가 있어서 자리에 없어. 중역 응접실로 자리를 잡은 건 그래도 초장인 자네에게 경의를 표하기 위해서일세. 가와노베 씨와 팀의 과장이 기다리고 있네."

우시지마는 싱긋 웃으며 대답했다.

문이 열렸다. 조용하고 넓은 공간이 눈앞에 펼쳐졌다. 우시지마는 융단이 깔린 복도를 걷더니 한 곳의 문을 열었다. 커다란 창문 건너편으로 황거의 녹음이 펼쳐져 있고 그 앞에 두 명의 남자가 있었다.

가와노베, 그리고 처음 보는 부하 과장이었다.

"여어, 야마사키 씨. 오랜만입니다."

가와노베가 밝은 목소리로 말하고는 또 한 명의 남자를 소개했다.

"이쪽은 제 부하인 마지마真島입니다."

명함을 교환한 뒤 가와노베는 의자에 앉으며 말했다.

"일부러 도쿄까지 오시게 해서 죄송합니다."

"아니, 부탁을 하는 건 이쪽이니까요."

"이야기의 개요는 우시지마에게서 들었습니다만, 다시 한 번 야마사키 씨의 생각을 들려주실 수 있겠습니까?"

가와노베는 서둘러 이야기를 꺼냈다.

나는 가방 안에서 준비한 프레젠테이션 자료를 꺼내 계획의 개요와 장점, 우시지마가 미도리하라에 찾아왔을 때 설명했던 부분을 긴 시간에 걸쳐 이야기를 들려주었다.

가와노베는 조용히 자료를 보며 내 이야기에 귀를 기울이고 있더니 고개를 들고 빙긋 웃었다.

"무슨 이야기인지는 알겠습니다. 실로 흥미로운 이야기로군요."

"가망성이 있다는 말씀인가요?"

나는 솔깃해져서 물었다.

"저희들이 앞으로 어떤 사업을 하려는지 알고 계시지요."

"네. 노인 간호 시설을 건설하려고 한다는 사실은 우시지마에게서 들었습니다."

"그 말대로입니다. 하지만 그뿐만이 아닙니다."

"그렇다는 말씀은?"

"도시의 재생과 노인 간호, 그 두 가지를 동시에 할 수 없을지 생각하고 있습니다."

"도시의 재생 말인가요."

가와노베가 하고 있는 말을 갑자기 이해할 수가 없어 나는 반문했다.

"지금 도쿄 근교의 주택지가 어떤 상황에 처해 있는지 알고 계시나요?"

"주택지라고 할까 대규모 단지라면 알고 있습니다. 고도성장기 때 건설된 대규모 단지에서는 거주자의 고령화가 진행되어 이제는 노인 마을로 바뀌고 있다고 들었습니다."

"대규모 단지만 그런 게 아닙니다. 교외의 사설 철도를 따라 집이 늘어서 있는 곳에서도 같은 현상이 일어나고 있습니다."

"사설 철도라고 하면 소쇄한 단독주택이 늘어서 있다는 이미지가 떠오릅니다만."

"지금 도쿄는 여기도 저기도 전부 집만 늘어서 있는 상황이지만 고도성장기를 맞이할 때까지는 전철로 20분 정도 걸려 교외를 지나면 눈에 들어오는 곳은 전부 벌판이 펼쳐져 있었습니다. 경기가 좋아지고 도시의 고용 수요가 높아지자 지방에서 사람들이 밀려오게 되었죠. 당시에는 종신고용이 당연했던 시대였으니 가정을 가지면 다음에는 집을 구하는 것이 일반적인 루트였습니다. 다만 구입자의 소득에는 격차가 있었기 때문에 수입에 여유가 있는 층은 사설 철도를 따라 늘어선 단독주택,

그렇지 않은 사람은 공단 주도의 대규모 주택에 집을 구하게 되었죠."

"과연."

나는 거기서 맞장구를 치고는 앞질러 말했다.

"그게 지금에 와서는 어느 구역에 집을 가지고 있는 사람이라도 다들 고령화가 진행되어 주거의 쇠퇴가 진행되고 있다는 말씀인 거군요."

"네, 보고 있자니 제2세대의 경우, 부모의 집을 이어받기보다는 아무래도 새롭게 집을 사려는 경향이 강하더군요. 아마도 자랐던 생활방식에 그 이유가 있지 않을까 싶습니다. 같이 살며 부모를 돌본다는 개념이 애초에 없는데다 돌보고 싶더라도 현실적으로 물리적인 제약에 의해 불가능하다는 이유도 있겠죠. 하지만 어쨌든 단지든 단독주택이든 급속도로 고령화가 진행되고 있습니다. 그리고 특징적인 부분은 단독주택에 살고 있는 고령자라고 하더라도 생활방식에 맞춘 집을 고치려는 사람은 의외로 적다는 사실입니다."

"남은 생을 생각하면 이제 와서 집을 다시 짓는 건 쓸모없는 일이라고 생각하고 있기 때문이겠죠. 무엇보다 노인에게 맞는 집을 다시 짓는다고 해도, 자신이 죽은 뒤의 일을 생각해보면 팔기 어려울 거라는 생각도 들 겁니다."

"그렇습니다."

가와노베가 몸을 내밀었다.

"단지에서 어쩔 수 없이 생활하는 사람들에게는 미안한 말입니다만, 단독주택이라는 사유재산을 가지고 있는 층에는 잠재적으로 노인의 생활에 맞춘 거주지, 혹은 환경에 맞는 주택을 향한 욕구가 확실하게 있다고 생각합니다. 문제는 받아들일 곳입니다. 그 부분만 명확한 형태로 제시해준다면 주택을 처분하고 걸맞은 시설로 옮겨가는 흐름이 확립될 거라고 저는 주시하고 있습니다."

"구체적인 생각은 있으신 건가요?"

내가 물었다.

"있습니다."

가와노베가 마지마에게 눈짓을 했다.

"방법은 두 가지를 생각하고 있습니다. 한 가지는 집을 사들여 리폼을 한 뒤 중고주택으로 파는 겁니다."

마지마가 말했다.

"일본의 중고주택 가격은 건물에는 거의 가격이 붙지 않습니다. 땅값만 있는 정도죠. 하지만 집의 메인이 되는 부재는 아직 사용할 수 있는 부분이 적잖이 있습니다. 그래서 내장에 철저히 공을 들여 새로운 세대를 타깃으로 하는 중고 주택으로 바꾸는 겁니다. 이건 파는 사람 입장에서도 땅값이 내릴 리가 없기 때문에 손해가 아니고, 사는 쪽에서도 새로운 건물을 사는 것보다도 훨씬 싼 가격으로 깨끗한 집을 손에 넣을 수 있다는 방식이기에 양쪽 다 메리트가 생겨날 겁니다."

"그렇군요."

"두 번째는 집을 빌려주는 겁니다. 그것도 최소한의 리폼을 해서 임대로 돌리고, 그 수입으로 영구주택형 노인 시설에 사는 주거비를 충당하는 거죠. 다만 이 경우는 집주인에게는 세를 들 사람이 나타나지 않더라도 집세 수입은 보증을 해야 하기 때문에 당연히 건물의 장단점,

입지 조건도 갖춰져 있어야만 할 겁니다. 다만 이 두 개의 비즈니스 모델이 확립된다면 고령자는 쾌적한 갖춰진 노인 시설로 옮겨갈 수 있지 않을까 생각해고 있습니다."

요쓰이가 노리고 있는 부분은 명확했다.

시설을 건설하더라도 중요한 입주자가 모여야만 하는 것이다. 그렇다면 입주에 관해 최대 난관이 되는 부분은 역시 자금이다. 가지고 있는 집이 있다면 그 나름대로의 저축금이 있을 테지만 그 돈을 입주비로 지불하고 만다면 역시 불안을 느끼게 될 것이다. 그 점에 있어서 이 시스템이 현실이 된다면 입주를 희망하는 고령자는 수중의 돈을 거의 손대지 않아도 되는 것이다.

고령자에게는 그들이 젊었을 때 세운 집은 여기저기 쓰기 불편할 것이다. 자식과 동거하지 않는다면 너무 넓은 집이다. 그렇다고 해서 3세대가 함께 살기에는 너무 좁다. 문턱이 없는 집으로 개조하기 위해서는 돈이 들고, 죽은 뒤의 일을 생각해보면 판매가 어려워질 것이다.

이 아이디어는 이미 사용하기 어려워진 집을 재빨리 팔아치우고 시설에 들어갈 입주자금으로 바꾼다. 혹은 임대로 돌려 집세를 고정 수입으로서 얻는 일을 목적으로 하고 있는 것이다. 그리고 그 중개를 통해 요쓰이는 중고주택의 알선, 임대 비즈니스라는 해로운 시장을 개척할 수 있으니 일거양득이라는 말이다. 우시지마에게서 들은 리버스 모기지를 곁들인다면 선택지는 더욱 늘어날 것이다.

"굉장한 발상을 하셨군요."

나는 오랜만에 잊고 있던 비즈니스적인 흥분을 느끼며 말했다.

"그렇게 칭찬을 하셔도……."

마지마가 쑥스러운 듯이 미소를 지었다.

"실은 이 이야기, 저희들의 아이디어가 아닙니다. 이미 사철 쪽의 부동산업자가 이런 비즈니스를 개발하고 있습니다."

가와노베가 즉시 대화에 끼어들었다.

"그들의 입장에서 보자면 선로를 따라 살고 있는 주민들의 고령화가 진행되는 일은 본업인 열차의 이용자, 그것도 정기구입자가 줄어든다는 말이나 마찬가지이니까요."

"그건 약간 과장이 아닐까요? 그만큼 사람이 많이 있는 겁니까?"

"아니, 그렇지도 않습니다. 야마사키 씨는 60세 이상의 고령자가 소유하고 있는 주택의 비율을 알고 계십니까?"

"모릅니다."

"80퍼센트……. 물론 일본 전체를 봤을 때 말입니다만."

"그렇게나 있습니까?"

"엄청난 숫자죠. 생각해보십시오. 도쿄에서 많은 사철이 있습니다. 도큐東急, 오다큐小田急, 게이오京王라는 선을 따라 정연히 구획된 분양주택지가 언제 생겨났는지, 그것을 구입한 제1세대가 지금 몇 살이 되었을지 말이죠."

"그 말을 듣고 보니 저보다도 10살이나 12살은 연상일 것 같군요."

"그렇다는 말은 그 비율 안에 다 머물러 있다는 말입니다. 그렇기 때문에 앞으로 시간이 지남에 따라 이전에는 시대의 첨단을 달리고 있던 동네도 확실히 노인 마을로 바뀌게 된다는 말입니다. 동시에 고령자가 살기에 어울리는 시설의 수요가 생겨난다는 의미가 되죠."

가와노베는 한 호흡을 두고는 더욱 말을 이었다.

"하지만 사설 철도 쪽의 부동산업자가 하고 있는 일에는 한 가지 부족한 부분이 있습니다. 그건 중요한 노인을 돌볼 시설, 즉 받아들일 곳이 없다는 말입니다. 돈을 변통하는 방법은 제공하겠지만 시설은 스스로 찾으라는 말은 조금 불친절하지요."

"그럼 그 노인들을 받아들일 곳을 저희 마을이라고 생각해도 된다는 말인가요?"

"고려 대상이 될지도 모르겠습니다."

가와노베는 조용히 고개를 끄덕였다.

낭보였다. 물론 결정이 난 건 아니었지만 적어도 요쓰이가 생각하고 있는 프로젝트의 도마 위에 올라갔다. 그것만으로도 커다란 전진이었다.

"괜찮은 겁니까, 가와노베 씨. 그렇게 간단히……."

우시지마가 쓸데없는 말을 했다.

나는 무심코 우시지마를 찌릿 노려보았다.

"아니, 검토할 만한 가치는 있다고 생각합니다."

가와노베는 나를 보며 말했다.

"뭐라고 해도 가장 큰 매력은 3만 평이나 되는 정돈된 용지. 그것과 의료 시설, 레크리에이션 환경이 갖춰져 있다는 부분입니다. 그리고 당사자를 앞에 두고 이런 말을 하는 것도 그렇습니다만, 인건비가 도시에 비해 싸게 드는 부분도 좋습니다. 아무리 수중의 건물이 비싸게 팔린다고 해도 대부분의 노인들에게는 마지막 재산입니다. 이걸 다 쓰게 되면 남은 돈은 저축밖에 없다는 사실은 불안하죠. 여생을 보내는 비용은 싸게 드는 편이 좋다. 그렇게 생각하는 사람도 적지 않을 테니까요."

"하지만 자식들을 바로 만날 수 없게 되는 곳으로 이사를 가는 겁니다. 다들 저항감을 느낄 거라고 생각합니다만."

끝까지 쓸데없는 말을 내뱉는 녀석이었다. 우시지마는 아무렇지도 않게 부정적인 말을 내뱉었다.

"그러면 어째서 수중의 집을 처분하려는 사람이 이만큼 있을까요? 게다가 우시지마 씨는 자식들을 바로 만날 수 없다고 했지만 미도리하라까지는 신칸센을 타고 세 시간 정도면 갈 수 있습니다."

"그 세 시간이 문제인 게 아닙니까?"

"그렇긴 합니다만."

가와노베는 고개를 갸웃거렸다.

"그렇다면 여쭤보겠습니다만, 반대로 어째서 지방 도시에서는 노인이 혼자 사는 경우가 늘어나고 있는 걸까요?"

"어째서냐니, 그들을 돌봐줄 아들이나 딸이 고향을 떠나 도시에 생활 기반을 만들게 되었기 때문이겠죠."

"분명 그런 부분도 있겠죠……. 하지만 그 아들이나 딸 또한 부모에게 무슨 일이 생긴다면 세 시간을 들여 시골로 달려가게 되겠죠."

"그렇겠죠."

"저는 말입니다. 이렇게 생각합니다. 과거 신칸센이나 고속철도가 없었던 때는 부모에게 만에 하나 무슨 일이 생겨도 단 시간에 달려갈 수 있는 수단이 없었기 때문에 일자리가 없어도 간단히 고향을 떠날 수가 없었습니다. 하지만 이제는 교통망이 정비되어 만약의 경우라도 세 시간 정도면 달려갈 수 있습니다. 그런 환경이 갖춰지자 거리는 그다지 큰 문제가 아니게 되었죠. 잠재의식에 그렇게 생각하는 사람이 많아진 게 아닐까요? 그러한 이유로 과소화가 진행되는 지역에서 노인이 혼자 살게 되는 경향에 박차가 가해진 게 아닐까요? 저는 그렇게 생각합니다."

"그런 일면이 있다는 점은 부정할 수 없습니다만, 실제로 도시에서 살고 있는 사람은 어떻게 생각할까요? 그렇게 간단히 결론을 내릴 수 있는 사람이 얼마나 있을까요?"

"그건 해보지 않은 일이니 뭐라고도 할 수 없습니다만……. 하지만 말이죠, 일단 흐름이 생겨난다면 알 수 없는 일입니다."

가와노베는 자신이 있는 듯한 눈길로 우시지마를 본 뒤 이번에는 완전히 바뀌어 감개무량한 어투로 말했다.

"저도 말이죠, 앞으로 4년 뒤에는 정년퇴직을 하게 됩니다. 우리 요쓰이 직원들은 상사에 적을 두고 있긴 하지만 정말로 우리들의 힘으로 일으킨 비즈니스가 얼마나 있는 걸까? 이 나이가 되자 그런 생각이 절실히 들게 되더군요. 요 10년 동안을 돌아보자 더욱 그런 생각이 들었습니다. 거대한 조직에 어리광을 피우며 우리들은 많은 비즈니스 기회를 놓쳤던 건 아닐까 하고 말이죠. 시대의 총아가 되어 막대한 부를 쌓은 사람이 계속 나오는 IT산업이나 결혼식 비즈니스. 그들이 구축한 비즈니스 모델에 요쓰이의 자본력을 활용한다면 좀 더 빨리, 더욱 확실한 방법이 완성되지 않았을까요. 하지만 실제로는 누구도 그런 분야에 눈을 돌리지 않았죠. 물론 아이디어로서 생각한 사람이 있었을지도 모릅니다. 하지만 조직에 적을 둔 사람의 천성으로 결국은 실패를 두려워했거나, 어쩌면 작은 흐름을 주류로 밀어 올리는 데는 다대한 노력과 시간이 든다는 이유로 누구도 손을 대지 않았다……. 그렇지 않습니까?"

우시지마가 입을 다물었다.

"새로운 일을 시작하는 선구자에게는 커다란 에너지가 필요합니다. 성공을 믿고 전진하지 않는다면 일은 끝까지 해낼 수 없습니다. 그 일이 실현이 될 때까지 몇 년이 걸릴지 알 수 없죠. 하지만 말이죠, 그 한 걸음을 내딛지 않으면 아무것도 시작되지 않아요. 지금은 당연하게 있는 TV 또한 그렇습니다. 처음에 발명되었을 때는 수상기가 있어도 방송국이 없을 경우 그저 단순한 상자였을 뿐이며, 전파 중계국도 전국을 망라할 수 있을 만큼 만들어야만 했습니다. 방송국을 만들기 위해서는 눈알이 튀어나올 정도로 돈이 들었고 중요한 수상기가 보급되지 않으면 아무런 의미도 없는 일이었죠. 생각만으로도 정신이 아득해질 정도로 끝없는 길을 걸어야하는 불확실하기 짝이 없는 비즈니스였을 겁니다. 하지만 현재 TV가 존재할 수 있는 이유는 지금 이 모습이 실현될 수 있다고 믿으며 첫 걸음을 내딛은 사람이 있었기 때문이겠죠. 누군가가 시작하지 않으면 아무것도 일어나지 않습니다. 그리고 결과 또한 누구도 알 수 없습니다. 다만 일단 성공하면 반드시 그 뒤를 잇는 사람이 나타납니다. 세상은 그런 법입니다."

"으음, 그 말씀대로입니다. 천 리 길도 한 걸음부터. 그렇지 않습니까, 가와노베 씨!"

나는 무심코 엉거주춤 일어나 외쳤다.

"야마사키 씨. 기뻐하기에는 아직 이릅니다. 저는 가능성을 추구한다고 했을 뿐 아직 하겠다고 결정을 내린 건 아니니까요."

가와노베는 쓴웃음을 지으며 말했다.

"그럼 그 가능성을 높이기 위해서는 어떻게 해야 좋을까요?"

"일단 저와 마지마가 한 차례 현지를 시찰하겠습니다. 과연 노인이 생활하기에 정말로 적합한 토지인지 어떤지 확인해야겠죠. 만약 가능성이 있다고 판단된다면 거기서부터 어느 정도의 건물을 세우면 좋을지 대강의 계획을 세울 겁니다. 그 시점이 되면 한 가구 당 어느 정도의 건축 비용이 들지 산출될 테니 입주 대상이 될 타깃이 좁혀지겠죠. 그러고 나서 해당하는 고객층이 보인다면 사업을 시작할 겁니다. 없다면 이 이야기는 없던 일이 될 테죠."

"저희가 협력할 부분이 있나요?"

"시설의 개요가 잡히면 직원 수도 저절로 결정이 될 겁니다. 야마사키 씨께 부탁드리고 싶은 부분은 그 지방의 사람을 채용할 경우 과연 얼마 정도의 인건비가 적절할지. 직원 확보는 과연 가능한지. 그밖에도 이것저것 부탁드릴 일이 생길 거라고 생각합니다만, 어쨌든 본격적으로 움직이게 되는 건 지리조사가 끝난 뒤가 되겠죠."

가와노베의 말이 든든했다. 마음이 들떴다. 하지만 한편으로 마음속 한구석에 완전히 씻어내지 못한 불안 또한 남아 있었다.

고다마에 대한 부분이었다.

"저기…… 가와노베 씨. 우시지마에게서 들은 바로는 고다마 본부장님은 이 이야기에 그다지 흥미가 없어 하셨다고 하는데 괜찮은 겁니까? 사업부의 톱이 거부한다면 아무리 노력을 한다고 해도 어쩔 도리가 없지 않습니까?"

나는 목소리를 낮추며 질문했다.

"그런 일은 지금 단계에서 걱정해봤자 어쩔 수가 없는 일입니다. 본부장님은 제대로 된 보고서나 기획서를 보셔야만 하시는 데다, 저희가 다시금 정식으로 자료를 제시한 뒤 판단을 청하면 다른 대답을 하실 지도 모릅니다. 요는 이 사업이 비즈니스로서 성립될 것인지 아닌지가 문제이니까요."

가와노베는 지금까지와는 달리 냉철한 눈빛으로 시원스럽게 말했다.

*

"그러면 텟짱. 요쓰이 사람은 언제 우리 초에 오는 거야?"

출장에서의 일을 들려주자 구마켄이 물었다.

"날짜는 알 수 없지만 일주일 내로 올 것 같아."

"어때, 좋은 결과가 나올 것 같아?"

구마켄은 진정되지 않는 모습이었다. 무리도 아니었다. 이 한 건에 초의 장래가 걸려 있는 것이다.

"모르겠어. 가와노베 씨가 된다고 판단해도, 여하튼 도시에서 살던 노인을 시골로 유치하는 일은 전국을 돌아봐도 전례가 없으니 말이지. 아무리 모험심이 많은 사람이 모여 있는 종합상사라고 해도 전례가 없는 비즈니스에는 신중해지는 법이야."

"그렇다면 다시 접대 스케줄을 짜서 있는 힘껏 초의 좋은 장점을 어 필해야만 하겠네."

"글쎄?"

나는 고개를 갸웃했다.

"좋은 곳만을 선별해서 보여준다고 해도 이번만은 그다지 효과가 없 을지도 몰라. 내버려둬도 자신들이 관심 있는 부분은 사전에 리스트를 짜서 올 거고."

"그렇겠지……. 우시지마 씨와는 달리 그 분야의 프로니까."

구마켄은 깊은 한숨을 내쉬고는 침울한 어조로 말했다.

"하지만 텟짱. 나, 네 말을 듣고 조금 신경이 쓰이는 부분이 있어."

"뭐가?"

"가와노베 씨가 고안한 비즈니스 계획은 잘 만들어졌다고 생각해. 하 지만 말이야, 이 계획이 실현된다고 해도 역시 입주대상이 되는 층은 도시에서 단독주택을 가진 사람이 되겠지."

"그렇겠지."

"그렇다면 집이 없는 사람은 어떻게 되는 걸까. 생각해보면 정말로 노후의 생활에 불안함을 느끼는 사람은 돈으로 바꿀 수 있는 재산이 아 무것도 없는 사람들이잖아. 정년퇴직까지 열심히 일해도 결국에는 단 독주택을 손에 넣지 못하고 주택단지에 사는 게 고작이었을 테지. 그런 사람들을 위한 시설을 만드는 일이 지자체의 역할이 아닐까?"

구마켄에게 들을 필요도 없이 그 부분은 나도 신경이 쓰였던 점이었 다.

쾌적한 노후를 보낼 돈을 얻기 위한 재산을 가지고 있는 사람은 괜찮다. 이익을 추구하는 민간 기업이 그런 사람들에게 대가를 받고 서비스를 제공하는 건 부득이한 일이다. 다만 설령 휴면지라고는 해도 세금을 사용해 조성한 용지를 이익을 추구하는 기업에게 무상으로 대여한다. 그것도 부유층을 대상으로 하는 사업에 대여하게 된다면 역시 본래 지 자체가 지녀야 할 본연의 자세와는 다른 모습이 되지 않나. 그런 생각은 분명 있었다.

"하지만 구마켄. 그렇게 말은 해도 우리 초는 이미 어쩔 도리가 없는 지경까지 몰려 있어. 이대로 재정주의단체로 지정된다면 병원도 폐쇄될 거야. 지금 하고 있는 노인 서비스도 전부 없어질 테지. 게다가 노후 생활에 불안함을 품고 있는 사람은 전 세계에 잔뜩 있어. 전부 구제하는 일은 불가능한 일이야. 만약 정말로 그런 사람들을 구하고 싶다면 그 일에 대한 생각을 해야 하는 건 우리가 아니야. 국가가 제대로 된 제도를 만들어 해결에 나서야만 하는 문제야."

"하지만 텟쨩. 미야가와의 가사이 시장님도 그랬잖아. 시설 건설이 현실화된다면 우리 초뿐만이 아니라 미야가와에도 꽤나 수요가 있을 거라고. 만약 완성된 시설이 이 주변 사람들이 이용하기에는 너무나도 비싼 시설이 된다면 이번에는 지역을 버렸다는 비난을 받게 되지 않을까."

"그렇게는 되지 않을 거라고 생각해."

"어째서?"

"입주비가 얼마가 될지는 앞으로의 검토 과제이기 때문에 알 수가 없어. 하지만 식료품의 대부분은 지방의 농가, 혹은 사업소에서 구입하게 될 거야. 그 결과 농가의 수입이 올라가고 주민세 수입도 늘겠지. 직원에게서도 세수를 얻을 수 있게 될 거야. 그렇게 되면 초에 살고 있는 노인에게 지금까지 이상으로 지원금이 돌아가게 되겠지. 게다가 말이야, 초에 살고 있는 주민의 입주를 거절하는 게 아니야. 들어가고 싶다면 들어가면 되니까."

가슴속에는 복잡한 감정이 소용돌이치고 있었지만 일부러 나는 구마켄의 불안을 단칼에 잘랐다. 실제로 유치가 결정된 것도 아니었고 입주조건이 명확해지기 전에 이런저런 걱정을 해도 별수 없다는 기분도 들었기 때문이었다.

내 난폭한 어투에 구마켄은 입을 다물고 밑을 바라보았다. 뭔가 납득이 가지 않는 듯했다.

"뭐야, 구마켄. 아직 하고 싶은 말이 있어?"

나는 초조한 어투로 말을 던졌다.

"아니⋯⋯. 이 말을 해봤자 또 쓸데없는 걱정이라는 말을 할 테니까⋯⋯."

"그렇게 말하면 신경이 쓰이잖아. 일단 말을 꺼냈으면 끝까지 해봐."

"그렇다면 말하겠는데."

구마켄은 마음이 내키지 않는 듯한 모습으로 입을 열었다.

"가마타케 말인데."

"그 영감이 어쨌는데."

"아무 일도 하지 않고 있긴 한데 그 조용히 있는 점이 신경 쓰인단 말이지."

"어째서?"

"만약 정말로 요쓰이가 이 초에 오게 된다면 시설을 건설할 회사는 당연히 요쓰이 계열의 건설 회사가 될 거잖아?"

"그야 알 수 없는 일이지. 세간에서는 요쓰이 그룹이라고 칭하면서 구 재벌계의 대형 상사가 사업을 할 때는 그룹 내에서 일이 결정된다고 생각할지도 몰라. 하지만 실제로는 그룹 기업 각 사의 몸집이 너무 커져서 관계도 그다지 강력하지 않아."

"하지만 말이야, 이렇게 커다란 안건이 되면 건설 회사도 그에 어울리는 기술을 가진 곳이 아니면 안 되지 않을까?"

"그렇겠지. 상식적으로 생각해봐도 말이야."

"그 부분이야. 내가 신경 쓰이는 점은……."

"애매하게 말하지 마. 기분 나쁘잖아. 건설회사와 가마타케랑 무슨 관계가 있는 건데."

나는 소리를 높였다.

"전에도 말한 적 있잖아. 가마타케의 손녀가 지방의 건설 회사로 시집을 갔다고."

"그래서?"

"너도 감이 둔하구나. 가마타케는 초의 이권으로 살아온 남자야. 손녀를 그 회사로 시집보낸 이유도 초의 공공사업을 독점하기 위해서였고."

거기까지 듣자 나는 과거 구마켄이 말했던, 공공사업에 물 쓰듯이 돈을 쓴 결과 작은 토건 업자였던 회사가 빌딩을 세울 수 있을 정도로 급속도로 성장했다는 이야기가 떠올랐다.

"그 회사에 가마타케의 손녀딸이 시집을 갔단 말이지?"

"그래."

구마켄은 고개를 끄덕이더니 말을 이었다.

"그래서 만약 정말로 이 이야기가 움직이기 시작한다면 저 남자는 가만히 있지 않을 거야. 천재일우의 기회가 왔다는 것처럼 손녀딸이 시집을 간 곳에 사업을 맡기려고 밀고 들어올 거야."

"정말로 그런 부정한 의뢰를 한다면 사실을 공공연하게 밝혀버리면 되잖아."

"그렇지만 늙은 너구리 같은 남자니까 그렇게 간단히 꼬리가 잡히지는 않을 거야."

"어떤 방법이 있는 거야?"

"텟짱, 너 그 토지를 무상으로 요쓰이에 대여하겠다고 했지?"

"응, 그랬었지."

"나 또한 아마 초의 사람들도 반대는 하지 않을 거라고 생각해. 휴면 상태가 되어 있는 초의 재산을 유효하게 활용하는 일이니까. 하지만 그러기 위해서는 초 자치의회의 찬성을 얻어야만 해."

"초 자치의회라니. 내가 초장으로 취임하면서 했던 연설 중에 이 계획을 발표했을 때 아무도 반대를 하지 않았잖아?"

"어떻게 될지 알 수가 없던 시점에서 한 이야기잖아. 이 일이 실현된다면 이야기는 달라져. 그 용지를 어쨌든 사용하게 될 경우 다시 한 번 초 자치의회의 승인을 얻어야만 해. 그때 가마타케가 지역의 건설 회사를 이용해야만 한다고 말하면 어떻게 할 거야?"

"거기가 어떤 건설 회사인지는 모르겠지만 가마타케에게 이권이 가리라는 사실을 알면서도 일을 줄 수는 없잖아. 공공사업인 한 시공업자는 공개 입찰이 원칙이야. 아마도 요쓰이도 그렇게 할 게 분명해."

"그렇다면 지방 산업 진흥을 위해서라고 말하면 어떻게 할 건데. 초의 재정이 핍박받고 있는 상황이라 그 회사도 한숨이 나오는 도산 직전의 상황이야. 고용했던 직원 또한 해산시키고 일용직으로 쓰고 있어. 초의 재산을 무상으로 대여할 경우 초민의 고용확보를 위해 지방의 건설 회사를 우선적으로 사용하라는 조건이 제시된다면 찍소리도 할 수 없잖아."

"3만 평의 토지에 커다란 건물을 지을 만한 힘이 있는 거야?"

"그런 힘은 없지만 원청 업체는 될 수 있을 거야."

"작은 회사가 대기업을 부린다고? 그런 바보 같은 이야기가 어디 있어. 그래서야 재하청을 한다는 말이잖아."

"그렇지 않다면 하도급자라도 괜찮다고 나올 수도 있어. 자사에서 할 수 없는 일은 2차 하청으로 돌리면 되니까."

"저기 말이야, 구마켄. 지금까지 어떻게 업자를 선정했는지는 모르겠지만, 나도 오랫동안 회사에서 일하는 동안 곡물 저장고 등의 다양한 시설의 건설에 몇 번 정도 입회했었어. 큰 자금을 투자할 때 민간에서는 말이지 건축 비용이 타당한지, 시공이 완벽하게 설계 명세서대로 진행되고 있는지, 전문 컨설턴트를 고용해 검증하는 게 당연한 일이야. 하물며 요쓰이 정도의 기업이라면 컨설턴트를 고용할 필요도 없이 자신들이 그걸 실행할 힘을 가지고 있어. 물론 어느 건설 회사로 결정되더라도 하청, 재하청은 이용하겠지. 하지만 타당한 이익 이상의 돈은 땡전 한 푼도 지불하지 않을 거야. 그게 비즈니스라는 거야."

"그건 중앙의 규칙이고, 이곳에는 이곳의 관습이라는 게 있으니까."

"그 관습이라는 것 때문에 초가 이렇게 되었어. 뭐, 일자리가 없는 초의 사람을 우선적으로 선정해 업자로 고용하는 일을 조건으로 내세우는 건 초장으로서 당연한 일이라고 생각하지만 업자 그 자체까지는 지정할 수 없어. 무엇보다 그런 일을 하면 쓸데없는 건설비가 불어나 결국 입주비로 되돌아오게 될 거야. 그래서는 입주민이 넘어야할 허들이 높아지게 될 뿐이야. 사업을 하는 의미가 없잖아?"

"네 말은 다 맞는 말이라고 생각하지만……. 그 남자가 이런 좋은 건수를 가만히 놓치고 있을 리가……."

구마켄은 벌레라도 씹은 듯한 표정으로 고개를 숙였다.

"어쨌든 그건 운에 맡겨야 할 일이야. 벌써부터 앞날을 걱정해도 별수 없잖아. 게다가 말이야, 입찰 결과 구마켄의 손녀딸이 시집을 간 건설 회사가 조건에 적합하다면 배제할 이유 같은 건 전혀 없어. 정당한 수익 안에서라면 얼마 정도가 그 인간의 주머니로 들어간다고 하더라도 이쪽이 알 바는 아니니까. 적합하지 않다면 유감입니다 하고 끝내면 되는 이야기야. 요즘 세상에 그런 생트집을 거는 사람은 없겠지."

나는 딱 잘라 말한 뒤 구마켄에게 명령했다.

"그것보다 구마켄. 요쓰이 쪽에서 부탁한 당면의 과제야. 만약 시설 건설이 현실화된다면 거기서 일할 직원의 급료. 이 근처의 주민의 경제력으로 보아 타당하다고 생각되는 선을 빨리 산출해줘."

4 장

제4장

그 뒤 4개월 동안, 요쓰이의 사람이 찾아와서는 조사를 반복하는 나날이 이어졌다.

요쓰이에 오랫동안 있었던 내가 필요 이상으로 일에 관여하는 건 엉뚱한 오해를 받을 수도 있다. 게다가 초장으로서의 본래 업무도 있다.

나는 구마켄을 리더로 삼아 기업유치실이라는 부서를 신설해 그들을 담당하게 했다. 부하는 이지마 고헤이飯島公平, 고마쓰 요코小松洋子 등 두 명이었다.

이지마는 도쿄의 대학을 나와 고향으로 되돌아온 부류로 아직 30살, 고마쓰 요코는 센다이의 복지 대학을 졸업한 지 6년째가 되는 28살로 둘 다 나이가 어렸다. 커다란 일을 맡기기에 불안하기는 했지만 관공서에서 오래 일한 경우라면 좁은 초의 일이니 여러 가지로 얽매이는 부분이 생길 것이다.

그렇다. 구마켄이 말했던 이권의 냄새를 맡은 무리가 달라붙을 것이 틀림없다. 초 자치의회의 사람을 나는 경계한 것이다. 게다가 커다란 일을 젊었을 때 경험하게 하는 건 나쁜 이야기가 아니라는 생각도 들었다.

노인 시설의 유치가 성공한다면 사업은 영속적으로 이루어질 것이다. 그렇게 된다면 기획의 입안부터 운영에 이르기까지 무엇이 어떻게 행해졌는지 일의 모든 경위를 아는 사람이 있는 편이 좋다.

"언젠가는 시설의 장으로서 취임을 할 수 있을 만한 인물을 스태프로."

딱 하나 그 조건을 건 결과, 구마켄이 특별히 선출한 인물이 이 두 사람이었다.

요쓰이 쪽에서도 같은 생각이었던 듯 최초에 현지 시찰을 할 때는 가와노베, 마지마 두 사람이 찾아왔지만 두 번째 시찰 이후에는 마지마가 몇 명의 스태프를 데리고 조사를 행하게 되었다. 가와노베의 나이를 보면 시설이 가동을 시작할 때는 정년에 가까워질 것이다. 아마도 마지마가 이후의 운영을 책임지게 될 것이었다.

낯선 남자들이 빈번하게 시골티가 나는 초를 방문해, 잡초가 무성하게 나 있는 거대한 토지를 앞에 두고 도면을 펼치는 모습이나 다양한 시설을 보며 돌아다닌다면 좋든 싫든 눈에 띄게 되는 법이다.

"뭔가 커다란 건물이 생긴다나봐."

"아니, 공장이 들어오는 것 같던데?"

초민들의 사이에서는 여러 가지 억측이 흐르기 시작했다.

초 자치의원 중에는 넌지시 속을 떠보러 오는 사람도 있었지만 나는 말을 흐리며 명확한 대답을 피했다.

어쨌든 단기 종합 정밀 건강 진단으로 병원에 입원했다는 이유만으로도 죽었다고 꼬리가 붙어 소문이 갑자기 퍼지고 마는 초인 것이다. 요쓰이가 현지 조사를 반복하고 있다는 이야기를 한다면 이 일은 결정된 사항으로 바뀌어 수습할 수 없는 사태로 빠지게 되리라는 것이 눈에 선명하다.

나는 침묵을 지켰지만 신경 쓰이는 부분은 가마타케의 움직임이었다. 요쓰이의 사람이 빈번하게 초를 방문하고 있는 일도, 초민 사이에 소문이 나고 있다는 사실도 당연히 그는 알고 있을 터다. 하지만 가마타케는 그 부분을 건드리기는커녕 의식적으로 무시하기로 하는 듯했다.

어느샌가 계절이 바뀌어 녹음에 뒤덮여 있던 산들은 타는 듯한 단풍으로 물들더니 지게 되었다. 대지는 다갈색의 마른 벌판이 되었고, 늘 삼나무에 푸르고 무성했던 잎도 까맣게 바뀌고 말았다. 어둡고 혹독한 겨울이 찾아왔다──.

"텟짱. 괜찮을까?"

초장실을 찾아온 구마켄이 그런 말을 툭 내뱉은 때는 해가 바뀌고 한 달이 지나 2월에 들어서려는 때였다.

"뭐가?"

"요쓰이 사람 말이야. 해가 바뀌자마자 오지 않게 되었잖아. 요 한달, 아무런 연락도 없어."

"조사가 대체적으로 끝났기 때문이 아닐까?"

나는 초조한 목소리로 대답했다.

그 이유는 구마켄이 이 방에 찾아올 때까지 초에 점재하는 시설의 수지보고서를 읽고 있었기 때문이다. 참담한 꼴. 그 한마디로 표현할 수 있는 금액이었다.

예를 들어 초에는 25미터, 6레인을 갖춘 실내 온수 수영장이 있지만 매일 평균 이용자는 세 명. 거기에 다섯 명이나 되는 직원이 달라붙어 있었다. 물론 초의 스포츠 진흥과의 업무를 겸임하고 있기 때문에 수영장 전속 직원이라고는 할 수 없다. 하지만 애초에 인구 1만 3천 명 정도밖에 되지 않는 초이다. 학교에는 운동부가 있어 독자적인 활동을 하고 있기에 고작 초민 게이트볼 대회의 운영을 하는 정도밖에는 일이 없는 것이다. 그것도 이용료는 고작 500엔. 즉 하루 평균 1,500엔의 수입밖에 없는 것이다. 이래서는 인건비, 아니 직원의 시급조차 마련할 수 없다.

주민 센터도 마찬가지였다. 작년의 이벤트라고 하면 지방 순회 극단의 공연이 두 번. 초민 노래 대회에 초민제. 지역 문화인의 강연이 세 번. 음악대학의 학생 연주회가 두 번——.

아무리 봐도 수익으로 연결되리라고는 생각할 수 없는 이벤트만 잔뜩 있었을 뿐이며 가동률은 10퍼센트 정도였다.

뭐, 이쪽은 전속 직원을 두고 있지 않기 때문에 인건비는 사실상 들지 않지만 그럼에도 시설의 유지비는 확실히 초의 예산을 좀먹고 있었다.

이대로라면 결국 직원 해고, 그렇지 않으면 급여 삭감에 착수해야만 한다. 그렇게 생각하고 있던 순간 구마켄이 나타났다.

"조사가 끝났다는 이유도 있겠지만……."

구마켄의 눈썹 꼬리가 믿음직스럽지 못하게 늘어졌다.

"요쓰이 사람들, 겨울 동안의 여기 모습을 보고 꺼림칙한 생각이 든 게 아닐까?"

"일본에 사계절이 있는 건 당연한 일이야. 규슈九州도 눈은 내리잖아. 도쿄도 이 시기에 가로수는 벌거숭이고. 어디를 가도 똑같아."

"하지만 복장이 다르잖아."

"복장? 어디가?"

"역시 노인밖에 없으니 말이지. 패션 같은 말과는 거리가 먼 복장을 하고 있잖아. 색도 수수하고."

"색이 수수하다는 점은 도시도 똑같아. 다들 빨간색이나 노란색 옷을 입고 있는 게 아니야. 젊은 사람들도 최근에는 까만색이나 회색 옷을 좋다고 입고 다니고 있어."

"그것뿐만이 아니야. 초는 다 셔터를 내리고 있고 낮에도 사람이 지나다니질 않아. 어쩐지 쓸쓸한 느낌이 심해졌어."

"여름도 마찬가지잖아. 1년 365일, 이곳은 변함이 없어. 게다가 말이지, 남쪽의 섬도 낮에 지나다니는 사람은 없어. 햇빛이 강하기 때문에 말이지. 다들 집 안에서 가만히 있어. 고개를 들면 파란 하늘, 눈부시게 쏟아져 내리는 태양 밑에 아무도 없다고. 그쪽이 더 기분 나쁘지 않겠어? 백일몽이라도 꾸고 있는 것 같잖아."

강하게 말은 했지만 분명 구마켄이 말한 것처럼 12월부터 신록이 돋아나는 4월까지 초는 무겁게 가라앉는다. 격렬한 대기, 맑게 갠 파란 하늘이 추위에 박차를 더한다.

고려장 터——. 시설이 아무리 충실하다고 해도 도시에서 이런 시골로 온 노인들이 이 광경을 보며 자신이 이곳에서 인생의 최후를 맞이하게 될 것이라는 생각을 하게 된다면 그런 말이 뇌리에 떠오르고 기분은 가라앉으며, 사람에 따라서는 우울함에 빠지는 사람도 나올지도 모른다. 그렇다면 도시에서라면 그런 기분을 맛보지 않을 수 있을까. 아니 그렇지도 않다.

주말이 되어도 자식이 방문할 리는 없다. 레크리에이션 시설에 가려고 해도 교통수단이 없다. 가령 차를 운전해서 간다고 해도 도시인 것이다. 주차장에는 한계가 있다. 결국 늙은 부부가 둘이서 집에 틀어박혀 TV라도 보면서 차를 마시며 그저 시간은의 흐름을 기다리게 될 것이다. 그것도 몸이 자유롭지 못할 때의 불안함을 느끼면서 말이다.

모든 조건이 갖춰진 환경 속에서 인생의 최후를 맞이할 수 있는 인간은 거의 존재하지 않는다. 겨울은 남반구에서, 봄은 도쿄, 여름은 가루이자와, 결국에는 몇 억이나 드는 완전 간호 노인 센터에 들어가게 되는 코스는 덧없는 일이나 다름없다. 뭔가를 참지 않으면 인생 최후조차 제대로 된 형태로는 맞이할 수 없다. 그것이 현실이다.

"그렇게 신경이 쓰인다면 가와노베 씨나 마지마 군에게 전화를 해보면 되잖아. 여자아이에게 편지를 기다리는 중학생도 아니고 말이야."

내가 빈정거린 바로 그 순간이었다. 책상 위의 전화가 울렸다.

"야마사키입니다."

"오랜만입니다. 가와노베입니다."

타이밍도 좋게 전화를 건 사람은 가와노베였다.

"아아, 마침 방금 가와노베 씨의 이야기를 하고 있던 참입니다. 구마자와가 여기 와 있어서 말이죠. 요 한 달 동안 요쓰이에서 아무런 이야기도 없었다며 무슨 일이 생긴 걸까 하며 투덜거리는군요."

"그건 미안하게 됐습니다."

가와노베는 미안하다는 듯한 어투로 말한 뒤 분위기를 바꾸어 밝은 목소리로 말을 꺼냈다.

"실은 현지조사 결과가 정리가 되었기에 저희 부에서 정식 안건으로서 연말 기획서를 제출했습니다. 그 기획서를 위한 자료 정리나 프레젠테이션 준비 때문에 연락이 소원해지고 말았습니다."

"그렇습니까, 정식으로 기획서를 제출하신 건가요?"

"그래서 오늘 그 프레젠테이션이 끝났습니다만, 결과부터 말씀드리자면 해보기로 했습니다. 일단 고다마 본부장님께서 기획을 진행해도 된다고 말씀하셨습니다."

"정말입니까? 고다마 씨가 괜찮다고 하신 겁니까?"

"그래서 일단이라는 말씀을 드린 겁니다. 완전히 승낙을 하신 건 아닙니다. 다음 단계. 즉 시설 기본설계와 운영비의 현실적 산출 단계에 들어가도 좋다고 하는 겁니다. 야마사키 씨도 회사에 있었을 때는 여러 가지 일을 경험하셨을 테니 사내의 규칙은 알고 계시겠죠?"

두말할 나위도 없다. 대형 기획, 그것도 막대한 투자를 필요로 하는 안건에는 몇 개의 난관이 있다. 일단 처음에 기획 그 자체의 콘셉트가 타당한지 어떤지를 심사하고 그 결과 괜찮다는 판단이 서야 다음 단계로 넘어갈 수가 있다. 기본설계라고는 하지만 이상적인 그림을 그리는 단계일 뿐 본격적인 구조설계는 행해지지 않는다. 운영비, 이것도 이상을 바탕으로 산출한다. 당연히 견적금액은 현실과 동떨어진 금액이 된다. 그 단계에서 이번에는 요쓰이가 운영을 할 때 확보해야만 하는 절대적 수익을 가미한 투자액, 즉 기업으로서 양보할 수 없는 금액과 맞춰 남는 부분을 깎아낸다. 그 결과를 상층부에서 승인하게 되면 처음으로 본격적인 구조설계 단계로 이동하게 된다. 그런 과정을 하나하나 완전히 통과해야 처음으로 기획이 실현되는 것이다.

어떤 단계에서 실패하게 되면 기획은 즉시 취소되어 백지화. 이 부분이 이익을 추구하는 민간 기업과 예산을 오버해도 한 번 시작한 일은 완성될 때까지 물 쓰듯이 돈을 쏟아 붓는 공공사업과의 최대 차이점이다.

"물론 알고 있습니다."

그럼에도 최초의 관문을 통과했다는 말은 낭보였다.

"그래서 이번 투자효율은 어느 정도의 숫자를 베이스로 해서 산출한 건가요?"

투자효율은 투자한 자금을 몇 년 안에 회수할 수 있으며, 얼마나 이익을 만들어낼 수 있는지를 나타내는 숫자로, 사업의 타당성을 판단하는 지표가 된다.

"9퍼센트입니다. 요쓰이에서는 7퍼센트 이하의 사업은 하지 않는 것이 규칙이니 이건 괜찮은 수치입니다."

물론 요쓰이의 규칙은 사업부가 다르더라도 빈틈없이 적용된다. 7퍼센트에 도달되지 않았다면 애초에 가와노베가 기획서를 제출할 수 없었을 테지만, 그렇다고 치더라도 9퍼센트는 매우 높은 수치이다. 은행의 대출금리가 2퍼센트 껑충 뛰면 지불액이 얼마나 바뀔지를 생각하는 일과 마찬가지이다.

"9퍼센트!"

나는 놀라 소리를 질렀다. 과연, 그만한 숫자를 들이댔기 때문에 제1관문을 통과한 것이리라. 이 정도의 투자효율이 예상되는 사업은 그다지 많지 않다.

"이것도 토지비가 들지 않기 때문입니다. 야마사키 씨. 만약을 위해 말씀을 드리는 겁니다만, 그 부분은 괜찮은 건가요?"

"휴면지입니다. 게다가 초의 예산을 사용해 공장을 유치하려고 조성한 토지입니다. 그곳에 노인센터가 생겨 고용도 확보가 된다면 초의 인구도 늘어날 겁니다. 누가 불평을 할 수 있겠습니까. 초에서 반드시 부탁드리고 싶은 부분은 납세인구를 늘린다는 의미에서 직원의 주거 장소는 미도리하라로 해주셨으면 하는 정도입니다."

"그건 괜찮습니다. 직원의 기숙사 등도 부지 안에 건설할 예정이니 안심해주십시오."

가와노베는 그렇게 단언하더니 말문을 흐렸다.

"다만……."

"뭔가요."

"본부장님께서 승인 사인을 내리기 전에 현지를 한 번 보고 싶다고 말씀하셨습니다."

"언제입니까?"

"조만간 가게 될 것 같습니다. 아마도 이번 주 안으로 안내를 드리게 될 듯합니다."

윽! 이런. 하필이면 이런 계절에 오는 건가?

기쁨은 순식간에 날아가 버렸다.

구마켄에게는 강하게 말을 하긴 했지만 첫인상은 매우 중요하다. 다갈색밖에 보이지 않는 들판, 까만 삼나무가 늘어선 산. 차가운 바람이 부는 들판 한가운데 고다마가 설 경우, 그는 무슨 생각을 할까.

나는 무심코 머리에 손을 대고 머리카락을 그러 올렸다.

"제가 이런 말씀을 드리는 것도 그렇습니다만, 시기가 나쁘지 않습니까. 생명감이 넘쳐흐르는 녹음이 풍요로운 계절이라면 몰라도 메마른 들판이 가득한 계절이니까요."

"그런 건 걱정하지 않으셔도 됩니다."

가와노베가 쓴웃음을 지으며 말을 이었다.

"저희들이 다루는 건물은 도심의 일등지에 있는 건물만이 아닙니다. 주위에 아무것도 없어 보이는 벌판을 매수해서 대규모 맨션 단지를 만든 적도 있는가 하면, 일대 주택지를 만든 적도 있습니다. 중요한 건 그 장소가 사업지로서 어울리는지 어떤지, 거주자가 나타날지 어떨지, 사업으로서 성립할지 어떨지를 보는 거니 말이죠. 자세한 사항은 만나 뵙고 말씀드리겠습니다만 괜찮습니다, 미도리하라의 용지는 쓸 만합니다. 그것만은 말씀드릴 수 있습니다."

가와노베가 그렇게 말을 한 뒤 이야기를 마쳤다.

"텟짱. 요쓰이에서 온 전화야?"

"그래."

"뭐라고 그래?"

"일단 제1관문은 통과했어. 시설 건설을 향해 정식으로 승낙이 떨어질 것 같아."

"정말이야?"

"거짓말을 해서 내가 뭘 어쩔 건데. 다만 기뻐하는 건 아직 일러. 국가사업과는 달리 앞으로 뛰어넘어야 할 관문이 몇 개나 더 있어. 어딘가에서 안 된다는 판단이 선다면 그 시점에서 사업이 취소되는 경우도 있으니까 말이야."

"아니, 그래도 좋아."

구마켄은 얼굴에 웃음이 가득했다.

"다만 말이지, 그 전에 본부장이 이쪽에 와서 현지를 시찰한다고 해."

"본부장이라면 고다마 씨?"

"그래."

"괜찮을까, 이런 계절에 와서. 이 경치를 보고 소극적으로 바뀌는 게 아닐까?"

"가와노베 씨는 자신이 있는 듯했지만 분명 마음에 걸리기는 해."

"그렇지. 역시 텟짱도 걱정이 되는구나."

구마켄은 그럴 줄 알았다는 듯이 가만히 나를 쳐다보았다.

"숨긴다고 해도 들킬 일은 언젠가는 들통 나게 될 거야. 나중에 이러쿵저러쿵하는 것보다 맨 처음에 최악의 모습을 보여주는 편이 마음이 편하겠지. 이렇게 되었으니 어쩔 수 없어. 각오를 하자고."

나는 등받이에 몸을 기댔다.

＊

"어이쿠~ 이건 들었던 것보다 더 엄청난 시골아닌가."

차에서 내리자마자 고다마가 새된 소리를 질렀다.

전혀 배려심이 없는 남자였다. 조금쯤은 이쪽의 심정을 생각해 표현을 달리 해도 좋으련만, 고다마는 인상 그대로 배려심이 없는 말을 내뱉었다.

"게다가 추위가 엄청나군. 뼛속까지 스며드는 추위야. 발끝에서부터 냉기가 올라오는군. 낙타털로 만든 타이츠 바지를 입고 오길 잘했어."

당연한 일이다. 젊은 사람이라면 몰라도 60살을 넘은 남자가 겨울의 도호쿠에 올 때는 타이츠 바지는 필수품이다. 게다가 가죽 신발도 신어야 한다.

"노인이 더위 때문에 죽는 일은 있어도 추위 때문에 죽는 일은 요즘 시대에는 없습니다. 이 근처는 여름에도 냉방장치는 필요하지 않습니다. 낮에는 창문을 열고 집 안에 있으면 시원한 바람이 들어오고, 밤에는 여름 이불이 필수품입니다. 그 대신 겨울의 방한대책은 제대로 해두지 않으면 안 되지만요."

나는 무심코 날카롭게 대꾸했다.

"그 말을 듣고 보니 그렇군. 도쿄에서 혹서가 발생해 열사병으로 매년 제법 많은 수의 노인이 세상을 뜨곤 하니 말이지. 더위를 버티게 해주는 물건은 에어컨 하나뿐이지만 따뜻하게 만들어줄 수 있는 물건은 온풍기에 고타쓰, 스토브. 게다가 옷을 껴입으면 어떻게든 되니까 말이야."

"맨몸이 되면 그 이상 옷을 벗을 수는 없으니까요."

눈앞에는 3만 평의 용지가 펼쳐져 있었다.

그 용지를 내려다보는 고다마의 눈빛이 바뀌었다. 평가를 내리는 듯한 비즈니스맨의 눈빛이었다.

"그나저나 넓군. 이만큼이나 넓게 정돈된 용지를 보는 게 몇 십 년 만인지 모르겠어. 다마多摩에서 맨션 단지를 조성부터 직접 다뤘을 때 이후로 처음인 것 같군."

고다마는 먼 과거를 떠올리는 듯이 눈을 가늘게 뜨고는 누구에게라고 할 것 없이 질문을 던졌다.

"이곳은 그러니까 이전에는 논이었다고 했던가?"

"그렇습니다."

나는 대답했다.

"정지가 끝난 건 언제지?"

"대강 10년이 되네요."

구마켄이 대답했다.

"그렇다는 말은 지반은 한참 전에 안정이 되었다는 이야기로군."

"당시에는 당장이라도 유치기업이 모일 거라고 생각해 개량공사를 했습니다. 드레인을 땅 속 깊숙하게 박아서 말이죠."

드레인페이퍼드레인공법, 상부에 단단한 모래층이 없고 깊이가 얕은 지역의 지반 개량에 주로 사용되는데, 시공 속도가 빠르고 배수 효과가 좋다─편집자 주은 강인한 종이 같은 물건으로, 주로 논이나 습지대 같은 연약지반의 개량 공사를 할 때 사용된다. 이것을 땅속 깊숙하게 끼워 넣으면 모세관 현상에 의해 수분이 빨려 올라와 지반이 단기간에 단단하게 바뀐다.

"그렇게까지 했는데 이곳으로 오겠다는 기업이 나타나지 않았던 건가."

"그렇습니다."

깔보는 듯한 고다마의 어투에 나는 울컥한 말투로 말했다.

"순서가 반대이지 않나? 기업을 유치한다고 해도 처음에 계획을 세우고 나서 청사진을 가지고 알짜배기 기업의 속을 슬쩍 떠봐야지. 그야 버블 때는 어떤 땅이라도 값이 올랐을 테니 말이야. 정돈되어 있는 빈 땅이 있다면 쓸데가 없더라도 일단 사두려는 기업은 얼마든지 나났을 테지만 그건 민간의 토지에 한정된 이야기겠지. 지자체주도형의 공업단지는 값이 오를 때까지 땅을 가지고 있는 것을 막기 위해 대부분 구입 후 2년 또는 3년 안으로 시설 건설에 착수한다는 조건이 붙는 법이니. 사업 계획이 없으면 손을 대려고 하지 않아. 진출할 기업이 없는데 땅을 정돈하는 건 당치않은 일이라고."

"당시 초의 행정을 담당하고 있던 사람들이 어떤 판단을 내렸는지는 모르겠습니다. 뭐, 얼마 전까지는 매년 가만히 있어도 나라에서 막대한 교부금이 내려왔으니 통이 컸을 겁니다."

"그러고 보니 고향 창생 기금이라고 해서, 규모를 묻지 않고 전국의 시정촌에 1억 엔이나 되는 진수성찬을 나눠준 적이 있었지. 그 돈으로 금으로 된 고케시小芥子, 일본 도호쿠 지방의 전통 목각인형나 말린 가다랑어를 만들거나, 온천을 파거나, 일본에서 가장 긴 워터 슬라이드가 있는 수영장을 건설한 곳도 있었으니까. 생각해보면 정말이지 허술하기 짝이 없는 발상이었어. 민간에서는 도저히 통용되지 않을 생각인데도 어째서 세금을 사용하게 되면 누구도 불평을 하지 않는 건지 신기하기 짝이 없더군. 나랏일은 참 편하다니까."

"조금도 편하지 않습니다. 그 청구서를 지불해야만 하는 쪽의 입장도 한 번 생각해주십시오."

나는 그만 언성을 높였다.

"아, 그랬었지. 자네는 지금 그 녀석들의 뒤처리를 하느라 큰일이란 걸 깜박했군. 미안하네, 미안."

고다마는 관자놀이 근처를 손끝으로 긁더니 분위기가 돌변해 진지한 얼굴로 말했다.

"하지만 지금 와서 보면 별 볼 일 없는 기업이 손을 들거나 하지 않아서 다행이었을지도 모르겠군."

"그 말씀은?"

"이곳에 단 한 개라도 어중간한 공장 같은 게 서 있었다면 자네가 유치하려고 생각하고 있는 시설 같은 건 처음부터 검토의 여지도 없었을 거야. 가와노베 군 단계에서 퇴짜를 놨을 테니 말이지."

"그렇다는 말은——."

작은 기대와 흥분이 가슴속에 움텄다.

"이만한 크기의 정돈된 토지가 아직 손도 대지 않은 상태로, 그것도 지금 당장 건설 가능한 상태로 방치되어 있다는 일 자체가 기적일세. 그것도 토지 사용료는 무료라고 해도 좋을 정도야. 설명할 것도 없겠지만 집, 맨션 건설비의 대부분은 토지대금일세. 얼마나 호화로운 건물을 세울지에 따라 건물 가격이 달라지긴 하겠지만, 비용을 많이 들이지 않은 고만고만한 건물을 세운다고 해도 가격은 뻔하네. 싼 게 비지떡인 건물을 파는 일은 어려울 테고, 부동산은 계속 판 채로 놔둘 수 있는 게 아니니까. 하물며 노인이 사는 시설을 세우는 일이 되면 더욱 그렇지.

하지만 싸고 좋은 건물은 조용히 있어도 사려는 사람이 나타나기 마련이야. 다소 불편한 부분은 눈감아줄 수 있는 거지. 그렇기 때문에 도시의 샐러리맨이 편도 한 시간 정도는 가깝다고 생각하고, 두 세 시간이나 되는 통근시간이 들더라도 조금이라도 넓고 좋은 건물을 찾으려고 하는 걸세."

"고다마 씨, 제가 이런 말을 하는 것도 이상합니다만, 이 시기는 저희 초의 최악의 계절입니다. 이 살풍경한 풍경을 보고도 입주자가 나타날 것이다. 불평하는 사람이 나타날 리가 없다. 그렇게 말씀하시는 건가요?"

생각지도 못했던 이야기의 전개에 불안해지는 쪽은 오히려 이쪽이었다. 나는 스스로 부정적인 말을 내뱉고 말았다.

"초장인 자네가 그런 부정적인 말을 하다니 의외로군."

고다마는 하얀 이를 보이며 웃고는 고개를 끄덕이며 말했다.

"뭐, 분명 '낙원' 같은 이미지와는 동떨어지긴 했지. 하지만 말일세, 그건 빈터를 보고 있기 때문에 그렇게 생각하는 거야. 중요한 점은 위에 어떤 건물을 세울지에 따라 사람이 받을 인상 같은 게 달라진다는 거지."

"그런 겁니까?"

"우리들은 그 분야의 프로란 말일세. 생각해보게나. 우라야스浦安에 디즈니랜드를 세운다는 계획을 들었을 때 지금의 성공을 누가 예상이나 했었나? 그야 어느 정도는 손님이 모일 거라고 생각했을 테지. 하지만 그 이전에 디즈니랜드가 있었던 플로리다, 캘리포니아는 연중 찬란

하게 빛나는 태양빛이 쏟아져 내리고 기후도 안정되어 있는 지역이기에 그야말로 옛날이야기 속의 나라라는 표현이 어울리는 곳이네. 그런데 당시의 우라야스는 주택지로서 그럭저럭 개발은 되어 있었지만 촌스러운 항구, 게다가 용지는 도쿄만의 매립지였어. 장마도 있고 겨울도 있네. 조건으로서는 결코 풍족한 곳은 아니었네. 그런데 뚜껑을 열어보니 대성황. 1년 365일, 태풍이 오건 폭설이 내리건 손님이 끊이지 않지 않던가."

확실히 디즈니랜드의 예를 들자 '그렇구나.' 라는 기분이 들었다. 성공할지 아닐지는 해보지 않으면 알 수가 없다. 성공할 수 있었던 이유같은 건 나중에 얼마든지 들 수 있다. 성공이라는 건 위험에 도전한 사람만이 얻을 수 있는 것이다.

"요는 하드와 소프트라는 거야. 머물 공간이 충실하다면 사람은 만족하는 법이니까. 분명 바깥으로 나가면 겨울에는 마른 들판만 보이지. 현실로 돌아와 쓸쓸한 마음이 들지도 모르네. 하지만 말이야, 시설 안에 있으면 그런 생각이 들지 않는 생활을 맛볼 수 있네. 즉 주거와 제공하는 서비스가 진정으로 노후를 즐길 수 있는 것이라면 겨울의 풍경 같은 건 커다란 마이너스 요인은 되지 않을 거라는 거지."

고다마는 자신감이 흘러넘치는 말투로 말했다.

"그를 위해서는 이곳에 세울 건물에서 어떻게 쾌적한 일상을 보낼 수 있을지를 알게 만들기 위한 노력이 필요하겠죠. 특히 도시 사람에게는 이미지가 떠오르지 않는 곳이 있으니까 말이니까요. 입주를 신청하기 전에 몇 번이나 이곳에 오게 만들 수는 없지 않습니까?"

"어째서 자네는 처음부터 도시 사람에만 집착하는 건가? 노후에 불안함을 느끼고 어찌할 바를 모르고 있는 사람은 도시 사람뿐만이 아니지 않나?"

"네에……?"

나는 허를 찔린 듯이 말문이 막혔다.

"노인은 일본 전국 어디를 가도 있네. 아니, 정말로 곤란한 사람은 이곳처럼 10년 전쯤이었다면 자신들을 돌봐줬을 자식들이 도시로 나가버리고 만 지방의 노인이 아닌가. 한 가지 물어보겠는데, 미도리하라에도 노인 보건 시설이나 특별 간호 노인 센터는 있겠지?"

"있기는 합니다만."

"노인 보건 시설이나 특별 간호 노인 센터는 방이 남아돌기라도 하나?"

"그건……."

"뭐야 모르는 거야? 고작 일 년도 지나지 않은 사이에 자네도 비즈니스 감각이 둔해지고 말았나보군."

반박할 말이 없었다. 꽤나 실망한 눈빛으로 고다마가 나를 바라보았다.

"특별 간호 노인 센터도 노인 보건 시설도 늘 가득 차서 만실일세. 그렇지요, 구마자와 씨?"

"네, 그렇습니다."

구마켄이 황급히 고개를 끄덕였다.

바보 녀석……. 질문에 빨리 대답해줬음 좋았잖아.

나는 속으로 욕을 퍼부었다.

"미도리하라만 해도 기존 시설 용량으로는 감당할 수 없을 정도의 노인이 있네. 이곳에 한정된 이야기가 아니야. 일본 전국 어디를 가더라도 같은 상황이지. 노인 보건 시설은 입소할 수 있는 기한이 결정되어 있지만, 현실에서는 기한이 다 됐다고 해서 돌려보낼 수는 없네. 그대로 계속 있는 노인도 많지. 특별 간호 노인 센터는 고도 간호가 필요한 사람, 사실상 최후까지 돌봐줘야만 하는 사람이 대부분이기 때문에 이쪽에 입소하는 건 더욱 큰일이야. 개중에는 특별 간호 노인 센터에 빈 방이 생겼을 때 즉시 옮겨갈 수 있도록 일단 노인 보건 시설에 들어가 버티고 있으려고 꼼수를 부리는 사람도 있네. 그런 현상을 보면 매일을 보내는 비용으로 쾌적한 생활을 보낼 수 있는 시설을 건설 운영할 수 있다면 꼭 도시 사람으로 한정 짓지 않아도 충분히 방은 채울 수 있지 않겠나."

"그렇죠. 이 근방의 지자체도 같은 문제를 가지고 있다는 건 틀림없으니까요."

나는 미야가와 시의 가사이 시장의 말을 떠올리며 말했다.

"반경 100킬로미터."

"네?"

갑자기 고다마의 입을 뚫고 나온 숫자의 의미를 알 수가 없어 나는 얼빠진 소리를 했다.

"상권 말이네. 메인 타깃은 도시 거주자이지만 우리들은 그 범위에서도 시설 이용자를 모을 걸세. 그렇게 생각하는 중이야."

"100킬로미터는 조금 넓지 않나요. 그러면 센다이를 지나서——."

"가와노베 군에게 들었네만, 이 근처 사람은 커다란 물건을 사러 갈 때는 센다이로 간다고 하더군."

"그렇습니다만."

"저기 말이지, 일본의 정치가는 고속도로나 신칸센을 만들면 도시에서 사람도 산업도 올 것이다. 그렇게 말하며 잇따라 교통망을 정비했네. 이곳에 멋들어진 도로가 그물망처럼 온통 깔리게 된 것도 그런 계획의 결과겠지."

전부터 같은 생각을 가지고 있던 나는 고개를 끄덕이며 말했다.

"하지만 결과는 전혀 반대였죠. 사람이 오기는커녕 반대로 나가는 길을 편하게 만들었을 뿐이었으니까요."

"하지만 말이야. 일은 생각하기 나름일세. 나가기 쉬워졌다는 말은 오기도 쉬워졌다는 말이기도 하니까. 우리들이 어렸을 때는 100킬로미터 떨어진 마을로 가려면 하루를 꼬박 다 써야 했잖나. 당일치기를 할 수는 있었지만 시간이 아깝기 때문에 하룻밤 묵고 왔었지. 하지만 지금은 달라. 고속도로라면 1시간. 일반도로라도 1시간 30분 정도만 걸리면 도착해. 문제는 이동시간이지 거리가 아니야. 반경 100킬로미터 범위 안의 시장을 잘 살펴보면 엄청난 수의 노인이 있을 걸세."

고다마는 가와노베를 쳐다보았다.

"65세 이상으로 좁히더라도 반경 100킬로미터 안에는 대충 35만 명 가까이 되는 노인이 있습니다."

그때까지 이야기의 흐름에 귀를 기울이고 있던 가와노베가 바로 대답했다.

"1퍼센트라도 3,500명, 10퍼센트라면 3만 5천명. 엄청난 수로군."

"뭐, 지방의 일이니 노인을 돌보는 건 자식이 할 일이라고 생각하며 함께 사는 것을 고집하는 가정도 많을 겁니다. 이름은 어쨌든 노인 센터에 들어가는 일에 저항감을 느끼는 사람도 많을 테죠. 하지만 저희들이 만들려고 하는 건물은 단순한 집이 아닙니다. 인생의 최후에 노인 나름대로 즐거운 나날을 보낼 수 있는, 정확하게는 표현할 수는 없습니다만 노인들의 테마파크. 그런 건물을 만들고 싶다고 생각하고 있습니다."

가와노베는 진지한 말투로 말했다.

"음식이 맛있는 건 당연한 거고 빈틈없이 간호를 받는 것도 당연해. 그런 건 어떠한 선전문구도 되지 않을 거야. 요쓰이가 만드는 이상 차세대형 노인 간호 시설을 만들어야 해. 그렇지 않으면 아무것도 아니게 되네."

고다마가 하얀 숨을 내쉬었다.

"야마사키 씨, 이런 계획이 실현되려면 노인을 한 곳에 모아 집중적으로 돌볼 수 있는 규모여야 합니다. 이 계획이 성공한다면 전국의 과소화 지역에 응용할 수 있는 비즈니스 모델이 될 겁니다. 지방에서 노후를 보내는 일에 저항감을 느끼는 사람도 적어지겠죠. 그렇게 되면 도시의 주택 가격은 내려가고, 유동성도 좋아질 겁니다. 이건 우리들에게 있어서도 나쁜 이야기가 아닙니다."

끝까지 빈틈이 없는 사람들이었다. 요쓰이는 계획이 성공한 뒤의 비즈니스 전개까지 치밀하게 주시하고 있었다.

"그럼 용지 시찰은 끝이네. 슬슬 점심을 먹을 때가 되었군. 야마사키 군, 자랑하던 맛있는 음식을 먹게 해주게나."

고다마는 몸을 부르르 떨더니 코트 목깃을 세우고 차를 향해 걷기 시작했다.

*

고다마는 그 뒤 야와라 초밥에서 산리쿠의 산해진미, 그리고 산에서 잡은 들새를 먹고 초 내의 시설을 시찰한 뒤 도쿄로 돌아갔다.

그가 깜짝 놀란 부분은 역시 초에는 어울리지 않을 정도로 충실하고 호화로운 시설의 모습이었다. 물론 이용자의 모습이 전혀 없다는 현실에도 놀라움을 감추지 않았다.

"야마사키 군. 재정이 위험적인 상황에 처해 있으니 초장인 자네로서는 당연히 시설의 폐쇄, 인원 삭감을 생각하고 있겠지만 앞으로 3년만 참아주게. 쓰지 않게 된 설비는 급속도로 상하게 되네. 우리들이 노인시설을 개업했을 때 수리를 하지 않고서는 사용할 수 없게 된다면 곤란해. 이후 진행 방향에 관해서는 가와노베 군과 잘 이야기를 나눠주게나."

고다마는 마지막에 그런 말을 남겼다.

계획이 실현을 향해 커다랗게 전진했다는 점은 무엇보다 다행스러운 부분이었지만, 시설을 폐쇄할 수 없고 고용인을 해고도 할 수 없다면 초 재정에 부담이 크게 작용한다. 앞으로 3년, 어떻게 돈을 변통해 막을지가 이후의 과제가 될 듯했다.

하지만 그렇다고 치더라도 이런 대형 안건이 요쓰이 안에서 잘도 매끄럽게 통과가 되었다.

종합상사라는 곳에서 일하는 사람들은 늘 새로운 상품을 찾고 있다. 당연히 모험심은 강하다. 풍부한 자금을 사용해 커다란 프로젝트를 완수하는 경험은 종합상사에서 일하는 사람이 아니면 맛볼 수 없는 묘미이기도 하다. 더불어 요쓰이의 사풍은 "그거 재미있겠는걸. 한번 해볼까."이다. 대형 안건이 타사에서는 생각할 수 없는 속도로 결정되고 마는 경우도 드문 일은 아니지만, 그만큼 실패했을 때의 책임도 철저하게 추궁을 받게 된다. 인재는 썩어날 정도로 잔뜩 있다. 한 번 실패한 인간에게 오명을 씻어낼 기회는 주어지지 않는다.

공격적인 아이디어를 너그럽게 받아주는 뒤로는 공이 있는 자에게는 반드시 상을 주고, 죄가 있는 사람에게는 반드시 벌을 주는 엄격한 규칙이 확실하게 존재하고 있는 것이다.

사실 허다하게 많은 자회사를 둘러보면 일찍이 대형 안건에 손을 댔다 실패한 결과 본사에 있을 때의 연봉의 절반에도 미치지 않는 수입에 만족하고 있는 사람이 얼마든지 있다. 그렇다고 해서 자리를 지키기 위해 무난한 일만 하면 무능하다고 보여 같은 꼴을 당하게 되기 때문에 정말 어려운 곳이다.

고다마는 한 단계 위의 자리를 노리고 도박에 나선 것일까——?

"야마사키 씨, 다행이네요. 이걸로 노인 센터 건설은 정식으로 승낙이 떨어졌습니다."

센다이 역에서 돌아오는 차 안에서 가와노베가 말을 걸어왔다.

"기쁜 일이기는 합니다만……. 하지만 고다마 씨가 이상하리만큼 순순히 계획을 승인하셨네요."

"아아, 그 부분 말인가요."

가와노베는 의미가 담긴 듯이 입을 다물고 미소를 지었다. 역시 뭔가 이유가 있는 듯했다.

"노인 간호는 고다마 씨에게도 절실한 문제랍니다."

"그 말씀은?"

"고다마 씨도 내년이면 64살이 됩니다. 아버님은 훨씬 전에 돌아가셨습니다만, 어머님은 아직 건재하시거든요. 분명 올해로 85살이 되셨다는 것 같던데, 어쨌든 최근 급속도로 늙어 가시는 모습이 눈에 띄는 것 같다더군요."

"늙어가시다니 정신이 흐려지셨다는 건가요."

"아무래도 그런 듯합니다. 고다마 씨는 이바라키茨城라고는 하지만 도쿄에서 차로 4시간이나 걸리는 시골 출신입니다. 줄곧 어머님께서 혼자서 지내셨던 것 같습니다만, 결국 혼자 지내시는 게 어렵게 되어 3년 전부터 요코하마横浜의 자택으로 모셔서 동거를 시작하셨죠. 그런데 그게 말이죠, 막상 함께 살기 시작하자 세간에서 친숙한──."

"고부 갈등 말인가요?"

"뭐, 그런 거겠죠. 정신이 흐릿해지기 시작하면 감정이 억제가 되지 않을 테니까요. 생각한 건 뭐든지 직설적으로 말을 하게 되죠. 때로는 트집이나 다름없는 말까지도 말이죠. 그렇게 되자 사모님도 참을 수가 없게 된 겁니다. 상대가 일반적인 상황이 아니라는 것을 알고 있는 만큼 욕구불만이 쌓이게 되죠. 고다마 씨가 진지하게 말씀하시더군요. 나이가 들면 어린아이로 돌아간다는 건 정말이라고. 마치 사람의 성장 과정을 반대로 되돌리는 것처럼 된다고요."

"네에……."

다른 사람의 일이 아니다. 부모님께 정신이 흐려지는 듯한 징후는 아직 보이지 않았지만, 언제 그런 현상이 시작되어도 이상하지 않은 나이에 이르렀다. 그렇게 됐을 때 직접 돌보게 될 사람은 아내였다.

"그렇다고 해서 사모님도 정신이 흐려진 노인을 상대로 정색을 해봤자 소용없는 일이니까요. 당연히 푸념, 불평, 불만은 고다마 씨에게 향하게 된 겁니다."

"예전이었다면 부모를 마지막까지 돌보는 일은 자식의 의무라고 딱 잘라 말할 수 있었겠지만 지금은 다르니까요. 계속 함께 살아왔다면 또 몰라도 마지막 순간이 다 되어서 처음으로 함께 살게 된다면 서로 잘 지내기 어려울 테죠."

"고다마 씨도 그렇게 말씀하시더군요. 현대는 분업 시대이니 간호도 역시 프로에게 맡기는 편이 노인에게도 가족에게도 결국 가장 좋다고 말이죠."

"그럼 시설에 들어가시게 되는 겁니까?"

"그게 선택지가 많은 게 또 고민의 씨앗이라서 말이죠."

가와노베가 진지한 말투로 말을 이었다.

"노인 간호 시설이라고 해도 다양합니다. 노인 보건 시설, 특별 간호 노인 센터, 민간 시설은 3등급, 얼마나 돈을 낼 수 있는가에 따라 받을 수 있는 케어의 정도가 다르고, 시설의 충실도도 달라집니다."

"꽤나 여러 곳을 돌아보셨군요."

"요쓰이의 이사라고 해도 샐러리맨이니까요. 그야 세간에서 본다면 꽤나 높은 급여를 받고 있는 것처럼 보이겠죠. 하지만 고다마 씨도 슬슬 자신의 노후를 생각해야만 하는 나이에 접어들었습니다. 몇 억이나 되는 시설에 모실 수는 없겠죠."

"그런 돈을 지불할 수 있는 사람은 성공한 자영업자나, 샐러리맨이라도 대기업 입원을 몇 대 동안 계속해 저축이 있는 사람에 한정될 테니까요."

"노인 간호 시설, 특별 간호 노인 센터는 어디라도 사람이 가득 차 있어 빈 방이 언제 나올지 알 수가 없습니다. 그래서 자택 근처의 노인 센터나 온천에 있는 간호 시설을 찾아보신 듯한데, 도시의 노인 센터는 알기 쉽게 말하면 허술한 맨션에 노인을 모아놓았을 뿐인 건물에 지나지 않습니다. 그중에는 식사나 의료의 충실도를 선전하는 곳도 있습니다만 잠자리와 식사가 확보된 정도로는 쾌적한 생활이라고 할 수가 없으니까요. 온천에 있는 간호 시설 또한 하루 내내 욕실에서 지낼 수 있는 것도 아니고, 역시 지금 존재하는 시설에는 결정적으로 빠져 있는 부분이 있다. 그렇게 실감하신 듯합니다."

"늙는 방식은 사람에 따라 다양하니까 말이죠. 몸이 움직이는 동안에는 취미를 만족스럽게 즐기고 싶다는 사람도 있을 테지만, 그렇다고 해서 몸이 움직이지 않게 되었을 때 황급히 시설을 찾는 것도 늦습니다. 기존의 시설에 들어가려고 해도 어디로 결단을 내리면 좋을지 어렵죠."

"그러니 아직 건강할 때 입주 결단을 내릴 수 있는 매력적인 시설을 만들어라. 그것이 고다마 씨가 유일하게 내세운 조건입니다."

과연, 그런 이유가 있었던 건가. 그렇다면 고다마가 의외일 정도로 간단히 이 계획을 승낙한 것도 납득이 되었다.

"그래서 시설 규모는 어느 정도의 크기가 될 예정인가요?"

나는 다시 질문을 던졌다.

"그렇군요. 아직 콘셉트 이미지를 보여드리지 않았군요."

가와노베는 가방 속에서 파일을 꺼내더니 한 장의 종이를 펼쳤다.

"거주 시설은 철근 콘크리트로 만든 4층 건물 여덟 동, 3층 건물 세 동, 합계 열한 동입니다. 4층 건물 여덟 동은 그다지 간호가 필요하지 않은 노인을 대상의 건물로 전부 다다미 여섯 장짜리 방 두 칸에 다다미 여덟 장짜리 거실 겸 식당, 즉 2LDK 배치입니다. 도시형 노인 센터는 대부분 원룸으로 침대와 소파, 작은 책상을 두면 가득 차죠. 시티 호텔 같은 건물이니 그에 비한다면 쾌적한 일상생활을 보낼 수 있을 거라고 생각합니다."

"노인 두 명이 살기에는 꽤나 호화로운 구조이군요."

"아니, 이렇게 만든 데는 이유가 있습니다. 부부가 둘 다 건강한 동안에는 상관없습니다만, 한쪽이 간호가 필요해졌을 때 같은 방에 있으면 상대방이 과하게 스트레스를 받게 됩니다. 그 결과, 건강한 사람도 병이 들게 되는 경우도 있죠. 게다가 심야의 간호나 순찰 때 간호사가 드나들게 된다면 건강한 쪽의 수면이 방해받게 됩니다. 그렇기 때문에 두 개의 방에는 직접 바깥으로 나 있는 문을 만들 겁니다."

확실히 건강한 사람은 잘 알 수 없는 지혜가 필요했다.

"3층짜리 세 동은요?"

나는 감동하며 물었다.

"고도의 간호가 필요한 노인을 대상으로 한 건물입니다. 이쪽은 간호 효율을 우선했습니다만 방은 전부 다 개인실로 다다미 여섯 장 정도의 넓이입니다. 대소변 시중을 해주거나 몸을 닦아준다면 다른 사람의 눈길이 신경이 쓰일 테니까요. 역시 개인실인 편이 좋겠죠."

고개를 끄덕이는 나를 보며 가와노베는 더욱 말을 이었다.

"각동에는 기본적으로 공유하는 공간은 두지 않을 겁니다. 그 대신에 식당, 대형 욕실, 체육관, 카페, 디스코장, 노래방, 선술집, 기능훈련실, 이발소, 미용실, 마사지룸, 도서실, 응급처치실 등의 설비를 갖춘 시설을 하나. 그리고 도예, 수예, 회화 등의 레크리에이션 설비를 갖춘 동을 또 하나 따로 건설할 겁니다."

"과연, 레크리에이션을 필요로 하는 건 대부분 간호의 손길을 필요로 하지 않는 사람들일 테니 한 곳에 모아두는 편이 좋을 거라는 이야기로군요."

"그렇습니다. 거주동의 구조는 다 똑같습니다. 설계는 제각각 한 종류씩만 하면 되니 비용도 절약되고 간호사들도 동에 따라 구조가 다르면 당황하게 될 테니까요."

"수용 능력은 어느 정도나 되나요."

"2LDK 동은 부지 면적이 1,500평으로 방 하나당 40평 정도로 계산하면 한 층에 123개 실. 한 동에 492개. 다만 현관 로비, 엘리베이터, 계단, 복도 등의 공간을 공제하면 대략 400개 정도 될 겁니다. 그런 건물이 여덟 동이니까——."

"3,200!"

엄청난 숫자에 머릿속이 하얘졌다.

"간호동 쪽은 한 방을 10평 정도로 잡으면 부지가 이쪽은 500평. 게다가 세탁실이나 오물처리실, 욕실 등의 간호실을 각 층에 설치해야 하니 한 동에 350실. 세 개 동에 1,050실이 되겠군요. 양쪽을 합치면 4,250실입니다."

"2LDK 동쪽의 입주자는 한 명이라고는 단정 지을 수 없을 테죠."

"얼마나 될지는 알 수 없습니다만, 아마도 그럴 겁니다."

"그렇다는 말은 최대 7,450명 정도가 입주할 수 있다는 말이군요."

"이론적으로는 그렇게 됩니다."

"이렇게 시설을 건설하더라도 토지는 아직 다 채워지지 않는군요."

레크리에이션 동이 2천 평이라고 하더라도 만 5천 평. 아직 토지는 충분할 정도로 여유가 있다.

"근무자가 거주할 시설을 갖춰야겠죠. 이번에 건설할 시설은 간호가 딸린 유료 노인 센터입니다. 이런 선물에는 엄밀하게 기준이 정해져 있으니까요."

"분명 생활상담원, 간호 및 개호직원, 기능훈련지도원, 계획 작성 담당자, 관리자가 있어야만 했었죠."

나는 요건을 하나씩 떠올리며 말했다.

"생활상담원은 상근할 사람이 한 명 이상이 있어야 하는데, 이용자당 비율이 100대 1이니 최대 7명은 있어야 합니다. 개호 직원은 이용자 세 명당 한 명이니 350명. 간호직은 50명 이상의 시설일 때 한 명, 추가되는 이용자 수에 따라 50대1이니 150명. 기능훈련지도원은 한 명 이상입니다만, 이 정도 규모라면 최저 20명은 필요할 테죠. 계획 작성 담당자는 100대1이니 75명. 관리자는 사무직도 포함해 역시 20명은 필요합니다. 이 인원을 총 합해 계산해보면 690명."

"그렇게나 필요한 겁니까?"

다시 듣자 정신이 아득해질 듯한 인원수였다. 대강 10명당 한 명. 간호가 손이 많이 가는 일이라는 것은 알고 있었지만, 실제로 숫자를 들이대자 과연 이 숫자로 경영을 할 수 있을지 불안함이 머리를 들었다.

"뭘 그렇게 깜짝 놀라시나요?"

가와노베가 의아한 표정을 지으며 물었다.

"아니, 그렇게 많은 사람을 고용해도 괜찮은 건가요?"

"경영이 되도록 할 겁니다. 지금 보여드리고 있는 계획은 어디까지나 시안이니까요. 게다가 아직 입주비나 매달의 이용료를 결정한 게 아닙니다. 다만 말할 수 있는 부분은 유료 노인 센터라는 건 일단 최초에 입주비가 있다는 겁니다. 이 금액은 통상적인 집세를 포함한 금액입니다만, 도시의 경우 교외의 2인실이라도 65살부터 74살까지 700만 엔, 도시 근처의 개인실이 되면 천만 엔을 넘습니다. 이 근처에서 그 정도의 돈을 낸다면 2LDK 집을 살 수 있겠죠. 하물며 토지비용이 들지 않게 되면 원가는 절반. 아마도 이쪽의 이익을 계산하더라도 500만 정도만 있다면 충분할 겁니다."

"하지만 이 부근 사람들의 연 수입을 생각하면 500만은 큰돈입니다."

"수입으로 감당하려고 한다면 말이죠. 어느 정도의 저축은 있을 테고, 어쨌든 전액을 한꺼번에 내라는 이야기가 아니니까요. 입주금은 일정 기간 안에 상환되는 금액은 아닙니다만 그 이전에 퇴거, 사망한 경우에는 정산을 해줘야 하니 어느 정도는 돌려받을 수 있는 금액입니다. 식사 제공을 원하는 경우에는 별도의 규정을 통해 징수를 할 테지만 이 부분은 집에서 살아도 시설에 들어가도 드는 금액이니까요. 관리비, 간호비도 별도 금액입니다만 이 금액은 가족 대신이 되어 자신을 돌봐주는 직원의 인건비, 시설유지비이니 들 수밖에 없는 돈이죠. 별수 없는 부분입니다."

"관리비는 매달 얼마 정도로 상정하고 계신가요?"

"이것도 시설에 따라 다양하기 때문에 일괄적으로 말할 수 없지만 싼 곳이라도 12~13만 정도가 듭니다. 물론 한 명당 말이죠."

이 금액이 직원에게 지불하는 급여의 기초가 되는 자금이 될 테지만 물론 그 안에는 전기세나 수도 요금, 공공 공간 유지비가 포함될 것이다. 그러나 690인 전부가 정사원일 필요는 없다. 아르바이트로 일하는 사람도 존재할 것이고 그렇게 하면 어떻게 될지도 모른다.

"아마도 그만한 요금을 징수할 수 있다면 무리 없이 경영할 수 있을 거라고 생각합니다. 어쨌든 인건비는 도시와 달리 싸게 할 수 있을 테니 말이죠."

시골 사람이라면 싸게 쓸 수 있다고 말하는 듯한 가와노베의 말투가 신경을 건드리기는 했지만, 모든 비용이 싸게 먹힌다는 부분이 애초의 선전 포인트였으니 어쩔 도리가 없다.

나는 무심코 입을 다물었다.

"그리고 직원의 거주 시설 말입니다만……."

가와노베는 그런 내 심정을 신경 쓰는 기색도 없이 말을 이었다.

"이쪽은 이 부근 사람들의 거주에 관한 생각을 할 수가 없기 때문에 판단이 쉽게 서지는 않습니다. 다만 독신자, 기혼자, 가족 동반 등 환경에 맞춰 준비할 수 있으면 좋겠지만 과한 것도 그 반대도 곤란합니다. 아마도 이만한 인원을 확보하려면 지역 사람만으로는 부족할 테니까요."

"이 부분만은 어떤 사람이 응모하는 가에 따라 달렸습니다만……. 다만 초에는 고용촉진주택이 있는데 그쪽은 분명 2LDK 구조였습니다."

나는 일찍이 구마켄이 했던 말을 떠올리며 말했다.

"월세는 얼마죠?"

"3만 엔…… 정도였습니다."

"그거 싸군요……. 뭐, 어떤 건물을 세울지에 따라 약간 비싸질지도 모르겠지만 토지는 잔뜩 있는데다 공짜니까요. 타운하우스 같은 건물이라면 어떻게든 되겠죠. 건설비는 매달 내는 기숙사비에서 공제하면 될 테고, 남은 토지는 분양지로서 판매한다면 초에는 토지 비용이 들어오게 되고 저희 쪽에서는 그 위에 세울 주택 건축 비용으로 비즈니스가 될 테니까요."

"아! 그쪽으로도 돈을 벌 생각인 건가요?"

"물론입니다. 당연한 말이지만 이건 비즈니스잖습니까. 다만 탐욕스
러운 흉내를 낼 생각은 없습니다. 다만 세금을 사용한 행정 서비스 같
이는 할 수 없는 거죠. 윈-윈. 서비스를 받는 쪽도 제공하는 쪽도 메리
트가 있어야 합니다. 그렇지 않으면 어떤 사업도 오래 가지는 못합니
다."

가와노베는 시원스럽게 그렇게 말했다.

*

노인 센터 건설을 위해 요쓰이가 나서겠다고 결정했으니, 서둘러 기
본합의서를 교환해야만 한다. 다만 이쪽 입장에서는 토지를 무상으로
대여하는 만큼 건물, 운영비는 전부 요쓰이에서 해결한다. 생각해야만
하는 부분은 간호할 인원 확보를 위한 협력이나 초 안에 점재하는 레크
리에이션 시설의 유효한 활용, 초민병원과의 의료체계 연결이었다. 더
불어 반경 100킬로미터에 존재하는 시정촌에서 걱정 없는 여행을 보내
고 싶다는 노인, 간호를 필요로 하는 사람을 알선 받는 일 또한 각 지자
체의 수장에게 부탁해야만 한다.

구마켄 팀은 새롭게 두 명이 가담해 총 인원 다섯 명이서 더욱 공을
들인 계획을 세우기 위한 검토에 여념이 없었다. 나는 나대로 앞으로
열릴 초 자치회의 때 계획안을 상의하기 위한 의안 작성에 돌입했다.

과소화에 고민하며 기업유치에 실패해왔던 미도리하라 초에 있어 이

번 프로젝트는 쌓이고 쌓인 재정 적자를 해소한다는 의미로도 기사회
생의 카드가 되리란 것은 틀림없는 일이었다. 입주자 7,450명, 취업인
구 690명, 합계 8,140명. 정말로 이만한 인구가 모이게 된다면 초의 인
구는 거의 1.6배가 늘어나게 된다. 그 정도 인원으로도 억 단위의 세수
가 더 걷히게 될 것이다.

더욱이 시설에 식료, 생필품을 제공할 때 초의 상점이나 농가를 사용
할 테니 연 매상은 현격하게 오를 것이다. 당연히 그만큼 세수입도 현
격히 올라간다. 시설을 운영하는 회사에서도 법인주민세나 고정자산
세 등의 세수를 얻을 수 있다. 어떻게 생각해도 연간 몇 억 정도의 돈이
불어나게 되리란 것은 틀림없다.

이렇게 되면 불필요한 도로나 공공시설을 척척 세웠던 과거가 지금
에 와서는 행운으로 바뀌게 된 셈이다. 이 이상, 정비가 필요한 시설이
아무것도 떠오르지 않았다. 뭐, 나중에 하수도 정도는 정비를 해야겠지
만 이것도 주민의 강한 희망이 있어야 시작을 할 수가 있다. 재래식 화
장실이라고 하더라도 수세식으로 바꾸기 위한 공사비용을 초가 부담할
수는 없다. 화장실의 수선, 간선하수도까지의 공사비는 이용자 부담이
다. 한 채당 백만 엔 이상의 비용을 들여 이제 와서 재래식 화장실을 수
세식으로 바꾸려는 집은 얼마 없을 것이 틀림없다. 아마도 고용이 확보
되어 차세대 주민들이 새롭게 거주지를 세울 때 자가용 정화조를 설치
할 것이다. 그것이 보급되면 서서히 하수도를 정비하면 된다. 그때는
초가 안고 있던 부채는 소멸되어 있을 테니 공공사업을 할 만한 환경이
갖춰져 있을 것이다.

즉 시설이 가동하기 시작한 뒤에도 얼마간은 수입이 늘더라도 지출은 간호 보험에 해당하는 증액분 정도밖에 되지 않을 것이다. 하지만 그 돈도 노인이라고는 하지만 간호에 그다지 손이 가지 않는 사람들이 메인이기 때문에 액수가 현재보다도 급격히 늘어나리라고는 생각할 수 없다.

의안의 초고를 쓰는 손길이 가벼웠다. 초는 구원을 받고 예전 같은 활기를 되찾을 것이다. 그런 확신에 나는 가득 차 있었다.

책상 위의 전화기가 울렸다. 나는 자판을 치고 있던 손길을 멈추고 수화기를 들어올렸다.

"초장이신가?"

들어본 적이 있는 목소리가 들렸다. 순간 꺼림칙한 예감이 들었다.

"가마타이오만."

가마타케였다.

"아, 이거 오랜만입니다……."

왜 지금인 것일까? 하필이면 지금 가장 이야기하고 싶지 않은 상대에게서 걸려온 전화에 나는 말문이 막혔다.

"지금 시간이 있으신지요?"

"잠시 손을 떼기 곤란한 일을 하고 있어서요. 오늘은 이후에 회의가 대기하고 있어서 하루 종일 시간이 나질 않습니다만, 무슨 용건이 있으신가요?"

나는 쌀쌀맞게 대답했다.

"아니, 이번 초 자치회의에 관한 일로 사전에 협의를 좀 했으면 해서 말입니다."

"그거라면 의안서를 작성한 뒤 의장에게 제출하겠습니다. 그 의안서를 보신 뒤에 만나도 될 겁니다."

"초장, 의회란 건 말일세 사전 교섭이 필요한 곳일세. 갑자기 의안서를 제출했다가 예상도 하지 못했던 질문이나 이의가 나온다면 쓸데없이 시간만 잡아먹게 되지. 나는 그걸 걱정하고 있는 거요. 뭐, 당신이 취임 연설 때 말했던 방침은 누구도 이의를 제기하지 않았지. 그렇지만 무슨 일을 하건 최종적으로는 전부 의회와 상의를 해 합의를 얻어내지 못하면 안 되지. 그게 민주주의라는 거니 말이지. 나는 그걸 걱정하고 있는 거요."

"가마타 씨에게만 사전에 의안서를 보여드릴 수는 없습니다. 그건 규칙 위반이니까요."

"당신도 참 딱딱한 사람이로군. 사전교섭을 한 번 하느냐 마느냐에 따라 정리될 일도 정리가 되지 않을 수도 있소. 내 입으로 이런 말을 하는 것도 그렇습니다만, 불초 가마타 다케조, 의원 생활 50년. 신진기예인 초장이 무릎을 꿇는 일은 보고 싶지 않소. 부모의 마음 같다고나 할까."

부모의 마음 같다니 황공하기 짝이 없었다. 어쩌면 이렇게 뻔뻔한 말을 하는 것일까?

그 한편으로 가마타케가 어째서 지금 타이밍에 전화를 걸어온 것인지 마음에 걸렸다. 그것도 요쓰이가 시설 건설을 승낙했다는 사실은 구마켄이 총괄하는 팀 이외의 사람은 아직 모를 터였다. 초의 사람들은 뭔가가 내부에서 진행되고 있다는 사실은 알고 있지만 실제로 무슨 일이 일어나고 있는지는 알지 못했다.

물론 이익에 밝은 가마타케인 만큼 분위기만으로도 내정을 살피기 위해 전화를 걸어왔다는 사실은 충분히 생각할 수 있는 부분이었지만 그렇다고 해도 타이밍이 너무나도 좋았다.

"어떻소, 초장. 오늘밤에 한잔하면서 이야기를 하지 않겠나? 밤이라면 시간이 있지 않겠소?"

"식사를 하는 건 상관없습니다만……. 가마타 씨, 그래도 의장에게 제출하기 전에 의안 내용을 이야기할 수는 없습니다."

"괜찮소, 괜찮소. 초 재정을 다시 세우기 위해 열심히 일하고 있는 사람을 위로하는 일도 초 의원의 역할이니까. 오늘밤에는 딱딱한 이야기는 빼놓고 한잔합시다."

가마타케는 집요하게 다가왔다.

뭔가 귀찮은 이야기가 되리라는 것은 쉽게 상상이 되었지만 요청을 거절하면 나중에 어떤 보복이 되돌아올지도 모른다. 의회가 다투면 간신히 결정된 시설 건설 프로젝트에 어떤 영향이 미치게 될지도 모른다.

"그럼 7시에 야와라 초밥에서 만나면 어떻겠습니까? 어디까지나 개인적인 회식으로……."

"알겠네. 그럼 7시에……."

가마타케는 거듭 확인을 하듯이 말하고는 전화를 끊었다.

*

야와라 초밥의 카운터에는 세 명의 남자가 앉아 있었다.

이곳에 온 것이 지금까지 네 번 정도였나? 돌이켜보자 늘 그 멤버였다.

내가 가게에 들어가자 그들이 일제히 고개를 들고 말했다.

"오오, 초장님, 수고하십니다."

무슨 수고를 한다는 건지는 알 수 없지만 취한 듯한 말투였다.

나는 애매한 대답을 한 뒤 안쪽 방에 들어갔다. 미닫이문을 열자 가마타케가 자세를 바로하고 상석을 권했다.

"자자, 초장님……. 이쪽으로 오시죠."

"아니, 오늘은 사적인 자리니까요. 가마타 씨께서……."

"무슨 그런 딱딱한 말씀을 하시오. 당신은 초장이고 나는 의원. 의원이 상석에 앉을 수는 없지 않습니까?"

가마타케는 당치도 않다는 듯 상석을 권했다.

"그럼……."

내가 자리에 앉자 사전에 가마타케가 주문한 것인지 맥주와 요리가 나왔다.

"초장과 술 한잔하는 것도 꽤나 오랜만입니다."

가마타케가 내 유리잔에 맥주를 따랐다.

"그러네요."

"이 가게도 처음에는 말이지, 도시에서 배운 걸 그대로 내서 손님이 생기질 않아서 꽤나 고생했었소."

"그 이야기라면 들어본 적이 있습니다. 여하튼 밥 양이 작아서 식사가 되지 않는다고들 해서 주먹밥처럼 밥 양을 늘렸다고……."

나는 일찍이 구마켄에게서 들었던 이야기를 떠올리며 말했다.

"안주도 참치나 도미 같은 것은 이 근처 사람은 먹지를 않았지. 잘게 썰어 초에 담근 문어 요리에 전어. 요는 싸면서도 배가 부른 음식이어야만 했으니까."

"하지만 그래서는 선술집이나 다름없지 않습니까?"

"선술집 가격이기 때문에 손님도 모이게 되었지요. 그렇지 않았다면 저렇게 매일 오는 사람도 없었을 거요. 카운터에 있는 녀석들 말이오."

"저 사람들, 매일 오는 겁니까?"

"그렇소. 귀갓길에 반드시 들르지. 이 시간에 여길 오면 매일 저렇게 문어 요리를 안주 삼아 술을 마시고 있던군."

언뜻 보면 건설작업원이나 토목 작업원 같은 모습을 하고 있었다. 평균 연 수입 240만 엔인 초에서 매일 술을 마시러 들릴 수 있는 수입이 있을 것이라고는 도저히 생각할 수 없었다.

"그래서 생활을 할 수가 있나요? 문어 요리라고 해도 야와라 초밥 아닙니까. 게다가 술도 집에서 마시는 것보다는 비쌀 테고요. 무엇보다 귀가는 어떻게 하는 겁니까. 통근은 자동차로 할 테니──."

"귀가는 대리를 부탁해서 집까지 가는 거죠."

"그래서는 아무리 그래도 생활할 수가 없을 텐데요?"

"마누라가 일하러 나가니 어떻게든 될 거요."

가마타케는 매우 시원스럽게 그렇게 내뱉고는 말을 이었다.

"이 근처 사람들은 술이라고 하면 눈빛이 바뀌니까. 생각해보게나. 이 초에 회관이라고 불리는 시설이 몇 개나 있지?"

"세 채……였던가요?"

"그렇지. 당신은 고등학교 때부터 초를 나갔기 때문에 알아차리지 못하고 있을지도 모르겠지만 세 곳 다 20년 전에는 작은 생선 가게였다네. 그중 한 채가 회관을 시작했는데 이게 대성공. 크게 번성을 하게 됐지. 그래서 남은 두 곳이 뒤따라 회관을 세워서——."

"그래서 잘될 리가 있겠습니까? 회관이라고 해도 전부 다 100명 이상은 들어갈 수 있는 큰 곳 아닙니까."

"어쨌든 미도리하라는 술 소비량이 현에서 1등일세. 개인의 소비량이 아니라 절대량 말일세. 요는 술을 좋아하는 사람이 뭉쳐 있는 동네라는 말이지."

"그런가요?"

인구가 1만 5천 명도 되지 않는 초가 술 소비량이 현에서 1등이라는 것이다.

나는 처음으로 알게 된 사실에 경악했다.

"다만 그것만으로는 운영이 될 리가 없지. 저렇게 멋들어진 건물을 빚을 지고 세워도 채산이 맞았던 건 자신의 땅에 회관을 세웠기 때문이라네. 요는 토지비용이 들지 않는다면 건물 가격 같은 건 뻔하니까. 다행인지 불행인지 할아버지 할머니밖에 없는 초니까 말이야. 장례식은 빈번하게 열려. 이 근처에서는 일주일 동안은 집에서 장례식이 열리지만, 정진 기간에는 회관에서 연회를 마련하게 되어 있지. 27일, 49일, 100일, 1주기, 3주기, 7주기, 13주기, 33주기까지 하지 않으면 스님이 부처님을 저버리는 것이냐고 협박을 하기 때문에 공을 들여 한다네. 동창회나 동급생 모임. 성인식에, 결혼식. 아이가 태어났다고 연회를 하지. 그렇기 때문에 생선가게나 선술집, 게다가 스님은 크게 번성을 하고 있어. 다만 선술집은 할인 가게가 생기고 나서 스러져가고 있긴 하지만 말일세."

덜컥 했다. 토지 비용이 공짜라는 점이나 인구에 비해 과하게 많은 회관이 돈을 버는 비결 등을 듣자, 노인 시설의 입주비, 시설 사용비를 싸게 해도 운영할 수 있다는 비즈니스 계획안에 관한 이야기를 넌지시 하고 있는 듯한 기분이 들었다.

"그렇군요……. 그렇게 된 것이었군요."

나는 아무렇지도 않게 고개를 끄덕인 뒤 맥주를 입에 머금었다.

"그런데 초장. 취기가 올라오지 않았을 때 물어보겠네만, 요새 요쓰이 사람들이 빈번하게 초를 방문하고 있는 건 당신이 연설할 때 말했던 노인 센터 건설 때문이요?"

전초전은 끝났다는 듯이 가마타케가 거침없이 질문을 했다.

말을 흐리며 교묘하게 말을 얼버무렸다면 이쪽도 요리조리 빠져나갈 수 있었을 텐데 갑자기 핵심을 찌르자 그렇게 할 수도 없었다.

"그렇습니다."

"그래서 요쓰이 쪽은 뭐라고 하던가?"

"그 일에 대해서는 다음 초 자치회의에서 말하려고 하는 부분으로……."

"그렇다는 건 요쓰이에서는 흥미를 보인다는 말이로군."

"그건…………."

나도 모르게 말문이 막힌 내게 가마타케가 연이어 공격을 가했다.

"그야 뻔하지 않은가 요쓰이가 당신이 생각한 계획을 승낙했겠지. 그렇지 않다면 어째서 회의를 하겠나? 뭔가 승인해줬으면 하는 게 있는 거겠지."

역시 알아차린 것이다. 요쓰이가 승낙을 해 드디어 노인 센터 건설이 시작되려고 하고 있다. 그 낌새를 이 남자는 알아차린 것이다. 물론 이 사람이 노리는 부분은 명백하다. 건설, 혹은 직원을 알선하는 이권이다.

이 망할 영감!

나는 욕을 퍼붓고 싶은 마음을 참으며 불쾌하게 말했다.

"뭐, 그렇습니다."

"이야, 그건 대단하군. 역시 요쓰이에서 일했던 사람은 다르군."

가마타케는 뻔뻔하게도 과장되게 감탄하더니, "그런데 어느 정도의 규모가 될 것 같소?"라고 물었다.

"별수 없군요……. 시설은 공장 유치 용지로서 비어 있는 예의 3만 평 규모의 땅에 철근 콘크리트로 된 4층짜리 건물 여덟 동, 3층짜리 건물 세 동, 도합 열한 개 동입니다. 그밖에 공유시설이 들어갈 동이 하나 더 건설될 겁니다. 입주자는 7,450명, 근무인원은 690명 정도가 되리라는 것이 지금의 계산입니다."

"그거 엄청나군."

가마타케는 눈을 크게 떴다.

"하지만 그만한 사람이 정말 모일까? 요쓰이가 관여한다면 도시에서 노인을 데려올 생각일 텐데."

"메인은 그렇게 되겠죠. 고액연금 수급자는 귀중한 납세자가 되니까요. 다만 그뿐만이 아닙니다."

이렇게 되면 숨기려고 해봤자 소용없는 일이다.

나는 그 뒤 한동안 시간을 들여 가마타케에게 계획의 줄거리를 들려주었다.

"그렇군. 반경 100킬로미터 안으로 눈을 돌린다면 아들도 딸도 도시로 나가고 노부부 둘이서만 살고 있는 환경에 처해 있는 사람은 잔뜩 있을 테니까. 게다가 도로가 좋아졌으니 거리도 그렇게 문제가 되지 않으리라는 점은 잘 알겠네. 어쨌든 도시에서 오는 입주자만으로 한정지을 수도 없을 테니 말이지."

가마타케는 감동한 듯한 모습을 보였지만 살짝 고개를 갸웃했다.

"하지만 도시는 둘째 치더라도 반경 100킬로미터로 좁혀 모집을 하더라도 입주비용이 비싸면 돈을 낼 수가 있을까?"

"그 부분은 말이죠. 토지를 요쓰이가 구입한다면 또 모르겠지만, 무상으로 초가 시설에 대여를 할 겁니다. 그렇게 하면 요쓰이가 투자할 곳은 건물밖에 없다는 말이 됩니다. 그 결과, 입주비용은 현격히 내려가게 되겠죠."

"토지를 무상으로 대여하려고?"

"뭐, 이 부분에 대해서는 이런저런 의견이 있을지도 모르겠습니다. 다만 그 토지는 정리를 마친 뒤 몇 년 동안이나 방치되어 있었던 곳입니다. 주택지로서 분양하는 것도 생각해볼 수 있을 테지만 일부러 그곳에 집을 세워 이 초에 살려고 하는 사람은 없을 거라고 판단된, 말하자면 재고상품이라고 할까 더 심하게 말하자면 버려진 땅입니다. 이곳에 요쓰이가 와준다면 초의 인구도 늘어나고 고용기반도 생기겠죠. 그 결과, 세수도 오를 겁니다. 유휴 시설이나 다름없었던 공공시설도 전부 다 활용할 수 있게 되겠죠. 초의 상점, 농가도 윤택해질 겁니다. 그리고 무엇보다도 어느 초보다도 쾌적하고 값싼 간호를 제공할 수 있습니다. 다른 의미로 초에 돈이 굴러들어오게 될 겁니다. 설득력 있는 이야기입니다."

"그렇겠지. 게다가 그렇게 커다란 시설을 세운다면 당연히 지역 건설회사도 윤택해지고 작업원도 대량으로 고용할 수 있을 테지. 커다란 돈이 지역의 기업으로 떨어지겠군."

가마타케가 반짝반짝 눈을 빛냈다.

"뭐, 직접적일지 간접적일지는 알 수 없습니다만 그런 파급효과도 있을지도 모르겠습니다."

"있을지도 모르겠다니, 그 부분이 중요한 거라고."

"무슨 말씀이신지요?"

왔다! 싶었다. 이권, 하물며 손녀딸이 시집을 간 건설업자가 이익을 얻는다는 말은 가마타케의 주머니가 두둑해진다는 말이나 같은 뜻이다. 이런 군침이 나는 이야기를 앞에 두고 이 남자가 손가락을 물고서 보고만 있을 리가 없다.

나는 일부러 시치미를 뗐다.

"이렇게 커다란 시설을 세운다면 그야 말로 몇 십억, 아니 몇 백억이

들지도 모르는 사업 아닌가. 그 돈이 지역의 건설주에게 들어온다면 법인주민세로 초의 빚은 얼마든지 갚을 수 있겠지. 이거야말로 초 재정을 기사회생시킬 한 발이 될 걸세."

"이 정도의 사업을 직접 도급 받을 수 있는 회사가 이곳에 있다면 그럴지도 모르겠군요."

분명 가마타케의 말에는 일리가 있었다. 하지만 가마타케의 손녀딸이 시집을 간 건설회사가 미야가와 시에 있다는 사실은 알고 있었다. 초에 몇 개 정도 있는 건설회사는 인테리어 회사보다 살짝 나은 수준의 회사였다.

"아니, 만약 이런 이야기를 듣는다면 회사를 이곳으로 옮겨올지도 모르네. 주소지 같은 건 어찌되었든 상관없으니까 말이지."

웃음을 터뜨릴 뻔했다. 세금을 회피하기 위해 다국적기업이 조세 회피지에 서류상 본사를 둔다는 이야기는 들어본 적 있지만 세금을 내기 위해서 옮긴다는 말은 들어본 적이 없었다.

"그렇다고 해도 사업의 주체가 요쓰이인 이상, 어느 곳의 업자를 이용할지는 그들이 결정할 일이지 초가 이런저런 조건을 낼 입장이 아닙니다."

"당신, 그건 아니지. 3만 평이나 되는 정리가 된 용지, 그것도 초유지를 무상으로 대여한다면 초가 보상을 바라는 건 당연하지 않은가?"

초장이 아닌 '당신'이라는 칭호에서도 가마타케의 필사적인 모습이 엿보였다.

"요쓰이 출신인 제가 이런 말을 하는 것도 좀 그렇습니다만. 요쓰이가 이런 사업을 할 때 사내에서 추구하는 바는 공정성입니다. 제 경험에서 봐도 아마 업자를 선정할 때는 입찰을 할 겁니다. 물론 공공사업처럼 일단 시작한 일이니 예산이 오버 되더라도 끝까지 하자는 바보 같은 짓은 하지 않습니다. 낙찰 금액이 땡전 한 푼이라도 많아지는 일도 용납하지 않습니다. 공사 기간도 엄수합니다. 그렇다고 해서 입찰 금액이 가장 싼 곳에 일을 주는가 하면 그렇지도 않습니다. 수주를 받는 쪽의 실적, 공사 능력도 엄격하게 묻습니다. 뭐, 지역 건설 회사에 그만한 능력이 있다면 가만히 있더라도 일은 떨어질 겁니다. 그런 법입니다."

"시민 센터를 지은 적도 있으며 실내 수영장, 체육관을 수주 받은 적도 있네. 그 실적을 인정받으면 초의 강력한 요망이라고 밀어붙일 수도 있지 않겠소."

"그거 전부 같은 업자이지 않습니까?"

"그야 커다란 공사를 수주 받을 수 있는 일이 달리 없으니 별수 없지 않나?"

"이렇게 커다란 시설을 받을 수 있는 곳은 대형 종합 건설 회사가 아니면 무리입니다."

"하청을 주면 되지."

"일을 다른 회사에 통째로 맡기는 거나 다름없는 이야기 아닙니까."

"대형 종합 건설 회사도 그렇지 하지 않나. 어차피 똑같은 거잖은가? 그럴 바에는 지역의 업자가 일을 하는 편이 좋지."

가마타케는 집요하게 물고 늘어졌다.

"그럼 여쭤보겠습니다만, 지역의 건설 회사가 도급을 받게 된다면 당연히 설계 시공부터 시작해서 공사 기간 관리, 자재조달, 인원조달, 여러 가지 업무를 전부 하며 책임을 져야 합니다. 뭐, 재하청을 준다고 해도 자재나 중장비 조달에 관한 자금은 어떻게 하실 겁니까? 이런 공사의 경우, 건설비 지불은 공사가 어느 지점에 달한 시점에 분할해서 지불하는 것이 원칙입니다. 커다란 공사라고 해도 고작 시민 센터를 지어 본 정도. 가지고 있는 중장비로는 부족할 테니 설비투자가 필요해집니다. 작업원들도 새롭게 고용해야만 합니다. 자재비 지불도 해야 하겠죠. 몇 십 억, 아니 몇 백 억 수준의 자금을 조달하는 건 불가능하지 않을까요?"

"중장비는 빌리면 되네. 요즘 시대에 그렇게 비싼 돈을 내고 사는 녀석은 없어."

"공사 기간 동안밖에 쓰지 못하는 기자재를 빌리면 요금은 비싸질 텐데요."

"요쓰이가 뒤에 있지 않나. 돈은 반드시 들어올 걸세. 은행도 얼마든지 돈을 빌려줄 거야."

"요쓰이의 검사는 엄격합니다. 클레임을 걸면 공사 기간이 늘어나게 될 테고 돈도 불어나게 됩니다. 조금이라도 잘못하면 돌이킬 수 없는 실패를 하게 될 겁니다. 게다가 새롭게 사람을 고용하면 공사 기간 동안은 좋을지도 모르겠습니다만, 끝난 뒤에는 어떻게 할 겁니까? 그 시점에서 남게 된 고용자를 해고한다면 길바닥에서 헤매는 사람이 계속 나올 거 아닙니까."

"그 점은 대형 종합 건설 회사가 수주를 받는다고 해도 똑같지 않은

가. 본사에서는 얼마든지 부임해오는 사람도 있겠지만 하청, 재하청을 반드시 쓰겠지. 거기서 일하는 건 지역 사람이니까."

"물론 그 부분은 생각하고 있습니다. 적어도 시설이 가동하기 시작하면 건물 관리, 식재 손질, 기존의 공공시설이나 근처의 레크리에이션 시설과의 사이에서 운행할 버스 운전사. 세탁 등의 잡역. 항구적 고용이 반드시 생겨날 겁니다. 그런 부분의 인력은 초에서 거주하는 사람을 우선적으로 고용해달라고 할 생각입니다."

"그렇군. 공사가 끝난 뒷일까지 제대로 생각하고 있다는 건가?"

가마타케의 눈에 지금까지와는 살짝 다른 수상한 눈빛이 깃들었다. 아무래도 알선을 해서 한밑천 잡을 수 있을 거라고 판단한 듯했다.

"하지만 초장. 도급에 관해서는 생각이 다르네. 의회 사람들도 이렇게 큰 사업을 하게 된다면 토지를 무상 대여해서 보상을 얼마나 받을 수 있을지 흥미를 보일 테니 말이야. 뭐, 본체의 대공사는 별개로 하더라도 직원들을 대상으로 하는 기숙사. 그리고 분양 주택 건설은 적어도 지역 업자가 맡는다고 하지 않으면 의원들도 납득하지 않을 거라고 생각해."

맥주를 입가로 옮기던 손길이 멈추었다.

요쓰이가 노인 센터를 세운다는 사실에 관해서는 추측이 가능할 테지만 직원 기숙사, 그리고 분양 주택 건까지는 생각이 미치지 못할 터다. 그 사실을 알고 있다는 건 관광서 안에서도 극히 소수다.

정보가 새고 있다.

나는 그 사실에 경악했다.

가마타케의 노림수는 시설 본체의 건설보다도 오히려 그쪽을 친인척의 건설 회사에 맡기려는 데 있는 듯했다.

과연, 그런 거였군——.

"의견은 잘 알겠습니다. 초민의 이익이 될 정책을 행하는 것이 초장으로서의 제 역할입니다. 의안서에는 가능한 한 초의 이익이 되도록, 배려의 뜻을 포함시키도록 하겠습니다."

"그렇지, 역시 초의 산업이 윤택해지는 걸 가장 먼저 생각하는 게 중요하니까 말이야."

가마타케의 의향을 의안서에 담을 생각 같은 건 조금도 없었다. 하지만 그는 자신이 말하려고 하는 내용이 충분히 전달되었다고 생각한 것인지 얼굴 가득 미소를 머금고는 유리잔을 기울였다.

*

"정보가 새고 있다고? 정말이야?"

다음 날, 구마켄을 초장실로 불러 어젯밤의 경위를 이야기했다. 야와라 초밥에서의 회식 요금은 공비를 쓸 만한 성질의 것이 아니었다. 게다가 가마타케 같은 사람과 돈을 나눠 내는 것도 울화가 치밀었기 때문에 내가 사비로 지불했다. 얼굴을 보는 것도 싫은 사람과 밥을 먹고, 돈까지 지불했으니 기분이 좋을 리가 없다. 옹졸하다고 생각해도 별수 없는 일이지만 나도 남들처럼 감정이라는 것을 가지고 있다.

그렇기 때문에 내 말투는 어떻게 해도 불쾌한 말투가 되었다.

"노인 센터 건설에 관해서는 연설 때 큰소리를 쳤으니까 요쓰이 사람이 빈번하게 방문하면 무슨 일이 일어나고 있는지 눈치를 챘다고 해도 이상한 일은 아니야. 하지만 그 인간, 직원의 기숙사나 주택 분양지에 대한 이야기까지 알고 있었어. 이건 아직 너희 팀 이외의 사람은 모르는 이야기잖아? 정보가 새고 있다고밖에 생각할 수 없어."

"으음."

구마켄은 팔짱을 끼며 잠시 생각에 잠기는 듯하더니 신음하듯이 말했다.

"이런 초이니까 말이지. 집에 돌아가 아버지나 어머니에게 이야기를 하면 눈 깜짝할 사이에 이야기가 퍼지는 것도 이상한 일은 아니지. 여하튼 초민이 다들 알고 지내는 사이인 데다 한가하잖아. 소문은 좋아하고."

"이 초에서 소문이라는 건 꼬리가 붙는 게 일반적일 테니까. 하지만 이번 경우에는 그 꼬리가 없는 이야기가 아니라는 게 신경이 쓰여. 가마타케 녀석, 꽤나 정확하게 이쪽의 움직임을 파악하고 있어."

"그러네. 생각해보면 관공서 안에서 가마타케에게 신세를 지지 않는 직원을 찾는 쪽이 더 어려울지도 몰라. 프로젝트 팀이 생겼다는 건 관공서 안에서도 화제가 되었고, 가마타케가 슬쩍 속을 떠봤어도 이상한 일은 아니야."

"이상하지 않다고 감동하고 있을 때냐고? 대체 누구한테서 샌 거야?"

전혀 위기감이 없는 녀석이다. 버젓한 기업이었다면 특별히 편성된 팀 내의 정보가 새어나가는 일은 일단 있을 수가 없으며, 설령 술자리에서라도 물어보는 사람조차 없다. 그것이 세 명이었던 팀을 다섯 명으로 늘렸을 뿐인데 이 꼴이다. 위기감이 없는 것도 정도가 있다.

"그런 걸 조사해봤자 별수 없어. 비밀은 새기 마련이니까. 하지만 가마타케도 뻔뻔한 사람이네. 얼굴을 마주하고 손녀딸이 시집을 간 곳으로 일을 달라고 하다니 말이야."

"우리 초를 포함해 주변 지자체의 공공사업이 뚝 끊긴 탓에 꽤나 힘들겠지. 그렇다고 하지만 얼굴을 마주 보고 말했다고 해도 그 인간, 엄청난 너구리야. 처음에는 노인 센터 본체의 수주를 지역 사업체에 맡기라고 말하고 있으면서도 그쪽에 그런 능력이 없다는 사실은 이미 알고 있었어. 노리는 곳은 직원 기숙사와 분양 주택이었어. 그런 말을 하며 허들을 한 단계 낮췄다는 인상을 주더군."

"그 정도라면 충분히 그쪽 힘으로도 할 수 있을 테니까."

"그렇지만 분할 발주는 안 돼."

"어째서?"

"어째서라니……. 당연하잖아! 분할 발주를 하게 되면 전혀 다른 조직이 사업을 청부 받게 돼. 비용이 올라가는 건 당연할 거고 입주비에 그 불똥이 튀게 될 테니까 말이야. 이곳은 생활비는 싸. 그렇기 때문에 인건비도 싸게 할 수 있어. 그 점이 선전의 포인트라고. 기숙사 비용도 단독 주택이라고 하더라도 아마 싸고 좋은 집을 줄 수 있을 테고 그게 직원의 직장 환경 만족도로 이어질 거야."

"하지만 그 부분만으로도 지역의 건설업자의 업적이 올라가면 세수가 올라가는 현상으로 이어진다는 가마타케의 이야기도 이해는 가는걸?"

"그렇지만 가마타케의 손녀딸이 시집을 간 회사는 이 초가 아니야. 합병을 아주 냉담하게 거절한 미야가와에 세수를 갖다 주게 된다고. 우리 초에 있는 회사를 말하자면 토건업자나 내장공사를 하는 곳이 고작이야. 그러면 요쓰이의 입찰이 어느 회사로 떨어진들 마찬가지가 되잖아."

"실은 말이지 텟짱, 나도 그 부분은 내심 어떻게 할 수 없을까 하고 생각하고 있었어."

"그 부분이라니 무슨 말이야?"

"그러니까 어느 회사가 수주를 받을지는 별개라 하더라도 이렇게 큰 사업인 만치 사업에 종사하게 될 작업원 수는 장난이 아닐 거잖아?"

"그렇지."

"현장 감독 등의 간부는 아마도 도쿄나 센다이의 본사나 지점에서 파견 되겠지만, 주변의 작은 공무점을 긁어모은다고 해도 사람은 부족해. 그렇기 때문에 임시 거주지를 찾는 사람도 나올 거라고 생각해."

"그렇겠지."

"그런데 이 초에 있는 숙박 시설은 예의 식물원에 인접한 숙소가 있을 뿐이야. 이전에도 댐을 건설했을 때는 감독을 비롯해 초 바깥에서 온 사람들로 몽땅 대절이 되었고, 거기 못 들어간 사람은 초 바깥의 여관에 머물렀어. 그런 사람들을 어떻게든 이 초에서 소화할 수 없을까 해서……."

"2년 정도만 있으면 사라질 사람을 위해 그런 시설을 만든다면 뒷일이 큰일이잖아."

구마켄이 하고 싶은 말은 알 수 있었지만 무리인 이야기는 무리이다.

"텟짱, 우리들이 중학생 때 초 내의 네 개의 중학교가 통합되었던 거 기억나?"

"그래."

"그때 정지 작업을 위해 왔던 자위대 사람들은 공민회관에서 묵었어."

통합 중학교의 건설에 앞서 용지 조성 공사가 시작된 건 내가 초등학교 5학년 때의 일이었다.

용지는 주로 산림과 밭. 그리고 묘지였다. 지금은 믿기 어려운 일이지만 작은 산을 포함해 용지를 정지하는 데 동원되었던 이들은 육상자위대의 건설 부대였다. 어두운 녹갈색으로 색칠된 불도저가 산을 무너뜨리고, 밭을 메우며 광대한 토지를 정지한 것이다. 그것도 대원들을 공민회관에서 재우면서 말이다.

"아무리 그래도 민간 작업원을 공민회관에 묵게 할 수는 없잖아?"

"물론 공민회관이라면 무리이겠지만 회관이라면 괜찮을 거야."

"회관이라니, 생선가게가 하고 있는 회관 말이야?"

"응. 초에는 회관이 세 개나 있는 데다 전부 다 다다미 백 장 정도의 넓은 공간을 가지고 있어. 거기서 묵는다면 아침저녁 두 끼, 술 걱정은 없어. 목욕은 그야말로 간단한 시설을 야외에 만들면 비용도 그렇게는 들지 않을 거야."

"그러면 마치 합숙소 같잖아."

"합숙소는 요즘도 필요해. 만약 텟짱이 건설을 대형 종합 건설 회사에 맡긴다고 하면 지역에도 제대로 건설이 시작된 시점부터 돈이 들어올 거야. 윤택해지는 건 건설업자뿐만이 아니라는 사실을 확실하게 알려주지 않는다면 가마타케는 납득하지 않을 거라고 생각해."

과연, 분명 그 말을 듣고 보니 구마켄이 하는 말에도 일리가 있었다.

"좋았어. 그럼 이 건은 검토 과제에 넣어둬. 비밀이 새어나간 일에 관해서는 어떤 방도를 강구해야겠어. 결과적으로 가마타케의 손녀가 시집을 간 곳에 일이 간다고 하더라도 공정한 방법에 의해 가게 된다면 상관없어. 하지만 그 인간이 일을 꾸민 결과로 인해 그렇게 된다면 곤란하니까."

"이권이라고 하면 그밖에도 이것저것 있어."

"어떤 이권인데?"

"예를 들면 시설이 구입하는 식료품. 정육점은 이 초에 새 개나 있지만 위탁 비육을 하고 있는 곳은 한 곳밖에 없어. 다른 곳은 시장에서 구매한 고기를 팔고 있을 뿐이야. 고기 판매가격에 그렇게 차이는 없지만 뒤집어 생각해보면 그만큼 그 한 곳의 정육점의 이익 폭이 크다는 말이 돼. 당연히 대량 구매를 생각하고 있으니 그 정육점에서 매입하는 일이 많아지겠지. 그러면 남은 두 곳은 재미가 없어질 거야."

"그야 그렇겠지."

"그렇기 때문에 이쪽에서 적정한 가격 가이드라인을 세워서 세 곳에서 균등하게 고기를 구입해야만 해."

"하지만 그거야말로 기업이 노력한 보람이잖아. 고기의 원가를 싸게 할 수 있는 건 그만큼의 일을 하고 있기 때문이야. 싼 고기를 제공할 수 있는 건 이용자에게도 고마운 일이지."

"하지만 그 가이드라인을 마련하지 않으면 가마타케가 이런 저런 일을 할 여지가 생기게 될 거야. 고기뿐만이 아니야. 쌀, 야채, 과일, 생선 조달도 마찬가지야. 불특정 다수의 농가에서 받게 된다면 취합을 할 수 가 없어. 그러니 이것들도 납입을 희망하는 농가에 생산물의 종류, 수 확기, 수확 예상량을 어느 시기까지 제출시켜서 어느 일정 시기에 집중 되지 않도록 가능한 한 많은 농가에서 구입할 수 있도록 계획을 세워야 만 해. 생선도 마찬가지야. 매입처는 역시 초의 생선가게로 정해야할 테니 이쪽도 규정을 만들어야만 해."

"야채는 둘째치더라도 고기나 생선은 글쎄…… 그런 건 입찰로 하면 되지 않아? 싸게 제공할 수 있는 곳에 낙찰되는 것으로 말이야. 만족스 러운 품질의 상품을 납품하면 되잖아. 그렇지 않다면 바이바이인 거고."

"그렇게 하면 뒤에서 가격을 담합할 거야."

"그렇다고 해서 균등하게 하겠다고 한다면 이용자가 쓸데없는 돈을 쓰게 되잖아?"

"그래도 말이지, 입찰로 하면 가마타케뿐만이 아니라 여러 사람들이 암약할 거라고 생각해."

"어떻게?"

"올해는 너, 내년에는 나라는 식의 담합은 아무렇지도 않게 할걸?"

"그때는 싸울 수밖에 없겠지."

나는 언성을 높였다. 가마타케처럼 가난한 초의 재정에 빌붙어 자신 의 주머니를 불리려고 하는 사람을 견딜 수가 없었다. 정당한 수단을 이용해 비즈니스를 하려는 것이라면 또 몰라도, 고작 초 자치의원이라 는 권력을 등에 업고 그늘에서 몰래 움직인다. 그런 녀석에게 땡전 한 푼이라도 떨어지게 할 생각은 손톱만큼도 없었다.

"지금 네 이야기로 나도 떠오른 생각이 있어."

"뭔데?"

"가마타케 같은 녀석들이 암약할 곳이 아직 있다는 사실 말이지. 시설에서 사용하는 시트나 모포의 세탁, 공공 공간 안에는 미용실, 이발소, 카페, 초밥 가게, 선술집, 레스토랑도 들어갈 거야. 이 초에는 동업자가 잔뜩 있어. 8천 명 이상의 사람이 한 곳에 모일 테니 이 계획이 공표되면 다들 대금을 움켜쥘 찬스라고 생각해 출점을 따내기 위해 필사적이 될 게 분명해. 뭐, 초밥 가게는 한 곳밖에 없으니까 경쟁은 없을지도 모르겠지만 그래도 출점에 관해서는 입찰을 하게 할 거야. 그때 중요한 점이 최저낙찰가야. 무리하게 낙찰가를 내리면 다들 장사꾼이야. 손해를 입으면서까지 하려는 사람은 없을 테지. 이익을 내려고 하면 품질이 내려갈 수밖에 없어. 그렇기 때문에 적정한 이익을 예측한 낙찰가격을 이쪽이 가지고 있어야만 해. 그럴 때 말이지, 이번처럼 내부정보가 매우 간단히 새어나간다면 곤란해. 비밀을 지킬 수 있는 사람이 꼭 필요해."

"하지만 아까 전에도 말했던 것처럼 직원은 다들 연고에 얽매여 있으니까……."

"네가 그런 말을 한다면 전문직으로서 그런 일을 할 수 있는, 초와는 연관이 없는 사람을 채용하겠어. 이런 시대에 인터넷으로 공모하면 공무원이라는 신분에 매료되어 응모하는 사람은 잔뜩 있을 테니까 말이지."

"텟짱, 네가 하는 말은 다 타당해. 의견을 달리할 여지는 없어. 하지만 직원을 채용하려면 의회의 승인이 필요해."

"어째서 그런 게 필요한 건데?"

"네가 초장으로 취임하기 전에 초의 재정이 호전될 때까지 신규 채용은 전부 삼가기로 한 전 초장의 안건을 승인한 게 의회거든. 사람은 그렇게 간단히 늘릴 수 없어."

또다시 의회가 나온다.

입을 다물고 만 나를 보며 구마켄이 말을 이었다.

"텟짱, 네 초장으로서의 자질은 인정하겠지만 초민의 대표로서의 의회를 무시한다면 잘될 일도 잘 돌아가지가 않게 될 거야."

"그러니까 의회를 좌지우지하는 가마타케를 거스르지 말라는 건가?"

"그런 말을 하는 게 아니야. 다만 조금쯤은 현실을 생각해야만 한다는 거지⋯⋯."

괴로운 표정으로 구마켄이 말했다.

"너에게는 아직 가르쳐주지 않았지만 지금 의회 사람들은 가마타케를 빼면 1년 정도밖에 안 된 사람들뿐이이야."

"뭐라고?"

나는 처음으로 듣는 사실에 귀를 의심했다.

"무슨 말이야?"

"이전의 의원은 의장을 포함해 적자를 어떻게 할 수 없다는 사실을 알게 된 시점에 그만두고 말았어. 머지않아 급료는 줄어들 테고, 보너스도 줄어들 거라는 사실을 알았기 때문이지. 1년에 한 번 있었던 해외

시찰도 오래전에 중지되었으니 의원을 해도 떨어질 게 없어진 거지. 의석도 25개에서 15개로 줄었고 말이야. 원래 입후보해도 떨어지는 건 한 명이나 고작 두 명이었어. 그랬던 선거에 나가 낙선한다면 창피한 일이겠지. 공로금을 받고 재빨리 그만 두는 편이 낫다는 거야."

"진짜야 그거?"

주의가 부족했다. 나는 노인 센터 유치, 적자를 메워 초의 재정을 재건하는 일에 관한 대책 만들기에 눈길이 팔려 의원의 경력에는 지금까지 전혀 눈길을 주지 않았다. 게다가 초에서 두 손을 들고 초장이 되어 달라고 부탁한 것이기 때문에 자신이 강구해낸 타개책에는 찬성하는 사람은 있어도 반대하는 사람은 누구 하나 없을 것이라고 생각하고 있었다.

"딱 잘라 말하자면 의원이 된 건 직함이 필요했던 사람들뿐이라고 생각해. 정말로 초를 어떻게 해보자고 생각하고 있는 사람은 없어. 실태를 알고 보면 귀찮은 일은 있어도 좋은 점 같은 건 없는데 말이지."

"그럼 어째서 가마타케는?"

"아마도 그 사람도 그만둘 생각이었을 거야. 그렇지만 다른 베테랑 의원이 사라지니 의회를 지금까지처럼 불려서 자신의 생각대로 조종할 수 있다. 아마도 가마타케는 그렇게 생각한 게 아닐까?"

과연, 그런 이유인 건가? 그 때문에 시정방침연설을 해도 아무런 반응도 없었던 것이다. 드디어 수수께끼가 풀렸다. 그리고 그때 갑자기 일어서서 박수를 재촉했던 가마타케를 따라 내키지 않는 모습으로 손뼉을 치던……. 그 모습을 보아 의회, 아니 초 행정을 사실상 움켜쥐고 있는 사람은 다른 누구도 아닌 가마타케였다.

나는 새삼스럽게 이를 갈고는 신음하듯이 말했다.

"젠장, 가마타케 녀석. 그런 거였나…….."

"나는 절대로 그런 녀석의 말대로는 하지 않을 거야. 이렇게까지 일을 진척시킨 이상, 이 프로젝트는 반드시 내 생각대로 진행시키고 말겠어."

움켜쥔 주먹으로 책상을 두드렸다.

쿵 하는 소리에 구마켄이 깜짝 놀라며 나를 쳐다보았다.

*

정례의회는 일주일 후로 다가와 있었다.

의안서의 초고는 이미 완성되어 있었지만 가마타케가 움직이기 시작한 만큼 어떤 전개를 맞이하게 될지는 알 수 없었다. 적자 때문에 파산 직전인 초에 노인 센터 유치가 기사회생할 수 있는 비장의 카드가 될 거라는 사실은 알고 있을 테지만 욕심에 눈이 어두운 사람이다. 의회에서 가마타케가 이의를 제기하면 동조하는 의원이 나오리라는 사실은 충분히 예상이 되었다. 그를 위해서는 요쓰이의 동향을 완전히 파악해 바보 같은 녀석들의 개입을 용납하지 않도록 계획을 확고히 할 필요가 있었다.

가와노베를 데리고 구마켄이 방으로 찾아온 건 점심시간이 끝난 직후였다.

"먼 곳까지 일부러 발걸음을 해주시다니 감사합니다."

아침에 도쿄를 출발해 그대로 이곳에 온 가와노베를 향해 나는 고개를 숙였다.

"아니, 일이니까요. 게다가 고작 세 시간 정도만 타면 도착하니 이 정도는 출장 축에도 끼지 않습니다. 하네다羽田가 국제편을 확장한다면 상하이는 하루 만에 출장을 갔다 돌아올 수 있다고 하는 시대이니 말이죠. 도쿄와 미도리하라 정도면 바로 왔다 바로 돌아갈 수 있는 권역 내입니다. 그리 멀지않은 미래에는 출장 일당도 받을 수 없게 되지 않을까요? 다만 그렇게 되면 샐러리맨은 약간의 용돈을 벌 수 있는 방법이 하나 줄어들게 되겠지만요."

가와노베는 쓴웃음을 지으며 말했다.

"그런데 오늘 모신 이유는 다른 이유가 아닙니다. 시설의 건설에 착공하는 일에 관한 요쓰이의 의향을 확인하고 싶어서 말이죠."

용건은 사전에 전화로 전했기 때문에 가와노베는 서류가방 안에서 파일을 꺼내며 질문을 재촉했다.

"어떤 부분이 궁금하신지요?"

"일단 처음에 여쭤보고 싶은 부분은 확실하게 착공에 들어간 시점에 어떤 순서로 긴설업자를 결정하는지에 관해서입니다. 그 부분은 벌써 요쓰이가 생각한 점이 있을 거라고 봅니다."

"물론입니다."

"건설 회사는 역시 계열사인 요쓰이 건설을 이용하실 테죠?"

"아뇨, 그건 아직 결정하지 않았습니다. 반드시 요쓰이 건설을 이용할 거라고는 할 수 없습니다. 그렇다고 할까, 현 시점에서는 아직 저희들의 의향은 백지 상태입니다."

"보통 이 정도 규모의 시설을 건설하게 되면 그룹 회사에 어떤 메리트를 주게 되지 않나요?"

"과거에는 분명 그런 관습이 있었습니다만, 지금은 그룹 회사라고 해서 우선적으로 일을 돌려줄 정도로 요쓰이의 결속력도 단단하지 않고 비즈니스도 더욱 건조하게 운영되게 되었습니다."

"호오, 그건 어째서입니까?"

"최대 요인은 버블 붕괴 후에 은행이 안고 있던 불량 채권의 뒤처리를 위해 큰 은행의 합병이 반복되었으며 그때 그룹 기간 은행이었던 요쓰이 은행이 사실상 소멸해버리고 말았기 때문입니다. 과거에는 요쓰이 그룹의 차입금의 약 40퍼센트는 요쓰이 은행이 부담하고 있었습니다만, 지금은 대형 시중 은행 다섯 곳이 제각각 15퍼센트씩. 그 이외에는 외국 은행, 정부 계열 은행, 지역 은행이 처리하고 있습니다. 물론 현재도 그룹 사장이 모여 회식을 하며 운영 방침에 대해 이야기를 나누는 '월요회'는 존속합니다만, 실태는 과거의 관습을 그대로 답습하고 있는 것에 지나지 않습니다. 무엇보다 각 그룹사의 비즈니스 환경이 매일 격변하고 복잡화되고 있는 데다, 무엇보다도 속도를 추구하는 시대가 되었으니까요. 이제 그룹 운운을 하고 있을 때가 아닙니다. 어느 회사도 멍청히 있다가는 비즈니스 기회를 놓치고 맙니다. 싸게 살 수 있는 물건도 살 수 없게 되는 거죠. 자사가 살아남기 위해 필사적입니다."

가와노베는 담담한 어투로 말했다.

"그렇게 되면 건설업자에 관해서는——."

"입찰을 할 생각입니다. 물론 이만큼 커다란 규모의 시설이니 할 수 있는 업자는 한정되어 있습니다. 아마도 중앙의 대형 종합 건설 회사가 수주를 하게 되겠죠. 그것도 상황에 따라서는 복수의 회사가 일을 하게 될 수도 있을 겁니다."

"즉, 공동 사업체가 된다는 말이로군요."

"그렇습니다."

가와노베는 고개를 끄덕인 뒤 말을 이었다.

"게다가 복수의 업자가 건설에 종사한다는 의미로만 놓고 보자면 야마사키 씨가 생각하고 있는 것보다 훨씬 많은 업자가 참가하게 될 거라고 생각합니다."

"그건 하청을 줄 거라는 말이시죠?"

"물론 이런 대형 공사이니 하청, 재하청은 반드시 하게 되겠지만 실제로 건설에 들어가기 전부터 대형 종합 건설 회사 이외의 업자가 들어오게 될 거라는 말입니다."

"그건 무슨 말입니까?"

"예를 들면 이번 시설의 건설에 관해서는 설계 회사와 건설 회사가 별개입니다."

"어째서인가요. 대형 종합 건설사에는 설계 부문이 있지 않습니까. 일괄해서 수주를 맡기는 편이 싸게 먹히지 않나요. 시공도 그 편이 매끄럽게 되지 않나요?"

"저희들의 경험상 그렇지도 않습니다. 설계 시공을 전부 같은 업자에게 시키면 어디에서 얼마 정도의 이익이 빠져나갔는지 알 수 없게 됩니다. 대형 종합 건설사가 어느 단계에서 대충대충 일을 한다는 말은 아닙니다. 다만 설계와 시공을 분리하는 편이 제각각 드는 경비 산출을 더욱 명확하게 할 수 있다는 이야기입니다. 설계도가 완성되면 타당한 건설비는 저절로 명확하게 보일 겁니다. 그걸 기초로 건설 회사를 입찰로 경쟁을 하게 한다면 도가 지나친 견적은 절대로 나오지 못할 겁니다. 특히 이번 경우에는 돈에 여유가 있는 사람을 상대로 하는 사업이 아닙니다. 원가가 싼 것보다 더 좋은 일은 없으니까요."

"하지만 그렇게 해도 괜찮은 건가요. 건설 회사 또한 한 푼이라도 많은 이익을 올리려고 할 텐데 말이죠. 그렇게 되면 어딘가에서——."

"일을 대충대충 할지도 모른다는 말씀을 하고 싶으신 건가요."

가와노베가 앞질러 말했다.

나는 엉겁결에 고개를 끄덕였다.

"그 부분은 걱정하실 필요 없습니다. 저희들은 이 분야의 전문가니까요. 시공 감리도 내부에서 할 수 있는 능력도 있거니와, 규정대로 건설을 하고 있는지 어떤지를 꿰뚫어보는 기술은 있습니다. 적어도 요쓰이라는 간판을 걸고 하는 일이니 이상한 건물은 절대로 만들게 할 수 없는 일입니다. 건설이 시작된 시점에 우리 부서에서 사원을 이 초로 보내 상주시켜 공사 구석구석까지 감시를 게을리 하지 않을 생각입니다."

"그건 하청, 재하청도 마찬가지인 건가요."

구마켄이 물었다.

"하청이건 재하청이건 저희들과는 관계가 없습니다. 저희들은 원청 업자와 계약을 할뿐, 실제로 공사를 하는 사람이 누구이건 공사 기간 안에 약속한 돈으로 만족스러운 건물을 지어준다면 그걸로 되는 거니까요."

가와노베가 하는 말은 지당했다. 전부 다 포함해서 일괄 수주를 준다면 어디서 얼마나 빠져나갔는지 시공주는 알 수가 없게 된다. 시공 감리를 자신들이 한다는 말도 일리가 있는 말이었다. 거대 건설 회사가 이익을 내기 위해 하청 업체를 단단히 압박하면 그들도 장사꾼이다. 역시 어딘가에서 대충 일을 해 조금이라도 차익금을 벌려고 할 것이다. 특히 빌딩처럼 콘크리트를 많이 사용하는 건물은 일단 완성되고 나면 외견상으로는 어딘가에 결점이 있는지 없는지 알 수가 없게 된다. 하물며 이후 몇 십 년에 걸쳐서 계속 사용해야만 하는 시설이다. 내진 설계 위조 같은 문제가 나중에 발각되기라도 한다면 돌이킬 수 없는 일이 되고 만다.

"가와노베 씨. 이 기회에 솔직하게 말씀드리겠습니다만, 실은 초 자치의회 내부에서는 이번 시설을 건설할 때 적극적으로 지역의 업자를 이용해야한다는 분위기가 강해서 말이죠."

나는 불분명한 어투로 말을 꺼냈다.

"당연하겠죠. 지방의 업자 입장에서는 꼭 붙잡고 싶은 매력적인 사업이겠죠."

가와노베는 시원스럽게 말하며 어깨를 으쓱했다.

"물론 입찰에 참가해도 상관은 없습니다. 시공 능력이 있으며 이쪽의 예정 가격을 충족시켜주기만 한다면 어디의 업자이건 저희는 상관하지 않습니다."

"자치의원 안에서도 이렇게나 커다란 안건의 원청을 받을 만한 지방 건설 회사가 있을 리가 없기 때문에 소란을 피우기 시작하고 있는 겁니다. 노리는 곳은 하청, 재하청입니다. 대형 종합 건설 회사가 원청을 받는 건 별수 없는 일이지만 하청이나 재하청은 지방의 건설 회사를 우선적으로 사용해달라고 말하고 있는 겁니다."

"그야 고려해달라고 하시면 요청하신 대로 해드리는 것도 가능하긴 할 겁니다만……. 하지만 야마사키 씨, 저희 요쓰이의 시공 감리는 무르지 않습니다. 좋지 못한 부분이 있다면 그 자리에서 바로 정정을 요구하며, 그에 따라 공사 시간이 늦어진다면 페널티를 부과합니다. 알고 계시는 듯이 민간의 사업은 처음에 세밀하게 자금의 흐름을 계산합니다. 국가의 공공사업과 달리 예산도 정해져 있으며 공사 기간이 늦어지는 일도 용납하지 않습니다. 시작하면 끝, 할 수 있는 데까지 한다, 예산이 넘어가도 추가금을 엄청 쏟아 부을 수 있는 성질의 일이 아니니까요. 일을 맡게 되면 그 나름대로의 각오는 해야 할 겁니다. 각오를 하고 시작하지 않으면 적자가 되는 경우가 생길지도 모릅니다. 그 부분만 제대로 알고 있다면 저희로서는 어떤 업자이건 전혀 상관없습니다."

정말이지 맞는 말이었다. 만약 가마타케와 연결되어 있는 건설 회사가 하청, 재하청을 받게 되더라도 정식적인 수속을 밟고 업자로 선발된다면 그것을 거부할 이유 같은 건 나에게도 있을 리가 없다.

"요쓰이의 의향은 충분히 이해했습니다. 그렇다면 다음 질문입니다만."

나는 화제를 바꾸었다.

"회의에서 건설의 승인이 떨어졌다. 아니, 승인이 났다는 건 틀림없는 사실이지만 그 시점에 계획의 상세 사항이 매스컴을 통해 보도되고 말 거라고 생각합니다. 어쨌든 이 시설은 주변 시정촌의 노인, 혹은 노인과 함께 지내는 가족에게 큰 임팩트가 될 만한 일입니다. 보도 가치도 높습니다. 전국지는 제쳐두더라도 지방지에는 꽤나 대대적으로 보도가 될 거라고 예상됩니다. 그건 괜찮으시겠죠?"

설령 지방 신문이라고 할지라도 정례 초 자치의회를 신문사가 취재하는 일은 없다. 하지만 이렇게나 큰 사업이다. 사전에 제출사안의 개요를 알린다면 지방지는 물론 전국지의 지사 정도까지 기자가 방청을 올 것이다. 그렇게 되면 아무리 가마타케라고 하더라도 노골적인 수단으로 이익 유도를 위한 질문을 할 것이라고는 생각되지 않는다.

계획을 공공연하게 밝혀 주변 지역의 반응을 탐색하고 싶다는 본래의 목적도 있었지만, 오히려 내 본심은 신문이라는 사회의 공공기관을 사용해 가마타케를 견제하려는 것이었다.

"그건 상관없습니다만——."

가와노베는 잠시 생각에 잠기는 듯이 말을 끊더니 뒷말을 이었다.

"야마사키 씨, 이건 실제로 뚜껑을 열어보지 않으면 알 수 없는 일입니다만 현시점에서 저희는 주변 지자체에서 오는 이주자 30퍼센트, 도시에서 오는 이주자로 남은 70퍼센트를 채우는 게 이상적이라고 생각하고 있습니다."

"그 말씀은……."

"이 시설의 건설은 주변 지역에 커다란 임팩트를 주게 될 사건이라고 생각합니다. 하지만 입주자가 편중되면 제2세대, 제3세대와 주인이 교체됨에 따라 쇠퇴되고 마는 것이 아닐까. 그런 걱정을 품고 있습니다."

"하시는 말씀의 의미가 잘 이해가 되지 않습니다만."

"간단한 이야기입니다. 아마도 10년 동안은 입주자를 주변 지역으로 한정해도 운영이 가능할 겁니다. 하지만 과소화가 진행되고 있다는 건 노인 인구도 확실히 감소를 계속하고 있다는 사실을 의미합니다. 고령화가 진행되고 있다는 말은 연대별 인구 분포를 봤을 때 고령자의 비율이 높다는 말이지 절대 인구를 나타내고 있는 것이 아닙니다. 시설을 이용하는 대상이 될 연령층이 줄어들게 된다면 입주자도 자연스럽게 줄어들게 됩니다. 10년을 놓고 생각해보면 한계집락만 남게 되겠죠. 그렇기 때문에 도시에 사는 노인을 이른 시기부터 살게 해 높은 평가를 받아둘 필요가 있다. 그런 말입니다."

과연 듣고 보니 맞는 말이었다. 미야가와 시의 가사이 시장이 시설 입주대상자를 꼭 도시의 노인으로 한정시킬 필요는 없다, 주변 시정촌을 대상으로 하더라도 상당한 수요가 있을 것이라고 했던 말은 지금 현재의 상황을 생각해서 한 말이다. 대상지역의 연대별 인구 분포가 고령자로 편중되어 있는 동안에는 입주자가 곤란할 일은 없으리라. 하지만 정착자가 늘어나지 않는다면 언젠가 대상 연령자의 절대수는 줄어들 것이다. 그렇다, 지역으로 입주대상자를 축소시키게 되면 천연자원의 매장량에 한계가 있는 것처럼 공급량이 언젠가는 줄어들게 되어, 과거 번영했던 탄광촌이 폐허가 되는 것처럼 멋들어진 시설도 거친 들판에 우두커니 서 있는 폐허가 되고 마리라.

"분명 듣고 보니 그 말씀대로입니다. 이 계획은 임시방편이어서는 안 됩니다. 항구적으로 시설이 존속되지 않는다면 의미가 없어질 겁니다. 입주자가 모이지 않게 되었다고 해서 시설을 폐쇄하거나 서비스 수준을 내릴 수는 없으니 말이죠. 하물며 직원의 수는 고정적으로 정해져 있으니 그들의 생활도 생각해야 하고…….."

"사람이 모이지 않으면 성립이 되지 않는 시설은 영업 상태의 여하를 불문하고 같은 숙명을 걷기 마련입니다. 기업의 실적이 떨어지면 직원을 해고해 수지를 맞추는 것이 현대의 풍조입니다. 쇼핑몰도 손님이 줄어들게 되면 공간을 줄여 점포를 집약해 빈 공간이 눈에 띄지 않도록 시험을 합니다. 하지만 말이죠, 일단 손님을 모으는 힘이 줄어들었다는 게 보인다면 사람들 발걸음은 배로 멀어집니다. 기업의 힘도 눈 깜짝할 사이에 떨어지는 법입니다."

"깨진 유리창의 법칙 그 자체로군요."

건물의 창문이 깨진 것을 방치해두고 누구도 주의를 기울이지 않으면 머지않아 다른 창문도 부서지고 만다는 이론이다.

"그 말씀대로입니다. 다만 깨진 유리창의 법칙과 다른 점은 창문이라면 수리를 하면 추가 파괴 행위를 방지할 수가 있지만 시설이나 초 그 자체의 재생은 극히 어렵다는 부분입니다. 실제로 이 초의 역사를 돌아보면 잘 이해가 가실 겁니다. 젊은 사람이 도시로 흘러 나가 과소화가 진행되었다. 당연히 상점가가 쇠퇴되어 셔터를 내린 가게가 초의 중심에 눈에 띄게 되었다. 쇼핑이 한 번으로 끝나지 않을 뿐만 아니라 활력까지 떨어진 상점가는 매력을 잃게 되어 급속도로 손님의 발길은 멀어지게 되었고 초 자체의 매력이 떨어지게 되었다. 그 결과, 젊은 사람들이 초 바깥으로 나가는 흐름에 박차가 가해졌다……."

"아마도, 아니, 시설에 빈 공간이 눈에 띄게 된다면 반드시 입주 희망자는 줄어들게 될 겁니다. 그것도 제어가 안 되는 형태로 말이죠."

내가 어렸을 때 초가 북적거렸던 것을 알고 있는 만큼 쇠퇴해가는 모습도 손바닥을 보듯이 뻔히 알 수 있다. 내 목소리는 자연스럽게 절실하게 바뀌었다.

"노인 시설에서 활기가 사라지게 된다면 그저 죽을 때를 기다릴 뿐인 장소가 되고 맙니다. 그런 음침한 시설에 누가 입주를 희망할까요? 활기를 확보하기 위해서는 새로운 입주자가 늘 방문하도록 만들어야만 합니다. 그를 위해서는 도시에 사는 노인들의 눈길이 늘 여기 미도리하라로 향하도록 만드는 일이 중요합니다. 나이를 먹고 몸을 움직이기 어려워지는 일은 누구나 운명이라고 체념할 겁니다. 당연히 시설 안에는 그런 입주자도 많이 나올 겁니다. 그런 사태를 맞이하더라도 아무런 걱정도 없이 극진한 간호를 받을 수 있는 것은 물론이며, 이곳에 입주하면 도시에 있는 것보다도 훨씬 쾌적하고 즐거운 노후를 보낼 수 있다. 그런 인상을 도시에 사는 노인들에게 널리 안겨줄 수 있을지, 이주 결단을 내리게 만들 수 있을지 어떨지. 그것이 진정한 의미에서 이 계획의 성패를 쥐고 있다. 저는 그렇게 생각합니다."

가와노베는 열기가 담긴 말투로 그렇게 내뱉은 뒤 어깨를 으쓱하며 말했다.

"다만 저나 야마사키 씨가 현역에 있는 동안만 시설의 운영이 잘되기만 하면 된다고 생각한다면 그뿐인 이야기입니다만."

"그래서는 공공사업의 전철을 밟게 될 뿐입니다. 말씀하신 대로 도시에서의 루트를 확립해두지 않으면 장래에 부정적인 유산을 남겨두는 일이 될 겁니다. 잘못 시작한다면 돌이킬 수 없는 일이 되고 맙니다."

"하지만 어떻게 해야 도시에 사는 사람을 유치할 수 있을까요?"

구마켄이 내 말에 뒤이어 질문을 했다.

"그에 관해서는 전에도 말씀드렸던 것처럼 저희 회사의 부동산 부문을 통해 현재 살고 있는 집을 담보로 삼아 혹은 매각해 노인 센터에 입주하려는 분들에게 적극적으로 안내를 하는 건 물론이며 역시 미디어의 힘을 빌린 이미지 전략이 필요해지겠죠."

"미디어라도 해도 많습니다만."

그 분야에 관해서는 현역 시절에 곡물거래라는 난투극 시장을 전문으로 삼고 있던 탓에 내게는 지식이랄 것도 수단도 없었다.

"TV, 신문, 주간지, 인터넷……. 온갖 미디어를 다 써야겠죠."

"과연 미디어가 그렇게 쉽게 넘어올까요?"

"그 점에 관해서 저희들은 그렇게 비관하고 있지는 않습니다. 아마도 이 사업은 과소지를 활성화시키기 위한 모델 케이스로써 일본 전국의 주목을 받게 될 겁니다. 도시로 인구가 집중되기만 하며 과소지는 점점 쇠퇴해가기만 하고 있지요. 같은 문제에 직면해 있는 지자체는 전국에 산더미처럼 있으며, 도시는 도시대로 고령자 대책에는 골머리를 썩고 있는 것이 현 상황입니다. 하물며 국가나 지자체가 고령자에게 극진한 원조의 손길을 내밀고자 해도 중요한 자금이 없습니다. 사실상, 노후에 관해서는 알아서 생각하라는 것이 국가나 지차제의 입장이니까요. 내버려둬도 시설이 전모를 드러냄에 따라 모든 미디어가 틀림없이 떠들어댈 거라고 생각합니다. 그것도 단편적인 보도가 아닐 겁니다. 특집을 만들어 자세하게 보도하겠죠. 그렇기 때문에 지역 사람들이 얼마나 매력적인 서비스를 제공할 수 있을 것인지 그 점을 잘 어필할 수 있는지가 중요한 겁니다. 최초 입주자의 평판이 좋고, 계속 서비스 질의 유지 및 향상에 노력한다면 조용히 있어도 사람은 모일 겁니다."

가와노베는 자신에 가득 찬 목소리로 그렇게 말하고는 싱긋 웃었다.

*

그날 저녁 무렵이 다 되어 나는 구마켄이 있는 기업유치실에 얼굴을 내밀었다.

가와노베가 초에 와 요쓰이의 이후 방침에 관해 나누었던 이야기의 내용은 당초부터 있던 두 명의 멤버에게는 이미 전해져 있을 터였다. 다른 두 명에게 전하지 않은 이유는 증원한 이후, 가마타케에게 정보가 새고 있다는 의심이 들었기 때문이었다.

"어떤가, 일은 순조롭게 잘 되어 가고 있는 것 같나?"

나는 이지마와 고마쓰를 향해 말을 걸었다.

"이 지역의 고등학생이 통학하고 있는 세 학교의 졸업생부터 대학에서 복지를 전공한 학생의 명단 작성은 마쳤습니다. 그 후의 취직처에 관해서는 각 대학에 문의를 하고 있습니다만, 개인 정보에 해당하는 내용이기에 협력을 얻을 수는 없었습니다. 그래서 현재 취직처에 관해 본가에 질문을 해 70퍼센트 정도는 파악을 마쳤습니다."

이지마가 시원시원하고 분명한 어투로 대답했다.

"하지만 현실은 냉혹하네요. 대학에서 복지를 전공해도 졸업 후 4년 동안 그런 업무에 종사하고 있는 사람은 15퍼센트. 남은 사람들은 전혀 복지와 관계가 없는 일에 종사하고 있습니다. 앞으로는 노인 인구가 늘어날 테니 복지에 관한 일자리를 구하는 일은 어렵지 않을 것이라는 건 사실일지도 모르겠습니다. 하지만 노동량에 부합되는 급료를 받지 못한다면 다들 다른 길을 찾게 될 겁니다."

고마쓰가 심각한 표정을 지으며 말했다.

"분명 그렇지. 노인 간호라고 해도 지금 민간 기업이 제공하고 있는 서비스에 대한 보수가 간호 보험을 베이스로 하고 있는 한, 기업으로 들어가는 돈에는 절대적인 한계가 있으니 말이야. 경험을 쌓고, 나이를 먹어도 급료가 올라가지 않는다면 가정을 가지려고 해도 가질 수가 없게 되지. 아르바이트보다 조금 나은 정도의 수입으로는 다들 싫증이 난다고."

"실제로 지금도 간호 일을 하고 있는 사람은 민간의 노인 센터라도 유복한 사람이 입주하는 경영 기반이 잘 갖춰져 있는 시설에서 일하고 있는 사람들뿐이었어요. 이래서는 복지를 공부해도 아무런 의미가 없잖아요. 그야말로 시간과 돈 낭비가 되니까요. 아까운 일이에요."

고마쓰가 귀여운 뺨을 부풀리며 말했다.

"분명 요코 말대로야. 아마도 대학 시절의 전공과는 연관이 없는 업계에 취직한 사람들 중에는 가능하다면 복지 쪽의 일을 하고 싶다고 생각하는 사람도 꽤나 있을 거라고 생각해. 그렇기 때문에 이번에 초에 유치하는 시설에서는 국가의 힘에 의지하는 부분, 즉 간호 보험이나 노인 의료라는 부분은 이용할 부분은 이용하겠지만 나머지는 독립채산으로 직원이 충분히 가정을 가질 수 있을 정도의 급료 제도를 만들려고 생각하고 있다네. 경력이나 능력이 임금에 반영되지 않는 직장은 인재도 성장하지 않을뿐더러 사람도 붙어 있지 않을 테니까 말이지."

"그야 그렇습니다. 대기업에 인재가 모이는 이유는 꼭 경영 기반이 확실하게 갖춰져 있기 때문만은 아닙니다. 다른 사람보다도 조금이나마 좋은 급료를 받을 수 있기 때문이죠. 내놓을 걸 내놓지 않으면 사람들은 누구도 가지 않아요."

도쿄의 대학 출신답게 이지마가 말했다.

"하지만 말이야 복지라는 건 돈만으로는 할 수 없는 세계이니까 말이야. 그저 겉만 번지르르한 말을 할 생각은 아니지만 봉사 정신이 없으면 힘든 일이야. 어느 의미로는 간호사와 비슷한 성질을 가지고 있다는 것도 사실이지. 뭐, 대학 진학 때 그런 길에 뜻을 뒀다가 다른 길로 나아간 사람들 중에서도 기회만 있다면 높은 급료 정도까지는 아니지만 세간의 시세 정도의 임금을 확보할 수 있다면 한번 생각해봐도 괜찮다는 사람도 분명이 있을 거라고 생각해."

"그 점에 있어서 우리 초는 괜찮네요. 도시라면 아무래도 한 가정을 꾸리기에는 힘든 급여라고 해도 생활비 그 자체는 훨씬 싸게 끝나니까요."

"뭐, 관공서 직원과 비슷한 정도의 급여 체계를 만든다. 그게 목표이
니 말이지."

나는 고마쓰의 말에 대답한 뒤 화제를 시설운영 개시 후의 세부 사항
으로 바꾸었다.

"그를 위해서는 어떻게 시설의 내용을 매력적으로 만들어 거주자가
매일의 생활을 즐겁게 보낼지가 관건이겠지. 모든 방이 가득 차, 대기
리스트가 생길 정도로 번성해야만 해…….."

"아이디어 단계에서 나온 이야기들은 괜찮아. 실현 가능해."

구마켄이 입을 열었다.

"초민 수영장에 무료 버스 운행은 지금도 하고 있는 일이니 오전 2
회, 오후 2회 셔틀버스를 운영하면 돼. 만실이 된다면 버스 대수를 늘
려야만 하겠지만, 걸어서 가더라도 10분 정도밖에 안 걸리니까. 게다
가 한 번에 대량의 인원을 이동시킨다면 이번에는 수영장의 사람들이
너무 많아 복잡해질 테니까. 거주자의 이용에도 자연스럽게 패턴이 생
겨나지 않을까 싶어."

"매일 수영을 하고 싶어 하는 사람이 그렇게 많이 나오지는 않을 테
니까 말이야."

"그리고 낚시에 관해서는 마츠하나 어업 협동조합의 조합장에게 은
밀히 타진해봤는데, 주말에 배를 마련하는 건 아무런 문제도 없다고 했
어. 오히려 연간 계약을 했다고 조합원들에게 말하면 크게 기뻐하며 할
인을 해주겠다는 사람도 나올 거야. 물론 배낚시가 아니라 육지에도 좋

은 포인트는 얼마든지 있어. 뱃삯을 내는 게 싫다면 자유롭게 항구나 해변에서 낚시를 하면 되니까."

"채소밭을 만들고 싶다고 하는 사람에게도 휴경지는 잔뜩 있으니까요. 게다가 후계자가 사라져 생산은 중단되었지만 나무는 그대로 남아 있는 사과 농장이 꽤나 있습니다. 이건 꽤나 선전 포인트가 될 거라고 생각합니다. 손질만 해주면 맛있는 사과를 산더미처럼 딸 수 있다. 초가을부터 초겨울이 수확기이니, 가령 희망자에게는 사과나무 한 그루를 무료 대여한다면 연말에는 배송료만 들여서 도시에서는 매우 비싼 선물을 보낼 수 있을 겁니다."

"호오, 그건 좋군."

담당하는 사람이 없다는 것도 무엇이 어떤 좋은 결과를 가져올지 모르는 법이다. 원래는 우려해야 할 일이지만 버려져 망해가는 일이 형태는 바뀌더라도 새롭게 초를 찾아오는 사람들에 의해 부활된다는 건 경사스러운 일이다. 내 신이 난 목소리에 이지마가 미소를 지었다.

"도예 지도는 도자기를 굽는 곳의 주인이 일주일에 한 번이라면 봉사를 해주겠다고 했어. 그중에는 취미로 도예를 시작한 사람도 있으니, 언젠가 거주자 중에 지도를 할 수 있는 사람도 나올 테지. 지금 전망이 불분명한 부분은 회화와 수예 지도자 정도이려나."

구마켄이 목록을 보며 툭 말했다.

"남은 건 노래방, 카페, 디스코장, 선술집, 이발소, 미용실, 마사지 등의 오락이나 후생 시설 운영업자네요. 이건 초에 있는 기존 상점 경영자에게 운영을 위탁할 수도 있겠지만, 규모가 규모이니까 다들 출점하고 싶다고 말할 게 분명하니 역시 입찰을 하지 않으면 안 될 거라 생각합니다."

이지마가 약간 불안한 듯한 표정을 지었다.

"노래방, 이발소, 미용실, 마사지는 입찰을 해도 괜찮겠지만 남은 가게는 과연 어떨까?"

"자유 계약으로 하는 거야?"

구마켄이 깜짝 놀란 듯한 표정을 지었다.

"그렇게 하면 큰 소동이 일어날 거야. 지명된 가게는 좋겠지만 제외가 된다면 돈이 열리는 나무를 눈앞에 두고는 손가락만 빨고 보고 있을 수밖에 없게 되니까 말이야."

"어차피 있으면 좋겠다는 정도의 시설이잖아. 문제는 센스야. 싼 게 비지떡인 상황이면 없느니만 못하게 될 거야."

불안한 기색을 띠는 세 사람을 향해 나는 말을 이었다.

"도시에서 온 이주자가 절반을 점유하게 된다면 보는 눈도 높아지겠지. 마음에 드는 게 당연해야 해. 시시한 걸 만든다면 외면하게 될 거고, 입주 후의 만족도도 달라질 거야. 역시 일정 수준 이상의 퀄리티를 유지하기 위해서는 간단히 입찰할 수는 없어. 그렇게 생각해."

미도리하라와 도시는 도쿄에서 수업을 받고 독립과 동시에 개점을 한 야와라 초밥의 예에서 알 수 있듯, 감상에 커다란 차이가 있다는 점은 명백하다. 나는 일반 초밥이 이곳에서는 통용되지 않아 밥의 크기를 배로 만들고 나서야 간신히 판매를 할 수 있었다는 사실을 예로 들었다.

"공공 공간에 낼 상품은 음식이라면 겉모양, 맛, 양 전부 만족할 수 있는 상품이어야만 해. 디스코장의 경우 내부 장식은 요쓰이에게 맡긴다고 해도 센스가 있는 DJ가 필요해. 그것도 요즘 느낌의 DJ는 안 돼. 입주자가 젊은 시절을 떠올리며 흥이 날 만한 분위기를 만들어내야겠지. 뭐, 야와라 초밥은 초에 하나밖에 없는 데다 야와라 초밥의 대장은 도쿄에서 착실하게 수업을 받았으니 손님 층에 맞춰 음식을 바꿔낼 수 있을 테지만 다른 가게는 불안해. 그렇기 때문에 금액을 기준으로 한 입찰이 아니라 경영을 할 요쓰이의 사람에게 샘플을 먹어보게 해서 판단을 받는 게 가장 좋을 거라고 생각하는데…….'

"그렇다면 만약 초에 요쓰이의 마음에 드는 업자가 없다면 어떻게 할 건데?"

"초 바깥에서 업자를 찾는 경우가 생길지도 몰라. 예를 들면 센다이 부근의……."

"그러면 초의 사람들이 납득하지 않을 텐데?"

구마켄이 하려고 하는 말은 이미 알고 있는 내용이었다. 나는 바로 그의 말을 가로막았다.

"두세 곳의 업자를 살리기 위해 시설의 평판이 떨어져서는 안 돼. 그 부분은 입주자에게 즐거운 엔터테인먼트를 제공할 수 있는가 없는가 하는 중요한 부분이야. 우리들이 만드는 건 어른들의 놀이공원이잖아. 거주자들에게는 출점한 곳이 지역의 가게이건 다른 곳에서 온 것이건 관계없어. 사소한 부분에 구애되어서 평판이 떨어진다면 시설의 운영은 궤도에 오르기도 전에 추락하고 말 거야."

"어려운 문제로군요."

고마쓰가 조용히 입을 열었다.

"센다이 부근에서 사람을 데리고 온다면 센스가 좋은 상품을 제공할 수 있을 테니 그 나름의 퀄리티는 유지가 될 테지만 그만큼 비용은 확실하게 늘어나게 되겠네요."

"그래. 직원을 이곳에 붙잡아둬야 해."

구마켄이 동조하자 고마쓰가 말을 이었다.

"그러니까 지금 여기서 결론을 서두를 필요는 없다고 생각해요. 노는 사람이라고 하면 조금 그렇지만, 초에 남아 있는 젊은 사람들도 쓸모없는 사람은 아니에요. 최근에는 주말이 되면 하루 종일 센다이의 클럽에 출입하는 사람도 꽤나 있으니, 그런 사람들에게 DJ를 해보지 않겠느냐는 제의를 하면 손을 드는 사람도 꽤 나올 거라고 생각해요."

"하지만 대상 연령에서 보자면 50~60년대 사람들이야. 젊은 사람들은 클럽이겠지만 우리들 나이대는 디스코장인데 말이지."

"요는 센스의 문제 아닌가요? 그런 건 오디션을 해보면 단번에 알 수 있어요. 시간은 충분히 있으니 시설이 생길 때쯤엔 그 나름의 노하우가 몸에 익히지 않을까요? 무엇보다 분위기를 만들기 위해 비싼 업자를 부리는 일은 자산에 한계가 있는 노인이 쾌적할 생활을 보낼 수 있게 해준다는 원래의 취지에서 벗어나는 일이죠. 디스코 같은 건 낮부터 할 수 있는 것도 아니니 아마도 주말 저녁 정도에나 열리게 될 거에요. 그렇다면 아르바이트를 쓰는 정도면 충분해요. 게다가 한 가지 더, 오락이라고 할까, 젊었을 때를 떠올리게 하려면 당시의 음악 콘서트를 정기적으로 여는 것도 좋지 않을까 싶어요."

"음악 콘서트라니, 클래식? 그야 1년에 몇 번 정도 여는 건 가능하겠지만 여러 번 열 수는 없어. 바이올린이나 첼로를 연주할 수 있는 사람이 그렇게 많지는 않으니 말이지."

"그게 아니에요. 제가 하고 싶은 콘서트는 포크송……."

"포크!"

도시에서 오는 사람들은 전후 세대가 중심일 것이다. 그렇다고 하면 과연 분명 이 시대의 노래라고 하면 포크다.

"이 근처의 고등학생 사이에서는 꽤나 밴드 활동이 잘 이루어지고 있어요. 메인은 록이긴 하지만, 멤버를 짜서 활동하기에는 라이브 기회가 적죠. 그러니까 그런 이들에게 50년대, 60년대에 유행한 포크나 해외록 카피를 해달라고 하면 어떨까요. 아마도 봉사활동 형식으로 해줄 젊은 사람들이 꽤나 있을 거라고 생각해요."

"과연 그렇군."

나는 고마쓰의 발상에 신음했다. 어쨌든 당사자인 나도 도쿄에 있었을 때는, 가끔이긴 했지만 주말에 긴자에 있는 50년대, 60년대의 주류인 미국 팝이나 록을 카피 연주하는 라이브하우스에 나가 젊었을 때의 추억에 푹 잠길 때가 있었다. 이런 가게는 도쿄의 번화가에 적지 않게 있어 주말이 되면 장사진을 칠 정도로 성황이었다. 분명 노래라는 건 과거의 기억을 불러일으키는 신기한 힘을 가지고 있는 존재이다.

"그러니까 그들에게 부탁해서 이노우에 요스이井上陽水나 요시다 타쿠로吉田拓郎, 튤립 등 프로그램을 바꿔서 주말에 콘서트를 여는 거예요. 물론 어설프면 안 되니 이것도 오디션을 열어서 감상을 할 수 있는 수준에 달해 있는 사람들만을 출연 가능하게 하는 건 어떨까요."

"좋아. 그거 좋군."

나는 두 말 없이 찬성했다.

"그럼 텟짱, 앞에 한 말은 철회하는 거지? 시설에 들어가는 건 미도리하라 초의 업자를 우선하는 거지?"

구마켄이 안도한 듯한 표정을 띠며 재차 물었다.

"그래. 가능하다면 그보다 더 좋은 일은 없지. 요코짱이 말한 것처럼 시설이 개설될 때까지는 3년 정도의 시간이 있어. 그때까지 지역의 가게가 일정 서비스 레벨에 달할 수만 있다면 당연히 내게도 이의는 없어."

나는 고마쓰의 어깨를 툭 두드리며 미소를 띠었다.

*

"──이상이 제가 미도리하라 초에 유치하는 노인 센터의 개요입니다. 초의 모든 자치의원들께서 이 계획을 이해해주시고 찬성해주시기를 부탁드리겠습니다."

관공서 건물 본관 2층에 있는 자치회의장에서 나는 레이저 포인터의 전원을 껐다. 회장의 불빛이 들어오고 의원들의 모습이 떠올랐다.

"그렇다면 질의에 들어가겠습니다. 먼저 시라자와 야스아키白沢泰明 씨."

의장이 말을 끝내기가 무섭게 지명된 의원이 당상에 걸어 올라와 마이크를 앞에 하고 말했다.

"매우 꿈만 같은 이야기를 들려주셔서 과연 도쿄의 거대 상사에서 근무했던 초장님이시라고 감복했습니다. 과연 초장님의 이야기대로 노인들을 모은다면 간호를 할 사람이 필요해질 테죠. 참으로 지당한 말씀이십니다."

정말이지 매번 있는 일이지만 의원들의 질문은 서두가 너무 길다. 나는 속으로 한숨을 내쉬며 그럼에도 표면상으로는 아니라는 듯이 고개를 숙여 보였다.

"그래서 일단 첫 질문입니다만, 저는 교통안전협회의 간부를 하고 있습니다. 그런 입장에서 한 가지 걱정을 말씀드리자면 고령 운전자가 이처럼 증가하게 되면 자가용에 의한 교통사고가 증가하게 되지 않을까 하는 우려가 듭니다. 초장님께서도 아시듯이 초 안에는 고작 한 군데만 신호등이 있습니다. 그야말로 운전자에게는 천국이지만 속도를 내는 경우가 많고 그 결과――."

정말이지 지긋지긋하다. 먼 옛날, 고등학교 2학년 때 유선방송을 통해 흘러나왔던 초 자치의원의 질문이 머릿속에 떠올랐다.

"제가 살고 있는 곳 근처의 가케야鎌ヶ谷 공원 말입니다만, 그곳에 공중화장실이 없는 건 대체 어찌된 일인 겁니까? 거기에 화장실을 만들어서는 안 되는 이유라도 있는 겁니까? 만들면 천벌을 받는다는 전설이라도 있는 거요?"

그로부터 40년이나 지났지만 이 초 사람들은 시대에서 뒤처진 채 전혀 진보가 없다.

"이 경우에는 초 안에 신호기를 증설해 사고 방지에 힘을 써야 한다고 생각하는데 초장의 견해를 들려주시면 감사하겠습니다."

성실하게 대답하는 것도 바보 같은 질문이었지만 그래도 초 자치의회라는 공식적인 자리에서 나온 질문이다. 나는 거수를 한 뒤 연단에 가까이 다가가 말했다.

"고령 운전자에 의한 사고가 문제화되고 있는 것은 전국적인 경향입니다만, 운전할지 말지는 개인의 판단에 맡겨진 문제입니다. 고령자 운전에 규제를 부여할지 말지에 대해서는 국가의 행정당국이 정할 일이기에 초로서는 운전면허를 소지하고 있는 사람에게 뭐라고 말할 입장이 아닙니다. 그리고 사고 방지를 위해 신호를 증설하자는 건에 관한 제 입장은 현재 초의 교통사정을 감안한다면 그럴 필요는 전혀 없어 보인다는 겁니다. 불필요한 신호등 설치는 원활한 현재의 교통 상황을 쓸데없이 방해하는 커다란 요인이 될 거라고 봅니다."

당연한 말이었다. 얼마 안 되는 초의 중심부를 제외하면 낮에도 거의 사람의 인적이 없는 논과 밭뿐이다. 스쳐 지나가는 차도 거의 없는 환경이다. 사람 한 명 없는 풍요로운 자연 속에서 신호등 불빛이 녹색으로 바뀌는 것을 기다린다. 그것이 오히려 운전자의 욕구불만이 쌓이게 만들어 사고를 유발시킬 것이다.

"그렇다면 다음 질문입니다만——."

그 뒤 한층 더 수준 이하의 질문들이 총출연했다.

인구가 단숨에 늘어나게 되면 물가가 올라가게 되지 않는지, 도시의 사람이 대거로 몰려오면 생활환경의 차이로 인해 지역 주민과의 사이에서 알력이 생기지는 않을지, 또는 도시 사람은 혁신을 지지하는 사람이 많으니 공산당이 여당이 되지 않을까 등등의 당치도 않은 말을 꺼내는 사람들이 나오는 형국이었다. 과연 이 발언에는 딱 한 명뿐인 공산당원이 자리에서 일어서 격노를 하며 항의를 해 회의는 까딱하면 수습이 되지 않는 사태로 빠질 뻔했지만 어쨌든 듣고 있는 것만으로도 진절머리가 나는 질문들이었다.

이런 모습 또한 옛날 메이지 시대에 철도 건설 이야기가 나왔을 때 기차가 지나가면 도둑이 생긴다. 기차에서 불꽃을 날려 산불을 일으킨다고 하며 천재일우의 기회를 놓쳤을 때의 재현이었다.

대체 어떤 식으로 살아왔기에 이렇게나 부정적인 반응이 일어나는 것일까? 그렇다면 초가 짊어지고 있는 막대한 빚을 해소하기 위한 기사회생의 카드는 있는 것이냐고 소리를 치고 싶어졌다.

"가마타 다케조 씨."

드디어 가마타게가 연상에 올라왔다.

홀떡 벗겨진 머리가 배어나온 기름으로 인해 이상하게 번뜩거리는 모습이 어쩐지 기분이 나빴다.

"여러분, 여러 가지 의견이 있으시겠지만 저는 이번 노인 센터 유치에 관해서는 초 재생을 위한 특효약이 될 거라고 생각합니다. 그와 동시에 초장으로 취임해서 얼마 지나지 않았음에도 불구하고 이런 계획을 입안해, 또 실현까지 한 초장님에게 최대한의 찬사를 보내고 싶습니다."

가마타케는 진심인지 아니면 뭔가 꿍꿍이를 감추고 있는 것인지 갑자기 목적이 짐작이 가지 않는 말을 늘어놓으며 이야기를 꺼냈다.

"여러분들께서도 알고 계시는 것처럼 이대로 유효한 타개책이 없다면 초의 재정은 앞으로 몇 년 후에는 파산해, 재정주의단체로 전락할 것은 분명합니다. 특히 인구과소화와 더불어 급속도로 고령화가 진행되고 있는 미도리하라 초는 확고한 산업 기반을 가지고 있지 않다는 상황을 통해 봐도 일단 재정주의단체로 전락하게 된다면 주민들은 만족스러운 행정, 의료 서비스를 받지 못하게 될 것이며 초민들이 생활을 꾸려나갈 수 없게 되리라는 건 명백합니다. 초장님께서는 무슨 일이 있더라도 이 사업을 성공시켜 초 재정 재건에 매진해주시기를 절실히 바라는 것과 동시에 불초 가마타 다케조, 초 자치의원 생활의 마지막 봉사로 전면적으로 야마사키 초장님을 지지할 것을 맹세하는 바입니다."

가마타케는 과장스러운 억양으로 소리를 질렀다.

"그러면 제 질문입니다만, 먼저 요쓰이 상사에 무상 대여할 예정인 건설 예정지는 일찍이 저희 초가 고용촉진 사업의 일환으로서 매수, 정지한 3만 평의 토지입니다. 물론 다들 알고 계시는 것처럼 중앙자본의 유치에 실패해 오랜 기간에 걸쳐 버려져 있던 땅이기에 이번 일과 같은 형태로 유효하게 이용할 방도가 생겼다는 점은 정말로 기쁜 일입니다. 또한 초장께서 무상대여 방침을 들고 나온 것도 충분히 이해가 가는 부분입니다. 하지만 그 토지를 조성할 때 용지매수비용, 정지비용으로서 초가 부담한 금액은 5억 5천만 엔이나 됩니다. 물론 시설이 열리게 되면 초의 경제, 세수 양면으로 절대적인 파급효과가 일어나 무상대여를 하더라도 보상은 충분히 될 겁니다. 하지만 거대한 시설 건설을 동반하는 사업의 성질상, 사업을 실시함에 있어 지방 산업에 일이 우선적으로 돌아오도록 한 번 생각을 해주셨으면 좋겠습니다. 이 점에 관해서 초장 님의 견해를 듣고 싶습니다."

역시나 그 부분을 들고 나왔구나 싶었다. 가마타케가 이 사업에 끼어 들어 이권을 탐하려는 것은 명백했지만, 표면적인 이유를 들으면 지당 하다고 생각하는 사람도 적지 않을 것이다. 아니, 이론적으로는 오히려 가마타케처럼 생각하는 것이 당연한 일이다. 공공적인 장소에서 나에 게 언질을 받게 되면 뒷일은 자신의 생각대로 돌아가게 될 것이다. 가 마타케는 그렇게 생각하고 있는 것이 틀림없다.

가마타케와 교대해 나는 연단에 섰다.

"시설 건설에 관해서는 지금 요쓰이 상사 도시개발사업본부에서 상 세한 검토를 하고 있는 중이기에 건설업자 등을 어떤 방법으로 선택할 지, 저는 전혀 관여하고 있지 않습니다. 또한 시설 건설, 운영은 전부 요쓰이의 책임 및 감독하에 행해지는 것이기 때문에 초가 뭐라고 할 만 한 부분은 아니라고 생각합니다."

가마타케의 관자놀이가 꿈틀 움직이는 것을 알 수 있었다.

"하지만 방금 가마타 의원께서 하셨던 말씀에는 지당한 부분도 있다 는 것은 사실입니다. 아마도 본 공사는 현 내에서도 과거, 본 적이 없던 대규모 공사가 될 것이라는 건 명백합니다. 지방 산업이 공사에 가담하 게 된다면 커다란 파급효과를 불러일으키리라는 것은 명백하기에, 가 능한 한 지방의 업자를 참가시키도록 요쓰이에게는 접촉을 해볼 생각 입니다."

가마타케가 만족스럽게 고개를 끄덕이는 모습이 보였다.

"다만."

나는 목소리에 힘을 주고 말을 이었다.

"제가 요쓰이에 있었을 때의 경험을 통해 말씀을 드리면, 민간 기업의 사업이라는 것은 공공사업과는 달리 예산, 기한 엄수가 대원칙입니다. 극단적으로 말씀을 드리자면 1엔의 예산 오버, 하루의 완공 연장도 용납되지 않습니다. 따라서 참가하는 업자에게는 만에 하나 공사 기한이 늦어질 경우, 당연히 페널티가 부과될 것이며 그에 따른 업자 쪽 인건비 등의 보충은 전혀 이루어지지 않을 겁니다. 그러므로 업자의 기술력, 공사실적은 꽤나 엄격하게 조사를 하며, 대부분이 입찰이라는 형식을 취하기에 수주를 받는 쪽은 사전에 이런 여러 조건을 전부 받아들이는 것이 계약 조건이 됩니다. 부디 이 점은 이익을 추구하는 것을 숙명으로 삼는 민간 기업의 사업이라는 점에서 이해를 부탁드리겠습니다."

가마타케의 얼굴이 기뻐해야할지 화를 내야할지 미묘하게 바뀌었지만 그는 즉시 손을 들어 올렸다.

"그렇다면 시공능력이 있다고 판단된 업자가 낸 견적이 다른 지역의 업자와 동일한 경우는 지역의 업자를 선택한다. 그렇게 생각해도 되는 겁니까?"

"그 말씀대로입니다. 다만 요쓰이는 이런 대규모 개발을 지금까지 몇 번이나 해왔으며, 맨션 건설 등을 통해 정당한 입찰 가격을 확실하게 파악하고 있습니다. 그렇기 때문에 터무니없이 가격이 싼 경우에는 입찰 가격의 정당성을 검토하기 위해 상세한 견적 계산서 제출을 요구할 거라고 생각합니다."

"잘 알겠습니다."

가마타케는 이상하리만큼 시원스럽게 물러나더니 질문을 바꾸었다.

"그렇다면 한 가지 더 초장님께 여쭤보고 싶은 부분이 있습니다. 아까 전의 설명에 의하면 시설에는 공공 공간이 생길 예정이며 그곳에 설치될 카페나 초밥 가게 등의 운영은 업자에게 맡길 의향이라고 말씀하셨습니다. 그렇다는 건 이 부분은 지역의 업자를 우선하겠다는 말로 생각해도 되겠습니까? 그 부분을 명확하게 대답해주십시오."

"공공 공간에 들어갈 점포의 운영에 관해서는 가능한 한 초에 있는 업자들을 우선적으로 선발하자는 것으로 요쓰이와 내부적으로 합의를 했습니다. 다만 공공 공간은 노후 생활을 어떤 식으로 즐겁게 지낼 수 있는가에 대한 관점을 제시함으로서 시설이 영속적으로 거주자를 모을 수 있을지 없을지를 좌지우지하는 중요한 부분입니다. 그렇기 때문에 입찰이라는 방법이 아니라 업자를 직접 선택하는 방식을 취하게 되리라고 생각합니다."

다시 한 번 가마타케가 단상 위에 일어서서 눈을 빛냈다.

"그 말은 자유 계약이라는 말인가요?"

"형식적으로는 자유 계약이 될 거라고 생각합니다만, 시설이 완성될 때까지는 아직 3년의 시간이 있기 때문에 현시점에서 상세한 사항을 말씀드릴 수는 없습니다."

가마타케가 어떤 꿍꿍이를 가지고 있는지는 듣지 않아도 손에 잡힐 듯이 알 수 있었다.

자유계약을 하게 된다면 초에서 음식점을 운영하는 사람에게 가까이 다가가 주선을 해주는 대신에 뭔가 보답을 얻으려고 하는 것이다.

그렇게 놔둘 것 같으냐? 가마타케!

나는 속으로 그렇게 중얼거리며 연단을 내려왔다.

*

원래부터 자치의회 의원 중에 전문 정치가는 가마타케 한 명뿐이었다. 아니, 가마타케조차 직업의원이라고 불러도 좋을지 어떨지 판단하기 어려운 지경이다. 다른 의원들의 상태는 미루어 짐작할 수 있듯이, 역대 의원들이 지난번 선거에서 출마를 포기했기 때문에 그저 직함을 가지고 싶어서 손을 든 순 초짜들의 모임이다. 의회의 보스인 가마타케가 이의를 제기하지 않는 이상 반기를 들 사람이 있을 리가 없었다.

의회는 요쓰이에게 토지를 무상으로 대여하는 안건을 승인했다. 다음 달에는 고다마 본부장이 초에 찾아와 조인식을 했으며 사업은 드디어 시설 건설 단계에 들어섰다.

"실례하겠습니다."

조인식이 끝난 보름 뒤, 한 명의 남자가 내 방을 방문했다. 키는 180센티미터 정도. 탄탄하게 뻗은 어깨, 어깨의 솟아오른 근육, 짧게 자른 두발. 말끔하게 정돈된 양복. 넋을 잃고 바라볼 것 같은 대장부로 마치 그림에 나올 듯한 상사 사람이었다. 그가 바로 프로젝트의 현지 담당 책임자로서 초에 상주할 것을 명령받은 하무라 고스케羽村幸介였다.

"이거, 먼 길을 오시느라 수고하셨습니다."

요쓰이 상사는 본사만으로도 직원 수가 6천 명이나 있는 대기업이다. 당연히 면식은 없었지만 역시 옛 보금자리의 동료는 친밀감을 느끼게 된다. 얼굴에는 자연스럽게 미소가 떠올랐다.

"오늘부터 이곳에서 지내게 된 하무라 고스케입니다. 인사를 드리기 위해 왔습니다."

하무라는 정중하게 고개를 숙였다.

"귀찮은 인사는 생략하지. 나도 이런저런 사정으로 인해 초장이 되었지만 원래는 요쓰이의 사람이니까. 이런 곳에서 OB 행세를 하는 게 폐가 되는 일일지도 모르겠네만 동고동락을 했던 사이가 아닌가. 편하게 하자고."

나는 응접세트를 손으로 가리키며 소파에 앉은 뒤 말했다.

"엄청난 시골이라 깜짝 놀랐지?"

초를 처음 찾아오는 도시 사람에게 던지는 정해진 질문이었다.

"그 정도는 아닙니다. 저는 아오모리 출신이라 도호쿠의 시골 풍경은 익숙하거든요."

"호오, 도호쿠 출신인 건가?"

"네, 아오모리 교외의……. 아직 본가도 그곳에 있습니다. 겨울의 적막함은 이런 수준이 아닙니다. 그에 비하면 미야기는 아직 매력이 있더군요."

"조금만 지나면 산의 나무들이 일제히 싹을 틔울 거고 머지않아 벚꽃이 만개되지. 늦가을까지는 괜찮은 곳이지."

"그렇겠죠. 솔직히 대규모 노인 마을을 미야기에 세운다고 들었을 때는 과연 괜찮을까 하는 생각이 들었습니다만, 역시 도호쿠는 넓더군요. 츠가루津軽와는 많이 달라요."

하무라는 하얀 이를 드러내며 창밖으로 눈길을 돌렸다.

"자네, 입사는 언제 했나?"

"1986년에 입사했습니다."

"그렇다는 건——."

"올해로 43살입니다."

"43살에 그런 몸을 유지하는 건가? 뭔가 스포츠라도 했었나?"

"네, 중학교 때부터 대학을 졸업할 때까지 럭비를……."

"대학은 어디를 나왔지?"

"와세다입니다."

"와세다! 와세다에서 럭비를 한 건가?"

"후보였기 때문에 한 번도 공식전에 나가본 적은 없습니다만."

"그렇군 그래서 그런 체격인 거군."

나는 납득을 하며 하무라의 몸을 다시 한 번 바라보았다.

"본사에서는 줄곧 도시개발사업본부에서 근무했고 도중에 5년 정도 오사카 본사에 있었습니다. 그때의 상사가 가와노베 씨였고 도호쿠 출신이기도 해서 이번에 이곳으로 부임을 오게 되었습니다."

"43살이라고 하면 본사에서는——."

"시설관리부 제4과의 과장입니다."

하무라가 앞질러 말했다.

"시설관리부라고 하면 이런 커다란 안건의 시공관리를 담당해왔겠군."

"대학 시절의 전공이 건축이었기 때문에 입사 이래 줄곧 그쪽 분야의 일을 했습니다."

"그렇다면 딱 적임자겠군. 가와노베 씨도 좋은 인재를 보내주셨는걸. 그래서 가족은 어떻게 했나?"

나는 질문을 바꾸었다.

"그게 이번 명령에서 가장 머리가 아팠던 유일한 문제였습니다. 아이가 둘이 있어서 말이죠. 첫째가 고등학교 2학년이고 둘째가 중학교 3학년이거든요. 생활환경은 어쨌든 학교를 생각하면 이쪽으로 데려오는 건 조금……."

"그렇겠지. 센다이에 살게 할 수도 없고 그렇다고 해서 지역의 학교를 보내는 것도 그렇고. 진학을 생각하면 망설임이 생기겠지. 그럼 단신부임을 한 건가?"

"그렇습니다. 뭐, 이것도 상사에 다니는 사람이라면 어쩔 수 없는 일입니다만 다른 사업부였다면 아프리카나 남미 등 언어도 다르고 음식도 다르고 의료 시설도 없는 곳에서 주재를 하게 되더라도 이상한 일이 아니니 그에 비한다면 천국이죠."

하무라는 꼭 겉치레라고도 볼 수 없는 어투로 말했다.

"하지만 본사의 과장이라면 부하가 10명은 있었을 텐데 시공 관리를 혼자서 하게 되면 큰일 아닌가. 임차를 희망하는 업체의 선택이라거나 직원의 고용이나 계약 등 현지에서 해야 하는 일이 산더미처럼 있을 텐데?"

"그 부분은 본사도 당초의 계획을 살짝 변경했습니다. 사실 저는 뼛속까지 기술자로 소프트적인 부분에는 아주 초보입니다. 그래서 급하게 한 명 더 이쪽에서 주재할 직원을 보낼 겁니다. 젊은 사람입니다만 꽤나 수완가입니다."

"호오, 그건 든든하군. 어떤 사람인데?"

"와타나베 가즈미渡部和美라는 사람입니다. 도시개발사업본부 기획부 기획과의 4년차 직원입니다. 교토대 법학부 출신의 여사원입니다."

"여사원? 여자를 이곳으로 보내는 건가?"

"종합직으로 채용되었으니 파견이 있는 건 당연한 일입니다. 딱히 놀랄 일은 아니지 않습니까?"

"분명 내가 있던 식료사업본부에서도 종합직 여사원이 파견이 있긴 했지만……. 하지만 국내라면 도쿄, 오사카 양쪽 분사 중 한 군데이거나 해외라면 시카고나 시드니 같은 대도시로 보낸다는 불문율이 있었는데 말이야."

"이번 건은 본인도 희망한 사항입니다. 뭐, 그녀는 사업부 안에서는 약간 유명인이라서 말이죠. 남자 직원 중에서 교토대 출신의 종합직의 존재는 드문 일도 아닙니다만 여직원은 요쓰이 전체를 통틀어도 몇 명밖에 없습니다. 또 기를 쓰고 출세를 지향하는 사람이라서 말입니다. 실제로 일도 잘하고 목표를 달성하려는 의욕도 매우 강하죠. 사업부에서도 이번 프로젝트는 지금까지 경험해본 적이 없는 사업인 만큼 성공한다면 새로운 사업 형태가 창출될 거라고 기대를 걸고 있기 때문에 경험보다도 능력을 중시해 그녀를 뽑은 겁니다."

"과연 요쓰이다운 발상이군."

요쓰이는 조직보다도 인재를 중시하고 특히 기존의 개념에 사로잡히지 않는 사람과 발상을 중요하게 여기는 회사이다. 6천 명이나 되는 직원을 거느린 회사일 경우 자칫 잘못할 경우 관료적인 조직이 되기 쉬운 법이지만 요쓰이는 방어적인 풍조를 좋아하지 않는다. 머리로 생각하며 이론으로 움직이는 사람보다도 일단 돌진해보는 유형을 좋아하며 본격적으로 조직이 움직일지 어떨지는 차치하더라도 가능성을 탐색해보려는 정도의 도량은 가지고 있었다.

"그녀는 2주 후에는 이곳으로 부임해올 겁니다. 거주지는 저와 마찬가지로 고용촉진주택에서 살게 될 거고요."

"도시 생활이 익숙한 사람에게는 쾌적한 곳이라고 말할 수는 없네만, 뭐 3년 정도만 지내면 된다고 생각하고 참아주게."

하무라는 조용히 고개를 끄덕이고는 비즈니스맨다운 눈빛으로 바뀌어 말을 했다.

"그런데 말이죠, 초장님. 새롭게 결정된 사항이 떠올랐습니다. 입주자 모집에 대한 개요가 결정되었습니다."

"꽤나 빠른 결정이군. 시설이 오픈되는 건 아직 훨씬 뒤의 일인데."

"도시에서 거주자를 모집하려면 이주해오는 사람들도 준비가 필요할 테니까요. 집을 처분한다고 해도 시간이 걸릴 테고, 인생의 마지막을 보낼 땅이라면 예비 조사도 하고 싶을 게 분명합니다. 자금 변통도 해야 하니 3년 정도는 눈 깜짝할 사이에 지나갈 겁니다."

그 말을 듣고 보니 맞는 말이었다. 나는 고개를 끄덕이며 뒷말을 재촉했다.

"일단 처음으로 시설 건설을 담당할 건설 회사의 입찰을 하게 될 겁니다. 설계서는 이번 한 달 안으로 형태가 갖추어질 예정이니 도급 희망 업자를 공모한 뒤 시공 능력, 실적, 예상 금액을 종합적으로 판단해 타당하다고 생각되는 업자를 선정할 겁니다. 이건 전부 도쿄 사업부에서 하기로 되어 있습니다."

"음, 그리고?"

"업자가 결정되면 착공에 들어가게 될 겁니다만 건설이 시작되는 것과 동시에 도쿄와 이곳 미도리하라의 현지 두 군데에 모델 하우스를 세울 겁니다. 방은 현재 거주형과 간호형 두 가지를 준비할 예정이기 때문에 실제 방과 크게 다르지 않은 형태로 준비할 겁니다. 그리고 여름이 지나고 나서 계열사인 요쓰이 여행 서비스를 이용해 수시로 도호쿠 투어를 실시해서……."

"도쿄의 모델 하우스를 방문하고서 관심이 생긴 사람에게 현지를 보여주겠다는 말이로군."

"그렇습니다."

하무라는 고개를 끄덕였다.

"미야기라고 하면 도쿄에서는 꽤나 멀리 떨어진 땅이라고 여겨지지만, 실제로는 신칸센을 이용하면 도쿄에서 센다이까지 고작 1시간 30분이면 올 수 있습니다. 시간적으로는 충분히 통근권 내라는 인식을 갖게 해 멀리 떨어진 땅이라는 고정관념을 떨쳐내게 만드는 겁니다."

"중요한 요소로군."

"투어의 내용에 관해서는 시설이 오픈된 후 거주자가 어떤 생활을 보내게 될 것인지, 즉 소프트적인 부분을 실제로 체험시키고 싶습니다. 수영, 테니스, 스쿼시, 골프, 게이트볼, 도예, 회화 교실, 원예, 농사, 낚시……. 이 땅이 얼마나 노후 생활을 보내는 데 매력으로 가득 차 있는지 아무리 팸플릿을 만들어 미사여구를 늘어놓은들 체험보다 더 확실한 건 없으니까요."

불만이 있을 리가 없다.

"맞는 말이야!"

나는 얼굴에 웃음을 지었다.

"숙박은 센다이에서 하룻밤, 둘째 날은 식물원의 숙박 시설에서 머무는 일정으로 생각하고 있습니다. 식사는 산리쿠의 해산물, 미도리하라의 산나물을 잔뜩 준비할 거고 한 끼 내지 두 끼는 도시와의 가격 격차를 실감시켜주기 위해 초 안에 있는 레스토랑, 혹은 식당에서 실비로 식사를 하게 할 생각입니다."

"좋은 아이디어로군. 투어만으로도 매력적이고 실제로 지내려고 하는 초를 사전에 체험할 수 있으니 이주에 대한 불안함이 상당 부분 해소되고 실감도 나겠지. 만약 초가 마음에 들지 않았다고 하더라도 잠깐 여행을 나왔다고 생각하면 납득할 수 있겠지."

"실은 이 계획 전부 와타나베의 생각이었습니다. 어떻습니까, 꽤나 수완가죠?"

하무라는 입가에 미소를 지으며 말했다.

"분명 쓸 만한 인재로군."

"다만 이 기획의 목적은 입주를 희망하는 사람에게 이주한 뒤의 생활을 실제로 체험시켜주는 것이기 때문에 여행사가 평소에 기획하는 투어에서는 실행이 불가능한 부분이 있습니다. 아까 전에 말씀드렸던 소프트적인 부분, 이 부분은 초의 협력이 필요합니다. 물론 무료로 해달라는 말은 아닙니다. 골프, 바다낚시를 할 때 배를 마련하는 부분이라면 전세 비용은 제대로 요금 안에 넣어 여행자에게 부담을 하게 하겠습니다."

더할 나위 없는 제안이었다.

"전력을 다해 협력하겠네. 기존 시설은 자유롭게 사용해도 상관없네. 도예나 농작업을 체험하고 싶다고 한다면 지역의 가마 주인이나 농가에 협력을 구하도록 하지. 계류낚시를 하고 싶다면 관공서 직원에게 가이드를 시키면 되고, 바다낚시에 관해서는 이미 어업 협동조합에 이 기획을 세울 때 타진해봤으니 배를 대절하는 건 문제가 없을 거야. 레스토랑에 관해서도 수는 많지 않지만 도시에서라면 믿을 수 없는 가격으로 맛있는 음식을 먹을 수 있으니 분명 마음에 들어 할 거라고 생각하네. 그렇지, 어때 오늘밤? 자네의 부임을 축하할 겸 한잔하지."

나는 유쾌한 기분으로 말했다.

"감사합니다, 선배님!"

하무라가 얼굴 가득 미소를 머금고 대답했다.

*

"와타나베 씨, 이 가게 꽤나 맛있어. 도쿄에서는 쉽게 볼 수 없는 산리쿠에서만 나는 생선이 있거든. 부탁하면 정식도 만들어주니 단골이 되면 좋을 거야."

해 질 녘의 초를 걸으며 하무라가 말했다.

와타나베 가즈미가 미도리하라에 부임한 것은 하무라가 오고 나서 2주 정도가 지났을 때였다.

첫날밤에 함께 술을 한잔 하러 방문했던 야와라 초밥이 하무라는 완전히 마음에 들었는지 최근 네 번이나 방문했다고 말하며 웃었다. 오늘 밤도 와타나베의 부임 축하를 위한 환영의 자리를 갖자는 말을 꺼낸 나에게 하무라는 "그렇다면 야와라 초밥으로 가죠."라고 말하며 관공서에서 바로 야와라 초밥으로 향했다.

"하무라 군, 미도리하라에는 야와라 초밥만이 있는 게 아닐세. 그밖에도 맛있는 메밀국수를 먹을 수 있는 가게도 있고 불고기 가게도 꽤나 수준이 높은 가게가 있어."

나는 유쾌해 보이는 하무라에게 말했다.

"알고 있습니다. 실제로 야마시로 식당의 소스 돈가스 덮밥에 완전히 빠지고 말았거든요. 도쿄에서도 소스 돈가스 덮밥이 나오는 가게는 있지만, 이곳은 약간 달라요. 소스가 덩어리가 되어 밥 위에 싹 뒤덮여 나와요. 마치 계란덮밥 같은 거죠. 게다가 뭐라 해도 고기가 맛있으니까요."

"고기는 지역의 양돈업자가 기른 '다테 실크'라는 브랜드 돼지고기를 사용하니까 그렇겠지. 소재도 좋고 노력과 시간도 들인 음식이니까."

"그게 원 코인One coin, 단돈 500엔이잖아요. 전 오늘 낮에도 야마시로 식당의 소스 돈가스 덮밥을 먹어서 말이죠, 불고기는 패스입니다."

"하무라 씨는 매일 외식을 하고 계시는 건가요? 슈퍼에는 가보셨어요?"

와타나베가 물었다.

"단신부임이잖아. 식사는 전부 밖에서 하고 있어."

"안 돼요."

"하지만 별수 없잖아. 난 요리 같은 건 하나도 못 하니까. 아니면 이웃이기도 하니 와타나베 씨가 만들어주든가."

세간에서는 있을 법한 이야기였지만 나는 한순간 깜짝 놀랐다. 요쓰이는 인재중시를 자타공인 인정하는 만큼 독특한 사람들이 모여 있다. 업무에는 물론 열심히 임하지만 남아도는 에너지는 노는 면에서도 충분히 발휘된다.

"술에 질 수는 없다."라고 호언장담을 하는 사람은 셀 수가 없다. 젊은 사람들은 물론이며 꽤나 나이가 있는 아저씨까지 풍속점을 다니고 있는 사람은 산더미처럼 많다. 물론 그런 평소의 몸가짐은 접대 자리에서 크게 도움이 되지만 사내의 남녀관계 또한 꽤나 복잡해지는 부분이 고민스러운 점이다.

한 주에 몇 번이나 정기적으로 천황이 사는 황거가 내려다보이는 회의실을 예약하는 여자 사원이 있는 것에 의심을 품은 총무부 직원이 살펴보러 갔더니 애정행각에 몰두해 있더라는 이야기나 북적거리는 사원식당에서 여사원 한 사람이 성큼성큼 걸어오는가 싶더니 남자 사원의 머리에 스파게티를 끼얹었었다는 종류의 이야기는 넘칠 만큼 많았다.

전자 때는 "황거를 내려다보면서 했다니 좋았겠는걸." 하고 부러움을 샀고 후자의 경우에는 "우와!"하고 사원 식당 내에 환성이라고도 동요라고도 할 수 있는 소리가 울렸을 뿐, 적어도 동료들 사이에서 비난은 나오지 않았다. 하지만 회사는 달랐다. 연애 사건도 숨겨두고 있을 때는 신경 쓰지 않지만 사내의 풍기를 흐트러트리는 형태로 나타나게 되면 별개가 된다. 그리고 그런 경우 엄격한 통지를 받게 되는 건 남자 쪽으로 정해져 있다. 여자는 그대로 있어도 괜찮다. 여자는 본사에 남게 되며 남자는 지방, 혹은 해외의 변경 지점으로 가게 되는 식으로 마무리 되는 것이 일반적인 패턴이었다.

같은 주택에 살며 사사건건 독신 여성의 방에서 저녁을 먹으러 가거나 하게 된다면 무슨 일이 일어나게 될지는 쉽게 상상을 할 수 있다. 도쿄에서라면 또 몰라도 이런 좁은 초에서 그런 광경이 반복된다면 어떤 소문이 퍼질지 알 수가 없다. 요쓰이의 신용과 체면에 관련된 문제로 발전될 수도 있었다.

"딱히 하무라 씨의 몸을 걱정한 게 아니에요."

그런데 와타나베는 차가운 목소리로 하무라의 말을 바로 잘랐다.

"응?"

하무라가 얼빠진 목소리로 대꾸했다.

"앞으로 건설할 시설의 각 방에는 부엌이 붙어 있으니 식사 서비스를 원하지 않는 사람은 자취를 하게 될 거예요. 그렇다면 어떤 식재료를 손에 넣을 수 있는지는 커다란 관심사라고 생각합니다. 슈퍼에서는 그 지역의 생활수준, 초의 문화가 여실히 드러나거든요. 주거를 결정할 때 가장 효율적으로 그 땅의 분위기를 파악하기 위해서는 슈퍼를 방문해 볼 것. 이건 철칙이에요."

"그런 부분은 실제 거주자가 오게 된다면 그 사람들을 겨냥한 상품들이 자연스럽게 갖춰지게 되지 않겠어?"

하무라가 난처한 말투로 말했다.

"수요가 생긴 뒤에 갖추면 늦어요. 3개월만 지나면 투어를 통해 사람들이 이곳을 방문하게 될 거예요. 특히 여성들은 반드시 슈퍼를 살펴보겠죠. 그때 지금까지 당연하게 구할 수 있었던 물건이 없다면 이런 곳에서 생활할 수 없다고 분명 그렇게 생각할 거예요."

"와타나베 씨가 무슨 말을 하고 싶은지는 알겠지만 지역에 뿌리박힌 관습, 특히 식생활 같은 건 그렇게 간단히 바뀌는 법이 아니야. 투어를 하러 오는 사람들을 위해 상품을 충실하게 갖추더라도 팔리지 않으면 사업으로서 성립이 안 돼. 그 부분은 좀 더 다른 방법을 생각해보는 게 어떨까?"

그녀의 말은 지당했지만 나는 달래듯이 그렇게 말했다.

"적어도 수도권 근교의, 평균적인 소득을 가진 샐러리맨이 많은 지역의 슈퍼만큼 상품이 충실하게 갖춰져 있지 않으면 여성은 불안을 느낄 거예요."

"그런 말을 들으니 자신이 없는 부분도 있군. 조미료, 건조식품, 야채는 문제가 없다고 해도 생선이 불안하기는 해. 이 부분은 도시 사람이 본다면 위화감을 느낄지도 몰라. 치즈 같은 수입품 또한 극단적으로 종류가 적을지도…….”

“생선 말인가요?”

의외라는 듯이 와타나베가 질문했다.

“산리쿠가 가까이 있으니 생선은 오히려 도쿄보다도 충실한 편 아닌가요?”

“그 부분이 사람의 식습관은 쉽게 변하지 않는다는 좋은 예야. 과거에는 교통편이 불편했기 때문에 이 근처로 오는 건 말린 생선이나 절인 생선이었지. 조금 기술이 발달된 뒤로는 거기에 냉동 생선이 더해졌고. 그렇기 때문에 지금도 의외로 가게에 늘어서 잇는 생선의 종류는 한정되어 있어. 하긴 그 부분에 대해 말하자면 그야말로 수요가 있는 곳에 물건이 모인다는 말이 되겠지. 새로운 사람들의 수요가 있다면 가게도 장사를 하는 곳이니 말이지. 지금까지 다루지 않았던 상품 또한 다루게 될 거야. 뭐, 닭이 먼저인지 계란이 먼저인지 그런 거겠지만.”

“무슨 말씀을 하시는지는 이해가 가지만…… 그렇다면 뭔가 마이너스 요인을 조금이라도 완화시킬 수단을 생각해야 하겠군요.”

와타나베는 심각한 표정을 지으며 입을 다물었다.

와타나베는 키 150센티미터 정도의 여자 중에서도 꽤나 작은 체구였고 머리도 짧게 잘라 캐리어우먼다운 모습이었지만 까만 양복에 하얀 블라우스 차림과 단발머리가 취직 활동에 열중하는 여학생 같은 느낌이 더 들었다. 가늘고 길쭉한 눈, 아랫입술이 통통한 생김새는 어딘가 인형 같기도 한 일본풍의 상당한 미인이었다. 하지만 역시나 요쓰이가 임명했을 만하다. 사명감은 분명히 예사롭지 않은 부분이 있는 듯했다.

"사장님 안녕하세요. 또 왔습니다."

이야기가 끝을 맺은 참에 딱 맞춰 야와라 초밥에 도착했다. 하무라가 입구의 미닫이문을 열며 소리쳤다.

"어서 오십시오!"

기운찬 목소리가 우리들을 맞이했다.

백목으로 만든 긴 테이블과 식초 냄새가 희미하게 느껴졌다.

가게 안에는 평소처럼, 들어가자마자 바로 보이는 자리에 토목작업원이나 건설작업원으로 보이는 세 사람이 있었다. 그 안쪽에 있는 남자의 모습을 보고 나는 깜짝 놀랐다. 가마타케였다.

반질거리는 머리가 평소보다 더욱 빛나고 있었다. 초밥의 산뜻한 냄새 속에 그의 기름기가 흐르는 머리의 고약한 냄새가 감도는 듯했다.

"이거, 초장 아닌가! 오늘은 또 무슨 일로 오셨지? 손님인가?"

가마타케는 눈을 크게 뜨고 부자연스럽게 깜짝 놀라 보였다.

"아니, 오늘은 이 두 사람을 환영하기 위해 자리를 마련하게 돼서 말이죠."

와타나베는 물론, 하무라도 가마타케를 만나는 건 처음이었다. 앞으로 이 초에 살며 현장을 관리할 두 사람을 소개하지 않는 것도 어쩐지 부자연스러웠다.

"가마타 씨, 소개하겠습니다. 이쪽은 요쓰이에서 부임한 하무라 씨와 와타나베 씨입니다. 하무라 씨는 시공 관리를, 와타나베 씨는 시설의 운영이라든가 기획적인 부분을 담당할 예정입니다."

"무엇보다 먼저 먼 길을 일부러 오시느라 수고하셨습니다. 초 자치의회 의원인 가마타 다케조입니다."

가마타케는 카운터석에서 일어서더니 명함을 내밀었다.

"요쓰이의 하무라라고 합니다. 잘 부탁드리겠습니다."

"와타나베라고 합니다."

두 사람도 명함을 내밀며 그에 응했다.

"이야, 그렇다 치더라도 운영 기획을 여자 분이 하시는 건가요?"

가마타케는 부리부리한 눈을 더욱 크게 뜨고 와타나베를 보았다.

"그게 뭔가 문제라도?"

차가운 어투였다. 요즘 도시에서는 여성이 비즈니스의 제1선에서 일하고 있는 모습은 당연하게 찾아볼 수 있는 광경이었지만 미도리하라 같은 시골에서는 아직 있을 수 없는 이야기였다. 대체로 관공서를 보더라도 과장보좌는 있어도 그 이상의 자리에 앉아 잇는 여성은 없었다. 뭐, 가마타케가 깜짝 놀라는 것도 무리는 아닐 테지만 무람없는 말투가 와타나베의 신경을 건드린 듯했다.

"이렇게나 귀여운 여성분이 그런 일을 하시나 싶어서 말이죠. 이렇게 미인이라면 남자들만 득실대는 현장에서 일하는 것보다도 얼마든지 좋은 혼담 자리가 있을 텐데 말입니다."

와타나베 같은 여성을 앞에 두고 성별을 화제로 삼는 일은 금물이다. 무엇보다도 신경을 건드리는 화제일 뿐 아니라 이런 이야기를 하는 건 엄연한 성희롱이다.

"요쓰이에는 저 같은 여성이 많습니다. 실제로 임원 중에서도 여성이 있으니 말이죠."

과연 와타나베는 귀여운 입을 삐죽였다.

"하지만 이번 같은 커다란 일을 담당하시게 된 걸 보니 우수하신 듯하군요."

"와타나베 씨는 교토대 출신입니다."

"교토대?"

"교토대학교 말입니다."

"제국대학 출신이셨습니까? 이거 무례를 저지르고 말았군요."

학력과 일을 하는 능력이 비례하는 것은 아니지만 가마타케 같은 사람에게는 그 나름대로의 효과를 발휘하는 법이다. 예상대로 그는 깜짝 놀라더니 자리에 앉았다.

"운영 기획은 입주자의 유치와 시설이 가동된 후 입주자에게 어떻게 쾌적한 환경을 제공할 수 있는지, 말하자면 시설의 내용적인 부분을 담당합니다. 초에 계신 분들과 긴밀하게 관계를 갖게 될 테니 가마타 씨와도 이런저런 신세를 지게 되리라고 생각합니다. 잘 부탁드리겠습니다."

물론 사교적인 인사였지만 내가 중재하는 말을 꺼내자 가마타케는 얼굴 가득 미소를 머금으며 가슴을 쭉 폈다.

"제가 할 수 있는 일이 있다면 뭐든지 협력하겠습니다. 초에 관한 일이라면 뭐든지 잘 알고 있으니 편하게 상담해주십시오."

"그럼 저희들은 이만……."

나는 두 사람을 재촉해 안쪽의 방으로 들어갔다.

그 뒤 잠시 동안은 셋이서 즐거운 회식 시간을 보냈다. 대화는 대부분 요쓰이에 관한 내용과 이 초에 관한 내용이었다. 특히 내가 강조한 부분은 조금 전 만났던 가마타케에 대한 이야기였다. 초 자치의회의 늙은 너구리로 이권을 노리는 인물. 그의 움직임은 충분히 주의를 해야 한다. 하지만 함부로 대하면 어떤 수단을 쓸지 알 수 없으니 그 부분은 잘 맞춰야만 한다고 두 사람에게 말했다.

"일본 전국 어디를 가더라도 똑같네요. 건물을 짓게 되면 반드시 거기에 이권이 얽히게 되죠. 국회의원도 건물이 이제 무리라고 판단되면 도로만이라도 사수하기 위해 필사적이 되더군요. 애초에 캘리포니아 정도도 안 되는 크기의 국토에 이 이상 도로를 만들어서 어쩌자는 걸까요?"

와타나베가 어이가 없다는 듯한 말투로 말했다.

"인구 밀도가 다르기 때문에 일률적으로는 말할 수 없지만 분명 국회의원 중에서도 도로, 도로 하면서 소란을 피우는 녀석은 어딘가 수상쩍죠. 『돈이 필요합니다. 저는 속이 엉큼합니다.』라고 얼굴에 적혀 있다니까요. 적당히 하지, 유권자도 다 알거든! 하는 생각이 들어요."

하무라가 회를 집으며 쓴웃음을 지었다.

"결국 공공사업에 의존하고 있는 노동자 인구가 줄어들지 않으면 어쩔 도리가 없겠지. 분명히 말해서 요쓰이 같은 대기업에 근무할 수 있는 건 아주 소수의 한정된 사람밖에 없으니까. 실은 나도 이곳의 초장이 되고 나자 새삼스럽게 드는 생각은 사회라는 건 정말로 잔혹하다는 사실일야. 몸을 혹사해서 일하지 않는 한 수입을 얻을 수단이 없는 사람이 압도적인 수를 차지하고 있으니 말이지. 그렇기 때문에 공공사업이라는 건 어느 의미에서 복지적인 의미를 가지는 부분도 있다는 건 사실이지."

"이마에 땀을 흘리며 일하는 사람들 말이군요."

하무라가 조용히 중얼거렸다.

"그 말에는 살짝 저항감이 들어요."

와타나베가 즉시 끼어들었다.

"세간에서는 이마에 땀을 흘린다는 말이 육체노동자를 가리키는 의미로 이용되고 있지만, 애초에 이마에 땀을 흘리지 않는 노동은 없는데 말이죠. 저희들은 일단 화이트칼라이긴 하지만 충분히 땀을 흘리고 있어요. 학자도 IT 벤처 기업에서 일하는 사람들도 똑같이 땀을 흘리고요."

"이마에 땀이라는 말의 의미는 물리적인 의미를 뜻하는 게 아닌데 말이야."

내가 맞장구를 쳤다.

"그렇습니다. 정말이지, TV에 나오는 사이비 문화인이 이마에 땀이라는 말을 육체노동의 대명사처럼 사용하는 걸 듣고 있노라면 기분이 나빠져요. 어째서 이런 바보를 TV에서 말하게 놔두는 건가 싶어서요. 애초에 그렇게 육체노동이 존귀하다면 그런 일에 종사하는 사람들의 급료가 가장 높아야 하잖아요. 하지만 현실은 다르죠. 딱 잘라 말해서 누구든지 마음만 먹으면 할 수 있는 만큼 급료는 싸지 않습니까. 그게 세간의 평판이며 진심이란 말이죠. 높은 급료를 받는 건 그에 상응하는 노동을 한 사람뿐. 즉 지혜를 짜내 창의적으로 궁리를 한 사람의 노동. 그것도 결과를 계속 내야 얻을 수 있는 것 아닌가요. 누구라도 할 수 있는 일도 아니고, 물리적으로 땀을 흘리는지는 별개로 치더라도 적어도 머리에서 땀을 흘리고 있는 건 사실이에요. 그러니까 TV의 사회자나, 캐스터, 사이비 문화인이 제멋대로 말을 하며 그런 주제에 터무니없는 보수를 받고 있는 현실을 보면 '그럼 너희들은 뭔데? 이마에 땀을 흘리지도 않으면서 돈을 벌고 있는 건 너희들이잖아?'라고 빈정대고 싶어진 다니까요. 이권을 찾아다니는 정치인도 마찬가지고요. 가마타 씨 같은 인종은 정말 싫어요!"

아무래도 와타나베는 술이 약한 듯했다. 살짝 말투가 부정확해졌으며 말도 과격해졌다. 그렇다고는 하지만 그 작은 몸으로 키 180센티미터, 체육계열 출신의 거한과 호각으로 술을 마시는 것만 해도 괴물이나 다름없었다.

"분명 맞는 말이야. 이마에 땀을 흘리며 일하고 있는 건 다들 마찬가지니까. 우리들도 열심히 지혜를 짜내서 초를 위해, 회사를 위해 일하고 있고 말야."

하무라가 맞장구를 친 바로 그때였다.

"잠시 괜찮으십니까?"

맹장지가 열리더니 가마타케가 얼굴을 내밀었다. 우리들의 시선이 그의 미끈거리는 머리에 집중되었다.

"저도 두 분께 환영의 뜻을 표현하고 싶어서 말이죠. 잠깐 술 한 잔 드려도 될까요?"

가마타케는 술병을 가리키며 "헤헤헤." 하고 천박한 웃음을 지었다.

방 안의 흥이 깨졌다. 보통이라면 분위기의 변화를 바로 알아차리고 물러났을 테지만 가마테케는 그런 기척은 조금도 보이지 않았다. 무릎을 꿇은 채 방으로 들어왔다.

"일단은 레-이-디 퍼스트니까 여성분께 먼저 드리겠습니다."

가마타네는 와타나베의 옆으로 바싹 다가가더니 술병을 내밀었다. 와타나베는 명백하게 불쾌한 표정을 지었지만, 그럼에도 꾸벅 머리를 숙이더니 잔을 들어 올려 찰랑찰랑하게 부은 술을 단숨에 들이켰다.

"이야, 대단하군요. 멋지게 들이키시는게, 술을 제법 하시는구먼."

"그 정도는 아닙니다. 그냥 즐기는 정도입니다."

무뚝뚝한 어조로 와타나베가 대답했다.

"역시 교토대 출신인 만큼 후시미伏見에서 맛있는 술을 마시는데 익숙하신 건가? 과연, 하늘은 두 가지 재능을 한꺼번에 주지 않는다고 하더니 그 말도 거짓말이었군. 하늘이 두 가지로 모자라 세 가지나 주셨으니 말이야. 공부도 잘하고 술도 강하고 게다가 미인이기까지 하시니 말이지. 저도 한 잔 받을 수 있겠습니까?"

가마타케는 이번에는 잔을 와타나베의 앞에 내밀었다. 잔이 가득 차자 그걸 단숨에 들이켜더니 하무라의 앞으로 나아갔다.

"그럼 이번에는 이쪽 분께……."

"하무라입니다. 잘 부탁드리겠습니다."

과연 체육계열 사람이었다. 하무라는 자세를 바로 히더니 양손을 땅에 짚고 머리를 숙이더니 다시 양손으로 잔을 들어 올려 술을 받았다. 크게 흔들리는 찻잔이 작은 사기잔처럼 작게 보였다.

"그나저나 정말 크시군요. 요쓰이 쪽이라기보다는 몸을 써서 돈을 버는 쪽의 사람 같군요."

가마타케가 호들갑스럽게 말했다.

"저는 와세다 럭비부 출신입니다."

"와세다……. 그렇다는 건 사립인 건가?"

이거다. 오랜만에 듣는 세간과 동떨어진 말……. 내가 고등학교를 나올 때까지는 미도리하라에 한정된 것이 아니라 이 부근의 지역에는 국립 신화가 존재하고 있었다. 어디 대학이건 사립은 멍청이가 가는 곳이고 국립은 어디의 지방 대학이라고 하더라도 다닌다고 하면 대단하다며 극구 칭찬을 했었다.

실제로 나도 게이오에 입학했다는 사실을 알리자, "역시 양조장 도련님이네."라는 말로 정리가 되는 형국이었다. 그 뒤 30년이나 지났음에도 아직 이런 사람이, 그것도 초 자치의원으로서 살아남아 있을 것이라고는 생각지도 못했다.

가마타케는 금세 하무라에게 흥미를 잃었는지 다시 한 번 와타나베에게 가까이 다가가더니 말을 걸었다.

"그런데 와타나베 씨. 조금 전 당신은 시설의 내용적인 부분을 담당한다고 하셨는데 말이죠. 구체적으로 어떤 일을 하시는 건가요?"

역시 요쓰이의 일을 탐색하는 게 목적이었던 듯했다. 드디어 본성의 파편을 드러내기 시작했다.

"이것저것 있지만 처음에는 초 내외의 환경 조사부터 시작할 생각입니다. 여가를 즐기는 방법은 매일의 생활 속에서 중요한 요소가 될 테니, 기존의 레크리에이션 시설의 상황을 조사해하고 레저 스포츠도 파악하지 않으면 안 되겠죠. 배를 빌려 낚시를 가거나 골프를 가는 등 돈이 드는 부분은 요금 교섭도 해야 한다고 생각합니다. 자취희망자를 위해 식재료의 공급 상태나 가격도 파악해둬야겠죠. 그 뒤 한 달 간 생활비가 얼마나 드는지 산출할 겁니다. 그 부분이 정돈이 되면 정식으로 팸플릿을 만들겠죠. 배포가 가능한 상태가 되었을 때는 모델 하우스가 완성되어 있을 테니 그 뒤 투어 손님을 맞이할 준비에 들어갈 예정입니다."

그렇게 말해도 괜찮은 건가 하고 무심코 당황할 정도로 와타나베는 마구 지껄여댔다. 역시나 가마타케의 눈이 반짝반짝 빛나기 시작했다.

"투어 손님이란 건 뭐죠?"

"여행사에 의뢰해 도쿄에 설치할 모델 하우스를 보고 관심을 가진 분들이 실제로 현지를 방문해보게 하는 겁니다. 인생의 마지막을 보낼 곳을 제공하려는 것이니 실물을 보지 않고서 이주하자는 결단내릴 수는 없을 겁니다. 여행도 하고 맛있는 음식을 먹을 수 있다면 밑져야 본전으로 한번 와서 보려는 마음을 먹는 사람도 있지 않을까요?"

"정말 재미있는 착안이군요. 그렇다면 실제로 시설을 운영하는 부분도 당신이 생각하는 건가요?"

"내용적인 면이라는 건 그런 일들도 포함한 부분입니다. 시설의 건설이 진행되면 당연히 인건비도 생각을 해야 할 테고, 시설 안에 들어갈 업자 선정도 해야 하니까요."

드디어 와타나베의 혀가 구부러졌다. 기분 탓인지 눈이 멍해져 있는 것 같기도 했다.

"가마타 씨. 뭐, 이제 됐지 않습니까. 그런 업무 이야기는 그만하죠.

오늘은 두 사람을 환영하기 위해 마련한 자리이니까요."

나는 참지 못하고 대화에 끼어들었다. 와타나베의 모습도 그렇거니와 업무의 내용이나 일의 순서를 가마타케가 알게 된다면 귀찮게 될 것이라고 생각했기 때문이었다. 그런데 가마타케는 와타나베에게 얼굴을 돌린 채, 마치 개를 내쫓는 듯한 모습으로 내게 저리 가라는 손짓을 했다.

"그런 일도 와타나베 씨가 하는 겁니까?"

"그 일을 위해 저는 이곳으로 부임을 하게 된 겁니다만, 그게 뭔가 잘못된 부분이라도 있나요?"

"아니, 당신은 그렇게 말하지만 사람을 고용하는 건 시골에서는 꽤나 큰일이어서 말이죠. 시설의 업자를 결정하는 일도 지역의 연고랄까, 관례 같은 도시 사람은 알 수 없는 부분이 잔뜩 있으니까 말이지. 초의 협력 없이 일을 하는 건 힘들 겁니다."

"초의 협력이라면 야마사키 초장님께 충분히 지원을 받고 있다고 생각합니다만."

"그렇다면 어떻게 직원을 고용할 거요? 임금 체계는 어떻게 정할 생각이시오? 도시의 시세와 맞출 건가? 설마 시골 사람들이라고 해서 싼 급료로 부릴 생각은 아니겠지?"

"가마타 씨, 그건 제가 설명을 하겠습니다."

과연 더 이상 참을 수 없었는지 하마다가 대화에 끼어들었다.

"어째서 당신이 대답하는 거지? 시설의 운영 부분은 와타나베 씨의 담당일 텐데."

"저는 와타나베의 상사이며 상주 책임자입니다."

커다란 덩치를 가진 남자가 딱 잘라 그렇게 말하자 역시 위압감이 느껴졌는지 한순간 가마타케는 입을 다물었다.

"설명이 필요하다고 하신다면 초 자치의회에서든 어디에서든 말씀을 드리겠습니다만, 모처럼의 기회이니 지금 가마타 씨가 질문하신 내용에 관해 요쓰이의 방침을 말씀드리도록 하겠습니다."

하무라는 시원시원하고 분명한 말투로 서두를 꺼낸 뒤 말을 이었다.

"애초에 이번 프로젝트의 기본 콘셉트는 생활자금에 한계가 있는 고령자가 어떻게 하면 안심하고 풍요로운 노후를 보낼 수 있을지 그 부분에 초점이 맞춰져 있습니다. 그를 위해서는 시설의 운영할 때 쓸데없는 낭비는 전혀 용납되지 않습니다. 그렇다고 해서 질을 떨어뜨리는 일 없이 얼마나 기본 경비를 줄일 수 있을지. 성패의 열쇠는 그 점에 걸려 있습니다. 입주비용은 아마도 도시와 같은 규모, 같은 질의 건물에 비해 단적으로 쌀 테지만 그런 가격으로 제공이 가능한 이유는 토지를 무상으로 대여 받았기 때문입니다. 다양성이 풍부한 오락을 제공할 수 있는 것도 골프라면 시합비, 낚시라면 배의 대여비가 도시보다 훨씬 싸기 때문입니다. 인건비도 마찬가지입니다. 딱 잘라 말씀드리자면 직원의 급여는 큰 회사 같은 수준에는 도저히 미치지 못할 거라고 생각합니다. 하지만 주위의 시세, 아니, 도시에서 시급을 얼마씩 받으며 일하고 있는 아르바이트보다는 현격하게 좋은 수준의 급여가 될 겁니다. 적어도 관공서와 같은 수준을 목표로 하고 싶습니다. 그것이 요쓰이가 목표로 하는 금액입니다."

"역시 지역의 수준에 맞춘다는 말이로군."

"관공서 수준에 맞출 수 있다면 엄청난 일입니다. 가마타 씨도 알고 계시겠죠. 초에서는 관공서에서 일하고 싶어 하는 사람이 얼마든지 있습니다. 도시의 대학을 나왔으면서도 일부러 고향으로 돌아와 관공서에 취직하는 사람도 잔뜩 있고요."

나는 논하듯이 그렇게 말했지만 가마타케는 전혀 납득하는 기색이 보이지 않았다. 와타나베에게 등을 돌리고 내 쪽으로 몸을 기대더니 취기가 돈 눈길을 보냈다. 그 등 뒤에서 맹해진 눈으로 와타나베가 가방 속을 뒤지더니 담배를 물고 불을 붙였다.

"초장, 관공서 직원은 공무원이요. 어지간한 일로는 해고가 될 걱정이 없지. 일도 편하고 말이야. 그에 비해 노인 시설은 완전 간호를 필요로 하는 사람도 있소. 대소변 시중. 식사도 입으로 넣어줘야만 하는 사람도 있을지도 모르지. 엄청난 노동인 거요. 관공서 직원과 비교할 수도 없는 일이지. 그런 부분까지 주변의 인건비와 맞춘다고 한다면 공산당이 곧잘 말하곤 하는 착취라는 거 아닌가?"

거기까지 가마타케가 말한 순간, 후우 하고 몇 번인가 하얀 연기를 내뿜고 있던 와타나베가 표정의 변화도 없이 입가에 대고 있던 손을 아래쪽으로 스윽 내렸다. 한순간이었지만 풀렸던 것 같았던 눈이 반짝이는가 싶더니 그녀의 손은 명백하게 가마타케의 발뒤꿈치를 향해 움직였다.

치지직——.

피부가 타는 눅눅한 소리가 났다.

"으아아아악!"

교미 현장이 들통 난 학처럼 크고 날카로운 소리를 지르며 가마타케가 펄쩍 뛰었다.

"정말 시끄럽네. 이 망할 영감. 도시에서 시급을 받으며 일하는 헬퍼가 얼마나 벌면서 일하고 있는지 알면서 말하는 거야? 간호사 자격을 가지고 노인 간호에 인생을 걸고 싶다고 생각해도 그래서는 평생 결혼도 할 수 없어. 결혼은커녕 혼자서 먹고 살 수도 없어서 눈물을 머금고 그만두는 사람이 셀 수 없이 많다고. 그에 비하면 관공서 정도의 급료가 얼마나 좋은지 모르는 거지?"

위세가 당당한 와타나베의 말에 가마타케는 얼굴을 굳힌 채 입만 뻐끔거렸다. 그 모습이 보이는지 어떤지는 알 수 없었지만 와타나베는 그 기세로 계속 말을 이었다.

"애초에 말이야. 당신은 무슨 권리가 있어서 이것저것 요쓰이가 하려는 일에 참견을 하고 있는 건데? 요쓰이에는 요쓰이의 방식이 있어. 그리고 회사의 정책은 공명정대야. 유능하다면 채용하고 무능하다면 채용하지 않아. 그것이 채용 기준이지. 기억해두라고!"

*

와타나베가 부임하고 한 달 뒤, 황량한 들판이었던 공장 유치용 부지에 모델하우스 건설이 시작되었다. 거기서 100미터 정도 떨어진 곳에는 건설관리동이 서서히 그 모습을 드러내기 시작했다.

모델 하우스에는 기본이 될 2LDK, 완전 간호가 필요해졌을 때를 위한 원룸과 두 가지 유형의 방이 만들어지고 가구도 갖춰질 예정이었다. 다만 원룸은 몸을 움직이기 어려운 사람들을 위한 방이었기 때문에 병원의 개인실과 크게 다르지 않았다. 로비에는 완성된 후의 시설 전체의 모형을 놓았고 카페와 식당, 오락실의 상상도를 걸어 놓았다.

그날, 하무라와 와타나베가 관공서에 찾아와 프로젝트 팀들을 모아 두고 건설 운영에 관한 정례 회의를 가졌다. 와타나베가 자리에 앉아 있는 팀원들 앞에 프레젠테이션용 자료를 놓았다. 스크린이 밝아지고 파워포인트 화면이 떠올랐다.

"그렇다면 시작하겠습니다."

와타나베는 시원시원하고 분명한 어조로 시설의 개요, 개원까지의 스케줄을 설명하고 시설 이용요금으로 화제를 옮겼다.

"이용자에게 부담시킬 요금은 일단 처음에 입주금으로서 2LDK 타입은 하나당 천만 엔, 완전 간호 필요자의 원룸형은 400만 엔입니다. 거기에 월 관리비로 한 명당 10만 엔, 희망자에게는 식비 4만 엔, 그 밖에 기저귀 값이나 의료비 자가부담분, 레크리에이션 비용 등, 개인사용 요금은 별도로 징수할 예정입니다."

"천만 엔인가……."

구마켄이 몸을 뒤로 젖혔다.

"살짝이라고 할까 좀 비싸지 않나요. 그래서야 이 부근 사람들은 거의 입주할 수 없을 듯한 데 말입니다."

"이 가격에는 근거가 있습니다. 일단 이 비용은 초기 투자 금액을 기초로 해 산출한 금액으로, 이 정도는 받지 않으면 초기 투자 금액을 회수할 수 없으며 월 관리비도 높게 설정할 수밖에 없게 됩니다. 그래서는 연금 이외에는 의지할 만한 고정 수입이 없는 입주자에게 커다란 부담이 되겠죠. 입주금은 집세의 선불 개념이며, 수도권에서 원룸으로 된 비즈니스호텔 같은 시설에 입주하는 요금에 비하면 생각지도 못할 만큼 싼 가격이라고 할 수 있습니다."

"그렇다는 말은 이곳에 입주하는 사람은 주로 도시에서 오는 사람이 될 거라는 말이로군요."

"마케팅 조사 결과입니다."

와타나베가 말을 이었다.

"다시 한 번 주변 지역의 노인 간호 시설을 조사한 뒤 알게 된 사실입니다만, 이 초를 포함한 주변의 지자체에 살고 있는 고령자 가정 중에서 스스로 움직일 수 있는 동안부터 간호 시설에 입주하겠다는 경우는 거의 없었습니다. 혼자서 살고 있는 노인의 경우에도 건강에 문제가 없다면 그대로 혼자서 생활하는 것을 오히려 바라고 있었습니다."

"생각해보면 당연한 일이죠. 몸이 움직일 수 있는 동안은 자택에서 살면 집세는 들지 않으니까요. 누군가가 자신을 돌봐줄 필요도 없죠. 하물며 쾌적한 시설이 생겼다고 해서 입주비를 지불하면서까지 이주하려는 사람은 그렇게 있을 리가 없겠죠. 생활비가 싸고 풍요로운 노후를 보낼 수 있다는 점에 매력을 느끼는 사람은 역시 도시 생활자입니다. 그래서 저희들은 2LDK에 들어가는 사람을 도시에서 살고 있는 은퇴층으로 타깃을 좁힌 겁니다."

하무라가 말했다.

"과연 그렇군. 분명 듣고 보니 그 말이 맞아. 이 주변에 살고 있는 사람은 풍요로운 자연도 당연하게 느낄 수 있는 부분이니까. 건강한 동안에 시설에 들어가도 지출이 늘어날 뿐 이점이라고 할 만한 건 아무것도 없겠지."

나는 맞장구를 쳤다.

"도시에서 이주하는 이주자의 대부분은 자택을 처분할 테니, 특히 단독주택을 가지고 있는 사람에게는 한 집당 천만 엔이라는 입주비가 그렇게 부담이 되지는 않을 거라고 생각합니다."

"잠깐 기다려주세요. 그렇다면 간호를 필요로 하지 않는 사람은 월 관리비를 어째서 내야만 하는 거죠? 입주금을 낸 뒤에 집처럼 매달 또 돈을 내는 건 이상하지 않나요?"

구마켄이 고개를 갸웃하며 말했다.

"장래를 위한 보험 같은 겁니다. 월 관리비는 시설에서 일하는 직원의 인건비의 기초가 될 겁니다. 구마자와 씨가 말씀하신 것처럼 스스로 움직일 수 있는 분들은 직원의 도움을 받을 필요가 없습니다. 식사 주니나 시설의 보전 관리, 그 정도겠죠. 하지만 영구거주형 시설에 입주하는 한, 언젠가 간호의 손길을 받아야 하는 때가 오겠죠. 그때 매달 내는 요금이 오른다면 낼 수 있는 돈도 낼 수 없게 되는 사람 또한 나오지 않을까요? 요는 먼저 내는 선불금이라고 생각하면 되는 겁니다."

"지원이나 간호가 필요해지면 간호보험의 적용을 받는다고 해도 10퍼센트 정도의 자가부담금이 부과되니 말이죠. 융통성 없는 태도를 취한다면 케어도 충분하게 할 수 없습니다. 부담을 조금이라도 가볍게 만들기 위해서는 당장 지불할 필요가 없는 사람들에게도 돈을 받는다. 게다가 이런 명목의 비용은 보통 맨션을 구입한 경우에도 관리비, 수선적립금, 주차장 이용비라는 금액의 많고 적음은 다르겠지만 당연하게 받고 있는 돈이니까요. 저항감을 느끼는 사람은 없을 거라고 생각합니다."

하무라가 와타나베의 말에 뒤이어 말했다.

"요는 같은 금액이라도 도시와 시골에서는 가격이 다르다는 점이로군. 도시에서 2LDK로 된 영구거주형 간호시설에 입주하려고 하면 몇천만 엔이나 되는 내야 하지. 그런데 이곳으로 오면 훨씬 싼 가격으로 여유 있는 생활을 보낼 수 있다……."

"몇 천 만이 아니라 억 단위가 되겠죠. 그러기는커녕 애초에 그 정도의 시설은 도시에서는 어디를 찾아봐도 없습니다. 간호시설이라고 해도 허울 좋은 병원이나 비즈니스호텔 같은 곳밖에 없으니까요. 그래서는 질리기도 하고, 무엇보다 기분이 우울해지겠죠."

내 말에 와타나베가 고개를 끄덕였다.

"게다가 한 가지 더, 원룸 요금을 낮게 책정한 데에는 이유가 있습니다."

하무라가 즉시 말했다.

"이곳으로 들어오는 분은 처음부터 간호를 필요로 하는 분일 테니, 입주하는 본인은 갑자기 알지도 못하는 땅에 오게 된다면 불안함을 느끼게 될 겁니다. 보내는 가족 또한 아무리 도쿄에서 3시간 정도면 갈 수 있는 곳이라고 해도 빈번하게 모습을 보러 올 수는 없을 겁니다. 그렇기 때문에 역시 개업 당초에는 이 방의 이용자는 초 부근의 지자체에 사는 간호를 필요로 하는 노인이 될 거라고 생각하고 있습니다."

"과연, 스스로 움직일 수 있는 사람 곁에는 여름과 겨울에 가족도 찾아올 테지. 새롭게 찾아갈 고향이 생긴 셈이니 머지않아 초를 방문하는 일에 저항감도 사라질 거고 간호가 필요해졌을 때는 입주자 자신도 다른 입주자나 직원과의 인간관계도 생겨 있을 테니 쓸쓸한 생각을 하지 않아도 될 테고. 그런 뜻이로군."

"게다가 개업당초부터 빈 방이 있어서는 경영 그 자체가 되지 않을 테니까요. 센다이 부근의 같은 시설의 시세가 400에서 500만 엔 정도이니 그 점에서 봐도 이용자는 비교적 싸다는 느낌을 받을 것이라고 생각합니다. 무엇보다 시설이 흑자를 내지 못하면 초에 세금도 떨어지지 않을 테니까요."

와타나베가 하는 말은 지당한 말이었다. 시설이 생긴 건 좋지만 중요한 입주자가 생기지 않는다면 말이 되지 않는다. 나는 크게 납득이 가는 이야기였지만 구마켄은 시무룩한 표정을 지었다.

"어쩐지 이야기를 들으면 들을수록 영리가 목적인 시설이라는 느낌이 드는데 말이죠……. 괜찮은 걸까요? 노인 시설을 그런 식으로 비즈니스처럼 취급해도……."

"사업으로써 성립되지 못한다면 비참한 상황을 마주하게 되는 건 입주자이며 초입니다, 쿠마자와 씨."

와타나베가 딱 잘라 말했다.

"그렇다면 돈이 없는 사람은 어디에 가면 좋단 겁니까? 400만 엔이라고 쉽게 말하지만 이 근처 사람에게는 큰돈입니다. 분명 그 정도의 돈을 내서 노후에 보살핌을 받고 싶을 경우 재산을 팔아 치우면 어떻게든 되겠지만, 그래도 돈을 만들어낼 수 없는 사람은 어떻게 해야 좋을까요?"

"자네가 하고 싶은 말도 이해는 가지만 애초에 초가 막대한 빚을 갖게 된 최대의 원인은 그런 발상에 기인되는 부분이 컸어. 누구나 사용할 수 있는 도로, 누구나 사용할 수 있는 시설……. 분명 공공 자금을 사용하는 한 그런 발상을 가진 것 자체는 중요한 일이며, 부정하고 싶지도 않아. 하지만 말이야, 세금을 내고 있으니 전부 다 공짜로 해야만 한다는 발상은 틀렸어. 우리가 주민에게 성실해야만 한다는 건 말할 필요도 없지만, 서비스에는 돈이 들어. 특히 제3자의 손을 빌려야만 하는 경우라면 더욱 그렇지."

이제 와서 공무원 같은 발상을 구마켄이 가지고 있다는 사실에 나는 살짝 짜증이 나 소리를 높였다.

"그렇다면 텟짱은 가난한 사람은 버리겠다는 말이야?"

"그런 말은 하지 않았어. 초에는 특별 간호 노인 센터도 있어. 노인 보건 시설도 있고. 그곳에는 매년 결코 적지 않은 세금을 쏟아 붓고 있어. 이번에 건설되는 시설의 경영이 궤도에 오르면 세수도 올라갈 거야. 지금까지는 예산이 늘어나면 도로나 건물 등 토건업자의 주머니를 불려주는 사업에 사용이 되었지만 앞으로는 달라. 입주할 비용조차 낼 수 없는 노인이 안심하고 여생을 보낼 수 있게 해주는 시설을 충실하게 만들기 위해 세금을 사용할 거야. 그를 위해서는 이 시설이 기업으로서 제대로 수익을 내야만 해."

"하지만 다시 생각해보면 초장님께서 지금 말씀하셨던 건물도 이제 보니 꽤나 도움이 되는 부분도 적지 않네요. 종합병원까지는 시설에서 도보로 5분. 게다가 설비는 최고급. 주민 센터도 수영장도 있죠. 댐도 농업용수라는 원래의 목적에는 전혀 도움이 되지 않지만, 원래 생존하고 있던 곤들매기가 자랐고 누군가가 불법 방류한 블랙배스도 낚을 수 있게 되었죠. 공동 사업 형태로는 운영에 실패했던 과수원도 귀중한 과일의 제공처로 사용할 수 있어요. 노인 센터가 생기는 것만으로 세금이 낭비되고 있다고 생각되고 있던 곳들이 전부 살아나는 겁니다."

"실은 조금 더 안이 구체화된 시점에 상담을 하고 싶다고 생각하고 있었습니다만……."

하무라가 와타나베의 뒤를 이어 입을 열었다.

"시설 부지 안에 쇼핑몰을 건설하면 어떨까 하는 생각을 하고 있습니다."

"쇼핑몰?"

나도 처음 듣는 말이었다.

"네. 이곳의 상점가는 너무 한산해서요. 낮에도 인적이 거의 없습니다. 이렇게 말하는 것도 조금 그렇습니다만 사람보다도 고양이가 더 많은 정도입니다."

"맞는 말일세. 그런 곳에 쇼핑몰을 짓겠다는 건가?"

"근근이 가족 경영을 하고 있는 상점들을 출점하게 하는 겁니다. 여하튼 입주자, 근무자를 합하면 1,800명 이상의 사람이 시설로 모이게 될 테니까요. 사람 수만을 놓고 보면 하나의 초에 필적하는 규모입니다. 그것도 확실히 낮 인구가 그 정도가 되는 겁니다. 자활능력이 있는 사람 중에는 자취를 하고 싶다고 바라는 사람도 많을 테고, 전자제품이나 가구류는 기본적으로 가지고 와야 하죠. 내구소비재나 일상생활용품을 필요로 하는 잠재적 수요는 꽤 될 거라고 예상됩니다."

"즉 경영에 힘들어하는 초의 상점을 한 곳으로 모으겠다는 말인가."

나는 자칫 소리를 지를 뻔하며 몸을 내밀었다.

"자활능력이 있는 입주자라고 해도 매일 쇼핑을 나가기에는 편한 곳이 좋을 테고, 움직일 수단이 없는 사람도 있을 겁니다. 쇼핑을 나가더라도 고령이기에 짐을 안고 돌아오는 일이 큰일인 사람도 있을 겁니다. 시설과 쇼핑몰이 근접해 있다면 도시의 고급 슈퍼에서만 제공하고 있는 홈 딜리버리도 가능해질 겁니다. 손수레를 밀며 각 동을 돌면 되는 정도일 테니까요."

"그건 괜찮은 이야기로군. 가게를 열고 있어도 손님 같은 건 찾아오지 않는 초의 상점에게는 그야말로 기사회생의 한 방법이 되겠군."

"물론 출점을 그냥 무료로 받겠다는 이야기는 아닙니다. 대여비를 받지 않으면 몰을 건설할 비용을 만들어낼 수 없으니까요."

"하지만 그렇게 되면 지금 초에 세 군데 있는 슈퍼가 들어가고 싶다고 하지 않겠나? 자본력이라고 하면 그쪽이 위일 테지. 결국──."

"가마타케 씨가 말하셨잖아요. 지역 기업을 우선하라고. 슈퍼는 세 곳 모두 초의 바깥 자본인 데다 애초에 몰 자체가 슈퍼 같은 종류이니 말이죠. 부분적으로 협력을 요청해야할 부분은 나올지도 모르겠지만 그 정도면 되지 않을까요?"

와타나베가 시원스럽게 정리했다.

"그런 것보다 쇼핑몰 건설은 상점뿐만 아니라 주거자에게도 편리함 이외의 장점이 있습니다."

"뭔가요?"

구마켄이 흥미진진하다는 듯이 물었다.

"노인들만 모여 있으면 재미가 없겠죠. 나이를 먹어도 사회나 젊은 사람들과 부딪히고 싶으니까요. 자극이 필요한 겁니다. 쇼핑을 즐기며 사회의 흐름, 유행과 접촉하고 싶다, 그런 걸 원하는 법입니다. 생활비용이 높게 든다는 사실을 알면서도 도시 생활을 버리지 못하는 이유는 그런 부분에도 원인이 있습니다."

"하지만 일상생활에 필요한 용품은 둘째 치더라도 전자제품이나 가구 같은 물품의 수요가 있을까요? 입주자는 대부분 도시에서 사용하고 있던 물건을 그대로 가지고 올 테고 앞으로 몇 년이나 더 살지 알 수 없다고 생각하게 된다면 새로운 물건을 사는 건 자제하지 않을까요? 게다가 살던 곳을 정리해야 할 경우를 생각한다면 물건을 구매하기가 꺼려질 것 같은데 말입니다."

어째서 바로 생각이 부정적인 쪽으로 가고 마는 것인지 구마켄이 머릿속을 보고 싶어진다. 하지만 하무라는 기다리고 있었다는 듯이 시원하고 분명한 어조로 대답했다.

"물론 이전에 살던 곳에서 사용하고 있던 물건을 가지고 와도 상관없습니다. 하지만 입주대상자는 60세 이상입니다. 평균 수명을 생각해보면 20년 이상은 살 수 있습니다. 내구소비재라고 해도 반드시 교체 수요는 있을 겁니다."

"수입이 한정되어 있는 사람에게는 그 비용도 만만치 않을 텐데요?"

"그렇기 때문에 내구소비재에 한해서는 구입하는 것도 좋지만, 그 이외에 대여라는 선택지를 줄 겁니다."

"대여?"

"요쓰이는 요쓰이 렌탈이라는 관련 회사를 가지고 있으니 말이죠. 전혀 문제가 없습니다. 오히려 이렇게나 많은 사람이 모인다면 충분히 비즈니스로써 성립이 될 테고요. 거주자에게도 매달 지불 능력이 있는 사람에게는 고마운 선택지가 될 거라고 생각합니다. 내구소비재의 감가상각 기한은 4년입니다. 그 기간이 경과되면 싼 가격으로 매입하는 것도 좋습니다. 그 시점에 새로운 제품이 갖고 싶다면 교체하는 것도 자유인 거죠. 제품의 처리, 유지 및 보수는 전부 렌탈 회사가 하게 됩니다. 어느 쪽을 선택할지는 거주자가 결정하면 됩니다. 한편 가게에도 구입, 렌탈 어느 쪽이라도 수입은 변함이 없으니 전혀 문제는 없습니다."

"기존에 있는 대부분의 민간 간호시설은 TV나 가구가 갖춰져 있는 곳이 많습니다. 당연히 이런 물품은 시설 입주비용으로 갖추는 물품입니다만, 그래서는 어쩐지 병원의 개인실에 들어가는 기분이라 시원치 않은 기분이 들죠. 오래 지낼 공간에 자신의 취향이 아닌 물건이 놓여 있다면 누구라도 싫증이 날 겁니다."

와타나베가 생긋 웃으며 그렇게 말한 뒤 연이어 말했다.

"채소는 농업 협동조합에서 직접 판매하는 것도 괜찮고 지역 농가의 공동 판매소에서 파는 것도 좋을 거라고 생각합니다. 하지만 모든 토산물을 다 갖춰둘 수는 없을 테니 초 안에 세 군데 있는 슈퍼의 어느 곳에 협력을 구해도 상관은 없습니다. 운영은 맡기도록 하겠습니다. 고기는 지역의 가게에 최고의 물건이 갖춰져 있으니 이쪽은 임차인으로서 들어가도 괜찮을 겁니다. 생선은 도시 사람이 거주하게 된다면 당연히 지금까지 이상으로 물품이 갖춰져야 할 테지만 생선가게가 더 사들이면 되는 이야기입니다. 일상잡화, 가전제품 가게, 가구 가게도 마찬가지입니다. 다만 문제는 의류입니다."

"무슨 말이지?"

"초에 의류를 다루는 가게는 한 곳밖에 없습니다만, 문제는 상품의 종류와 센스입니다. 어쨌든 너무 도시와 동떨어진 느낌이라고 할까……. 딱 잘라 말해서 할머니들밖에 입지 않을 듯한 옷만 있으니까요. 고급 수입 브랜드 정도를 말하는 건 아닙니다만 역시 어느 정도 센스가 괜찮은 상품을 갖춰두지 않으면 도시 사람의 구매의욕을 불러일으키기 힘들 거라고 생각합니다. 꽤나 공부를 하지 않으면 안 되겠죠."

"맞아요. 젊은 세대는 절대로 여기서 옷을 사지 않으니까요. 일상복도 센다이까지 구매하러 가죠. 도시 사람은 나이를 먹어도 멋쟁이라고 하니 그 나름의 상품을 갖추지 않으면 안 되겠네요. 진열 방식도 생각해야 할 테고……. 이상하게 배치를 한다면 그야말로 몰 전체의 분위기에 영향을 미치게 될 테니까요."

그때까지 조용히 이야기를 듣고 있던 고마쓰 요코가 처음으로 입을 열었다.

"어쨌든 몰이 생긴다는 사실은 초에 있는 상점들도 기뻐할 만한 이야기야. 분명 이야기를 듣고 보니 새롭게 초가 생기는 것과 다름없는 일이군. 대여비를 내고도 남는 수익을 낼 수 있겠지. 게다가 몰이 생기게 된다면 근처의 마을에서 오는 손님도 있을 거야. 초에 파급효과도 크겠어."

내가 그 말을 꺼낸 것을 계기로 하무라가 화제를 바꾸었다.

"그런데 시설 건설에 관한 하청 회사 말입니다만."

"정해졌나?"

"얼마 전에 도급 업체인 하초八蕉 건설에서 연락이 왔습니다. 하청 업체는 다섯 군데로 정해진 모양입니다만, 그중에 예의 가마타 씨와 연관이 있는 회사는 포함되지 않았습니다. 넌지시 하초 쪽에 재하청에 관해서도 물어봤습니다만, 아무래도 시원스러운 대답은 듣지 못했습니다. 괜찮을까요?"

"그걸 나한테 물어보면 어쩌나? 시설 건설은 요쓰이의 사업으로 진행하고 있고 요쓰이는 자신들의 척도로 업자를 선택한 거잖나. 초에서 참견을 하는 건 도리에 어긋나는 일이지. 뭐, 가마타 씨이니 말이지. 이런저런 말을 해올지도 모르겠지만 머지않아 공사가 착공에 들어가게 된다면 이런 저런 말을 한다고 해도 어쩔 수 없게 되겠지."

"채용에 관해서는 괜찮을까? 게다가 공공 공간에 들어갈 업자 선택도 있어. 그 사람, 반드시 무슨 말을 꺼낼 걸?"

구마켄이 흐린 표정을 지었다.

"그런 말을 한들 지금 어떻게 할 수 있는 문제도 아니잖아요. 저는 어째서 여러분들이 그렇게 가마타 씨를 신경 쓰는지 전혀 이해가 가지 않지만 말이죠."

와타나베가 퉁명스럽게 시치미를 떼는 듯한 표정을 지으며 말했다.

가마타케는 와타나베와의 사건 이후 완전히 조용해졌다. 아니, 정확히 말하자면 시설 건설에 관련된 일에 관해서는 그랬다. 와타나베가 발뒤꿈치에 담뱃불을 지진 일에 격노한 가마타케는 "이건 명백한 상해사건이야. 경찰에 고소하겠어." 하고 씩씩거렸다. 사실 무리도 아닌 반응이었다. 치정 싸움이 간간이 일어나는 요쓰이에서도 스파게티를 머리 위로 쏟아 붓는 사람은 있었지만 그래도 담뱃불로 사람을 괴롭힌 사람은 들어보지 못했다. 하기야 있었다고 하더라도 치정에 관련된 결과이기 때문에 소동을 키우는 사람은 없었겠지만. 어쨌거나 담뱃불 사건이 경찰 소동으로 번지지 않았던 이유는 와타나베가 격노한 가마타케를 향해 기세 좋게 말을 했기 때문이다.

"고소할 거면 고소하시지. 당신도 털면 먼지 하나나 두 개 정도는 나올 테니까. 그 정도의 상처라면 고작해야 벌금형 정도일걸. 나는 법률을 전문으로 공부했다고. 뇌물, 알선수뢰는 그 정도로 끝나지 않을 거야!"

가마타케는 중의원 의원 선거법 위반으로 검거된 과거가 있다. 게다가 초 자치의원으로서의 입장을 이용해 주머니를 불려왔다는 사실은 다들 알고 있다. 그것이 표면적으로 드러나지 않았던 이유는 좁은 인간관계로 성립되어 있는 지역의 특성 때문이었다. 와타나베처럼 외부에서 온 사람이 그런 말을 하면 긁어 부스럼을 만들게 될지도 모른다. 게다가 상대는 교토대 법학부 출신이다.

결국 사건은 당사자 이외에는 아무에게도 알려지는 일 없이 유야무야로 끝났지만 그 이후 가마타케는 완전히 얌전해졌다. 사정을 모르는 구마켄이 걱정하는 건 당연한 일이었지만 그런 사건을 일으킨 후에도 전혀 동요하지 않는 와타나베도 대단한 인물이었다.

"그런 것보다 문제는 직원 확보입니다."

와타나베는 서둘러 화제를 바꾸었다.

"초에서 받은 주변 세 개 학교에서 복지 관련 대학에 진학한 졸업생 리스트를 기반으로 삼아 광고 메일을 보냈습니다만, 솔직히 반응은 영 신통치 않습니다."

"관공서 직원 수준의 대우를 약속받는다면 달려들 사람도 적지 않을 거라고 생각했는데 아니었던 건가요?"

의외라는 듯 구마켄이 되물었다.

"여하튼 3년 후의 일이니 말이죠. 현시점에 판단을 내리라고 하는 게 무리라는 사실은 알고 있었지만, 가족 구성을 빨리 파악해두지 않으면 개업할 때가 다 되서 우르르 몰려온다고 해도 이쪽이 태세를 정리해둘 수가 없으니까요."

"어째서죠?"

"최대 문제는 학교입니다. 취학 중인 자녀가 얼마나 있는지, 그에 따라 초중학교의 학급수를 늘릴 수단을 초는 생각해야만 할 겁니다. 최근 10년 동안 초의 어린아이가 격감한 탓에 과거에 비해 초등학교, 중학교 다 학생 수가 반감되어 있습니다. 어느 곳이든 공립이기에 교사의 인사는 현의 교육위원회가 운영하고 있으니까요. 학급 수를 늘리게 될 경우

2년 전 정도에는 타진해두지 않으면 교사가 부족할 겁니다."

"그렇군. 그렇다면 아이의 연령에 따라서는 유치원, 보육원, 게다가 고등학교도 문제가 되겠어. 학생 수가 줄어들어서 빈 교실은 있지만 선생님이 없다는 건 말도 안 되는 상황일 테니 말이야."

"유치원, 보육원은 초가 운영하고 있기 때문에 증원을 하면 되지만 초중고는 그렇게 간단히 할 수가 없어. 특히 고등학교는 편입도 할 수 없으니 재학 중의 아이를 데리고 있는 부모는 움직이고 싶어도 움직일 수가 없을 거야."

구마켄의 뒤를 이어 내가 말했다.

직원 아이의 교육 문제는 지금까지 생각지도 못했던 일이다. 입주자에게만 눈이 가 거기서 일하는 사람들의 생활환경까지는 생각이 미치지 못했던 것이다.

"현시점에서의 반응을 보는 한 직원 확보는 그다지 낙관적이라고 할 수 없습니다. 시설이 완성됐다고 하더라도 고용할 직원은 3개월 정도의 OJTon The Job Training, 직장 내 훈련가 예정되어 있고 미경험자가 대부분이면 불안한 부분이 있습니다. 최저라도 절반 정도는 경험자로 채우는 게 바람직하겠죠……."

"뭐 미경험자는 신입 졸업 채용을 하게 된다면 센다이, 모리오카의 대학 졸업생으로 상당 부분 채울 수 있을 거라고는 생각하는데……. 문제는 경험자로군. 역시 도시에서 와주지 않는다면 채울 수가 없겠지."

"그에 대해서는 뭔가 생각해둔 점이 있나?"

나는 와타나베를 향해 물었다.

"역시 이쪽도 입주자와 마찬가지로 미디어의 힘을 빌리는 수밖에 없겠죠."

와타나베가 말했다.

"미디어라…… 그렇게나 힘이 있나요?"

"이전에도 말씀드렸습니다만, 이번 사업은 사회의 고령화가 급속도로 진전되는 일본에서는 상당히 임팩트가 있는 사업이라고 생각합니다. 영구거주형 노인 센터 건설은 초의 부흥을 이루어낸 모델 케이스가 될 것이며, 무엇보다도 노후의 생활 개념을 변화시키게 될 거라고 생각합니다. 물론 시골로 이사를 하게 되면 도시보다도 생활비가 싸다는 점은 다들 알고 있는 점입니다. 하지만 생활의 질을 떨어뜨리지 않고 아니, 오히려 상향시킨다. 게다가 민간과 지자체가 공동으로 이런 사업을 운영하는 건 아마도 처음 있는 일이라고 생각합니다. TV, 신문, 잡지. 앞으로 여러 미디어가 커다랗게 다루리라는 사실은 틀림없습니다. 그때 동시에 직원 모집도 하면——."

"오르지 않는 급료에 눈물을 머금고 간호 업무에서 떠나야만 했던 사람도 있을 테지. 입주가 보증되고 수입도 시골에서 보내는 데는 충분하고 가정도 꾸릴 수 있다면 이주해도 괜찮다고 생각하는 사람이 있을지도 몰라."

"일단 해보는 겁니다. 이건 계란이 먼저인지 닭이 먼저인지에 관한 이야기가 아니니까요. 거주자, 직원 양쪽이 동시에 모이지 않으면 사업으로서 성립이 되지 않아요."

와타나베는 단호한 어투로 말했다.

*

"전국에 계신 여러분, 미도리하라는 풍요로운 노후 생활을 보낼 수 있는 장소라고 확신하고 있습니다. 초도 하나가 되어 새롭게 생기는 시설을 응원하겠습니다. 꼭 한번 여행 겸 들려주십시오."

그것뿐인 거냐?

나는 그만 TV화면을 향해 소리칠 뻔했다.

방송국 직원이 센다이에서 찾아온 건 모델 하우스가 완성된 직후의 일이었다. 초장 인터뷰라며 한 시간 이상 걸쳐 끝없이 질문을 받았음에도 실제로 방송된 건 고작 10초도 되지 않았다. 마치 어디 회사의 사장이 자사의 제품을 팔기 위해 하는 경박한 TV광고 같았다.

"야아~ 초장, 대단해."

구마켄이 박수를 치며 떠들어댔다.

"음, 꽤나 좋은 내용이었습니다. 이건 상당히 임팩트가 있겠네요."

하무라가 만족스러운 듯이 몇 번이나 고개를 끄덕였다.

"한 번 더 볼까요?"

이지마가 녹화해둔 DVD를 재생했다. 시설을 소개한 건 저녁 5시부터 하는 민영방송국의 전국망 뉴스 방송이었다. "미치노쿠陸奧 지방에 출현! 이것이 거대 영구거주형 노인 센터 시설의 개요다!"라는 매우 TV 방송다운 제목이 붙은 15분 특집 코너는 이제 막 건설된 모델 하우스에선 여성 리포터라는 흔한 패턴으로 시작되었다. 리빙 다이닝은 다다미 여덟 장 정도의 넓이에 마루가 깔려 있었다. 부엌 옆에는 4인용 식탁,

게다가 소파와 TV가 놓여 있다. 넓다고는 할 수 없지만 꽤나 산뜻한 모습이었다. 벽지는 통일되어 있었으며, 창밖으로는 풍요로운 녹음이 우거진 산등성이가 보였다. 남은 두 개의 방은 다다미 여섯 장 정도의 넓이로 나무 무늬 바닥재 마감이었다. 구성의 설명이 끝나자 와타나베가 화면에 나타나 시원스럽고 분명한 어투로 말했다.

"도시에서의 영구거주형 노인 간호 센터는 원룸이 주를 이룹니다만, 이곳에서는 쾌적한 생활을 보낼 수 있도록 부엌과 거실을 설치하고, 침실과 가족이 방문했을 경우를 위한 방을 준비했습니다."

"과연 여름방학이나 겨울방학 때는 가족이 다 모여 보낼 수 있는 별장이 될 수도 있겠군요."

부채질을 하는 건 미디어가 늘 하는 일이었지만 괜찮은 말을 했다. 분명 몇 박을 해도 숙박비가 들지 않는다. 자취도 가능하다. 별장이라고 하지 못할 것도 없었다.

리포터는 욕탕이 시설 안에 설치되어 있는 데다 난간이 붙어 있다는 말을 한 뒤 감탄을 했다. 관리실과 온라인으로 연결되어 있는 인터폰, 비상벨을 가리키고는 만에 하나의 일이 생기더라도 바로 상주하는 직원이 달려올 수 있도록 태세가 갖춰져 있다고 간호 시설이라면 당연한 부분에도 눈을 크게 떴다.

이윽고 화면이 바뀌더니 모델 하우스 로비에 설치된 시설 완성 모형이 클로즈업 되었다.

"멋진 곳은 방뿐만이 아닙니다. 무려 이곳에는 공공 공간에 산리쿠의 해산물을 만끽할 수 있는 초밥 가게나 레스토랑 카페, 디스코와 라이브

하우스, 미용실, 이발소, 더군다나 쇼핑몰까지 만들 예정입니다. 최신식 CT스캔과 MRI를 보유하고 있는 종합병원까지는 도보로 5분. 실내 수영장에 스쿼시, 테니스 코트도 완비되어 있는 호화로운 시설입니다."

분명 공공 공간은 앞으로 건설될 예정이기에 맞는 말이지만 다른 시설은 대부분 이용자가 없는 기존 시설을 활용할 뿐인 이야기다. 완비라고 하는 건 틀린 표현이지만, TV라는 건 신기하게도 영상으로 바뀌면 그 나름대로 훌륭하게 보이는 법이다. 그 후 방문객이 거의 없는 식물원에서 와규 스테이크에 깜짝 놀라고, 텅 빈 골프장에서 클럽을 쥐고는 하루에 5,000엔으로 즐길 수 있다고 신이 나 했으며, 강에서 곤들매기를, 바다에서 가자미와 양태를 낚고는 손뼉을 치는 장면이 끝없이 비춰졌다. 거짓말은 아니지만 이렇게까지 나오자 보고 있는 우리가 오히려 과연 괜찮은 걸까 하는 불안한 생각이 들었다. 리포터는 끝날 때가 되자 입주비용을 와타나베에게 물었다.

"천만 엔입니다."

"어머, 이렇게 멋진 장소에서 노후를 보내는데 그 정도 가격밖에 안 되는 건가요."

새된 소리를 내더니 지금 요쓰이 여행 서비스에서 시찰 투어를 모집하고 있다는 사실을 알렸다. 그리고 다시 나의 엔딩——.

"이야, 몇 번을 봐도 괜찮게 만들어졌네. 이 방송을 본 사람은 이 정도라면 와도 괜찮을 거라는 마음이 들겠어."

또다시 구마켄이 순수하게 기뻐했다.

"하지만 괜찮을까……."

나는 무거운 표정으로 입을 열었다.

"괜찮다니 뭐가?"

"내용 말이야. 엄청난 연출 과잉이잖아? 어쩐지 너무 좋은 점만을 집중해서 보여준 게 아닐까 싶기도 해."

"좋은 부분을 어필하는 게 당연한 거 아닙니까? 무엇보다 그렇지 않으면 매스컴이 다뤄주는 의미가 없어요."

하무라가 입을 삐죽였다.

"그건 알고 있네. 내용에도 거짓은 없어……. 하지만 증권 회사 영업을 하는 게 아니니 말이야. 무엇보다 그 증권 회사도 최근에는 위험한 부분도 사전에 고객에게 고지를 해야만 해. 역시 부정적인 면도 제대로 알려주는 편이 좋지 않을까?"

"초장님은 그렇게 말씀하시지만 대체 부정적인 면이 뭔가요?"

하무라가 물고 늘어졌다.

"역시 겨울의 혹독함 아닐까. 녹음이 풍부할 때는 분명 살기 쾌적하지만 겨울은 그대로 메마른 벌판이 되어버리니까 말이야. 추위도 그 나름대로 심하고……."

"그건 도쿄도 마찬가지입니다. 게다가 계절의 변화와 함께 산다는 건 이곳의 선전문구이니까요."

"초장님, 부정적인 부분을 먼저 생각하시면 안 됩니다."

와타나베가 말했다.

"분명 지금 시점에는 이곳은 멋진 초입니다. 하지만 앞으로 8천 명이나 되는 사람이 새롭게 찾아온다면 분위기는 확 바뀔 거예요. 노인들밖에 없다면 쓸쓸함이 늘어날 거라는 생각은 편견이라고 봅니다. 즐거운 여생을 보낼 수 없기 때문에 쓸쓸해지는 거예요. 몸을 움직일 수 있는 동안에는 움직이면 되요. 취미에 빠져도 좋고, 스포츠를 해도 좋고, 독서를 해도 괜찮아요. 충실한 노후를 보내고 있는 노인은 결코 쓸쓸하다는 생각 같은 건 하지 않아요. 그런 환경을 갖춰주는 게 저희들의 일이겠죠. 게다가 초에는 새롭게 젊은 세대도 올 겁니다. 아이도 늘어날 테죠. 그때를 생각해보면 오늘 한 방송은 결코 과잉 연출이며 장점만을 강조했다고는 할 수 없다고 생각해요."

듣고 보니 그 말도 맞는 듯했다. 현 상황을 생각해보면 어쩐지 쓸쓸한 도호쿠의 한촌이지만 시설이 생기면 초에 활기가 넘쳐흐를 것이 분명하다. 애초에 내가 초장으로 취임한 뒤의 목표가 이런 침울한 초의 공기를 일소하고 새로운 바람을 불어넣는 것이었다. 건설이 시작된 이상, 되돌아갈 수는 없다. 없는 저축금을 다 쏟아 부어 이곳으로 오는 사람들의 기대에 응하기 위해서 전력을 다하자. 그것이 내가 해야 할 일이다.

와타나베의 전화가 울렸다.

응답하는 와타나베의 얼굴이 확 빛났다.

"네……. 네……. 그렇습니까, 감사합니다."

전화를 끊은 와타나베가 말했다.

"역시 TV의 효과는 절대적이네요. 방송 종료와 동시에 요쓰이 여행 서비스에 문의 전화가 벌써 열다섯 통이나 왔다는군요."

"그건 정말 대단하군."

나는 감탄했다.

"그래서 첫 번째 투어는 언제인가요?"

구마켄도 신이 난 목소리로 말했다.

"첫 번째 투어는 7월 15일부터 시작되니 2주 뒤네요."

와타나베는 파일 안에서 팸플릿을 꺼냈다. 화려하고 아름다운 팸플 릿은 아니었지만 그렇다고 조악하지도 않았다. 한 장의 종이의 양면에 컬러로 인쇄된 사진과 문자가 구성되어 있었다. 표제어는 종신형 간호 시설 견학 투어, 3박 4일의 여행, 4만 엔이라고 적혀 있었다.

"교통수단은 왕복 다 신칸센을 사용할 겁니다. 숙박은 하룻밤은 센다 이, 이틀은 식물원의 숙박 시설로 예정되어 있습니다. 식사는 아침은 숙박 시설에서 하고 첫날 저녁은 야와라 초밥, 둘째 날은 초의 스테이 크 하우스, 셋째 날은 센다이의 소 혀 요리점에서 먹는 코스입니다."

"낮에는 어떤 코스인 거지?"

"첫날은 모델 하우스 견학과 프레젠테이션 룸에서 시설과 서비스의 개요에 대해 설명을 받습니다. 오후부터는 제각각 관심이 있는 시설을 돌게 됩니다."

"초의 시설에 관해서는 저희들이 관공서의 차량으로 안내하겠습니 다. 도자기 가마, 훈제하는 곳, 수영장, 테니스 코트. 그리고 낚시를 하 고 싶다는 분께는 쿠마자와 씨가 강으로 안내해 곤들매기 낚시를……."

"맡겨만 두라고. 요즘이라면 한 시간에 다섯 마리는 문제없을 거야. 블랙배스는 더 많이 잡힐 거고."

고마쓰의 말에 구마켄이 자신의 가슴을 툭 쳤다.

"둘째 날은 골프를 하고 싶어 하는 분께는 다테키타 컨트리클럽에서 플레이하게 할 겁니다. 낚시를 원하는 분들께는 산리쿠에서 바다낚시를 즐기게 할 예정이고요."

"부인 분들은?"

"공동사업체가 운영하고 있는 사과 농장을 견학한 뒤 미나미 산리쿠 긴카산 국정 공원을 돌 예정입니다. 특히 사과 농장을 방문하시는 분들께는 특별히 1만 엔으로 사과나무 한 그루의 주인이 될 수 있다는 덤이 따라 붙습니다."

"1만 엔으로 나무 한 그루라니 괜찮은 건가?"

한 그루의 나무에서 어느 정도의 사과를 딸 수 있는지는 알 수 없지만 백 개는 되지 않을 것이다. 좋은 인상을 안겨주는 건 상관없지만 적자를 각오하고 진수성찬을 베푸는 것은 곤란하다. 나는 물었다.

"본디부터 나무 주인 제도는 사과 농장이 이전부터 시행하고 있던 일입니다. 손질은 물론 수확까지 전부해서 1년에 만 4천 엔. 만 엔은 파격적인 가격이지만 50그루 한정으로 협력을 얻을 수 있을 듯합니다."

"그럼 한정된 숫자가 완판 된다면 정가 판매를 하게 되는 건가?"

"그렇습니다. 다만 시찰을 하는 것보다도 가을이 깊어질 무렵 자택으로 사과가 배달된다면 초를 다시 한 번 떠올리게 되겠죠. 도예도 마찬가지입니다. 도자기 가마에서는 밥공기 만들기에 도전할 예정이지만 유약을 발라 가마에서 구운 완성품은 사과와 마찬가지로 자택으로 보낼 겁니다. 이쪽은 배송료는 희망자에게 부담을 시킬 예정이지만 건조 이후의 작업비는 도자기 가마의 협력을 얻어 무료입니다."

고마쓰가 말했다.

"셋째 날은 마쓰시마를 견학한 뒤 센다이에서 하룻밤. 오후 2시에 신칸센을 타고 도쿄로 향할 예정입니다. 3시간 30분 정도가 지나면 도쿄에 도착할 테니 저녁부터는 자택에서 느긋하게 보낼 수 있을 테고요."

솔직히 실제 시설이 없다는 부분은 임팩트가 떨어질 듯한 기분이 들었다. 모델 하우스를 본 것만으로 과연 얼마나 사람이 이주를 결심할지 불안한 기분도 들었지만 없는 건 별수 없는 일이다.

"좋아, 그렇다면 해봅시다. 특별한 일을 할 필요는 없겠지만 일단 솜씨 좋고 정중하게 손님들을 접대해야겠군."

나는 자리에서 일어났다.

*

2주 뒤, 투어의 제1진이 찾아왔다. 참가자는 50명으로 대형 관광버스 한 대가 만석이 될 정도의 성황을 이루었다. 시설 건설 용지 앞에서 그들이 오기를 기다리고 있는 사람들 중에는 요쓰이 도쿄 본사의 도시개발사업본부, 그리고 자회사인 요쓰이 부동산에서 일부러 이날을 위해 찾아온 사원의 모습도 있었다.

하무라에 따르면 요쓰이 부동산은 수도권의 고령자 층을 대상으로 이곳으로의 이주를 전제로 한 자택의 리폼, 혹은 매각을 적극적으로 전개하기 시작했다고 한다.

자식이 독립했으며 집을 가지고 있는 고령자에게 통근권 내에 있는 집은 소지하고 있어도 그다지 메리트라고 할 만한 부분이 없다. 아직 쓸 만한 집은 젊은 세대가 쓰기 좋도록 리폼을 해 임대를 한다, 혹은 신축 가택을 구입하는 것보다 싼 가격으로 매각한다면 노후의 생활자금으로 삼을 수가 있다. 내구한도가 가까워진 집은 요쓰이가 매입해 헌 뒤 새롭게 근대적인 주택을 세운다면 신축 주택으로 매각할 수 있다. 전부터 떠올랐던 계획이 드디어 본격적으로 움직이기 시작한 것이다.

임대를 하더라도 한 달에 30만 엔에서 40만 엔대. 매각을 한다면 4천만 엔부터 5천만 엔이 되는 건물의 주인이 되는 것이니, 이주에 필요한 입주금이나 매달의 고정비 지출이 힘들 리가 없다. 가장 우량하고 유망한 입주후보자인 것이다. 한편으로 요쓰이 부동산의 입장에서는 임대라도 차익금이 빠지는 데다 신축 건물이 되면 더욱 커다란 이익을 얻을 수 있기 때문에 힘이 들어가는 것도 당연한 일이다.

하무라가 살짝 귓속말을 해준 내용으로는 리폼, 매각에 관련된 노인의 투어 참가비는 요쓰이 부동산이 부담한다고 한다. 부부 두 명일 경우 8만 엔 정도 되는 참가비도 비즈니스로 얻을 수 있는 이익에 비하면 미미한 금액으로 지금 살고 있는 집을 처분해도 노후를 인계받을 곳이 갖춰져 있다는 점을 어필할 수 있는 절호의 기회였다.

더욱이 참가자를 맞이한 사람들 중에는 신문기자, TV 취재원 등의 매스컴의 모습도 있었다. 지방 방송국, 지방지가 찾아오리라는 사실은 예상하고 있었지만 깜짝 놀랐던 것은 전국 방송국, 전국지까지 찾아왔다는 점이었다. 버스가 도착하기 전에 나 또한 인터뷰를 하며 기자와 잡담을 나눌 기회가 있었는데 그는 호의적인 논조로 일관했다.

"초장님, 이건 획기적인 일입니다. 고령자 문제는 앞으로 일본 사회가 안고 갈 큰 문제이니까요. 그런데 정부는 당사자에게 맡겨만 두고 확고한 노인 케어 시스템을 만들려는 모습도 보이지 않습니다. 도시에서의 간호 시설의 경비는 고액이고, 주어지는 거주 공간도 비즈니스호텔보다 살짝 나은 정도입니다. 여가를 즐기려고 해도 요금이 매우 비싸며 멀리까지 가야만 하죠. 과연, 이렇게나 커다란 시설을 만들어 고령자를 한 곳에 모은다면 간호의 효율도 좋을 테고, 운영비용도 싸게 들겠네요. 고령화에 고민하는 과소지에 고령자를 모은다는 발상은 그야말로 역전의 발상입니다."

또한 "이건 지방 활성화의 모델 케이스가 될 겁니다. 어떻게 해서든 성공했으면 좋겠네요."라는 말까지 하는 기자도 있어 꽤나 호감을 갖고 있는 분위기였다.

버스가 도착하자 투어 손님이 모델 하우스 안으로 안내되었다. 그들이 프레젠테이션 룸에 도착한 뒤 나는 인사를 했다.

"저는 초장인 야마사키라고 합니다."

일동이 놀라움의 눈빛을 드러냈다. 이런 산간벽지의 초장이라고 하면 초라한 양복을 걸친 초등학교 교장 같은 사람이 나오는 게 흔한 일이다. 그런데 나는 옷을 새로 맞출 필요조차 없었다. 양복은 물론 와이셔츠, 넥타이에 이르기까지 브룩스 브라더스. 게다가 신발도 멋진 수제품이었다.

"오늘 이렇게 여러분들을 맞이하게 되어서 매우 영광스럽게 생각합니다. 소개해드릴 시설은 풍요로운 노후라는 것은 무엇인지 궁리하여 한정적인 재산을 최대한으로 이용해 쾌적한 생활을 보내는 것을 기본 콘셉트로 정한 초, 그리고 일본 최대 종합상사인 요쓰이 상사가 하나가 되어 건설에 착수한 건물입니다. 저는 이곳에서 길게 시설의 개요나 초의 장점을 늘어놓지는 않을 겁니다. 앞으로 3일 동안, 직접 눈으로 살펴보신 뒤 이곳이 앞으로 지낼 곳으로서 적당한 장소인지 어떤지를 확인하셨으면 합니다. 그리고 여러분과 함께 시설을, 그리고 초를 키워나가며 즐거운 매일을 보내는 날이 오기를 바라고 있습니다."

마이크를 하무라에게 넘겨주고 나는 방을 나섰다. 밖에서 기다리고 있던 한 명의 넓은 남자가 나에게 걸어오더니 명함을 내밀었다.

"저는 '주간 시대'의 미야케=壱라고 합니다. 잠시 이야기 좀 나눌 수 있을까요?"

바라 마지않던 일이었다.

"첫 투어임에도 꽤나 사람이 모였네요. 솔직히 깜짝 놀랐습니다."

미야케가 눈을 크게 떴다.

"미디어에서 다룬 뒤 문의가 엄청납니다. 도쿄의 모델 하우스도 견학 예약이 가득 찼다는 것 같아 기쁠 뿐입니다."

나는 기분 좋게 대답했다.

"그거 축하드리겠습니다. 실은 저희 잡지의 독자층은 비교적 고령인 샐러리맨이 많아서 이전부터 노후 생활 계획에 관해 기사를 정기적으로 게재하고 있습니다. 이번에는 그 일환으로 미도리하라 초의 시설을 특집으로 다루고 싶어서 말이죠."

"감사합니다."

"시설의 개요, 초의 입지, 레크리에이션의 풍요로움에 관한 부분은 요쓰이의 성명문을 읽거나 실제로 현지에 와본 후 잘 이해할 수 있었습니다. 입주비용이 도시의 같은 시설에서는 생각할 수도 없을 정도로 싸다는 부분도 커다란 매력이라고 생각합니다. 그런 점은 이미 알겠고 드리고 싶은 질문은, 이렇게나 대규모인 고령자 시설을 세우게 된다면 간호에 필요한 직원을 구하는 일이 중요한 일이라고 생각하는데 그 점은 어떤 계획이 있으신가요?"

메리트를 강조해 사람이 모이는 것은 좋지만 중요한 직원이 없다면 사기나 마찬가지였다. 게다가 시설에서 일할 사람에 관해 골머리를 앓고 있다는 부분은 시간의 경과와 함께 알려질 일로 해결해야만 하는 문제의 최우선 사항이기도 했다. 오히려 여기서는 궁핍한 상황을 호소하며 미디어를 잘 이용해야만 하리라.

"실은 그 부분이 현재 가장 골머리를 앓고 있는 부분입니다."

나는 솔직하게 말했다.

"주변 시정촌의 고등학교에서 복지 관련 대학으로 진학한 사람들을 중심으로 광고 메일을 보내고는 있습니다만 어쨌든 시설이 오픈하는 건 3년 후의 일이니까요. 반응은 솔직히 그다지 시원스럽지 않습니다. 현 시점에서 적극적으로 취직을 희망하고 있는 사람은 약 100명. 목표인 690명에는 거의 미치지 못하고 있습니다."

"꽤나 저조하군요."

미야케가 심각한 표정을 지으며 메모를 했다.

"주변 지자체 출신으로 3년 후 대학, 고등학교 졸업 예정자를 대상으로 적극적인 모집을 하고 있다는 건 말할 필요도 없습니다만 시설은 개업 초기부터 문제없이 운영이 되어야만 합니다. 즉 즉시 투입할 수 있는 전력이 필요하다는 말이죠. 현재 모여 있는 100명 정도의 인원은 도시에서 간호 업무를 했거나 혹은 급여 때문에 어쩔 수 없이 간호 관련 업무에서 떠나야만 했던 경험자들뿐입니다. 하지만 나이가 편중되면 임금 구조가 일그러지고 맙니다. 가능한 한 균형 있는 연령 구성이 바람직하다는 뜻이죠."

"유턴이나 J턴^{지방 출신자가 대도시의 대학을 졸업하고, 출신지 근방의 중소도시 등에 취직하}는 일을 한 사람들, 그것도 간호 경험이 있는 사람으로 한정하면 자원에도 한계가 있겠군요."

"아닙니다. 딱히 대상을 그렇게 한정한 것은 아닙니다."

"네? 그렇습니까?"

미야케가 의외라는 표정을 지었다.

"미디어의 보도 방식이 아무래도 입주자의 입장에서 본 시설에만 초점이 맞춰져 있다는 점도 있고 초로서는 주변 지자체 출신자의 명단을 모으는 일 정도밖에는 요쓰이에 협력할 수 있는 방도가 없기 때문에 그렇게 된 것뿐입니다. 시설에는 가족끼리 살 수 있는 기숙사도 완비되어 있으며 급여도 관공서 직원 정도의 수준을 목표로 하고 있습니다. 도시에서 가혹한 노동을 강요받으면서도 전혀 소득은 늘어나지 않는 그런 간호사분들에게도 이곳은 매력적인 시설로 비춰지리라고 생각하니까요."

"그 부분은 기사로 다뤄도 괜찮은 내용인가요?"

생각했던 대로 미야케는 감쪽같이 물고 늘어졌다.

　"물론입니다. 이주자의 메리트를 보도해주시는 건 감사한 일이지만 이번에 건설하는 시설은 단순히 고령자를 위한 시설만이 아닌 직원이 될 분들에게도 노동이 대가라는 형태로 나타나는 직장이 되는 것을 목표로 하고 있습니다. 가능하다면 그 점을 잡지에 기사로 실어주셨으면 합니다. 만약 자세한 사항을 듣고 싶으시다면 프레젠테이션이 끝난 뒤 요쓰이 쪽에서 제대로 된 설명을 드리도록 하겠습니다만."

　"부탁드리겠습니다."

　미야케가 눈을 반짝였다.

종장

종 자

3년의 시간이 흘렀다.

공업단지 유치를 위해 개발되었던 3만 평의 부지는 일찍이 허허벌판 같았던 면모가 사라지고, 그 대신 거대한 근대적 시설이 전모를 드러내고 있었다. 아이보리색으로 칠해진 벽, 와인 레드 색의 기와가 올라가 있는 3층으로 된 요 간호동과 4층으로 된 거주동. 2층으로 된 공공 공간. 그리고 세련된 타운하우스풍의 직원 기숙사. 넓은 주차장을 가진 단층으로 된 쇼핑몰도 완성되어 가고 있었다. 각 건물 사이는 벽돌이 깔린 도로로 연결되어 있었고 진달래 등 식물이 심어져 있었다.

입주자는 착착 모였다. 개업을 두 달 앞두고 간호가 필요한 사람들을 위한 개인실은 90퍼센트, 영구거주형 건물은 85퍼센트가 모였으며 간호에 종사하는 직원은 거의 100퍼센트 채용이 결정되었다.

때는 3월. 다음 달 초에는 개업에 앞서 직원 기숙사에 사람이 모이게 되면 연수가 시작될 예정이었다.

과거에는 쓸쓸하게 마을의 쇠퇴만을 기다리고 있던 초는 시설 건설이 시작된 뒤부터는 그때까지의 참상이 거짓말이었던 듯 활기를 되찾았다.

어쨌든 건설업자들만도 300명 이상의 사람이 살고 있는 것이다. 대부분은 초 바깥에서 다니며 현장으로 통근하는 사람들이었지만 도급업체인 거대 건설사의 직원도 적지 않았다. 초에 하나밖에 없는 숙박 시설은 2년 간 매일 만실이었다. 세 개 있는 회관의 홀도 작업원의 기숙사로서 조성되었다. 그것도 단신부임이 대부분이었기 때문에 식사는 전부 외식이었다. 점심 식사 배달로 식당은 어디든 아침부터 바빴으며 저녁에는 저녁대로 또 이렇다 할 오락거리가 없는 곳인 만큼 즐길거리는 식사와 술밖에 없다. 야와라 초밥을 시작으로 하는 음식점은 북적였고 선술집도 번성했다. 편의점도 그랬으며 세탁소도 특수를 맞이해 열광했다. 덕분에 당초는 적자가 될 거라고 생각했던 초의 예산도 흑자로 전환되어 당면한 위기에서 벗어날 수 있었다.

이런 상황은 경제와는 또 달리 생각지도 못한 효과를 낳았다. 음식점에서 제공되는 요리의 품질이나 맛, 제공 방식 같은 부분이 날이 갈수록 향상된 것이다.

과거 도쿄의 유명한 가게에서 수행을 했음에도 불구하고 평범한 초밥으로는 배가 부르지 않는다는 이유로 밥의 양을 늘려 '주먹밥'을 만들어야 했떤 야와라 초밥은 아무런 말을 하지 않아도 제대로 된 초밥이 나오게 되었으며, 매입하는 재료도 문어, 전어 등 싼 생선만이 아닌 고급 식재료를 취급하게 되었다. 공을 들인 안주의 수도 늘었다. 중국집 또한 라면의 면에 대해서도 고민을 하게 되었으며 과거에는 어설픈 닭 육수로 묽게 만들어졌던 음식이 무심코 탄성을 올릴 정도의 맛있는 음식으로 바뀌었다. 메밀국수 가게도 수타면을 제공하는 곳이 생겼으며 양식당의 메뉴도 과거와는 비교가 되지 않을 정도로 바뀌었다.

그것도 한 가게가 궁리를 하면 라이벌 가게가 지지 않고 더욱 궁리를 했기 때문이었다. 정신을 차리고 보니 출장으로 초를 찾아온 도시 사람을 어느 가게로 데리고 가야 좋을지 망설일 정도로 급격하게 수준이 올라가게 되었다. 그것도 가격은 도시와 비교해 훨씬 싼 수준이었기 때문에 더할 나위 없었다.

오랜만에 요쓰이 본사의 가와노베가 본부장인 고다마를 데리고 초를 방문한 건 그러던 어느 날의 일이었다. 시설을 한 차례 둘러보고 관공서로 돌아가자 고다마는 만족스러운 어조로 말하며 차를 마셨다.

"그나저나 전에 왔을 때와는 크게 달라졌군. 생각했던 대로 주변에 눈에 거슬리는 건물이 적은 만큼 오히려 경치와도 조화를 이루고 있어. 게다가 실내도 밝고 설비도 더할 나위 없어. 이걸로 케어가 만전을 갖춘다면 이주할 사람도 만족할 테지."

"다음 달부터는 직원의 입주가 시작됩니다. 한 달 동안 매일 실제 상황처럼 연수를 할 예정이니 완벽한 태세로 입주자를 맞이할 수 있을 겁니다."

와타나베가 얼굴 가득 미소를 머금고 대답했다.

"직원은 경험자가 많지?"

"70퍼센트가 간호 업무 경험자입니다. 주로 도쿄나 센다이 같은 대도시에서 일하고 있던 사람들로, 그 절반이 유턴, J턴을 한 사람들입니다. 역시 좋은 대우를 해주며 환경이 좋은 덕분도 있겠지만, 매스컴이 직원 모집 공지를 해준 덕분에 반향이 엄청나 꽤나 좋은 수준의 직원을 확보할 수 있었다고 생각합니다. 남은 30퍼센트는 고등학교, 대학교를 갓 졸업한 사람들이고요."

"경험자가 그렇게 많으면 간호 업무는 숙지하고 있을 테지만 제각각 근무처에 따라 서비스 내용이나 순서에 차이가 있을 텐데 사람에 따라 하는 일이 달라지면 트러블이 발생하지는 않을까?"

가와노베가 물었다.

"각 섹션의 장에게는 3개월 정도 전부터 이곳으로 오게 해 사전에 연수를 하는 것과 동시에 매뉴얼 만들기를 시작하고 있습니다. 물론 간호라는 일은 봉사정신이 무엇보다도 중요합니다. 임기응변도 있겠지만 역시 기준은 정해둬야만 하니까요. 솔직히 남은 건 개업 이후, 실제 상황 속에서 서비스 수준을 향상시킬 수 있도록 제대로 된 직원 관리를 하는 것에 힘을 써야 한다고 생각합니다만…….."

"그렇겠지. 서비스라는 건 어디까지 하면 합격이라는 명확한 기준이 있는 게 아니니까. 뭐어 시세에 비해 높은 급료를 지불하고 있으니 그 부분은 직원들이 높은 의욕을 가지고 일에 임할 수 있도록 현장의 장이 제대로 관리를 해야 하겠지. 그릇은 좋지만 영혼이 들어가 있지 않아서는 말이 되지 않으니 말이야."

고다마는 주의를 주듯 말한 뒤 내게 고개를 돌렸다.

"그런데 야마사키 씨도 큰일이로군. 이렇게나 많은 수의 사람이 초민으로 새롭게 늘어나게 되면 어쨌든 힘들겠어."

"초의 인구가 단숨에 1.6배 이상이 되는 거니까요. 솔직히 무슨 일이 일어나고 있는지 알 수 없는 부분이 있다는 건 사실입니다만 줄어드는 것보다는 훨씬 낫습니다. 행복한 비명이라는 거겠죠."

나는 미소를 지으며 그렇게 말하고는 대화를 이어갔다.

"가장 걱정하고 있던 부분은 직원들의 자녀 인원을 조기에 파악하는 일이었지만 이것도 다음 달 신학기부터 초중 각 학교, 제각각 한 반을 늘리는 것으로 어떻게든 늦지 않게 할 수 있었습니다. 보육원도 보육교사를 2명 늘렸고요."

"학교의 시설 확장은 괜찮았던 건가?"

"다행히…라고 말하는 것도 그렇습니다만, 계속 과소화가 진행되고 있었으니까요. 과거에는 한 학년 당 다섯 개 반이었던 중학교는 작년까지 세 개 반밖에 없었습니다. 초등학교 또한 뻔히 보이는 상황이었죠. 그렇기 때문에 비어 있던 교실과 책상을 그대로 사용하면 됩니다. 문제는 교사 확보였습니다만 이 부분도 다행히 현의 교육위원회에서 증원을 받을 수 있었습니다. 4월부터는 오랜만에 어린아이들의 통학풍경으로 아침마다 초 전체가 북적거리게 될 겁니다."

"그건 참으로 다행이로군."

고다마는 눈을 가늘게 뜨며 고개를 끄덕였다.

"그런데 본부장님, 중요한 시설의 입주 상황에 대한 이야기입니다만, 간호를 필요로 하는 사람들을 대상으로 하는 개인실은 둘째 치더라도 영구거주형 2LDK 쪽이 85퍼센트밖에 확보가 되지 않았는데 괜찮을까요? 제가 걱정할 일은 아니지만 15퍼센트나 빈 방이 생겨도 채산이 맞을지요."

"아아, 그 부분 말이지."

고다마는 빙긋 웃더니,

"실은 입주를 시키려고 하면 당장이라도 만실이 될 만큼 입주를 희망하는 사람들은 모여 있다네."

라고 말한 뒤 다시 한 번 차를 입으로 가져갔다.

"무슨 말입니까?"

나는 이유를 알 수 없어 반문했다.

"이 시설의 반향이 엄청나서 말이지. 어쨌든 매스컴의 취재 방식이 심상찮지 않았었나. TV는 뉴스나 보도 특집 방송을 통해 이 시설의 개요나 주변 환경의 특집을 펑펑 내보냈지. 신문이나 잡지도 마찬가지였고. 어쨌든 이런 콘셉트를 가진 노인 시설은 일본에는 없으니 말이야. 광고비로 환산한다면 엄청난 금액일세. 어쩌면 시설 건설비의 절반 정도가 될지도 모르지."

고다마는 "하하!" 하고 웃은 뒤 표정을 바꾸어 진지한 얼굴로 말했다.

"그런 연유도 있어 반향이 있었던 건 일반 손님들뿐만이 아니었네. 사내에서도 꽤나 문의가 있었어."

"사내라니, 요쓰이 상사 말인가요?"

"상사도 그렇고 그룹 내 각사에서도 문의가 왔었네."

"부모님을 이곳으로 보내고 싶다는 건가요?"

"아니, 부모님이 아니라 은퇴를 앞둔 직원들이었어. 우리 회사에는 해외 생활을 경험한 사람이 많이 있잖나. 실제로 자네도 시카고와 런던에 오래 있었고."

"네."

"당연히 토착성이 없다고 할까, 잘 알지 못하는 땅에서 사는 일에 주저하지 않는 사람들이 꽤 있다는 거지. 환경이 좋고 생활비가 싸게 먹힌다면 최고 아닌가? 쾌적한 생활을 보낼 수 있다면 딱히 도쿄에 살지 않아도 된다고 생각하는 사람이 많이 있는 거야."

"그렇겠죠. 실제로 은퇴 후에는 과거에 주재했던 나라나 오스트레일리아, 타이, 필리핀 쪽에서 살고 있는 사람도 많이 있으니까요."

"거기에 이 시설 개설이 뉴스가 된 걸세. 이익에 밝은 상사 직원이 관심을 갖지 않을 리가 없지. 그룹 기업의 사람도 어쨌든 비즈니스맨이니 똑같다는 거야."

"그렇다면 이곳에 살고 싶다고 말씀하시는 분들이?"

"꽤나 많은 수의 사원이 요 2년 동안 요쓰이 여행 서비스의 투어를 통해 이곳을 방문했었네. 그래서 실제로 현지를 보고 자네들이 짠 투어로 낚시와 골프를 즐겼고 맛있는 음식을 먹고 모델 하우스를 본 뒤 이곳이라면 꼭 은퇴 후에 살고 싶다는 사람이 많았어. 그러다 보니 요쓰이에서 하는 사업이라면 사내 사람에게 어드밴티지를 줘야한다는 말도 나왔지."

"그런 이야기가 나왔었군요."

생각지도 못한 곳에 시장이 있었다는 이야기다. 내 동기는 200명 정도 있다. 전후 세대 때는 300명이 넘었던 시기도 있었을 것이다. 먼 해외에서도 쾌적하며 비용이 싸게 드는 곳이라면 그곳에서 여생을 보내는 일에도 저항심이 없는 사람이 많은 직장이다. 신칸센과 버스를 타고 도쿄에서 고작 3시간 정도밖에 걸리지 않는다. 게다가 말이나 음식에 불편함이 없다면 매력적인 곳으로 보여도 신기한 일이 아니다.

"그중에는 은퇴 후에 불안함이 없는 생활을 제공하는 것도 기업의 복리후생의 일환 아니냐, 퇴직을 했더라도 회사의 휴양소도 사용할 수 있고, 요쓰이 클럽도 출입할 수 있으니 여기도 사용할 수 있게 해달라며 억지를 부리는 사람도 있었네. 그래서 회사도 생각한 거라네. 모처럼 요쓰이가 앞장을 서서 이렇게 좋은 시설을 개발했으니 그 기대에 응하는 것도 회사의 사명이 아닌가 하고 말이지."

"진심으로 다들 그런 말을 하는 겁니까? 회사를 퇴직한 뒤에도 직장 동료와 매일 얼굴을 마주하며 살고 싶을까요? 그래서는 어쩐지 가족 기숙사에 들어가는 것이나 다름없지 않습니까."

동기, 동료라고 할 수 있는 것도 회사가 끝나면 혹은 휴일에는 얼굴을 마주하지 않을 수 있기 때문이다. 직장에서의 위치나 일의 실적 등, 회사를 다닐 때의 일들을 전부 숙지하고 있는 사람과 매일 얼굴을 마주보는 일에 저항감을 느끼지 않는 사람이 있다는 사실을 나는 믿을 수가 없었다.

"그런 점도 있겠지만 요쓰이는 커다란 회사니까 말이야. 사업부가 다르면 회사가 다른 거나 마찬가지고 하물며 계열사라면 비슷한 배지를 달고 있어도 타인이나 마찬가지야. 게다가 아무래도 가장 큰 매력은 생활비와 환경이니까 말이야. 큰 회사의 샐러리맨도 은퇴하면 연금과 퇴직금으로 지내야만 하는 건 마찬가지지. 한계가 있는 돈의 운용은 누구라도 머리가 아픈 부분이고 게다가 입주자가 7,450명이나 되면 작은 도시에 사는 거나 마찬가지 아니겠는가. 반상회 때 얼굴을 마주 보는 정도라고 생각하면 아무것도 아닌 거지."

"그렇다면 남는 15퍼센트는 요쓰이 관계자에게 할당되는 건가요?"

"결론부터 말하자면 그렇다네."

고마다가 수긍했다.

"다만 언제까지나 방을 비워둘 수는 없는 일이니 대상자는 사업개시 이후 3년 이내에 요쓰이 그룹에서 퇴직하는 사람으로 수도권에 자택이 있으며 그 집을 요쓰이 부동산에 매각해야 한다는 조건을 내걸었네. 그럼에도 경쟁률이 높아. 좀 더 범위를 늘리라고 난리도 아니지."

고다마는 어깨를 으쓱 하고는 웃었다.

"하하……. 요쓰이의 사람이 그렇게 많이 이 초에 이주하는 건 어쩐지 싫은데 말입니다. 회사에 다닐 때의 일이 알려지면 너 같은 게 어떻게 초장인 거냐며 한소리를 들을 것 같아서……."

"무슨 말을 하는 건가? 자네는 이렇게나 큰 프로젝트를 훌륭하게 해내지 않았나. 요쓰이의 OB로서 가슴을 펼 만한 실적이라고."

고다마가 미소를 지으며 눈을 가늘게 떴다.

*

고다마 일행은 한 시간 정도 초장실에 머물다 돌아갔다. 그들이 나가자 비서인 여성이 들어와 곤란한 듯한 표정을 지으며 말했다.

"아까 전부터 가마타 씨가 기다리고 계십니다. 시간이 비시면 하고 싶은 이야기가 있다고……."

오늘 약속은 요쓰이 사람밖에 없었다.

"괜찮아. 들어오라고 하게."

비서와 교대하듯 가마타케가 들어왔다.

"이야, 초장님. 바쁘신 와중에 죄송합니다."

최근 완전히 자취를 감추고 있던 가마타케가 변함없이 훌렁 벗겨진 머리를 빛내며 굵고 탁한 목소리로 말했다.

"저 여자가 함께 있는 걸 보니 저분들은 요쓰이 사람이로군."

그는 원한에 찬 눈길을 문 쪽으로 보냈다.

"저 여자가 아니라 와타나베 씨입니다."

나는 단호한 목소리로 말했다.

"하여간 언제 만나도 무뚝뚝한 여자라니까. 나를 봐도 인사 한 번 하지 않아."

발뒤꿈치에 담뱃불을 갖다 댄 것도 3년 전. 긴 시간이 경과했지만 원한을 잊지 않는 모습이 몹시나 가마타케다웠다.

"그래서 오늘은 무슨 용건이십니까?"

나는 가볍게 한숨을 내쉬며 물었다.

"실은 말이지, 초장. 나도 이제 자치의원을 그만둘까 싶어서 말이네."

"네? 자치의원을 그만둔다니 그게 무슨 말씀이십니까?"

"이 나이를 먹고 새삼스럽기는 하지만 사업을 시작할까 싶어서 말이야."

"사업을 시작하다니……. 그렇다고 의원직을 그만둘 필요는 없지 않습니까. 다른 자치의원 분들도 다들 다른 직업을 가지고 계신 분들 아닙니까?"

"아니, 따로 직업이 있다고 해도 이번에 시작할 사업은 종류가 좀 달라서……."

가마타케가 의원을 그만둔다고 해서 곤란한 일은 하나도 없다. 다만 초가 재정 위기에 빠져 의원 보수가 줄어들었음에도 자리를 그만두지 않았던 가마타케가 이제 와 어째서 갑자기 그만둔다는 이야기를 꺼내는 건지 알 수 없었다. 물론 초 행정에 관여하고 있어도 내가 초장으로 있는 한, 초가 하는 사업의 이권으로 단맛을 볼 수는 없겠지만 그렇다고 하더라도 타이밍이 그랬다. 뭔가 나쁜 예감이 들었다.

"그 사업이라는 게 뭐죠? 무슨 사업을 시작하시는 건가요?"

나는 가마타케에게 물었다.

"이번에 생기는 시설 바로 옆의 현 도로를 따라 커다란 밭이 있지 않나."

분명 시설에서 200비터 정도 떨어진 곳에 1,500평 정도의 밭이 있다.

나는 조용히 고개를 끄덕였다.

"그곳은 내가 소유하고 있는 땅인데 초장의 기업가 정신에 감화가 되어서 말이야. 나도 노인의 풍요로운 노후에 도움이 되는 비즈니스라는 걸 시작해볼까 싶어서."

생각할 필요도 없다. 어차피 제대로 된 사업이 아니라는 건 분명했다.

나는 속으로 독설을 퍼부었다.

"분명 당신이 요쓰이와 함께 세운 시설은 일본 전국 어디에 내놔도 부끄럽지 않은 시설일세. 하지만 결정적인 부분이 하나 빠져 있어."

"뭔가요, 그게?"

"오락시설이야."

"오락시설이라면 잔뜩 있습니다. 수영장도, 낚시도, 골프도, 도예도……."

"당신은 머리가 좋지만 융통성이 없는 부분이 결점이자. 오락이라고 해도 그런 건전한 오락들만 잔뜩 있어서는 질리지 않겠나. 어른에게는 어른의 놀이가 필요하다고."

어른의 놀이라는 부분이 엄청나게 수상쩍었다. 꺼림칙한 예감이 확신으로 바뀌었다.

"설마 저속한 비즈니스를 시작하려고 하시는 건 아니겠죠?"

"혹시 뭔가 저급한 일을 생각하고 있는 건가? 윤락업소나 캬바레를 만든다고 해도 제대로 기능도 못하는 노인네들을 상대로 할 수 있겠나. 나이에 관계없이 노인 남녀가 즐길 수 있는 오락이라면 역시 파친코지."

"파·친·코?"

"그래, 파친코."

"그걸 그곳에 여시려는 건가요?"

내 목소리가 갈라졌다.

"맞아, 나도 참 괜찮은 생각을 했다 싶어. 이 주변에 파친코 가게라고 하면 근처 초에 하나 있을 뿐이지. 입주자들이 다 차를 가지고 있을 리도 없으니 가끔씩 파친코를 하려고 생각해도 불편해서 할 수가 없을 거라는 생각이 들었다네. 게다가 파친코라는 건 치매 방지에도 좋다고 하니 말이야."

"파친코가 치매 방지에 좋다는 말은 들어본 적이 없습니다."

당신, 무슨 생각을 하는 거야! 하는 말이 튀어나오려는 것을 억지로 참으며 나는 언성을 높였다. 그렇지만 가마타케는 시치미를 떼며 말했다.

"초에도 나쁜 이야기는 아니라고 생각하거든. 파친코는 돈이 되는 장사니까 말이지. 이익이 생기면 당연히 법인주민세를 내야만 해. 초의 세수에도 공헌할 수 있겠지. 불초 가마타 다케조 오랜 세월에 걸친 의원 생활을 은퇴하고도 초의 재정난해소에 조금이라도 도움을 줘야한다고 생각했다네. 그래서 손녀딸이 시집을 간 쪽에 이야기를 꺼낸 걸세."

"시집을 간 곳이라면 예의 건설 회사 말입니까?"

"그래, 그랬더니 그쪽도 의욕이 있더라고. 경찰의 생활안전과와 공안위원회, 이 지역의 유지 협회에도 상담을 했더니 개업은 문제없다는 보증을 받았고. 다만 역시 의원이라는 공직에 있는 사람이 어른의 놀이터를 운영하게 되면 뭔가 귀찮은 일도 생길 것 같아서 말이지. 이미지라는 게 있으니까 의원은 그만두고 이번에 파친코 가게 경영에 전념하는 편이 좋겠다고 생각한 걸세."

경찰과 공안위원회와 이미 작당을 마친 듯했다. 사전작업을 잘하는 가마타케다운 모습에 짜증이 났다.

"하지만 어떨까요. 고령자를 상대로 파친코 가게를 개업해서 돈을 벌다니 말이죠. 게다가 여생을 느긋하게 보낼 시설 옆에 파친코 가게가 생기는 건 어떨지……."

"현 내의 파친코 가게의 운영상황은 요 2년간 좀 조사해봤네. 채산은 맞을 거라고 생각하네. 어쨌든 작은 초가 새로 생기는 정도로 사람이 새롭게 모이게 되는 셈이니까. 게다가 시설의 직원은 시프트 근무를 하고. 그렇다는 말은 주말이 아니더라도 쉬는 사람은 있다는 말일세. 게다가 파친코는 도박이라는 이미지가 있지만 마작이나 골프도 도박으로 하는 사람이 세간에는 많아. 위법 행위를 하는 것도 아니며 하물며 하고 싶지 않다면 오지 않으면 되는 이야기 아닌가. 아무런 문제도 없지."

정말로 넘어져도 그냥은 일어나지 않는 남자이다.

시설 건설에 얽힌 이권의 은혜를 입을 수 없을 것 같자 이번에는 자신의 자금을 투자해서라도 돈벌이를 계획하는 집념은 높이 살 만했다. 그런 기지를 초 행정을 위해 일찍부터 발휘했다면 이곳도 재정 파산 직전까지 몰리지 않고 끝났을 텐데 아무리 생각해봐도 분했다. 게다가 이번 프로젝트에서 가마타케의 영향력을 배제한 일이 이런 결과로 연결된 것이라고 생각하자 정말 터무니없는 보복도 다 있다는 생각이 들었다.

무엇보다 의원이 사직의 의사를 전할 사람은 초장인 내가 아니다. 의회를 지휘하는 의장에게 사의를 전하는 것이 맞다. 굳이 내게 그 사실을 전하러 온 건 나를 괴롭히기 위한 것일까?

"나도 초 행정에서는 빠져나가네만, 앞으로 잔뜩 벌어서 펑펑 세금을 내 초 개발의 일익을 짊어질 결의일세. 뭐, 그렇게 되었으니 앞으로도 잘 부탁드린다는 이야기라네."

가마타케는 의기양양한 미소를 띠며 깊이 고개를 숙였다.

*

6월의 길일. 드디어 개공식이 거행되었다.

완성된 거대한 시설의 공공 공간의 중앙 홀에는 홍백의 막이 내걸렸고 미야기현 지사, 근처 시정촌의 수장, 미도리하라의 자치의원를 비롯해 요쓰이에서는 본부장인 고다마와 와타나베, 우시지마, 마지마, 하무라와 와타나베는 물론 사장까지 참석했다. 해외의 국가사업이라면 몰라도 국내의 한 지방의 안건에 요쓰이의 사장이 출석하는 일은 극히 이례적인 일이었다. 그 모습에서도 요쓰이가 이 사업에 거는 관심이 크다는 것을 엿볼 수 있었다.

식은 순조롭게 진행되었고 이윽고 몇 개의 그룹으로 나뉘어 시설 견학을 하게 되었다. 나는 요쓰이의 사장, 지사, 주변 시정촌의 수장의 안내를 맡아 선두에 서서 관내를 걸었다.

영구거주형 주거 시설의 창문에서는 녹음이 풍요로운 산등성이를 한번에 전망할 수 있다. 반짝반짝하게 바닥 마감이 된 거실, 다다미 여섯장 정도의 일본식 방에는 난초의 냄새가 감돌았다.

"좋은 환경이로군요. 이런 환경인데 입주비용이 천만 엔이라는 건 파격적인 가격이고요. 과연, 이 정도라면 팔릴 만합니다."

요쓰이의 사장인 후쿠나가福永가 놀랍다는 듯이 말했다.

"도시에서는 이만한 넓이의 주거 공간을 가진 영구거주형 노인 센터에 살 경우, 입지에 따라서는 억 단위가 들기도 하니까요. 그것도 자릿세를 내는 것과 같은 이치이기에 토지를 취득하는 가격을 뺀다면 그 정도의 입주금이라도 충분히 운영할 수가 있습니다."

"저는 미국에 3번, 도합 15년 동안 체류했던 경험이 있습니다만 휴가 때 플로리다 주변을 여행하게 되면 풍요로운 노후에 관해 생각하게 되는 일이 곧잘 있었습니다. 하긴 그쪽은 부모는 부모 자식은 자식. 늙은 부모를 자식이 돌보는 관습은 그다지 없었으니 노후의 일을 스스로 생각하고 준비를 하는 것이 당연하다는 풍조가 있었습니다. 더불어 그들은 일본인과는 달리 은퇴할 수 있다는 건 노후의 준비가 된 사람들의 특권이라고도 할 수 있는 일로, 노동이라는 속박에서 해방되는 것이라고 생각하고 있습니다. 멕시코만에 가라앉는 석양을 테라스의 벤치에 앉아 그저 멍하니 바라보고 있다. 시간을 낭비하는 일의 호화로움. 그런 그들의 일상에 동경하는 마음을 품었죠."

"알 것 같습니다. 시간의 흐름, 계절의 흐름을 피부로 느끼며 좋을 때 좋아하는 일을 할 수 있다. 그것도 현역 때 잔뜩 일했던 만큼의 보수라고 생각하면 즐거운 일입니다. 그런데 일본에서는 역시 국민성이 다르기도 하고 토착성이 강하다고도 합니다만 어쨌든 인생의 한 고비에 환경을 바꾸겠다는 각오가 그다지 의식에 깊게 뿌리잡고 있지 않다고 생각합니다."

"현역 때와 주거 환경도 주변 환경도 바뀌지 않는다면 김이 빠지는 것도 당연한 일이죠. 지금까지 아침 일찍 나섰던 집에 하루 종일 가만히 있어야만 한다면 무료해지는 것도 당연합니다. 연극을 보거나 쇼핑을 가는 것 또한 매일 할 수는 없습니다. 무엇보다 한 걸음만 밖으로 나가면 돈이 드니까요. 돈을 절약해야 한다고 생각하면 고작 산책을 나가는 정도의 일밖에 할 수 없을 겁니다. 그럴 바에야 이 초처럼 강이나 바다가 곁에 있는 곳에 있는 것이 좋을 겁니다. 채소밭을 경작하고 싶다면 그것도 가능합니다. 날씨가 좋다면 골프를 갔다가 낮에는 돌아올 수 있죠. 그런 환경에 있는 편이 훨씬 충실한 나날을 보낼 수 있다고 봅니다. 실버처럼 흔한 게 아닙니다. 골드보다도 훨씬 가치가 있는 플래티넘. 그렇습니다, 그야말로 이곳은 플래티넘 타운입니다."

후쿠나가가 진지하게 말했다.

"플래티넘 타운이라…….. 좋군요, 그 이름."

"이건 무슨 일이 있더라도 운영을 성공시켜야만 합니다. 알고 계시는 것처럼 노후 생활은 앞으로 고령화 사회가 진행됨에 따라 커다란 사회 문제가 될 겁니다. 그렇다고 해서 막대한 부채를 안고 있는 국가가 국민의 노후 생활을 돌봐줄 리가 없습니다. 일을 해야만 하는 시대에 게으름을 피운 결과 노후의 생활에 어려움을 겪게 된 사람은 자업자득입니다. 그런 사람들을 전부 사회가 돌봐줄 수는 없습니다만, 제대로 일한 사람에게는 일정한 저축금만 있다면 걱정 없는 노후를 보낼 수 있는 시설이 필요해질 겁니다. 그런 때 필요한 것이 우리들 같은 기업의 힘입니다. 기업은 돈을 벌기만 하면 된다는 생각만 하고 있지는 않습니다. 공헌해준 직원에게, 나아가서는 사회에 가진 힘을 환원할 의무가 있다고 생각합니다."

"정말 그렇습니다. 인간은 누구나 나이를 먹게 됩니다. 그리고 어떻게 늙게 될지 어떤 최후를 맞이하게 될지는 아무도 모르는 거니까요."

"이건 저희들 기업 운영자에게도 극히 중요한 모델 케이스가 될 지도 모릅니다. 예를 들어 이익의 일정 부분으로 커다란 기업 협회를 조성해 기금으로서 저축한다. 토지가 싼 지방에 이곳과 같은 시설을 만들어 대도시보다도 싼 가격으로 입주를 가능하게 만든다. 물론 입주할 수 있는 사람은 협회에 가입해 있는 기업의 퇴직자만으로 한정하지 않는다. 누구라도 이용할 수 있다. 그런 제도가 있어도 좋지 않을까요. 그런 생각도 듭니다."

"실현할 수만 있다면 꿈만 같은 이야기로군요. 실은 그런 제도 만들기는 국가가 선두에 서서 생각해야만 할 테지만, 지금의 체제를 생각해보면 현실이 될 리는 없습니다. 민간 기업이 하는 편이 훨씬 빠르고 좋은 결과가 나올 것이 틀림없습니다."

"하지만 당신 같은 사원이 우리 회사에서 떠났다는 건 실로 아까운 일입니다."

후쿠나가가 뒤를 돌아보며 말했다.

"아닙니다. 저는 요쓰이 안에서는 정말로 평균적인 사원이었습니다……."

나는 무심코 머리를 긁었다. 한순간 야시로의 악의적인 인사가 요쓰이를 떠난 진짜 이유였다는 사실을 넌지시 드러내볼까 싶은 생각도 들었지만 이렇게도 재미있는 사업을 현실화시켰다는 만족감 앞에서는 이미 사소한 일이었다.

"게다가 만약, 이 사업을 좋게 평가해주신다면 그건 제가 요쓰이라는 회사에서 자란 덕택일 겁니다. 어쨌든 요쓰이의 사람은 '그거 재미있겠는걸. 한번 해볼까.'라는 생각을 가지고 있습니다. 다만 책임도 제대로 지라는 것이 요쓰이의 사풍이었죠."

나는 조용히 미소를 지으며 말을 이었다.

"그렇게 말씀을 해주니 저도 어쩐지 당신 같은 인재가 우리 회사에서 배출되었다는 사실이 자랑스럽게 여겨지는군요."

후쿠나가도 하얀 이를 드러내며 미소를 지었다.

거주 시설 견학을 마치고 쇼핑몰로 향했다.

내일은 거주자 중 첫 번째 팀이 입주를 시작하기 때문에 어느 가게도 상품을 앞에 늘어놓고 영업 준비를 갖추고 있었다. 생선 및 식료품은 야채는 지방의 공동사업과 농업 협동조합이 공동으로 운영하며, 고기와 생선은 각각 초 내의 전문점이 임차인으로서 들어왔다. 옷가게, 잡화점, 약국, 서점, 비디오 대여점도 초 내의 상점이었다. 게다가 홈 센터, 가구점, 전자제품점, 치과까지 있었다. 식품의 신선도와 질은 보증할 수 있었으며 가격도 도시에 비해 20에서 30퍼센트 싼 가격이라며 각 점포의 운영자는 가슴을 폈다. 실제로 입주시설에서는 통로를 통해 비가 내려도 젖지 않고 2분 정도만 걸으면 올 수 있는 편리함이 더할 나위 없는 곳이었다.

이 부분은 후쿠나가를 시작으로 각 시정촌의 수장들도 눈을 크게 뜨고 깜짝 놀랐다.

딱 하나 당초의 계획에서 변경된 부분은 시설 안에 보육시설이 새롭게 생겼다는 점이다. 어린 아이는 노인의 지혜를 배울 수 있고, 노인은 마음의 치유가 될 것이라는 상승효과를 기대한 것이었다.

시찰이 끝나자 드디어 축하연이 열렸다. 나와 지사 그리고 후쿠나가 공공 공간의 중앙에 설치된 단상에 올라가 술통을 나무망치로 갈랐다. 성대한 박수 소리가 울려 퍼지고 잔뜩 담긴 술이 출석자에게 건네

지자 지사가 건배를 외쳤다.

공공 공간에 출점한 레스토랑, 초밥 가게, 선술집, 카페가 만든 요리가 테이블 위에 놓이고 온화한 분위기 속에 담소가 시작되었다. 옆의 디스코 장에서는 근처 시정촌에서 오디션으로 선발된 아마추어 밴드가 포크송을 라이브로 연주하고 있었다. 곡의 목록은 물론 그리운 포크송이었다. 요시다 타쿠로, 이노우에 요스이, 엔도 겐지遠藤賢司, 후루이도 古井戸, 튤립, 가구야히메……. 전후 세대가 눈물을 흘리며 기뻐할 만한 노래를 차례로 피로했다.

발표할 곳이 한정되어 있는 그들에게는 가수 기분을 맛볼 수 있는 둘도 없는 곳이었다. 제각각 복장이나 헤어스타일에 이르기까지 진짜 인물을 흉내 내 분위기를 고조시켰다. 내빈들 중에는 담소를 나누는 것도 잊은 채 의자에 앉아 가만히 노래를 듣고 있는 사람도 적지 않았다.

"초장님, 잠시 괜찮으실까요?"

뒤를 돌아보자 중년의 신사가 서 있었다.

"저는 다카시로高城 초에 공장을 가지고 있는 고사카高坂라고 합니다."

그가 내민 명함에 적힌 직함에는 보드전자공업 대표 이사 사장이라고 적혀 있었다. 본사의 주소는 도쿄였다. 다카시로 초는 이곳에서 15킬로미터 떨어진 곳에 있는 인구 2만 명 정도의 초이다.

"듣자하니 이번에 이 시설에 입주하시는 분들 중에는 도쿄의 기업에서 최근까지 현역으로 근무하셨던 분들이 적지 않다고 하던데요."

고사카는 진지한 말투로 물었다.

"네, 영구거주형에 사시는 분들은 이제 막 은퇴를 하셨거나, 그만둔지 몇 년 정도 된 분들이십니다."

"어떻습니까. 만약 저희 같은 회사가 인재를 모집할 경우 이쪽으로 와서도 더 일을 하고 싶다고 하시는 분들이 계실 것 같습니까?"

"재고용을 하시겠다는 말인 건가요?"

"네."

"가능성은 있을 듯합니다만…… 어떨까요?"

나는 생각에 잠겼다. 재취직을 원하는 사람이라면 자진해서 시골로 이주하지 않을 것이다. 이제 충분히 일했다. 앞으로의 여행은 느긋하게 좋아하는 일을 하며 지내겠다. 그렇게 결의를 했기 때문에 이곳으로 오는 것이 틀림없다. 그런데 다시 아침 9시부터 회사에 나가 저녁까지 일을 한다. 그런 샐러리맨 생활을 바랄까?

"저희 회사는 다카시로 초에서 직원을 100명 정도 고용해 자동차용 전자부품의 기반을 제작하고 있습니다. 도쿄의 사원을 포함해도 300명 정도가 다인 작은 회사입니다. 저희 같은 중소기업 입장에서는 대기업이 가지고 있는 노하우는 매우 매력적인 부분입니다. 재무, 법무, 심사, 업무관리, 무역업무. 매우 가지고 싶은 노하우들입니다. 하지만 도쿄 같은 대도시에서 대기업을 은퇴한 분들에게 와달라는 모집을 해도 그다지 응모자가 모이지 않아서 말이죠."

"그렇습니까? 세간에서는 정년퇴직 후에도 재취직을 원하며 일할 곳을 찾는 것에 열중해 있는 분들이 많다고 인식하고 있었습니다만."

"이렇게 말하는 것도 조금 그렇습니다만 높은 수준의 지식을 가지고 계시는 분들은 현역에 있을 때의 평가도 높습니다. 당연히 높은 보수를 받고 계시던 분들이 많기 때문에 은퇴 후에는 유유자적한 생활을 보내시지 않겠습니까. 퇴직을 한 뒤에도 일할 곳을 열심히 찾는 사람들은 자칫하면 현역에 계셨을 때 그다지 높은 평가를 받지 못했던 분들이 많습니다. 그렇기 때문에 저희가 원하는 인재는 이름도 없는 저희 같은 회사에 응모하지 않더라도 재취직 자리를 찾는 데 어려움은 없을 테고……. 어쨌든 이렇다 할 인재를 만날 수가 없습니다."

"일할 생각이 있는 사람이라면 은퇴 후에 갈 회사라면 자신을 평가해 주기만 한다면 어디든 좋다는 마음일 텐데 말이죠.

"자이언츠의 선수와 마찬가지겠죠."

"무슨 말인가요, 그건."

나는 고사카가 한 말의 의미가 갑자기 이해가 가지 않아 물었다.

"자이언츠의 선수는 트레이드가 요원해지면 아직 현역으로 활동할 수 있음에도 불구하고 바로 은퇴를 합니다. 섣불리 다른 구단으로 이적하는 것보다 자이언츠의 OB인 편이 일도 들어오며 보기에도 좋으니까요. 제2의 직장을 찾는다고 하더라도 현역 때와 동격, 또는 그 이상이 되지 않으면 모양새가 좋지 않다. 그런 식으로 생각하고 있는 사람이 꽤나 있는 법입니다."

분명 듣고 보니 맞는 말인 듯했다. 이름보다 실리를 취하는 편이 똑똑한 삶의 방식이라는 사실은 알고 있지만, 그럼에도 세간에 비춰지는 모습을 신경 쓰는 것이 사람이다. 요청을 해서 가는 것보다 요청을 받아 가는 편이 주어지는 기회가 더 많다는 사실은 알고 있지만 쉽사리 그렇게 하지 못하는 것도 사람이다. 실제로 요쓰이의 사원 중에서도 파견이나 이적에 대한 타진이 들어오면 "딸이 시집을 갈 때까지는." 하며 울며 매달리는 사람도 있었다. 사랑하는 딸이 결혼할 때 아버지의 근무처가 '요쓰이 상사'라고 듣고 싶다. 그저 그것뿐인 이유였다. 그렇기 때문에 고사카의 회사가 모집을 해도 유능하다고 보증할 수 있는 사람이 그리 쉽게 오지 않는다는 이야기도 이해가 가지 않는 사실은 아니었다.

"그렇군요. 자이언츠라고 하면 훌륭하다고 할 수 있으니까요."

"하지만 말이죠, 초장님. 도시에서의 생활을 버리고 도호쿠의 시골에 마지막 거주처를 갖춘 사람은 그런 기성의 개념, 속물적인 생각에서는 해방되어 있는 사람이 아닐까 생각합니다. 뭐, 자이언츠로 치면 이단아라 불렸던 기요하라清原 정도가 될까요."

기요하라는 충분히 속물적이라는 생각이 들지만 그런 것은 어찌 되었든 상관없는 이야기였다.

"하지만 다카시로 초에 있는 건 공장인 거죠? 가령 이곳으로 이주한 분들이 취직을 희망한다고 해도, 공장이라면 사정이 다르지 않나요. 물론 개중에는 메이커 회사에서 생산관리나 현장의 일을 담당하고 있던 분이 계실지도 모르겠습니다만……."

나는 말했다.

"공장이라도 직원이 100명이나 있으면 인사, 노무, 경리 팀이 당연히 있고 도쿄 본사에서 스태프 부분 사람이 다섯 명 정도 상주하고 있습니다. 그곳에 주에 2회 정도 나와서 일을 해주신다면 본토박이 사원도 대기업의 노하우를 배울 수 있을 겁니다. 심사나 법무에 관한 일은 최종 결재자인 제게 보고서를 올리기 전에 한 번 봐주시고, 문제점을 본사

담당자에게 피드백을 해주시는 겁니다. 이쪽은 서면으로 하는, 말하자면 첨삭이기 때문에 메일이나 전화로 업무를 해주시면 됩니다. 중요 안건일 경우에는 본사에서 이쪽으로 담당자를 보내면 되니 부담은 많지 않을 거라고 생각합니다. 다만 결산기 때는 도쿄 본사로 출장을 나와주셔야 하겠지만……. 어쨌든 제 눈에는 이곳은 그야말로 보물섬으로 보입니다."

"그렇군요."

"물론 응당한 보수는 지불하겠습니다. 풀타임으로 일하시는 것이 아니기 때문에 현역 시절의 급료에 비하면 많지 않은 돈이겠지만 그래도 약간의 용돈은 될 겁니다."

나쁜 이야기는 아니라고 생각했다. 과연 대기업이 가지고 있는 업무 상의 노하우는 중소기업 입장에서 보면 고사카의 말대로 몹시 가지고 싶은 내용임이 틀림없다. 그건 고사카의 회사뿐만이 아니라 근처 시정촌에 다수 있는 회사도 해당되는 부분이리라. 그리고 무엇보다도 이주해오는 사람의 인적 리소스를 재활용할 수 있다면 회사경영에 관해서는 최고 수준에 있는 지식을 지방 산업이 고생하지 않고 손에 넣을 수 있는 기회이다. 인재 알선 시스템이 잘 만들어진다면 지방 산업의 활성화, 수준 향상으로도 이어지리라.

"재미있을지도 모르겠군요. 양쪽 다 메리트가 있는 이야기이기도 하고……. 좋습니다, 초에서 알선 시스템을 만들 수 있을지 어떨지 검토해보도록 하겠습니다."

"꼭 부탁드리겠습니다."

고사카는 머리를 숙이고 인파 속으로 사라졌다.

이런 일을 맡길 사람은 정해져 있다. 나는 북적북적 대화를 나누고 있는 사람들의 무리로 눈을 돌리며 구마켄의 이름을 불렀다.

"저기, 구마켄. 잠깐 할 이야기가 있어."

*

시설이 개업하고 처음으로 백중을 맞이하게 되자 초는 사람들로 북적였다.

영구거주형 건물에 입주한 조부모를 방문하기 위해 자식이나 딸이 손자를 데리고 찾아온 것이다. 수영장에 어린아이들의 환성이 넘쳤고 테니스 코트는 이른 아침부터 공 소리가 울려 퍼졌다. 강에는 손자를 데리고 낚시를 즐기는 할아버지의 모습이 보였으며, 이른 아침부터 장수풍뎅이나 사슴벌레 등의 곤충 채집에 나서는 아이들도 있었다. 농지 축소 정책 덕분에 휴경지가 되었던 밭을 가정 채소밭으로 바꾼 곳에서는 손자와 할머니가 밭에서 딴 토마토나 오이를 바구니에 담는 흐뭇한 광경을 볼 수 있었다.

어쨌든 교통비만 들이면 숙박비는 무료다. 찾아오는 가족의 입장에서는 작은 별장에서 여름휴가의 한때를 보내는 기분이리라.

지금까지라면 백중 때는 상점도 가게를 닫고 있었을 테지만 자취를 위한 식재료를 사려는 손님이 끊임없었기 때문에 쉴 수는 없었다. 음식점도 마찬가지였다. 공공 공간에 설치된 디스코는 노인 남녀가 뒤섞여 춤을 추며 비틀즈나 롤링스톤스, 혹은 식스티스의 멜로디를 연주하는 밴드의 리듬에 취했다. 백중 휴가의 마지막 날에는 중학교의 교정에 망루를 세워 성대한 백중맞이 춤도 췄다.

초는 급속도로 활기를 되찾았다. 이곳은 도시의 노인 시설에 있을 법한 침체된 분위기가 없었다. 노인들을 모아 연령에 맞는 생활을 즐기는 방법을 제시하면 절대적인 힘을 발휘하는 법이다.

구마켄에게 명령해 급거 조직한 재취직 상담실은 예상외의 반향을 불러 일으켜 주변 지자체의 지방산업, 결국에는 센다이의 기업에서도 구인의 타진이 들어와 적지 않은 수의 입주자가 재취직의 길을 선택했다.

물론 전부 문제없이 일이 풀린 것은 아니었다. 간호를 할 직원들은 익숙하지 않은 환경 속에서 당황하는 일도 있었으며 재취직 상담실에서는 모집을 상회하는 응모자가 나와 취직을 하지 못한 입주자와 채용된 입주자 사이에 불편한 분위기가 조성되었다. 그중에는 책임자인 구마켄에게 달려드는 사람도 있었던 만큼 관공서가 직업중개를 맡는 건 역시 무리이니 이 부문은 프로에게 맡기자는 이야기가 나오게 되었다. 그런 연유로 이 분야는 재빨리 일자리 소개소에 업무를 전부 이관하게 되었다. 솔직히 이 문제는 내가 경솔하게 일을 떠맡았기 때문에 벌어진 일로 내 부덕함 때문이었지만 기업에도 무조건적으로 희망자를 맡을 수는 없다. 모집에 응모했을 경우 당연히 채용이 되지 못하는 경우도 있는 것이니 별수 없는 일이다.

그리고 또 한 가지. 입주자와 가족이 온화한 한때를 보내는 분위기에 물을 끼얹은 이가 가마타케였다. 그 너구리 영감은 하필이면 백중에 들어서자마자 건설 도중의 파친코 가게의 현장에 광고 풍선을 세 개나 띄운 것이었다. 그것도 '근일 개점, 파친코 스바루'라고 적힌 천을 내걸고 있었다. 타오를 듯한 녹음이 흘러넘치는 산들에 둘러싸여 높게 뻗을 듯한 파란 하늘에 떠오른 광고 풍선은 이상한 광경이었다. 물론 법적으로는 아무런 문제도 없기 때문에 초가 불평을 할 수는 없었다.

"적당히 하라고!" 하고 한마디를 해주고 싶은 마음은 굴뚝같았지만 나는 그 광경을 이를 갈며 바라볼 수밖에 없었다. 하지만 이 가마타케의 행위는 생각지도 못한 곳에서 반감을 샀다. 그가 손님이 되리라고 생각했던 거주자 그리고 종업원들이었다.

"분위기 파악도 못 하고 뭐하는 짓이야!"

"법적으로 문제가 없더라도 해도 좋은 일과 좋지 않은 일이 있다고."

"천박한 사람 같으니!"

"연금으로 생활하는 노인들의 돈을 빼앗으려 하다니 그런 속셈은 용서할 수 없어."

"누가 갈 것 같아? 바보 자식."

그런 노성이 입주자와 종업원들 사이에서 퍼졌다. 모르고 있는 건 가마타케뿐이었다. 이곳에 모인 사람들은 도박 같은 것에 빠지지 않고 건실한 생활을 보내왔기 때문에 오늘 이렇게 대금을 지불하고 입주할 수 있었던 것이다. 그런 사람들이 여기에 와서 파친코에 빠질 것이라고는 생각하기 어려운 일이다. 가마타케가 운영할 파친코 가게의 앞날이 보이는 듯했다.

백중이 지나자 초는 조용해졌으며 축제 뒤의 쓸쓸함이 감돌았다. 다만 이건 예상했던 부분이었기 때문에 평범한 생활로 되돌리기 위해 나는 한 가지 이벤트를 기획했다. '플래티넘 타운배 토너먼트'였다. 골프, 테니스, 수영, 낚시, 도예, 수예, 회화, 원예, 농원……. 입주자가 즐기는 레크리에이션 전부를 대회로 만든 것이다. 스포츠는 한 달에 한 번 대회의 통산 성적으로 승패를 다투며, 도예, 수예, 회화, 원예, 농원은 품평회를 여는 것이었다. 낚시는 일 년 내내 낚은 생선의 양과 크기로 경쟁을 하도록 안배했다. 각 경기의 입상자는 상점회에서 쇼핑몰과 초안에 있는 상점이라면 어디든지 사용할 수 있는 상품권을 증정했다. 나는 유일하게 흥미가 있던 골프로 대회에 임하기로 했다.

"다들, 안녕하십니까!"

백중이 끝난 첫 번째 월요일, 초에서 30분 정도 떨어진 곳에 있는 다테키타 컨트리클럽에는 150명의 참가자가 모였다. 물론 스트로크 플레이는 할 수 없었고 제각각 실력에 따른 핸디캡이 주어졌다.

"오늘은 플래티넘 타운배 골프 토너먼트의 기념할 만한 첫날입니다. 이 토너먼트는 매년 12회 열리는 대회의 평균 점수로 승패를 다툽니다. 같은 성적인 경우에는 고연령자가, 연령이 같은 경우에는 생일이 빠른 분이 이기게 됩니다. 인간은 몇 살이 되도 역시 불타오르는 분야가 필요합니다. 불타오른다고 하면 생나무보다 마른 나무가 더 잘 탑니다. 베테랑의 기술, 숙년자의 에너지를 발휘해 크게 흥에 취해보시지 않겠습니까. 입상자에게는 미도리하라 상점회에서 상품권을 증정할 겁니다. 맛있는 음식을 먹고 맛있는 공기를 마시고 상쾌한 땀을 흘리면서 계속 건강하게 저희 플래티넘 타운에서 즐겁게 지냅시다."

150명의 참가자에게서 일제히 박수가 일었다.

"그렇다면 지금부터 초장님께서 시구를 하겠습니다. 여러분, 티 그라운드로 모여주십시오."

구마켄이 소리 높이 선언했다.

나는 1번 홀의 티 그라운드로 걸어가 스모크볼을 세팅했다. 자세를 잡고 어드레스에 들어갔다. 드라이버를 천천히 들어올렸다가 단숨에 휘둘렀다.

타악!

기분 좋은 소리와 함께 골프공이 하얀 연기를 내뿜으며 구름 하나 없는 이른 아침의 파란 하늘에 날아올랐다. 아침 햇살이 연기에 반사되어 플래티넘과 닮은 빛을 내뿜었다.

"나이스 샷!"

티 그라운드에 모인 150명의 노인들이 일제히 소리를 높였다.

참고문헌 『시차는 돈이다時差は金なり』 미쓰비시 상사 광고실 저, 주식회사 사이마루 출판사

사와야카 복지재단 이사장 · 변호사 홋타 쓰토무堀田力

빚더미 때문에 어떻게도 할 수 없는 초는 전국 어디에나 있다. 아니, 일본 전국 자체가 그렇다.

하지만 그 초를 노인 마을로 건설해 훌륭하게 재건한 지자체는 아직 출현하지 않았다.

그렇기 때문에 이 소설 후반부는 저자인 니레 씨의 창작이다. 초의 재건 그 자체가 창작인 것이다. 새로운 것을 만들어내는 일은 재미있다. 두근두근하다. 주인공이 되어 책을 읽어가는 독자도 흥분하겠지만, 초의 재건을 붓 하나로 이루어낸 니레 씨는 더욱 즐거웠을 것이 틀림없다.

* * *

우리들이 사는 초의 경제를, 혹은 일본의 경제를 복지의 충실함을 통해 재건하자는 주장은 드물지 않다.

복지 분야의 학자들은 '복지는 돈을 잡아먹는 벌레'라는 주장에 반론하기 위해, 복지의 투자 효과가 공공사업의 효과보다 크다는 말투로 복지가 경제면에서도 좋은 효과를 발휘하는 부분을 강조한다. 정치가 중에도 마스조에 요이치枡添要– 씨를 비롯해 그런 주장을 하는 사람이 꽤나 있다.

하지만 고령자가 많은, 즉 복지에 크게 투자하는 지역은 대체로 재정적으로 어렵다. 고령자용 주택을 지어서 파는 일로 지역 재건을 시험하는 곳도 있지만 놀라운 이야기는 들려오지 않는다.

그런 와중에 이 작품이 나왔다.

"이렇게 하면 되지 않을까?"라는 메시지가 가득 담겨 있다.

그리고 그 말에 설득력이 있기 때문에 전전긍긍하면서도 쭉쭉 끌려들어가게 된다.

책에 나타나 있는 초의 문제점이 그야말로 지금, 일본과 지방 지자체가 안고 있는 문제점 그 자체이기 때문에 자신들의 문제로 느껴져 끌려들어가게 되는 것이다.

"그럼 어떡하라는 거야?"라거나 "우리들은 어떻게 해야 좋단 말인가?"라는 절박한 의문에 선동되어 주인공의 움직임을 쫓고 주인공과 일체화된다.

그렇기 때문에 주인공이 굴욕적인 마음을 안고 퇴직한 요쓰이의 사장 후쿠나가에게서 마지막 장면에서 "저도 어쩐지 당신 같은 인재가 우리 회사에서 배출되었다는 사실이 자랑스럽게 여겨지는군요."라는 말을 듣자 자신도 고생이 보답을 받은 듯한 기분에 빠지게 되는 것이다.

＊ ＊ ＊

이 작품은 '고령자가 좀 더 행복한 생활을 즐길 수 있는 방책이 있으며, 그것을 실현하는 일도 가능하다.'는 사실을 가르쳐준다. 그것이 어중간하지 않아 매력적이다.

그리고 '행복한 생활이 보장된다면 고령자는 더욱 돈을 낼 것이다.'라는 사실도 가르쳐준다.

아마도 일본의 경제가 구원을 받을 아마도 유일한 방책은 고령자가 저축하고 있는 막대한 개인 자산을 시장으로 끌어내는 데 있을 것이다

이 작품은 그 대답을 제시한 것이라 할 수 있을 것이다.

* * *

다만 구마켄이 걱정했던 저소득 고령자는 어떻게 되는 것일까? 야마사키 초장은 초의 재정이 좋아지면 저소득자도 들어갈 수 있는 특별 간호 노인 센터나 노인 보건 시설도 충실해질 것이라고 대답했다.

이 작품의 해설로서는 필요 이상의 부분일지도 모르겠지만, 이 작품의 무대가 동일본 대지진으로 피해를 입은 지역이라는 점에서 그 부흥에 이 작품의 메시지를 살렸으면 하는 마음으로 한마디 더하고 싶다.

이 작품처럼 3만 평의 유휴지가 없어도 초 내에 고령자를 대상으로 하는 주택을 세울 수가 있다. 부지가 부족하다면 고층으로 지으면 된다. 그리고 초의 중심부에 서비스 거점을 만들어 그곳에서 헬퍼나 산호사를 24시간, 필요할 때 나가게 하는 것이다. 고령자 주택에 들어간 간호가 필요한 사람들뿐만 아니라 초의 안에 가족과 함께 살고 있는 고령자에게도 필요할 때 나가게 만들게 한다. 흔히 말하는 지역 포괄 케

어, 24시간 순회 서비스를 실현시키는 것이다. 그 체제가 생긴다면 간호동을 만들지 않더라도 마지막까지 익숙한 자신의 집에서 살 수가 있다. 저소득자에게는 간호 보험 서비스를 받게 해주고 여유가 있는 고령자는 그 서비스를 기반으로 하여 다양한 서비스를 전달해주면 된다. 이 정도면 눈부신 재정적 향상은 이루어지지 않더라도 어느 초든 부흥에 성공할 것이고 '마지막까지 자택에서 살고 싶다.'는 이상이 실현될 수도 있을 것이다.

하지만 부흥을 위해 가장 필요한 것은 야마사키 초장처럼 기존의 가치관이나 연고에 얽매이지 않는 신선한 발상과 실행력, 그리고 주민의 행복을 늘 바라는 정열이다.

이 작품은 동일본 대지진을 경험한 뒤 더욱 사회에 필요한 작품이 되었다 할 수 있을 것이다.

* * *

스토리는 넓은 의미로 보면 일종의 성공담이다. 그렇기 때문에 도전하는 과정이 매력적이다. 그를 위해서는 장애가 많을수록 재미있다. 아내가 조용했던 점은 의외였으며 최대의 장애가 되리라고 생각했던 직원들과 주민들의 무기력함도 구마켄이 잘 다스린 모양이니 야마사키 초장은 운이 좋다고 할 수 있을 것이다. 유일하게 존재감이 있던 사람은 가마타케로 사실 이런 사람은 어디에나 있다. 나라 전체로 보더라도 말이다(짐작이 되시죠?). 알기 쉬운 인간형이었기에 니레 씨가 어떻게 이 사람을 퇴치할지 줄곧 기대하고 있었는데 설마 담뱃불이라니!

"정말 시끄럽네. 이 망할 영감."

이때 일을 척척 해내는 오피스 레이디 와타나베의 행동은 이 책에서 가장 속이 후련해지는 장면이었다.

✳ ✳ ✳

자아, 아무리 힘들더라도 적극적으로 임하자!

그런 마음을 가지게 되었습니다. 니레 씨, 감사합니다.

초판 1쇄 인쇄 2017년 9월 20일
초판 1쇄 발행 2017년 9월 25일

저자 : 니레 슈헤이
번역 : 김준균
펴낸이 : 이동섭
편집 : 이민규, 오세찬, 서찬웅
디자인 : 조세연, 백승주
영업 · 마케팅 : 송정환
e-BOOK : 홍인표, 김영빈, 유재학
관리 : 이윤미

㈜에이케이커뮤니케이션즈
등록 1996년 7월 9일(제302-1996-00026호)
주소 : 04002 서울 마포구 동교로 17안길 28, 2층
TEL : 02-702-7963~5 FAX : 02-702-7988
http://www.amusementkorea.co.kr

ISBN 979-11-274-0967-8 03830

PLATINUM TOWN by Shuhei Nire
Copyright ⓒ Shuhei Nire 2011
All Rights Reserved.
First Published in Japan by SHODENSHA Publishing Co., Ltd., Tokyo.

This Korean edition is published by arrangement with SHODENSHA Publishing Co., Ltd., Tokyo in
care of Tuttle-Mori Agency, Inc., Tokyo.

이 도서의 국립중앙도서관 출판예정도서목록(CIP)은
서지정보유통지원시스템 홈페이지(http://seoji.nl.go.kr)와
국가자료공동목록시스템(http://www.nl.go.kr/kolisnet)에서 이용하실 수 있습니다.
(CIP제어번호: CIP2017021267)

*잘못된 책은 구입한 곳에서 무료로 바꿔드립니다.